Narratori ◀ Feltrinelli

Domenico Dara
Malinverno

Stampa Grafica Veneta S.p.A. di Trebaseleghe - PD

ISBN 978-88-07-03378-0

FSC
www.fsc.org
MISTO
Carta
da fonti gestite in
maniera responsabile
FSC® C021883

Per le citazioni:
Ludovico Ariosto, *Orlando Furioso*, a cura di E. Sanguineti e M. Turchi, Garzanti, Milano 1964;
Miguel de Cervantes, *Don Chisciotte della Mancia*, introduzione di Jorge Luis Borges; traduzione e note di Alfredo Giannini, Rizzoli BUR, Milano 2007;
Ciro di Pers, *Poesie*, a cura di M. Rak, Einaudi, Torino 1978;
Carlo Collodi, *Le avventure di Pinocchio. Storia di un burattino*, Rizzoli, Milano 1949;
Gustavo Flaubert, *La signora Bovary*, traduzione di G. Achilli, Rizzoli, Milano 1949;
Edmond Rostand, *Cyrano de Bergerac*, traduzione di M. Giobbe, Pierro, Napoli 1907.

Le traduzioni da Marcel Proust, *Alla ricerca del tempo perduto*, e da Fernando Pessoa, *L'Altrove*, sono dell'autore.

www.feltrinellieditore.it
Libri in uscita, interviste, reading,
commenti e percorsi di lettura.
Aggiornamenti quotidiani

IL RAZZISMO
È UNA
BRUTTA STORIA.
razzismobruttastoria.net

Malinverno

A mia moglie Rosy

1.

Quando venni al mondo avevo dodici anni, cinque mesi e centosessantaquattro ore. Perché non nasciamo il giorno in cui vediamo la luce, nell'attimo in cui braccia sconosciute ci trascinano nell'infinito e indecifrabile corso della storia, ma molto prima, quando il pensiero di noi si è insinuato nella mente ancora libera di uomini e donne, quando il nome d'un essere inesistente appare nell'orizzonte sfumato d'una vita possibile. Siamo fatti di pensieri più che di carne, e quei pensieri ci vengono distillati nel sangue dalle idee di chi ci ha voluti, così che noi ereditiamo non solo il colore dei capelli o l'arrendevolezza degli sguardi o la cedevolezza del cuore, ma anche le illusioni, le speranze, i rimpianti della nostra ascendenza, che a sua volta li ha ereditati ancora più in là, e ancora più in là, attraverso generazioni di erecti e rudolfensi, fino a giungere al primo uomo, cosicché ognuno porta in sé miniaturizzata la storia dell'umanità intera.

Come possibilità, ipotesi, progetto, io dunque esistevo precisamente dalla sera in cui mio padre pensò che avere un figlio sarebbe stata l'unica maniera per dimenticare di non esserlo stato lui. E fu a causa di Monsieur de Balzac se la mia vita cominciò ad affacciarsi dalla miriade di altre ipotesi. Di Honoré e di Curzio Verbicaro, stagnino da quattro generazioni e appassionato teatrante, che quell'estate si mise in testa di far rappresentare alla sua scalcagnata compagnia una riduzione di *Papà Goriot* da sé medesimo scritta.

Vito era seduto vicino alla madre, in seconda fila, e mentre sentiva il vecchio Goriot declamare l'amore per le figlie o lo vedeva piangere quando le abbracciava, senza sapere perché, come altre volte, si commuoveva.

Vito Malinverno, mio procreatore, un padre poteva solo sognarselo, che il suo gli era morto da piccolo, ma se c'era al mondo un sentimento capace di mitigare e curare il senso d'abbandono forse era quello di Goriot, forse solo l'amore smisurato e incondizionato di padre poteva bilanciare quello di figlio mancato. E fu in quel momento, nel mezzo d'una serata estiva, mentre le campane suonavano a morto su Parigi, mentre Eugène de Rastignac col mantello nero attraversava il cimitero di Père Lachaise, fu proprio allora, nello stesso attimo in cui chissà quanti ignoti Goriot morivano tra Timpamara e la cittàlumière, che io nacqui nella storia dell'umanità.

Quando venni al mondo, l'orologio della chiesa segnava le ore sei e ventisei del giorno trenta del mese di novembre dell'anno millenovecentotrentacinque, tre settimane dopo Alain Delon e il giorno prima di Woody Allen, dei quali io non fui certo una sintesi riuscita.

Non era un tempo opportuno per nascere: l'Italia aveva aggredito l'Etiopia ricevendone in cambio l'embargo delle potenze demoplutocratiche. Venni al mondo insieme alla politica autarchica, in epoche di ristrettezza economica in cui l'aratro tracciava il solco e la spada lo difendeva, tra infusi di carcadè e sciarpe di lanital, fumi di lignite e caffè di cicoria, circondato da coniglicultori in serie e affezionati d'olio di ricino.

Venni al mondo in tempi di ristrettezza esistenziale.

Figlio unico, se non per pochissimo tempo e non in questa vita, nacqui zoppo a causa di uno sbilanciamento corporeo che era segno fisico dei tempi squilibrati che il mondo viveva e della cecità di Natura che, dispensando nella stessa portata Vita e Morte, talvolta difetta nella scelta.

Della mia congenita mancanza non si accorsero subito. Quando mi prese in braccio appena nato, Vito Malinverno capì che non si era sbagliato, che amare il mio piccolo corpo sarebbe stata la sua consolazione, che l'unico modo che gli uomini hanno di miticare un destino malavventurato è non farlo rivivere ai propri cari. Furono necessari quattordici mesi per accorgersi della mia zoppitudine, che fin quando stavo in braccio ero come gli altri: quando dormivo, quando mi vestivano, quando mi reggevano in piedi per farmi saltellare ero come tutti, sospeso nell'egualitario regno dell'aria. Ma poi tentai i miei primi passi, sofferti e rallentati come un allunaggio.

Caddi.

Mio padre mi lasciava, tentavo il primo passo e cadevo. Un passo e rovinavo. E poiché fu così per qualche giorno, mi portarono dal medico condotto, che misurò le gambe con un metro come si fa con le tavole di noce tanganica e proferì verdetti di diversità minima, due tacche di metro, la sinistra più corta. Finii d'essere come gli altri bambini.

"Non c'è niente da fare?" chiese il padre.

"Niente."

E Vito tornò a casa come da un funerale, stringendomi al petto che mi amava più di prima, perché adesso il suo amore già esteso doveva allungarsi di ulteriori due centimetri e divenire la carne assente, perché chi ama, appena scopre nell'altro un cedimento o una manchevolezza, non ha altro scopo che apparare e livellare, che forse a questo serve l'amore, a sentirci necessari, a essere lo stucco sulle incrinature dei vetri, la toppa sugli strappi dei tessuti, il punto tra le pelli lacerate.

Mi chiamo Astolfo Malinverno. In qualunque altro paese del mondo sarebbe un nome memorabile, stravagante, di quelli che quando lo pronunci in classe i compagni si mettono a ridere, ma per fortuna attecchii a Timpamara, nel posto giusto, a conferma che con le nascite si compiono profezie di giustezza.

Qui sorgeva la più antica cartiera della regione.

Era stata aperta a metà dell'Ottocento dall'allora intendente della Provincia don Gaetano Caccuri, che dopo attente analisi e vagliamenti nelle zone optò per questo paese, formalmente per la ricchezza dei boschi e la limpidezza delle acque, in realtà perché si era innamorato della bellezza di Catàra Casabona, per la cui verginità abbandonò moglie e figlie. E così, il destino dei timpamarani dovette il suo venturato corso alle grazie celate e minute della figlia di un pellaio puzzoso, e forse anche questo fu l'avverarsi d'una strampalata profezia.

Agli inizi del Novecento, quando il tempo annientò le bellezze di Catàra e il Diluvio Universale che ciclicamente si riversava su quella terra distrusse mezzo paese, l'intendente si ritirò e vendette ciò che restava della cartiera a Saverio Settingiano, ricco industriale del capoluogo deciso a investire in quella i suoi guadagni: ufficialmente perché la cartiera continuava a rappresentare una risorsa indispensabile per l'economia della zona, in realtà perché si era innamorato della toracica prosperità di Angelica Saracena, per le cui pettorute abbondanze abbandonò prole e consorte, la qual cosa venutasi a sapere, le mogli degli industriali si guardarono bene dal mandare più i mariti in quei luoghi.

Settingiano, industriale caparbio, decise di unire utile e dilettevole ampliando la cartiera con la costruzione del maceratoio. In pochi anni, Timpamara fu conosciuta come il paese della carta: ogni settimana venivano scaricati quintali di riviste, giornali, manifesti, locandine, cartelle, documenti, e soprattutto migliaia e migliaia di vecchi volumi destinati al macero.

Il nuovo impianto diede respiro alla comunità ed evitò che il meglio di quella gioventù fosse risucchiata dal vortice della migranza che svuotava i paesi vicini, destinandoli alla secchezza.

Per una terra che vantava un'antica tradizione di conciatori di pelli, macerare quelle fibre fu quasi un sollievo, e la docilità della carta lisciò le callosità delle antiche mani bruciate dagli acidi e indurite dalla pesantezza delle zappe. Anche l'animo irruvidito di quegli uomini subì misteriose metamorfosi.

Tutto cominciò quando qualche operaio, prima di buttare le pagine nell'acqua, cominciò a darci un'occhiata, forse solo alla foto del rotocalco, poi alla notizia sportiva, alla fine il tempo non bastava per leggere tutto l'articolo, e allora lo strappava e lo portava a casa, magari per farselo leggere dai figli, e così fu consuetudine riconoscere i lavoratori del macero dai pezzi di carta che fuoriuscivano dalle tasche dei pantaloni o della giacca. Da quei fogli ai libri il passo fu breve, e poiché c'erano settimane che al maceratoio giungevano solo carichi di volumi, gli articoli strappati dei giornali furono sostituiti da fascicoli slegati, capitoli rimaneggiati, racconti senza copertine. Gli operai arrivavano a casa la sera e dopo cena si sedevano sul divano, prendevano le pagine spiegazzate e le leggevano o le facevano leggere in famiglia, spargendo come untori il morbo della lettura. E quando non erano le mani degli operai a seminare parole di carta, ci pensava il vento, il ponente che arrivava dal mare e afferrava quei fogli dai camion, dalle vasche, dai mucchi accatastati nel cortile e li faceva svolazzare nell'aria, stormi di romanzi francesi, sciami di prontuari per i sogni, e gabbiani con le ali dei *Miserabili*, rondini con al becco le peripezie di Gulliver, e frammenti dei *Dialoghi* di Platone confusi col polline dei platani. In ogni angolo di Timpamara, su davanzali, panchine, portabagagli delle auto, sui sacchi della spazzatura e perfino sui cappelli delle signore, poteva trovarsi la pagina di un romanzo: quando le genti la raccoglievano la leggevano, e se non piaceva non la buttavano ma l'appoggiavano da qualche parte, nella fioriera del marciapiede o su un gradino, fermata da una pietra affinché qualcun altro la prendesse; se piaceva, invece, la portavano a casa e la conservavano. Leggevano tutto e tutto serbavano, i timpamarani, quasi a contrappesare il destino di distruzione del macero: lì i libri venivano cancellati, loro invece li tenevano in vita.

Gli operai dei turni di notte, per combattere le tentazioni del sonno mentre curavano la macerazione della carta nelle grandi vasche, avevano cominciato a imparare quei fogli a memoria, che poi si trovavano a usarli nei loro discorsi, in piazza o al bar, me testimone, frammezzando un bussìo di napoletana a tressette con un alfieriano *Ecco, piena vendetta orrida ottengo*, oppure nella loro intimità, come quando Torquato Buonvicino usò le parole di *Cime tempestose* per farsi perdo-

15

nare dalla moglie tradita, *che solo tu sei il mio pensiero fisso e se il mondo morisse e tu rimanessi io continuerei ad esistere; e se tutto il mondo continuasse e tu non ci fossi, io morirei.*

E anche quando non volevano, anche contro la volontà umana, certe volte quelle parole era come se attraversassero la pelle alla maniera di microbi e s'infilassero nel sangue e si scioglíessero nel corpo, a fissarsi nella testa e uscire fuori dalla bocca, così che davvero, trovandosi a passare lì per caso e sentendoli, un forestiero avrebbe potuto straniarsi del fatto che nessuno parlava più il dialetto ma un italiano ricco e forbito.

E poi un giorno quelle storie cominciarono a segnare la vita dei nascituri, da quando, per fare un dispetto al padre, Rocco Scandale decise che il figlio non lo avrebbe chiamato col nome di lui, ma Victorùgo, a tal modo scritto e pronunciato.

Funzionava così, la vita, a Timpamara: quando qualcuno riusciva a dare uno scossone alla monotonia delle giornate, tutti gli andavano dietro. Da allora i timpamarani si sentirono liberi di rompere tradizioni e folclori e di chiamare i figli secondo gli eroi di carta, e fu dunque un rincorrersi di Marselprù, Volfango, Faustino, Verter, Marcaurelio, Fiammetta, Ortìs, i fratelli Gargantuà e Pantagruèl. I nomi variavano in base ai gusti, ma anche in base alla provenienza dei libri portati al macero. Quando arrivarono i camion di una fallita libreria specializzata in spartiti musicali, a Timpamara ci fu un fiorire di Valchiria, Brunilde, Armida, Otello, Desdemona, mentre la bancarotta e il conseguente macero di una casa editrice di atlanti geografici provocarono un'ondata di Adelaide, Ginevra, Gorizia, Loira, Galizia, Cracovia, Lisbona.

Per questo Astolfo Malinverno era un nome come un altro, ma non per me, che quando a scuola Achille Serrasanbruno per giustificare la sua prepotenza si vantò di avere il nome d'un grande eroe greco che aveva sconfitto tutti i nemici, zoppi compresi, io gli risposi timidamente ma con fermezza che molti nella storia erano gli eroi che avevano vinto battaglie e guerre, ma che nessuno, nessuno era mai stato sulla luna.

2.

Sono il bibliotecario di Timpamara.

Il primo, per esattezza. Ancora l'unico.

Quando tutto cominciò, la biblioteca si trovava al centro del paese, nel punto più basso in cui convergevano le tre strade principali, di fronte alla chiesa del patrono sant'Acario, adottato da Noyon, il santo che guariva i malati di malinconia.

A vederla adesso sembra davvero una biblioteca, con la targa in ottone in bell'evidenza e i libri allineati sulle mensole che s'intravedono dai vetri del balcone, ma non era così quando misi dentro il piede la prima volta. Avevo trentaquattro anni. Vi ero entrato assieme all'allora assessore Terenzio Feroleto, che mi aveva portato lì per avermi visto leggere le *Epistole ad Attico* nella ferramenta di mio zio, dove lavoravo dopo il diploma. Aveva ordinato quattordici bulloni da otto millimetri. Peso complessivo centoventisette grammi, quanto bastava per riequilibrare il piatto del mio destino.

"Ti piace leggere?" mi aveva chiesto a bruciapelo.

Una settimana dopo era tornato con alcuni documenti: "Prenditi cinque minuti e riempi questi fogli".

Mentre scrivevo, aveva spiegato a mio zio che il sindaco s'era messo in testa di aprire la biblioteca e che cercavano la persona giusta e forse potevo essere io, perché c'era una legge che favoriva il lavoro a chi come me aveva un difetto fisico.

Un mese dopo ero stato assunto come impiegato comunale di sesto livello con mansione di bibliotecario, ventiquattro ore settimanali con i benefici previsti dalla specifica legge.

Ricordo ancora il fastidioso e stagnante tanfo d'umidità di quel posto quando vi entrai la prima volta.

La desolazione che mi circondava e che avrebbe scoraggiato chiunque mi era risultata per converso stimolante, la condizione migliore per fare ogni cosa a mio piacimento. Avevo cominciato a pulire i locali, due camere a piano terra e una al primo piano, spolverare le mensole, buttare oggetti inservibili.

Dopo una settimana erano venuti alcuni operai comunali a stonacare e intonacare i muri e imbiancarli. Ne avevo approfittato per farmi aiutare a portare dal seminterrato le ventuno scatole di libri.

Titoli sconosciuti, scrittori mai sentiti. Prendevo ogni volume con delicatezza, lo spolveravo, facevo scorrere il pollice sulle pagine, leggevo la trama sulla quarta di copertina, di alcuni financo l'indice, e alla fine lo appoggiavo sulla mensola, nella sua collocazione universale.

Per ultimo avevo lasciato il cartone che, rimasto in quegli anni a contatto col muro, era rovinato dall'umidità. Dentro, i libri ingialliti, con le pagine umettate e attaccate fra loro e le copertine che si sbriciolavano alla maniera d'antichi intonaci, sembravano corpi morenti. Li avevo allineati su una mensola a parte, come i biscotti scaduti delle giostre pronti a essere sparati, sperando che l'aria e l'ossigeno bastassero, la vicinanza dei simili e la cura, a dilazionare la decomposizione delle carni fibrose.

Il mese seguente era stata inaugurata in pompa magna la biblioteca comunale di Timpamara, con tanto di banda musicale, discorso del sindaco e rinfresco.

Da allora la mia giornata di bibliotecario è sempre la stessa e comincia nel pomeriggio, dopo mangiato, quando esco per attraversare i settecentoquarantasei metri che separano la mia casa dalla biblioteca. Come da contratto, tengo aperto da lunedì a sabato, dalle quattordici alle diciotto. In realtà non chiudo mai a quell'ora: a casa non c'è nessuno che mi aspetta, e allora a volte faccio tardi e salto anche la cena. Fosse per me ci abiterei, tra i libri: attraversata la porta della biblioteca mi sembra già di non zoppicare più, non è vero ma io lo sento, come se lì dentro non esistessero uomini claudicanti o piè veloci, distanze da percorrere o tempi da rispettare ma tutto si agguagliasse nella parola. È più d'un rifugio per me: una tana, la mia camera amniotica. Qui dentro mi sento meno solo, e io la so misurare la solitudine.

Nella grande maggioranza dei paesi vicini, le biblioteche esistono per dovere istituzionale: collocate in palazzi signorili, con fregi e stemmi secondo decoro, restano chiuse per settimane intere, per mesi, a volte anni, a invecchiare e sfasciarsi come botti di vino lasciate all'aperto. Nemmeno esiste un bibliotecario, e le chiavi le custodiscono il segretario comunale o il centralinista. È possibile che qualche rarità bibliografica si celi tra le profonde latebre di mensole polverose, ma per la maggior parte sono libri inservibili e illeggibili, messi giusto a complemento d'arredo.

A Timpamara, invece, la biblioteca vive e respira come un corpo umano. Ogni giorno arriva qualcuno, spesso anche forestieri, a prendere o restituire libri, a sedersi a leggere quotidiani e settimanali, anche solo a chiacchierare nella sala a pianterreno, soprattutto quando ci sono le belle giornate e lascio la porta spalancata.

Mi hanno sempre chiamato lo Zoppo. Bastava dire quella parola, a Timpamara, che tutti pensavano ad Astolfo Malinverno, il figlio di Vito e Catena Seminara l'Immaginosa. E Zoppo continuai a essere chiamato anche quando cominciai il mio lavoro. Adesso no: eccetto qualche animo malevolo e osteggiatore, tutti mi chiamano "il bibliotecario", e quando vengono a prendere i libri o a chiedermi consigli, mi dicono "scusi, per favore, sarebbe così gentile", parole fino ad allora mal note alle mie orecchie.

Faccio tutto quello che fanno gli altri bibliotecari: informarsi sulle nuove pubblicazioni, stilare l'elenco dei libri da acquistare e procedere alla loro catalogazione, verificarne le condizioni, occuparsi del prestito, consigliare letture appropriate, riordinare quotidiani e riviste.

Esiste tuttavia una mansione che vale solo per i bibliotecari di Timpamara, cioè per me: andare ogni due venerdì al macero per cercare, tra i mucchi di volumi ammassati, libri ancora servibili che possano ritornare in circolazione.

Erano quelli gli unici momenti nei quali, grazie alla scoperta di nuovi libri, la monotonia delle giornate svaporava, e io conoscevo mondi nuovi e inimmaginati, storie insolite, fuori dall'ordinario, inconsapevole allora che, undici anni dopo, sarebbe toccato a me viverne una.

Quel pomeriggio intorno alle quattro, mentre riordinavo le copie dei quotidiani, giunse il messo comunale a consegnarmi una busta intestata:

Oggetto: Mobilità interna intersettoriale per inderogabili esigenze di servizio.

CONSIDERATO *il prematuro pensionamento, causa incidente, dell'attuale custode del cimitero Graziano Melicuccà, e che il suddetto cimitero comunale, come evidenziato dal responsabile di settore, necessita di dipendente di ruolo per la tenuta del registro non provvisoriamente affidabile ad altro dipendente di categoria e livello superiore,*
RILEVATO *che per l'incremento dei decessi si appalesa ancora più pressante la esigenza del completo espletamento di tutti i servizi cimiteriali,*
IN RELAZIONE *alla necessità di procedere con urgenza ai lavori murari e di adeguamento presso il cimitero comunale,*
SI DISPONE *con effetto immediato che la Signoria Vostra cominci a prestare dalla data odierna servizio presso il cimitero stesso per il tempo strettamente necessario alla tenuta del registro. Resta altresì in vigore l'attuale incarico di bibliotecario comunale.*

Pensai subito a un errore, eppure sulla busta c'era proprio scritto *Astolfo Malinverno*, e nemmeno la dicitura "bibliotecario" che mi lusingava, ma quell'odiosa di "impiega-to", con tanto di specifica del livello più basso. Mi sedetti che la testa cominciò a girarmi.

Così, in un attimo, le vite cambiano: mentre vai a letto, mentre ceni, mentre sposti un libro. Che poi sono sempre repentini i cambiamenti, e forse non è un male questa subitaneità che risparmia il tempo dei pensieri e delle notti insonni, dei tremori impercettibili del corpo, come il primo bagno estivo in mare quando infili i piedi e poi le gambe, e con le mani ti bagni le spalle, il volto, la nuca, sperando di stemperare la freddura dell'acqua mentre al contrario la prolunghi.

Seduto, col foglio in mano, riemergevo dall'acqua gelida. Mi guardai intorno, tutto mi sembrò estraneo, e allora facendo uno sforzo oltreumano mi alzai per andare al municipio e chiedere spiegazioni.

Il sindaco mi fece aspettare quasi mezz'ora.

"Buongiorno Malinverno, sedetevi, attendevo la vostra visita."

"Dunque non ho capito male, non c'è nessun errore..."

"Voi lo sapete cos'è successo al povero Graziano, che si è rotto la schiena raccogliendo pere, e noi non possiamo stare senza guardiano del cimitero! Lì il lavoro non manca mai. E io ho pensato subito a voi, Malinverno, che mi sembrate la persona più adatta, adattissima."

"Ma la biblioteca..."

"Guardatevi intorno," mi interruppe, "qui tutti gli impiegati schiattano di lavoro, fanno anche il rientro, mentre voi... tenete aperta la biblioteca solo il pomeriggio, quattro ore al giorno, dico, solo quattro ore al giorno, la metà degli altri impiegati. Lo so che avete tanto da fare, che Timpamara è il paese della carta e che qui molti leggono e leggono, e potreste dirmi perché no il messo comunale, ma che volete, quello ha già avuto quattro infarti, che faccio, lo mando al cimitero uno che ha avuto quattro infarti? Suvvia, caro Astolfo, in fondo siete un impiegato come gli altri, cosa avete di meno... una gamba qualche centimetro più corta dell'altra, e che non vogliamo farlo vedere che voi siete comunque meglio di loro?

Ovviamente lo stipendio ve lo aumentiamo in rapporto alle ore lavorative. Prendetela come una promozione."

"Ma la biblioteca..."

"Mica il vostro posto lo perdete, ci mancherebbe: la cultura prima di tutto. Voi la mattina alle otto andate ad aprire il cimitero, state lì fino a mezzogiorno a fare quello che dovete fare, sistemate, pulite... vedete voi, e il pomeriggio, alle due, dopo un bel pranzetto e un meritato riposo, tornate dai vostri amati libri fino alle sei, quando chiuderete prima la biblioteca e dopo il cimitero. Che cosa volete di più? Non vi sembra una bella idea? Certo, potreste anche rifiutarvi, ma poi, capite, chi ve lo darebbe un altro lavoro con il vostro problemino? Credetemi, è molto più semplice di quello che sembra, che mai nessun camposantaro è morto di stanchezza. Iniziate domani mattina: oggi, facendo scongiuri e toccando intimità, non morì nessuno. Andate adesso, Malinverno. E passate dall'assessore, che sarà più pratico di me."

Mi sospinse con delicatezza fuori dalla porta e io rimasi lì, con la lettera in mano, guardandomi intorno smarrito.

Il segretario si affacciò dalla porta del suo ufficio:

"Malinverno," disse appena mi vide, "l'assessore è uscito e ha lasciato questa busta per voi. Auguri per il nuovo incarico, sono certo che ve la caverete".

E se ne tornò alla sua scrivania.

Per quanto la mia gamba sinistra lo permetteva mi affrettai a uscire, che cominciava a mancarmi l'aria. Di tornare in biblioteca e rifarmi la discesa non avevo voglia, così andai a sedermi sotto il melo selvatico di Misconì e mi misi a pensare alle stranezze del destino, che se la vita di Jean Valjean era dipesa da un pezzo di pane e da un candelabro d'argento, se quella di Akakij Akakievič Bašmačkin da un cappotto e l'amore di Evaristo e Candida da un ventaglio, la mia fu stortata da una pera.

Aprii la busta: c'era un mazzo di chiavi, un foglio con gli orari di apertura e chiusura del camposanto, e un ciclostilato intatto, il *Regolamento per la disciplina del servizio di custodia e vigilanza sul cimitero comunale*.

Non avevo voglia di leggerlo. Non era tanto la mansione

in sé che mi infastidiva, per me essere mandato al cimitero non era affatto un problema, che se fossi stato spedito all'anagrafe o all'ufficio tecnico era la stessa cosa, ma il timore che la regolarità della mia vita venisse stravolta.

Non avevo mai saputo affrontare i mutamenti, mi spaventavano, e allora cercai di distrarmi nell'unica maniera che conoscevo. Presi dalla tasca *Madame Bovary* e in un attimo abbandonai le terre avverse di Timpamara per giungere a quelle immobili e pigre di Yonville-l'Abbaye. Questa lettura tornava nella mia vita ogni volta che avevo bisogno di consolazione, quando avvertivo cioè la necessità di annacquare e disperdere la mia tristezza nella tristezza del mondo e sentirmi così parte dell'umanità illusa e dolente.

Tutto il giorno rimasi agitato, e la sera feci fatica a dormire: mancavano dieci ore all'inizio del mio nuovo incarico e non avevo idea da dove cominciare. Avrei aperto il cancello, e dopo? Cosa faceva di preciso il guardiano di un cimitero? Avrei dovuto presenziare ai seppellimenti? Mi sarebbe toccato anche scavare? E così, controvoglia, aprii il ciclostilato del regolamento, col cuore oppresso come quello di Charles Bovary quando Héloïse, la moglie gelosa, gli vieta di frequentare la casa della bella Emma nella fattoria Bertaux.

3.

Mi presentai al cancello alle otto meno cinque. Non c'era nessuno. Aspettai. Le vedove Longobardi e Pentone si misero ad attendere come me davanti all'ingresso sbarrato. Dopo un quarto d'ora giunse l'assessore assieme all'impiegato comunale Cornelio Benestare.

"Eccoci qua, Malinverno, per il suo battesimo del fuoco. Mi dia il mazzo, per favore."

Gli porsi le chiavi, Benestare riconobbe subito quella giusta e aprirono. Le vecchie entrarono dietro di noi fissandomi e bisbigliando.

"Un minimo passaggio di consegne è d'obbligo e, in assenza dei saggi consigli del povero Graziano, non resta che affidarci al nostro Cornelio, che lo sostituiva quando s'ammalava o se ne andava in ferie. Faccia tesoro delle sue parole, io purtroppo ho una riunione importante e devo lasciarvi."

Cornelio lavorava tutto il giorno all'ufficio tecnico. Anche lui aveva fretta.

"Hai letto il regolamento?"

"Sì."

"Bene, allora dimenticalo, se no impazzisci. Seguimi."

Dopo l'entrata, a sinistra, c'era la camera mortuaria, quasi interamente occupata da un tavolo di ferro. Sulla parete di fondo, alcuni oggetti allineati su una mensola. A destra, seminascosti dietro la porta, un tavolino e una sedia.

"Sul tavolo di ferro si appoggia la bara in attesa di essere seppellita. Sia d'inverno sia d'estate," raccomandò, "le finestre devono restare aperte, l'aria deve sempre circolare, che l'odore dei morti una volta che s'attacca ai vestiti non si caccia più. Qui," disse indicandomi una cassetta murata, "c'è l'interruttore per la sirena, da suonare una decina di minuti prima dell'orario di chiusura." Uscimmo. "In alternativa alla sirena, puoi usare questa campanella... così," aggiunse, e tirò con forza la corda attaccata al battaglio.

Con un'altra chiave Cornelio aprì un grande ripostiglio in lamiera usato come magazzino dentro cui erano stipati pale, zappe, annaffiatoi, tubi dell'acqua, e un'accozzaglia tale che sembrava ci fosse stato un terremoto.

"Qui c'è tutto quello che ti serve per sistemare sentieri e aiuole. Il guardiano di un camposanto è prima di tutto un giardiniere. Te ne intendi di giardinaggio?"

"No."

"Male, dovrai imparare in fretta! Taglia i rami secchi, annaffia le aiuole e, quando vedi fiori marci in giro, buttali. Ma devono essere per terra, mi raccomando, non prendere mai i fiori dai vasi dei morti, dovessero fetare a vento, che porta male. Sei superstizioso?"

"No."

"Be', se lavori qui devi diventarlo. Fai sempre trovare gli annaffiatoi pieni d'acqua a sinistra dell'entrata, una volta al giorno controlla se i bidoni del verde sono pieni, nel qual caso vai a svuotarli nel cassonetto sulla strada. In fondo, se non ci sono funerali c'è poco da fare, ma non illuderti, che qui muore sempre qualcuno. Ultima cosa. Quando esci controlla che il lucchetto sia serrato, prova a tirarlo per esserne sicuro. Non so a cosa e se serve, ma il cancello deve sempre essere chiuso la notte. E adesso il compito più delicato."

Benestare ritornò verso la camera mortuaria. Entrammo e mi fece avvicinare al tavolino dietro la porta. Ne aprì il cassetto e tirò fuori uno zibaldone:

"Questa è la cosa più importante, il registro dei morti. Puoi dimenticarti altre cose, ma questa no. Qui bisogna segnare quelli che spirano, tutti tutti, che se a uno non gli scrivi il nome qui sopra è come se non fosse nemmeno morto. Compila le schede come le precedenti, nell'ordine che vedi: numero progressivo, cognome, nome, data di nascita, data di morte. Il numero progressivo va azzerato ogni anno. È tutto chiaro?".

"Quello che mi avete detto sì. Il problema è quello che non mi avete detto."

"Le altre cose le risolverai di volta in volta. Eccoti le chiavi. Se hai qualche dubbio vieni al Comune, per tutto il resto usa il buon senso e fatti guidare dall'esperienza di Marfarò il becchino."

Quando Cornelio andò via, lasciandomi con le chiavi in mano, mi sentii come un orfano. Guardai intorno a cercare qualunque cosa potesse farmi sentire meno solo, e allora la mia attenzione fu attirata dalla mensola sulla parete di fondo. In ogni angolo regnava una confusione diffusa e invece lì sopra gli oggetti, sebbene impolverati, erano allineati con cura: una clessidra, un vecchio mangiacassette, una piuma bianca, un piccolo specchio pieghevole, una testa frenologica. Oggetti messi in fila come i libri della mia biblioteca, ma secondo una catalogazione che non riuscivo a capire. Cercai uno straccio ma, poiché non ce n'erano, presi il fazzoletto dalla mia tasca per spolverare la testa, l'oggetto più strano. Era leggera, lucida, in porcellana craquelé tipo Staffordshire. Alcune scritte indicavano le aree del cervello associate alle varie emozioni, doti, mancanze, ai vari sentimenti: sopra l'orecchio sinistro, per esempio, la distruttività, chissà perché a fianco al desiderio di liquidi; sopra l'occhio sinistro si addossavano l'ordine e il colore, mentre tutta la regione che circondava l'occhio destro interessava la letteratura. In ogni parte della testa c'era un punto preciso in cui ciascun attimo della nostra vita era come predisposto e ordinato, e dove non c'era, qualcuno glielo aveva aggiunto con una scritta in pennarello, *pazzia*. La rassegnazione era dietro, sopra la nuca, sulla linea della colonna vertebrale occipitale, nella zona dedicata alle varie tipologie d'amore – filoprogenitivo, riproduttivo, filiale, animale – e confinante con il patriottismo.

Riposi la testa sulla mensola: ricomponendo quel bizzarro accozzame e continuando a osservare la fantasia combinatoria, una micromappa della disposizione universale, mi venne addosso come una ventata di consapevolezza – corrispondenza nella regione tempiale sinistra, tra smarrimento e senso del dovere – e un pensiero unico, netto, ficcante, mi si piantò nel centro del cervello: è inutile dolersi, piangersi, sconsolarsi: da oggi sono il custode di tutto ciò che mi circonda, e se devo farlo, e alternative prossime non ce ne sono, allora è bene che lo faccia nel modo migliore.

Fu il momento del coraggio e della presa di coscienza, che spesso sono la stessa cosa, tant'è che i due sentimenti confinavano tra loro, nel centro esatto della testa frenologica.

Presi la scopa di saggina nell'angolo e cominciai a pulire la camera mortuaria, buttando gli oggetti inutili che il mio predecessore aveva ammassato. Dopo mezz'ora quel locale non sembrava più lo stesso, e fui soddisfatto del lavoro. Uscii. Volevo esplorare ogni angolo del cimitero, così come negli anni avevo fatto con la biblioteca, perché conoscere il mondo intorno mi ha sempre fatto sentire sicuro.

Fino a quel giorno, per me, il cimitero era stato lungo solo centotrentasei passi, la distanza tra il cancello e la cappella di famiglia. Centotrentasei dei miei passi strascicati, che non so a quanti passi regolari corrispondano. Da quando avevo quattordici anni, vi andavo una volta al mese. Mi fermavo all'altezza dei pilastri dell'entrata, affiancavo i piedi, e cominciavo a contare. Centotrentasei passi, sempre lo stesso percorso, per tredici volte all'anno, compreso il giorno dei Morti. Che corrispondevano anche a un tempo preciso, in totale otto minuti e trentatré secondi, che moltiplicato per tredici faceva un'ora, quarantotto minuti e ventinove secondi. Il tempo annuale della mia permanenza al cimitero prima che ne divenissi il guardiano.

Misurai il mio nuovo spazio costeggiando tutto il perimetro del camposanto fino al punto di partenza.

Ritornai nella camera mortuaria e mi sedetti al tavolino, affaticato. Aprii il registro dei morti che Cornelio aveva lasciato lì: scorgere tutti quei nomi, pagina dopo pagina, mi fece la stessa impressione di quando osservavo, sulla parete dell'asilo della chiesa, il quadro con le vecchie foto votive dei soldati partiti in guerra, lo stupore di un'umanità scomparsa senza lasciare traccia. Nel cassetto centrale c'era un grande foglio arrotolato. Lo stesi: era la mappa del cimitero, con tutti i loculi numerati e le lettere che indicavano i settori. Mi sembrò riproporsi lo schema della testa frenologica, che per un attimo ogni cosa nel mondo – anche i pensieri, anche i sentimenti, anche i morti – avesse la sua giusta collocazione nell'universo.

Anche io, Astolfo Malinverno, l'unico bibliotecario guardiano di cimitero che l'umanità abbia mai avuto.

Fu dopo due giorni che la vidi per la prima volta.

Dalla periferia al centro. È sempre stato il mio modo di conoscere il mondo: si comincia dai confini e si procede per accerchiamento fino al centro di un campo immaginifico. È un po' quello che capita con le persone: si osservano prima gli occhi, le mani, l'andatura, e poi poco per volta cerchiamo di entrare nella pelle, insinuarci nelle pieghe del cervello, intuirne i pensieri. Rispettare l'ordine del cosmo.

Sicuro di dominare il perimetro del camposanto in ogni sua crepa, in ogni ciuffo d'erba, perfino di prevedere ogni sua metamorfosi quotidiana, mi addentrai tra le lapidi.

Soffiava un vento fortissimo e c'era da ripulire i vialetti: raccolsi tante foglie da riempire due grossi e pesanti sacchi. Facevo fatica a trascinarli, così a ogni passo li appoggiavo e mi fermavo a riposare la gamba. Durante una di queste soste, mentre segnavo la mia posizione nel mondo con le macchie d'acqua che i sacchi lasciavano per terra, mi apparve lei.

Non l'avevo mai vista prima perché era nascosta da un muro più sporgente degli altri.

Aveva occhi bellissimi, bruni, che sembravano neri per effetto delle ciglia, e lo sguardo arrivava franco, con un candido ardire. Le labbra carnose ma in alcuni punti spellate, come se avesse avuto l'abitudine di mordicchiarsi nei momenti di silenzio. Il collo le usciva da un colletto bianco e i capelli, divisi in due bande nere e lisce, erano separati, alla sommità della

testa, da una scriminatura sottile che si approfondiva leggermente seguendo la curva del cranio. Addolcendosi in piccole
onde sulle tempie, lasciavano appena intravedere i lobi delle
orecchie, per raccogliersi, dietro, in un nodo abbondante.
Due pendenti luminosi scendevano dalle ciocche. Mi avvicinai. Gli occhi neri e blu, come strati di colori sovrapposti che,
densi nel fondo, andavano schiarendosi verso la superficie.

La foto campeggiava, sola, al centro della lapide.

Nulla intorno, se non il grigio consumato del cemento.

Nessun nome, nessuna data di nascita, nessuna data di
morte.

Sentii provenire da quell'immagine come un'aria di tristezza autunnale, di mondi che sfioriscono, la mestizia delle
vite sciupate e dei sogni mancati. Uno scatto vecchio, di anni
imprecisati, e tuttavia il volto era nitido, magnetico, e mi si
fissò tanto nella mente che, quando ripresi la lettura, mi bastò immergermi nel grondante disincanto delle pagine per
associare quasi naturalmente alle fattezze della sconosciuta
quelle dell'eroina di Flaubert. Da quel momento, Madame
Bovary ebbe per me il volto di quella foto, l'anima affine d'un
essere umano nato per il cielo ma dannato alla terra, zoppa
nell'animo come io nel corpo.

Le diedi così per sempre il nome a me caro, Emma Rouault,
sepolta nel cimitero di Timpamara.

4.

Era stata una grande trovata, quella di Dicearco, di immaginare linee volanti e invisibili che attraversano il globo terrestre perpendicolarmente e che identificano ogni punto della Terra con un nome infallibile, che a furia di osservare sulle cartine degli atlanti meridiani e paralleli avvolgere mari e terre come ragnatele, mi capitava ogni tanto d'alzare la testa e accertarmi se davvero si vedessero, quelle misure umane, come scie d'aerei o tracce di voli d'uccelli, se l'ambizione del posto giusto fosse invenzione o scoperta. Le sentivo sopra di me quando percorrevo le distanze e gli spazi d'ogni mia giornata, da casa al cimitero e dal cimitero alla biblioteca, e mi piaceva l'idea che ogni passo avesse una posizione ben precisa nel mondo, che le soste temporanee dettate dall'imperfezione della gamba avvenissero dentro un quadrato di terra già previsto e descritto dagli uomini, come se la giusta collocazione offrisse di per sé, autonomamente, un significato. Anche la mia biblioteca funzionava a quel modo. Libri scritti e stampati in mondi diversi, in tempi lontani, eppure adesso affiancati su uno scaffale secondo un ordine.

Anche al cimitero le contiguità generavano curiosi accoppiamenti: due nemici in vita si ritrovano accosti sotto la stessa ombra, o al contrario marito e moglie dopo una vita in comune venivano divisi e sparpagliati come semi lanciati da una mano. E tuttavia, in questi onnicomprensivi reticolati alfanumerici, qualcosa ogni tanto sfuggiva dalle maglie.

La tomba della bella Emma, per esempio.

Cercai subito nella mappa cimiteriale per risalire, dalla collocazione, a un qualsiasi indizio d'identità, ma in corrispondenza della sepoltura, anziché il numero identificativo che indicava tutti gli altri loculi, trovai un quadratino bianco, come quelli che presuppongono uno spazio che verrà occupato. L'assenza mi sorprese, come se anche sulla carta venisse riproposto l'anonimato della lapide e il mondo cercasse in ogni modo di celare l'identità di quella donna bella e fragile. Eppure, lei c'era. La piccola area vuota rappresentava una possibilità, come gli spazi lasciati da Mendeleev nelle prime versioni della tavola periodica per gli elementi non ancora scoperti, che esistevano in natura e aspettavano solo di essere conosciuti. L'anonimato conferiva a Emma ulteriore fascino.

Lasciai traccia della mia visione, come ogni testimone che si rispetti, e numerai il quadratino bianco con la cifra che gli toccava in ordine crescente, il numero 1543; lo riportai nell'elenco riassuntivo in fondo al registro, al sedicesimo rigo: *1543 Emma Rouault*, e per un attimo indossai le sembianze di un disegnatore di paralleli e meridiani che attribuiva posizioni in terra, un custode di anime erranti.

Era un modo per cominciare. Un nome. Un posto nel mondo. Una solitudine che diveniva meno dolorosa. E per tenerle compagnia, per tenermi compagnia, ogni volta che potevo passavo da lei, a guardarla in silenzio come si fa con certi quadri o con i tramonti. Quando avevo tempo, mi sedevo su una sedia sfasciata che avevo messo là di fronte e leggevo a voce alta pagine del suo romanzo, come se davvero potesse sentirmi. Divenne una presenza familiare nelle mie giornate, non solo al cimitero, tanto che il pensiero di lei e della sua storia dimenticata mi accompagnava dappertutto in biblioteca, a casa, nelle mie brevi incursioni al bar.

La dimenticanza che consegue alle ossessioni s'intruse negli ingranaggi delle mie giornate e li rallentò: bollii un uovo fino a farlo scoppiare, lasciai aperta la porta di casa, mancai un appuntamento col calzolaio per le mie scarpe su misura.

Alcune mattine arrivavo al cimitero con una voglia di vederla tale che andavo da lei appena aperto il cancello, quasi ad accertarmi che esistesse ancora. E come ogni custode d'anime che si rispetti, cercai di abbellire quell'angolo piantando nell'aiuola a fianco alla sua tomba una grande edera che avevo sradicato da un prato, facendo in modo che si sviluppasse intorno al perimetro della lapide. La cornice floreale tuttavia non bastò a modificare la natura del volto, pallido ovunque, con gli occhi di vaga tristezza, la stessa che aveva accompagnato la mia infanzia, adombrata negli sguardi disillusi dell'unica donna che avessi mai amato fino ad allora, Catena Seminara, mia madre, che non abitava più il regno dei vivi.

Era morta in silenzio, di notte. Avevo dodici anni. Si addormentò e morì. Al mio fianco.

La vita tirò a sorte e la sorte cadde su di lei.

Due persone che dormivano vicine, che avevano chiuso gli occhi nello stesso momento, ma che il sonno aveva separato: solo una delle due li aveva riaperti, come se per ogni morte che colpisce ci fosse una vita risparmiata. E non c'erano stati annunci la sera prima, indizi, appesantimenti del corpo, sospensioni di battiti, prolungamenti di respiri. Solo la consueta buonanotte, il bacio, la coperta tirata fino al collo, il braccio materno che mi cingeva il fianco per proteggermi.

Chissà a quale ora precisa si era fermato il cuore, cosa stavo sognando, in quale sequenza di movimenti universali e celesti era stata prevista la sua reticenza.

Dormivo al suo fianco tutte le volte che mio padre faceva il turno di notte al macero. Non era mai successo che mi svegliassi prima di lei. Per questo, aperti gli occhi, mi bastò sentirla addosso per capire che qualcosa era successo. Mammà, mammà. Spostai il braccio con fatica e mi avvicinai al volto. Mammà, mammà. La mossi più volte, sempre di più, fin quando osai darle un leggero schiaffo sulla guancia, fin quando con dita trementi mi arrischiai a sollevarle le palpebre. Mammà, mammà. Appoggiai la testa sul petto per sentirne il cuore, abbracciandola. Chiusi gli occhi mentre pensavo adesso comincia a battere, adesso comincia a battere. Tra poco.

Mi sembrò di rivivere la prima notte che avevo sentito in maniera chiara ed evidente i battiti. Ero piccolo: appoggiato sul suo petto, nel buio che ingigantiva i rumori, mi ero immerso in quella regolarità sonora, ed era un battito sfibrato, quasi un'eco, un suono debole come sul punto di spegnersi, un battito e poi il silenzio, un battito e subito dopo il silenzio, ed era quell'assenza che mi spaventava, la sospensione uditiva, lo sgomento che persistesse l'oblio, che quando mi sembrava che il silenzio fosse durato un attimo oltre la soglia della speranza, muovevo il corpo di mia madre come si fa con le bambole che non funzionano, e quando il battito ritornava l'incubo non finiva, era solo rinviato: ogni palpito precedeva la sua assenza, ogni mancanza sembrava dilatarsi oltre il tempo della speranza, e non mi capacitavo di come il corpo degli uomini, la loro vita fatta di azioni, parole, pensieri, di case costruite, di biblioteche scritte, di conquiste interstellari, tutta l'umanità dalle origini a oggi e oltre, tutto, potesse dipendere da un muscolo all'apparenza così debole.

Tutto questo pensai nell'attimo in cui sentii il cuore di mia madre non battere più. Era questa la morte, e io l'avevo talmente immaginata e temuta che mi sembrò quasi naturale; avevo così paventato la sospensione del battito e il dolore e la tragedia della scomparsa della madre, avevo pianto tante volte nel fantasticarla, nell'immaginarmi accanto al suo corpo esanime, che adesso era come se fossi pronto, allenato, come se quella dimensione non fosse che il prolungamento di quegli esercizi all'assenza e alla solitudine.

Non avrebbe battuto più, il cuore di Catena Seminara. Mai più. E allora, con le lacrime agli occhi, mi allontanai da lei, mi sedetti su una sedia e mi fermai a guardarla, così bella che sembrava dormire, così bella come non l'avrei mai più rivista.

Tutto quello che abbiamo ci può essere tolto da un momento all'altro, questo insegna la morte, che nulla ci appartiene.

Ogni volta che andavo a trovarla nella cappella di famiglia, sia che fossi con mio padre o mio zio e poi da solo, ogni volta entravo e baciavo la sua foto, appoggiavo l'orecchio sul marmo e mi dicevo adesso torna a battere, adesso torna a battere, adesso...

Mia madre viveva delle storie che leggeva, che se avesse avuto l'istruzione, come diceva, ne avrebbe scritte anche lei, ma poiché non sapeva, fin da giovane si scriveva i libri nella testa, che i personaggi ce li aveva davanti, tutti i paesani che incontrava e a cui attaccava addosso una storia segreta, ed era una bella vita, che così anche Catena era come se vivesse dentro un libro. Siamo fatti di pensieri più che di carne, e quei pensieri ci vengono distillati nel sangue dalle idee di chi ci ha voluti, che io non ho ereditato solo il colore dei capelli o l'arrendevolezza degli sguardi ma anche le illusioni, i sogni, e le passioni per i racconti.

Di ogni persona conosciuta e sconosciuta, di ogni uomo o donna che incrociava, di ogni essere di cui si parlava, di ogni vicino di casa, di ogni cuore che batteva, perfino degli animali per strada o di ogni oggetto sfiorato, della pietra raccolta, della busta di latte abbandonata, del mondo intero mia madre conosceva e raccontava la storia. E anche di Abelardo Calanna che abitava a due porte da noi: la sera rientrava sempre tardi, quando noi eravamo già a letto, e lo sentivamo infilare la chiave e chiudere piano la porta cigolante.

"Sai perché arriva così tardi?" mi aveva domandato una sera.

Quel tono era l'annuncio di uno dei suoi racconti.

"Abelardo è in realtà un pescatore che passa tutto il giorno sulla sua barca alla Marina. Però non cerca pesci, cerca un oggetto in particolare. Una collana, che la figlia ha perso l'estate prima di morire. E da allora ogni giorno butta le reti sperando di ritrovarla, e fin quando sentiremo la sua chiave stanca girare nella porta, vorrà dire che la rete era vuota."

Quell'uomo, le poche volte che lo avevo incontrato di giorno, tutto mi era sembrato tranne uno che andava per mare.

"Mi stai dicendo la verità, Abelardo è davvero un pescatore?"

Catena mi aveva accarezzato i capelli: "Siamo noi a decidere cos'è vero o no, solo noi. Guardalo bene la prossima volta che lo incontri, e se pensi che è un pescatore vedrai un pescatore. Osserva sempre la gente con attenzione, Astolfo, fissa i particolari, che ognuno, la sua storia vera, non la porta stampata sulla faccia ma nascosta dentro pieghe invisibili della pelle".

Quasi un mese dopo, una notte avevamo sentito urlare per strada che Abelardo Calanna era stato trovato morto.

Da qualche tempo non lo sentivamo più infilare la chiave nella toppa. Era scomparso. Quel giorno, le onde ne avevano restituito il corpo sulla spiaggia di Pietragrande.

Catena mi portò con sé alla veglia notturna. Era quasi mattina quando eravamo tornati a letto.

Prima di addormentarmi, mia madre mi si era avvicinata:

"Hai visto Abelardo?".

"Sì."

"E cosa hai notato?"

Non ero riuscito a vederne il volto, solo il corpo, disteso su un letto, vestito e senza scarpe.

"Aveva i piedi nudi."

"Non solo," aveva aggiunto mentre spegneva la lampada. "La mano destra era chiusa a pugno."

Non avevo avuto la forza di chiedere perché.

"Astolfo mio, alla fine ce l'ha fatta. Ha trovato la collana."

Con la bocca di mia madre che narrava e animava il mondo, come se il mondo esistesse solo nella parola e con la parola, conobbi la vita e imparai ad amare i racconti e a capire presto che uomini e libri narrano in fondo le stesse storie.

5.

Malgrado le riserve e i dubbi iniziali, il mio nuovo mestiere di camposantaro non creò i drammi temuti, anzi, già dopo un paio di settimane i due impieghi si armonizzarono in maniera quasi perfetta.

La mattina alle otto andavo al cimitero, e per le successive quattro ore ero libero di scegliere cosa fare e quando.

A mezzogiorno, annunciato dalle campane della Chiesa Matrice, andavo a casa, mi lavavo e cambiavo d'abito, mangiavo qualcosa, riposavo un'oretta sulla poltrona, quindi uscivo per aprire la biblioteca alle due precise.

Stavo lì fino alle sei, quando era ora di chiudere il camposanto. Se avevo lasciato qualcosa in sospeso tornavo in biblioteca, altrimenti rientravo a casa.

Due mondi che sembravano inconciliabili erano entrati in contatto attraverso me. Inconciliabili per le genti di Timpamara, ovviamente, che i primi tempi non mancarono di far sentire la loro perplessità.

"Astolfo, ma è vero che t'hanno fatto guardiano del cimitero?" mi disse il primo giorno di servizio Agamennone, il barista, mentre mi serviva il caffè.

"Dovrebbe essere una cosa temporanea," risposi, facendo mie in quel momento le riserve che in genere pesano sui guardiani del cimitero.

"E adesso come fai a passare dai libri ai morti?"

"Che io dico, non potevano darmelo a me quel posto?" aggiunse Godot, che cercava lavoro da quando era nato.

Le malignità non mancarono, riassumibili nel gesto apotropaico di Wagner che quando mi vide attraversare la strada uscendo dal bar si portò la mano tra le gambe e strinse come se dovesse mungere una mucca, tuttavia per i timpamarani restavo sempre il bibliotecario, anche quando mi vedevano chiudere la cappella mortuaria.

La regolarità di questa vita equamente divisa tra cimitero e biblioteca si complicava tuttavia quando moriva qualcuno.

Essendo civile consuetudine celebrare i funerali di pomeriggio, per accompagnare i defunti alla casa eterna dovevo lasciare i libri. Se in biblioteca non c'era nessuno era semplice, in caso contrario dovevo garbatamente far accomodare fuori il lettore e il libro di solito glielo facevo portare a casa pur essendo di consultazione. Poi chiudevo mettendo sulla porta il cartello

CHIUSO PER LUTTO.
RIAPRIAMO DOPO IL FUNERALE.

Anche se ormai i timpamarani avevano imparato che in occasioni di funebri accompagnamenti la biblioteca restava chiusa, tuttavia qualche sbadato ogni tanto arrivava, e allora era bene avvertirlo.

Come se non bastassi io a unire quei due luoghi, un giorno pensò a farlo Carlemilio Gimigliano, uomo forgiato da leggendaria pignoleria. Stavo insieme al becchino Marfarò intorno alla buca in cui stavano calando la bara del povero Marcello Soriano, quando arrivò trafelato alle mie spalle:

"Buonasera Malinverno".

Notai subito che aveva in mano un libro. Gli feci segno di abbassare la voce indicandogli il feretro. Carlemilio si fece il segno della croce, mosse un passo avanti e si avvicinò al mio orecchio:

"Devo restituirvi il libro," sussurrò.

Lo fissai e mi accorsi che parlava seriamente.

Feci un cenno in direzione della bara nel frattempo calata sul fondo terroso con un'espressione come a dire se gli pareva quello il momento.

Lui ritornò ad avvicinarsi e mormorò con voce ancora più bassa:

"Tra un minuto preciso scade il mese del prestito".

"Passate dopo in biblioteca," gli bisbigliai.

Il più caro amico di Marcello lanciò il primo pugno di terra nella fossa.

"Non posso. Tra quindici minuti inizio il turno al macero."

"E allora passate domani."

Non l'avessi mai detto. Il suo voltò s'incupì e gli occhi si strinsero in un'espressione quasi minacciosa:

"Domani è tardi. Adesso! Che non si dica mai che Carlemilio Gimigliano abbia mancato una sola volta alla sua parola!".

E così dicendo mi mise il libro nelle mani, si segnò a indirizzo del prete e andò via.

Non tutti erano precisi come Gimigliano. Sertorio Pedace, per esempio, era da un anno che aveva preso in prestito il *Manuale illustrato delle piante spontanee: come riconoscerle e cucinarle* sigla CONS GIA 01. Non avrei nemmeno dovuto darglielo, essendo un testo di consultazione, ma avevo fatto uno strappo alla regola, che l'uomo era stato pressante e convincente:

"Un paio di giorni al massimo e ve lo riporto, sull'ossa di mio padre".

Non si vide più. Lo immaginavo girare per prati e boschi e confrontare illustrazioni e realtà.

Incontrarci in paese era quasi impossibile, così quando lo vidi al cimitero lo avvicinai:

"Buongiorno Sertorio, come state?".

"Che volete, siamo qui!"

"È da mesi che non ci vediamo, vi aspettavo in biblioteca per quel libro."

"Quale?"

"Quello delle piante, vi ricordate?"

Pedace si toccò la tempia per sforzare la memoria.

"Ah, sì, sì, avete ragione, me n'ero dimenticato. Ma aspettate, dovrei averlo dentro il motocarro, fuori. Se avete pazienza, ve lo vado a prendere."

Quando ritornò, faticai a riconoscere nel mazzo di carte colorate che aveva in mano il manuale dell'anno prima. Me lo porse:

"Si vede che l'ho usato, vero?" disse quasi con soddisfazione.

La copertina non c'era più, le pagine esterne erano strappate, quelle interne spiegazzate agli angoli, e di tanto in tanto spuntava una foglia secca o un filo d'erba come segnalibro. Impronte di dita terrose erano sparse dappertutto.

"Facciamo che ve lo regalo, Sertorio, tanto ne abbiamo preso un altro," mentii.

"Davvero? Grazie, grazie, che sapeste quanto mi è utile."

Lo portò con sé verso la tomba del padre, dove stava andando a lasciare il mazzetto di fiori di campo che teneva in mano. Che poi, quando il pomeriggio in biblioteca strappai la scheda del libro, pensai che in fondo tutto quello che ci viene dato nella vita è un prestito a tempo che prima o poi dovremo rendere, che nulla ci appartiene davvero, come se l'universo fosse una grande biblioteca nella quale si dispensano comodati d'uso di solitudine, gioia, rimpianto, tutti appuntati su schede scritte minutamente, sapendo già che a qualcun altro andranno un giorno i nostri oggetti, le nostre sensazioni, i nostri respiri.

Anche Emma non sfuggiva a questa legge naturale. In vita era appartenuta a qualcuno, forse solo a sé stessa, adesso invece era mia, consigliatami da un bibliotecario attento ai bisogni degli uomini.

Una mattina che passai a salutarla, mi bastò fissarne gli occhi per capire che guardarla solo quando ero al cimitero non mi bastava più. Immaginai la sua fotografia sul comodino vuoto della mia camera, e l'idea mi fece stare bene. Non sarei stato il primo né l'ultimo a portarsi a casa un cimelio simile. Per un attimo mi sentii come l'addetto all'obitorio di Parigi quando si era trovato di fronte al sorriso de *l'inconnue de la Seine* e aveva subito pensato di farle un calco di gesso per tenerla sempre con sé. Lo avevo letto nelle curiosità della "Domenica del Corriere". A me bastava una foto di Emma sempre vicino.

Provai con le mani a staccare la cornice metallica ma non ci riuscii. Andai al capanno e presi un cacciavite piatto. Lo infilai tra la cornice e il cemento, rimossi la foto e la presi tra le mani. Avevo sperato di trovare sul retro ciò che il mondo celava, un nome, una data, puranche delle iniziali, e invece solo i resti di un cartoncino nero, un'immagine staccata da un album. Avevo sperato e anche temuto, come se l'evidenza di un nome e la certezza di un'identità avessero potuto cancellare Emma e tutto ciò che stavo vivendo con lei. Alla fine, mi sentii perfino sollevato. Misi tutto in tasca e tornai verso il magazzino.

In un viottolo incrociai un forestiero. Non fu per questo che lo notai, che forestieri a Timpamara ne venivano continuamente per via della biblioteca che attirava lettori da ogni parte, ma perché teneva a tracolla un borsone rigido di pelle nera e in mano, invece dei fiori, un taccuino con una penna agganciata.

Doveva essere la prima volta che veniva al cimitero, perché se ne stava qualche metro oltre il cancello, immobile come a cercare qualcosa.

Mi avvicinai: "Buongiorno, posso aiutarla?".

Aveva i capelli tirati all'indietro, la pelle lucida, gli occhi scuri. Mi sorrise: "Non c'è bisogno, grazie," e scomparve dietro le prime cappelle.

Quando fu mezzogiorno, presi la fotografia di Emma e andai da Marfarò.

Erano una famiglia di becchini da tre generazioni: l'ultimo, Geremia, tra le altre fobie aveva quella di divenire povero. Viveva nell'irrazionale paura che all'improvviso la gente smettesse di morire e lui sarebbe stato rovinato. Era stata la prima cosa che mi aveva detto il giorno dopo il mio insediamento al cimitero.

"Speriamo che voi mi portiate fortuna."

"In che senso?"

"Nel senso che voi siete orfano da tanti anni, e insomma speriamo che questo significhi qualcosa."

"Mi spiace ma non capisco..."

"Auguriamoci che la gente continui a morire e che voi mi portiate fortuna, che non ci siano insomma controindicazioni, sospensioni, che la scienza ultimamente sta facendo troppi progressi. Non li leggete i giornali? Ogni anno la vita media si allunga, ogni anno... che vogliono dire tutti questi medici a Timpamara, ma a che servono? Confido in voi, Malinverno, che col vostro predecessore ho conosciuto periodi di magra. Certo, se eravate gobbo invece che zoppo era meglio!"

Doveva trattarsi di una paura atavica, genetica.

"Non si può certo campare coi morti, a Timpamara. Non sono un'entrata sicura."

Per questo negli anni si era dato da fare: di fronte all'agenzia funebre aveva messo una sedia con uova fresche di giornata, per i giorni di festa aveva comprato la macchina per lo zucchero filato, a Natale si vestiva da zampognaro. Ma soprattutto, era divenuto tipografo artigianale e fotografo per compleanni e fototessere.

Era la prima volta che entravo nella sua bottega.

"E che ci fa qui il camposantaro?"

Tirai fuori la foto dalla tasca e gliela porsi.

"Ne vorrei una copia."

La prese, s'infilò gli occhiali e la osservò. Per un attimo mi sembrò di aver agito con leggerezza. Pensai che avrebbe potuto riconoscerla.

"E chi è questa bella donna?"

"Me l'hanno data al cimitero, un parente, mi sono preso io l'incarico."

"Facciamo subito."

La appoggiò sopra un cavalletto, prese la macchina fotografica, cercò la giusta distanza e poi fece tre scatti. Me la restituì.

"Un paio di giorni ed è pronta. La lasciamo tale e quale o la facciamo artistica?"

La domanda era tutt'altro che retorica. Dotato di uno spiccato senso pittorico, le fotografie in bianco e nero che stampava nel suo laboratorio, Marfarò le ritoccava con i colori, e il risultato finale erano delle stampe artificiose che sembravano illustrazioni mal riuscite di guide di viaggio. Le lapidi di Timpamara ne erano piene. Bisogna abbellirli i morti, ripeteva, e lui lo faceva, forse troppo, sicuramente troppo, come quando aggiunse i capelli neri a Giasone Bonifati che era calvo o rimpicciolì il naso enorme di Roccabernarda: cambiava i biondi in rossi e i bianchi in neri, distribuiva secondo l'estro del momento occhi azzurri e nei artificiali, labbra carnose e ciglia folte.

Questo abbellimento a molti faceva piacere perché vivevano quella bellezza posticcia al pari di un rito che avrebbe facilitato la vita ultraterrena dei loro cari, come gli antichi egizi quando mummificavano i corpi e li profumavano sperando così di favorire il passaggio nell'oltretomba: la perfezione estetica era la moneta lasciata in tasca per pagare il pedaggio dell'eternità.

Emma invece sarebbe rimasta in quel modo, in bianco e nero. Tornai al cimitero e rimisi la foto al suo posto.

La accarezzai e, forse perché l'avevo tenuta tra le mani, al momento di andare la baciai per la prima volta.

6.

Nato da suggestioni balzachiane e nomato per approssi-
mazioni ariostesche, il mio incontro con i racconti era stabilito dai cromosomi materni e scritto nei venti di carta che sfer-
zavano Timpamara improfumandola di avventure lontane.
Venti irriducibili come destini, che muovevano le vite degli
uomini e delle donne come fossero pagine da voltare. Il risultato era stato un nutrimento di fantasie e immaginazioni.

Per chi come me aveva imparato ad amare leggendo storie d'amore, che ogni gesto lo riferiva a un passo letto, che
non sapeva i confini di Timpamara ma conosceva l'isola volante di Laputa e s'era scaldato ai soli di Ogigia, per quelli
come me era facile invaghirsi d'una foto attaccata su una lapide come un'immagine fuori testo senza didascalia.

Soprattutto se quel volto somigliava a una donna cara la
cui mente, come la mia, era stata guastata dai romanzi.

Emma divenne quasi subito il centro della mia vita. I miei
pensieri, le mie azioni, perfino i miei sogni ruotavano intorno
a quella fotografia. I nudi rami cominciavano a ricoprirsi di
cristalli, secondo il dettame stendhaliano che nulla è più visionario dell'amore.

La sentivo viva fino al punto di parlarle, di raccontarle i
libri che leggevo, snocciolarle i nomi di chi moriva, portarla
con me nei sogni e lì baciarla, e credere giorno dopo giorno,
nella mia vita scordata dagli affetti, che se una donna avessi
mai potuto amare sarebbe stata lei. Confermando, coerente-

mente col resto della mia esistenza, che le cose che desideravo non esistevano in questo mondo.

Mi convinsi a tal punto dell'identità di Emma Bovary che una di quelle mattine, erano passati sì e no venti giorni dal nostro incontro, dopo aver visto il marmista posizionare una lapide con tanto di nome e cognome, e notando come l'anonimità, in altre circostanze benevola, riferita alla morte portasse con sé una dose mista di tristezza e abbandono, presi un pezzo di gesso e sotto la foto della donna anonima scrissi *Emma Rouault in Bovary*. Più in basso, come epigrafe, laddove Flaubert avrebbe voluto *Stat viator amabilem coniugem calcas*, scrissi

> *Qui giace colei che, soffocata dall'esistenza,*
> *respirò nelle illusioni.*

Non mi ingannai sulla resistenza di quelle lettere: avrei portato in tasca il pezzo di gesso e ogni volta le avrei ripassate, giorno dopo giorno, perché la reiterazione può mutare il destino degli oggetti e delle storie nate e votate alla dimenticanza.

Da quel giorno la mia Emma Rouault in Bovary smise di vagabondare nel limbo delle anime sospese e dimenticate per salire nel cerchio lussurioso di chi nella vita confuse desiderio e realtà.

Mi strofinai le mani sui pantaloni e poi le immersi nel secchio d'acqua che avevo portato con me. Non sopportavo le mani sporche di gesso. Era sempre stato così: a scuola tutto ciò che aveva a che fare con la lavagna mi disturbava, soprattutto il cancellino di feltro e il fastidio del suo attrito rasposo strofinato sull'ardesia, che lasciava sempre un vestigio del suo passaggio ch'era di volta in volta banco di nuvole, rovo innevato, fil di fumo, come se anche la cancellatura prevedesse una sua grammatica della presenza.

Malgrado ogni cura, c'era sempre un granello disubbidiente di polvere bianca che s'infilava sotto le unghie. Raccolsi a terra degli aghi di pino e cercai di pulirle, ma capii che avevo bisogno d'insaponarmi le mani e di immergerle ancora nell'acqua. Quando presi il sentiero principale verso l'ingresso, c'era qualcun altro che si lavava le mani.

Delle consegne del camposanto, assieme alle chiavi, agli attrezzi, ai mucchi di polvere rimestata, ai fiori secchi, all'odore dei lumini spenti, ai galbuli caduti dei cipressi, faceva parte il Resuscitato, come tutti chiamavano Elea Maierà.

Silenzioso alla maniera delle sculture che ornavano le tombe, allo stesso modo indifferente ai fatti umani e agli strobili che gli cadevano al fianco, entrava verso le nove, si sedeva accanto alla buca che gli avevano scavato la mattina del giorno in cui era morto, e restava fino all'ora di pranzo.

Aveva pagato per comprarsi quella piccola metratura che era il suo unico avere, neanche una casa aveva scritturata, ma quella buca sì, e voleva lasciarla sempre a quel modo, aperta, che io non lo avevo mai visto ma certe volte aveva le scarpe così inzaccherate che secondo me ci s'infilava pure dentro.

Era stato un giorno di maggio di tre anni prima: Timpamara era coperta da una cappa di calore che, giunta dal mare, s'era fermata lì e l'aveva messa come sotto una campana.

Fino ad allora Elea era conosciuto da tutti per l'eccessiva protuberanza nasale simile a un nido d'uccelli, un picco, un promontorio, che guai a prenderlo in giro, c'era il rischio di rimetterci qualche dente per la sua irascibilità.

Stava ramando le piantine di pomodoro: era presto ma già sudava come se gli avessero buttato un secchio d'acqua addosso, gli occhi si chiudevano e la bocca era tutta impastata. Si fermò, poi sentì come se la terra che copriva gli scarponi gli entrasse nelle vene, si irrigidì come un ramo di vigna e il dolore puntorio al cuore che lo fece piegare e cadere a terra fu la sua vendemmia, la recisione del grappolo.

Venne subito soccorso, ma il cuore non batteva più.

Il fratello cominciò a piangerlo per morto. Lo adagiarono sul grande tavolo di legno sotto il pergolato di zibibbo, e mentre mandarono a chiamare il becchino, il prete e il medico, la madre con uno straccio bagnato gli toglieva la polvere dalla faccia.

Il medico arrivò dopo dieci minuti e decretò per verbo scientifico la morte corporale, mentre don Pallagorio incensava la sopravvivenza dell'anima. Marfarò andò a stampare i manifesti, che il funerale, visto il caldo, sarebbe stato celebrato quello stesso pomeriggio.

Il corpo dello sciagurato venne messo nella bara scoperta e portato come da prassi nella sala mortuaria del cimitero, sul grande e freddo tavolo di metallo che il sedicesimo guardiano del cimitero Graziano Melicuccà aveva reso presentabile.

Fu lì, due ore e mezzo dopo il pianto del fratello, che il cadavere di Elea mosse una mano. Per cacciarsi una mosca che stava banchettando nei suoi cunicoli auricolari. Lo vide solo il nipote tredicenne Langhedòc, che divenne bianco come il raso su cui era disteso il corpo, si spaventò e cominciò a urlare:

"S'è mosso, s'è mosso, ha alzato la mano!".

Il padre se lo abbracciò:

"Scusatelo, è scosso, era troppo attaccato allo zio".

"No, no, ti dico che s'è mosso, te lo giuro!" urlò, tremando, e allora il padre lo accompagnò fuori.

I presenti, sorpresi da quella reazione, si misero a fissare il morto come a dare conferma dell'inanità di quei pianti. E invece, quale fu il loro spavento quando, all'improvviso, per scacciare un'altra mosca che gli stava stercando la guancia sinistra, Elea con gli occhi chiusi e il resto del corpo immobile si diede uno schiaffo.

La zia urlò, la madre s'ammutò in una maschera stravolta, il fratello si avvicinò con cautela, gli mise una mano sulla gamba e fece per scuoterlo, ma senza avere ribattute.

"È solo una reazione naturale del corpo, come le zampe spezzate delle rane quando le attaccano alla corrente," decretò.

Nessuno osava respirare: i presenti fissavano la bara in cerca di segni rivelatori. Fin quando, non vista, una terza mosca, la più discola, s'infilò nella frogia sinistra d'un naso così grande che parea una rocca, causando uno starnuto primordiale:

"Queste cazze di mosche!" disse il morto alzandosi di scatto.

Tutti urlarono e si abbracciarono con il più vicino, terrorizzati, fin quando, di fronte al volto sfingeo del resuscitato, il fratello si lanciò su di lui piangendo. Si gridò al miracolo e furono presi dall'eccitazione alla maniera di Lúcia dos Santos di fronte alla Splendente.

La voce si sparse in un attimo e tutti accorsero al camposanto a vedere il defunto tornato in vita. Come l'antico lebbroso, come Tabità di Giaffa, come Paolo Eutico, Capaneo e Licurgo, Ippolito e Tindaro, Imeneo e Glauco figlio di Minosse.

Il miracolo fu accolto come un segno della benedizione di sant'Acario e per tutta la sera Elea divenne il Resuscitato e fu portato in trionfo come la statua della Madonna.

La gioia durò solo due giorni però, fino all'indomani, quando cadendo nel dirupo della Nivera, dove era andata a giocare col suo cane, morì la figlia di Pascal Laganadi di anni dieci.

Mancava una settimana alla sua comunione: le avevano già preso l'abito bianco, e fu con quello che la vestirono, che invece di mangiare il corpo di Cristo per la prima volta, fu Dio a farsene ostia.

Il paese passò dall'eccitazione assoluta alla più scorata disperazione. Che quando la misero nella bara bianca, inghirlandata di petali di fiori, come se dormisse perché la morte per collo spezzato non offriva segni visibili agli umani, tutti fissarono la piccola Artemisia sperando in cuor loro che si sarebbe svegliata anche lei da un momento all'altro, come Elea, anche lei, perché nemmeno dei miracoli ci si accontenta.

Il padre aspettò fino all'ultimo per chiuderla.

"S'è mossa, s'è mossa, l'avete vista anche voi?" urlava ogni tanto tra gli occhi schermati di lacrime. "S'è mossa la mia bambina, ancora, avete visto? Il piede, avete visto anche voi?" insisteva disperato.

Quando non si poté più rimandare, Pascal si oppose mettendosi davanti con le braccia larghe:

"Aspettate ancora, vi prego, aspettate, l'ho vista muoversi, adesso si alza la mia bambina, adesso ritorna da suo padre, il mio piccolo cuore".

Le mosse un braccio, una gamba, le strinse delicatamente

la guancia. Anche Marfarò, che pure ne aveva viste, sentì il cuore spezzarsi. Gli si avvicinò.

"Signor Laganadi, non possiamo più aspettare... il corpo..." E non trovava le parole per esprimersi.

Il padre non gli rispose. Marfarò si guardò intorno, trovò gli occhi del fratello di Pascal, gli fece un'espressione come a dire dobbiamo procedere.

Dovettero tenerlo in tre, mentre Marfarò saldava la bara maledicendo forse per la prima e unica volta il suo lavoro.

Fu in quell'attimo, quando ogni luce finì d'illuminare il volto angelico di Artemisia, che Elea divenne un maledetto.

A Timpamara non attesero molto a mettere in relazione le due vicende e a sentenziare che quanto accaduto a Maierà non trattavasi di miracolo ma di un terrifico machiavello del demonio per accaparrarsi quella giovane esistenza, che il ritorno contronatura dell'uomo aveva mischiato i conti dell'universo e adesso c'era un numero d'apparare: Elea rivivendo aveva condannato la piccola.

Dopo qualche settimana, tutti si scordarono del Resuscitato, e lui si scordò del mondo, anche perché da quando era ritornato in vita non era più sé stesso: l'uomo burbero e iracondo divenne docile, pauroso, solitario. Doveva aver avuto una visione luminosa e accecante, se da allora inforcò un paio d'occhiali da sole neri che in parte camuffavano il suo naso mastodontico e dai quali non si separò più. Resuscitato, per quasi un anno parlò una lingua diversa, e ci volle un po' di tempo per capire che pronunciava parole all'incontrario, portatore di un punto di vista rovesciato sul mondo, lui che era un vivo morto o un morto vivo, comprendeva il linguaggio lineare degli uomini ma lo restituiva come allo specchio, ribaltato, paladino di un sistema capovolto. Solo in un caso ritornava normale, e così studiava su un foglio combinazioni di palindromi fin quando ne trovò uno perfetto, perfettissimo, che pronunciò sempre e comunque in ogni occasione: *È la morte tetro male.*

Poi, dopo un anno preciso, indifferente perfino alle battute sul suo naso, Elea Maierà smise per sempre di parlare.

7.

Le persone che incontro, quando bevono al bar o bestemmiano giocando a carte, quando aprono un libro o piangono gli amici morti, vivono tutte una doppia vita: quella che ci è stata data, che si svolge nel tempo degli altri e che scorre sulla pelle e sul volto; e l'altra, quella che ci scegliamo, proiettata nel nostro tempo solitario, e che fluisce dentro di noi, nel nostro sangue, nei nostri recettori, nella nostra testa. La maggior parte sceglie la prima, nascondendo l'altra sotto un pesante manto nero, affogandola, sopprimendola, facendola pezzi pezzi.

Io ho preferito al contrario di fare di questa vita interiore il recinto della mia esistenza, di lasciarla affiorare in superficie, e forse in questo consiste la mia diversità, nell'aver confuso ciò che il resto degli uomini sa ben separare, alla maniera di Madame Bovary o di don Chisciotte che tentarono di imporre il loro tempo al tempo del mondo.

Il ritratto di Emma, solitario, escluso, appartato, certificava la scelta estrema: chi non vive il tempo del mondo non ne fa parte. Sembrava essere stata seppellita lì, in disparte, tra file periferiche, affinché nessuno si accorgesse di lei, come a ripararla da sguardi indiscreti, e così fu fino al giorno in cui, mentre andavo a salutarla prima di pranzo, trovai il mugnaio di fronte alla sua lapide.

Immobile, piantato sulle gambe come un platano, allo stesso modo nodoso, con le mani unite dietro la schiena, fissava la foto davanti a sé.

Fui sopraffatto da un vento di gelosia. Dovetti prendermi del tempo per ricompormi, ma non ebbi l'accortezza di nascondermi.

Egli restava lì, statico, con gli occhi fissi sulla fotografia. Chissà perché sentii la necessità di sistemarmi i capelli e di pulirmi i pantaloni dalla terra, forse mi pareva indecoroso presentarmi a quel modo al cospetto di un rivale. Afferrai l'annaffiatoio lì vicino, che mi sembrò buona copertura, e bagnando di tanto in tanto alcune piante lungo il sentiero mi avvicinai.

"Buongiorno," lo salutai.

Mi rispose cordialmente, senza distogliere lo sguardo. Stava proprio mirando lei, che per un attimo avevo sperato in un errore di prospettiva, e invece fissava Emma con un'intensità insopportabile.

Il mugnaio aveva un'espressione triste, il che era normale visto che da una settimana aveva perso la moglie: tutti i giorni andava a portarle i fiori alla tomba, adesso invece era lì, in quel posto, fuori posto.

Per giustificare la mia permanenza cominciai a pulire la lapide di fianco, mentre pensavo a una scusa per parlargli, ma non ce ne fu bisogno.

"È triste essere seppelliti senza nome."

Mi affiancai a lui e finalmente potei guardare anche io Emma negli occhi, che mi parvero ancora più malinconici.

"Non è l'unica. Ce ne sono altre sei così, nel cimitero."

"Le avete contate?"

"Anche questo fa parte del mio lavoro. Ma voi... questa signora... la conoscete?"

Il mugnaio ritornò a fissarla: "Non so, ha un volto familiare... Se ne incontrano così tanti in una vita". Poi, all'improvviso, fu come se si accorgesse delle scritte col gesso: "Forse però qualcuno l'ha conosciuta... Emma Rouault," pronunciò lettera dopo lettera leggendo con fatica, "o forse è solo una bravata".

Mi salutò e andò via, abbassando la testa.

Lo seguii con gli occhi fin quando non scomparve dietro l'angolo, provando ancora la sensazione di qualcosa che non s'incastrava: il mugnaio in questa parte defilata del cimitero, quella foto su tutte, e un'attenzione di cui avrebbe dovuto essere oggetto solo la moglie appena morta.

Presi il pezzo di gesso e ricalcai le scritte, e tuttavia quel giorno l'operazione mi sembrò più artificiosa del solito.

Aveva ragione Cornelio Benestare quando, il primo giorno, spiegandomi le cose da fare al cimitero, aveva detto che avrei risolto i problemi di volta in volta.

Fu una sorpresa anche per me la mia capacità di adattarmi alle situazioni, trovare risposte alle domande, riparare qualunque cosa si rompesse con un'abilità manuale che non sapevo di possedere.

Quel pomeriggio tornai al cimitero per il funerale di Adelchi Mandatoriccio. Anche seppellire la gente stava diventando un'abitudine, ma quel giorno successe una cosa nuova.

Marfarò il becchino a metà del rito andò via, per impegni urgentissimi disse, aggiungendo che sarebbe arrivato un suo operaio a ricoprire la bara.

Ma non venne nessuno.

Attendemmo mezz'ora, io e i parenti, inutilmente.

"E adesso?" mi chiese il figlio.

Tutti mi fissarono, ed ebbi bisogno di qualche attimo per capire cosa mi stessero chiedendo.

Guardai verso il sentiero, sperando di veder spuntare qualcuno.

"Si fa tardi," aggiunse il fratello.

Non avevo più scuse. Ero io il guardiano del cimitero. Così presi la pala e cominciai a buttare la terra sulla bara, e andai avanti fin quando il legno non fu ricoperto e il terreno appianato. I parenti lasciarono i fiori che avevano in mano e andarono via.

Rimasi lì, con la gamba dolorante, di fronte al cumulo di terra fresca, e all'improvviso sentii addosso una sensazione co-

nosciuta, e lentamente recuperai, pezzo per pezzo, ogni particolare, immagine, parola, e la rivelazione finale che quello non
era stato il mio primo seppellimento.

Ero un bambino. E c'era una tartaruga, rintanatasi in un
cespuglio, invisibile agli occhi di Fraccanzio Martirano che
tagliava l'erba a colpi di falcetto e la scisse quasi in due, corpo
e carapace.

Abitavamo a fianco del veterinario del paese che in quel
momento era venuto a occuparsi della nostra cagnolina che
non riusciva a figliare, e lì arrivò di corsa Fraccanzio con qualcosa in mano nascosta in un fazzoletto bianco.

La scena fu straziante: il carapace era diviso in due, e la
prima cosa che mi colpì fu che non fosse, come avevo sempre
immaginato, una parte staccata dal corpo, come i gusci che le
lumache abbandonano sul terreno, ma facesse invece tutt'uno
con esso, che scorresse sangue al suo interno, che fosse inner-
vato e attaccato ai muscoli come una pelle. Ma ciò che mi stra-
volse fu soprattutto la bocca, che la tartaruga apriva e chiudeva in un urlo silenzioso, muto, ancora più terribile di qualunque
grido gli uomini e gli animali avessero mai emesso.

Quando la prese in mano, al veterinario bastò guardarla nella zona ferita:

"Non c'è niente da fare!".

"Sta soffrendo, poverina, almeno smettete di farla soffrire.
È la tartaruga di mia figlia, gliel'avevo regalata quando è nata,
come faccio a dirglielo adesso? Come faccio? Come s'ammaz-
za una tartaruga?" chiese Fraccanzio.

"Come tutti gli esseri viventi," rispose l'uomo di scienza,
"bisogna solo fare in modo che il cuore si fermi."

Al palo di legno che reggeva l'andito erano appesi i fili di
canapa che mio padre usava per legare i rami. Il veterinario
ne prese uno e lo porse a Martirano.

"Non mi state dicendo che... no, non potrei mai."

"Allora datela a me."

Fraccanzio la guardò un'ultima volta pensando alla tristezza della figlia alla quale avrebbe nascosto tutto, che le tartaru-
ghe succede che a volte vadano in letargo anche fuori stagione,

e che scavino così tanto sottoterra, così tanto, che talvolta poi dimenticano come si torna indietro. Gliela porse lentamente.

Il dottore la prese in mano e le attortigliò il filo intorno al collo.

Mio padre si premurò di mettermi una mano davanti agli occhi, ma non fu decisiva la chiusura tra medio e anulare, un piccolo spiraglio rimase, minimo, con la pelle che sfiorandosi costruiva intorno a sé filamenti neri che facevano assomigliare quella visione a un sogno, un'ombra, alle tendine contro le mosche, e da lì intravidi il dottore girare più volte il filo intorno al collo della testuggine, prenderne i capi e tirare forte, e la bocca del rettile restare aperta, fino alla fine, fino a quando, morto, non gliela chiuse in segno di pietà, come si fa con gli occhi, come se la morte, per essere completa, non dovesse lasciare spiragli ma ogni cosa sigillare, come se le aperture fossero possibilità attraverso cui, con un colpo di coda, la vita potesse ritornare indietro.

Quando mio padre tolse l'inutile mano dai miei occhi, Fraccanzio Martirano stava stipando l'animale nel piccolo sudario mentre il dottore, ritornando a interessarsi della cagna che aveva emesso un abbaio cupo, con un gesto deciso tirò fuori il cucciolo che non respirava, gli diede un colpo sul petto, forte e risoluto, e il cucciolo guaì.

E allora gli fissai le mani che poco prima avevano serrato i fili mortiferi, e mi stupii di quegli arti che davano morte e vita a distanza di attimi, e furono proprio quelle mani che da allora immagino e ricordo ogni qualvolta sento dire da bocche diverse che Dio dà la vita e Dio la toglie.

Poi Fraccanzio sigillò la tartaruga in un sacchetto, ma invece di seppellirla la buttò in una siepe come si fa con un torsolo di mela.

Aspettai che tutti si fossero allontanati e quando fui solo, aiutandomi con una ronca e un manico di scopa, recuperai il sacchetto. L'idea di quel corpo chiuso lì dentro mi faceva soffocare. Nell'orto scavai una piccola buca: piegai intorno all'animale un pezzo di cartone, l'appoggiai dentro e la ricoprii.

Il seppellimento della tartaruga fu il primo di una lunga serie che contò: undici api, quattro vespe, tre lucertole, sei scarafaggi, un grillo, un topo, due farfalle, innumerevoli mosche, la rondine che raccolsi morente ai piedi dell'ulivo e che non riuscii a tenere in vita. Per ciascuno di loro ci furono una fossa e una croce. E una bara, per questo conservavo ogni tipo di contenitore: le scatole dei fiammiferi, le lattine parallelepipede delle alici e quelle circolari delle caramelle alla menta nelle quali restava sempre qualche granello di zucchero che addolciva il trapasso, lattine di tonno che invece lo invischiavano.

Erano settimane che ero diventato camposantaro, che mi muovevo tra marmi e croci, eppure solo allora, di fronte alla terra recente di Adelchi, mi ricordai improvvisamente di questo mio bisogno infantile di seppellire gli animali, come se portassi già radicata in me una sorta di vocazione alla morte che aspettava il momento giusto, il pretesto per mostrarsi. I ricordi della mia infanzia, la scomparsa precoce dei miei genitori, il mio nuovo lavoro: tutto ruotava intorno a quell'evento finale. Pensai che a volte è soltanto l'occasione mancata a vanificare la nostra inclinazione e che il talento di ognuno può trascorrere una vita e non farsi riconoscere per mancanza di benevoli congiunzioni. Il ferro rivela la sua natura solo quando gli si approssima una calamita.

Mentre andavo via, notai il forestiero col borsone nero. Lo osservai senza farmi vedere. Si fermava di fronte a lapidi sempre diverse, poi sostava in posti solitari, sotto gli ultimi pioppi nella parte vecchia, nei pressi del muro di cinta, tra i vialetti che separano le cappelle: scriveva qualcosa sul quaderno, poi rovistava nel borsone, e quindi si spostava, ricominciando da capo la stessa sequenza di gesti.

Finché lo vidi tirare fuori delle cuffie e indossarle, guardandosi intorno: forse ascoltava della musica, o più semplicemente si isolava dai rumori del mondo per concentrarsi nei suoi pensieri. Doveva essere un artista, un musicista o forse un poeta che trovava ispirazione nel cimitero, un epigono della poesia sepolcrale alla maniera di Giuseppe Luigi Pellegrini o Aurelio Bertola o Bernardo Laviosa, e per questo, malgrado la tentazione di sapere cosa facesse di preciso, evitai di parlargli per non disturbarlo. Anche perché dovevo affrettarmi in biblioteca.

8.

Un'ora dopo, venne a trovarmi Marfarò. All'inizio fu strano vederlo muoversi tra Aristotele e Dostoevskij, ma poi la familiarità ebbe la meglio, e a sua insaputa divenne un altro elemento di commistione tra quei mondi che giorno dopo giorno andavano sovrapponendosi.

"Veramente vi aspettavo al cimitero," lo canzonai.

"Sono venuto proprio per scusarmi. Mi hanno detto che ve la siete cavata lo stesso. Io sono stato bloccato da un impegno urgentissimo, e quel disgraziato di Parmenide che doveva riempire la buca chissà dov'è finito!"

Si guardò intorno e poi si avvicinò alla scrivania dov'ero seduto.

"L'avete fatto proprio bello questo posto," disse prendendo in mano una copia de *L'avventuroso Simplicissimus*, sigla LTCG1, che Bogotà Gizzeria aveva appena restituito.

Mise le mani nella tasca della giacca e tirò fuori una busta che mi appoggiò davanti.

"Per farmi perdonare."

La aprii con cura, estraendo la fotografia poco per volta, come fanno i giocatori al bar quando spizzicano le carte. Cercai di controllare il tremito delle mani mentre vedevo il volto di Emma comporsi, centimetro dopo centimetro. Le emozioni erano tali che volevo gustarmele dopo, da solo, per questo ricacciai subito la fotografia nel cassetto.

"Certo, se lasciavate fare a me, sarebbe venuta meglio.

Un po' di colorito sulle guance non sarebbe stato male, e forse un poco di vermiglio sulle labbra. Se volete, siamo ancora in tempo."

"No, Marfarò, grazie, non vi disturbate, che ai parenti andrà bene così."

Si guardò di nuovo intorno e si mosse a perlustrare la stanza: si avvicinò alle scaffalature, toccò il legno delle mensole, addirittura aprì un paio di libri. Dalla stanza al piano terra giunsero delle voci.

"Vedo che gente ne viene..." mi disse.

"Abbastanza."

Sembrava assorto in qualche pensiero.

"Ma se uno vuole comprare un libro, a Timpamara, dove può andare?"

"Da nessuna parte, non ce ne sono librerie. Si trova qualcosa all'edicola, ma niente di particolare. Il posto più vicino è nel capoluogo."

Marfarò macchinava qualcosa.

"Va bene, adesso vado..." disse come se avesse ricordato all'improvviso un impegno urgente.

"Grazie ancora per la foto."

Agitò una mano nell'aria:

"Non preoccupatevi, anzi, venire qui mi ha fatto bene".

Aspettai che uscisse e controllai che nessuno mi guardasse, poi aprii il cassetto e nascondendo le mani dietro la scrivania tirai fuori la foto. Non mi sembrava vero di avere lì l'immagine di Emma, un po' ingrandita rispetto a quella della lapide. Le accarezzai il volto con la nocca del dito per non lasciare impronte.

La sera, prima di andare a letto, presi la cornice argentata sul comò, tolsi la stampa a colori di sant'Acario e misi dentro quella di Emma. Era perfetta. La lucidai con un panno e la poggiai sulla superficie polverosa e deserta di masonite tinta noce trentapertrenta del comodino, uno spazio vuoto che veniva riempito, un nuovo elemento della tavola periodica.

E un sollievo.

La sensazione di non essere solo al mondo.

Sembrava una mattinata tranquilla. Elea era venuto con me nella parte incolta del cimitero, e mentre tagliavo l'erba mi aiutava a metterla nei sacchi e portarla ai bidoni appena fuori l'entrata.

Mentre riposavamo appoggiati al muro di cinta, arrivò, trafelato e con il volto burrascoso, Sacrapante Pietrafitta.

"Lo avete visto quel forestiero?"

Il tono della voce spaventò Elea, che si allontanò.

"Di chi parlate?"

"Di quello che gira col borsone nero, che lo sa il Signore cosa ci tiene dentro."

"Cosa è successo?"

"E me lo chiedete? Voi qui siete il guardiano e dovete vigilare, mica far entrare chiunque."

"Ma non posso fermare la gente al cancello..."

"Se disturba i morti degli altri, sì! Dovete!"

"Ma mi dite cosa è successo?"

"Proprio di fronte alla tomba della buonanima di mia madre! Proprio lì l'ho visto fermo, di fronte alla sua foto, a scrivere qualcosa, poi ha appoggiato il borsone sul marmo, capite? Sul marmo. Quando ha visto che mi avvicinavo, che il Signore sa se mi usciva fumo dalle orecchie, ha preso il borsone e se n'è andato. Io gli ho gridato di fermarsi, ma si vedeva che aveva paura ed è sparito. E adesso me lo dite voi chi è e perché fa queste cose?"

"Ma non so di chi state parlando," mentii per prendere tempo, che era un modo di difendere il forestiero.

"Fatevi un giro allora, e vedete di trovarlo, e diteglielo che se lo becco di nuovo di fronte alla tomba di qualcuno dei miei, qui finisce male!"

Quando Sacrapante andò via mi affacciai sulla porta: era arrivato il momento di sapere quale segreto nascondesse l'uomo col borsone.

Il pomeriggio dopo la consegna della foto di Emma, in biblioteca, tra un prestito e l'altro, finii di leggere *Le notti bian-*

che di Dostoevskij. Quella storia d'amore che tanto assomigliava alla mia mi appesantì il cuore, e così, dopo la chiusura, andai al cimitero col desiderio di vedere Emma.

Era una giornata di sole malinconico. Come il giovane sognatore dopo l'ultima notte, tutt'intorno Timpamara mi parve invecchiata: le case decrepite, le colonne d'alabastro sul punto di sgretolarsi, i cornicioni anneriti.

Non potevo farci niente se avevo un debole per le storie di amori notturni e disperati, e mentre camminavo in solitudine pensavo a come sarebbe stata la mia vita se un giorno Emma si fosse materializzata di fronte a me, persona reale, mia affine, come Nasten'ka sul lungofiume pietroburghese, anche solo per quattro notti.

Se davvero fosse successo, l'avrei amata al modo del sognatore, con quella consapevolezza della fine imminente che non abbandona mai le vere passioni, di amore come cosa umana destinata alla sparizione e alla dissolvenza. Davvero quella sera, sul balcone, Giulietta non avvertì il prossimarsi della tragedia mentre Romeo si arrampicava? E l'ultima notte, quando Nasten'ka pianse, possibile che il sognatore non comprendesse il motivo di quel pianto? E non furono proprio il tremore, le cautele, i dubbi, gli spaventi a rendere indimenticabili quegli attimi?

Se un giorno Emma si fosse ricomposta nell'angolo terreno di Timpamara, in una strada simile a un lungofiume, in una notte bianca per il tardo tramonto, il mio cuore non avrebbe avuto scampo. Oppure in biblioteca, tra i libri, tra le mie storie, il luogo idoneo alle apparizioni.

Sarebbe entrata a un'ora qualunque, incurante come uno spiffero sotto la porta, uno di quei minimi gesti che l'universo tralascia.

Entra mentre sto leggendo. La prima cosa che conosco di lei è la voce che saluta. Quando alzo gli occhi e la vedo, tremo. Sento come l'annuncio di qualcosa che potrebbe essere, e allora aspetto cauto, sospeso, in attesa del cenno che infine giunge, un titolo parlante:

"Vorrei *Madame Bovary*".

La guardo senza sapere cosa dire.

"Ieri ho visto lo sceneggiato in televisione e mi è venuta curiosità di leggerlo."

Una donna assetata d'amore, impaziente di scoprire quante parole di quel libro siano sovrapponibili alle pagine del suo diario che ogni sera conserva nel cassetto.

"Ve lo prendo subito."

"Cosa leggete?"

Le mostro la copertina.

"È interessante?"

"Molto."

"Allora potrei leggerlo dopo aver finito questo."

Mi piace quella frase, perché suggerisce una futura consuetudine. Mentre vado verso lo scaffale di letteratura francese cercando di mimetizzare la zoppitudine, penso a Charles.

Se Emma ha potuto innamorarsi di lui, all'inizio, certo solo all'inizio, forse anch'io posso nutrire qualche esigua speranza.

Prendo il libro, LF GF1, e torno indietro.

Sento il suo sguardo sul mio passo indebolito.

"Un incidente di gioventù," dico, quasi a scusarmi, come se la zoppia per causa accidentale fosse meno vergognosa di un difetto congenito che segna dalla nascita come un marchio, gli eventi fortuiti del caso contro la predestinazione dell'universo. Chissà cosa pensò davvero Emma quando vide per la prima volta Hippolyte, il giovane zoppo.

"Questa è la traduzione migliore. È importante leggere romanzi ben tradotti," dico porgendole il libro.

"Grazie," mi dice, e va via lasciando nell'aria come un'aura di apparizione.

Continuavo a immaginare, fantasticare, vivere cose che non sarebbero mai avvenute.

Chissà se un giorno accadrà, pensavo, mentre andavo verso la lapide numero 1543 dopo aver cercato inutilmente il secchio e la spugna.

Fu qui che un gesto quotidiano mille altre volte iterato, la contemplazione della foto funebre di una donna con relativi pensieri, si trasformò in evento.

Perché già da lontano, appena svoltai sul vialetto che portava alla lapide, vidi la modifica del mondo, ed era colorata, un cardo col fiore viola in un vaso di vetro a terra, lì di fronte. Mi parve incredibile.

Un fiore dirimpetto alla lapide di Emma.

Il vaso di vetro era stato preso dalla tomba di Arcangela Longobucco: senza fiori ormai da anni, e triste come sanno esserlo i vasi vuoti e sporchi delle tombe, finalmente aveva riacquistato per mani ignote la primigenia funzione. E non era la sola novità, perché la stessa mano che aveva servito l'offerta floreale aveva cancellato completamente le scritte di gesso: non c'era più Emma Rouault, non c'erano più le sue date di nascita e morte, la scritta benevola. Nulla. La prova definitiva che quel fiore era per lei e solo per lei.

Mi accorsi di alcuni fili neri attaccati al cemento, e immaginai lo sconosciuto con la manica della maglia strofinare il muro fino a sgualcire il tessuto, e tutto era inutile perché come sulla lavagna nera il gesso lascia sempre una traccia di sé, e allora pensai al secchio che non era al suo posto, l'anonimo che andava a prenderlo e immergeva la spugna e cancellava, con forza. E quel gesto fu come se avesse per un attimo cancellato anche Emma dalla mia testa.

Ero lì, fermo di fronte alla foto di una sconosciuta e a un cardo fiorito raccolto per lei.

Pensai a chi potesse essere stato.

Un parente tornato per qualche giorno in paese.

Una visitatrice impietosita.

L'anima della defunta stanca di pagliacciate letterarie.

Un innamorato.

Prospero Altomonte il mugnaio.

9.

Nelle prime settimane del nuovo mestiere, per la gioia di Marfarò ci fu un funerale ogni due giorni.

"Vedrete come vi abituerete," mi sussurrò il becchino quando mi vide commuovermi per il pianto accorato della vedova Bruzzano Zeffirio.

Forse è vero, forse no, che ci sono cose alle quali non ci si abitua mai, di certo non potei restare indifferente al funerale successivo, quello di Anatolio Corigliano, che avvenne a un mese esatto dal mio insediamento.

Sapevo che non stava bene perciò, quando il giorno prima lo avevo visto entrare in biblioteca, ero rimasto sorpreso.

Il suo passo era appesantito, e mi parve si tenesse una mano sul costato come a costringersi.

Corigliano negli ultimi anni aveva passato in rassegna quasi l'intera biblioteca: lettore onnivoro, chiedeva in prestito cinque libri alla volta e dopo pochi giorni li restituiva per prenderne altri.

All'età di sessant'anni, celibe, senza figli, pensionato, trovandosi a fare i conti con un forte senso d'incompletezza – immaginate una lucertola senza coda, mi disse – aveva deciso di scrivere la storia della propria vita.

Perché a uno che per tutta l'esistenza aveva fatto l'assicuratore venisse in mente a un certo punto di scrivere, è uno dei piccoli e sconosciuti miracoli umani che ogni giorno accadono, e tuttavia anche i miracoli improvvisi hanno bisogno di semenze, attrazioni, calamite, magari in un timido ricordo di scuola, una pagina impressa nella memoria, l'idea appena germogliata che un giorno si potrebbe parlare di me, un seme poi accantonato e sepolto nel terriccio, fin quando una tempesta d'acqua lo riporta in superficie. E poiché di dimestichezza con la scrittura non ne aveva, decise, da buono spirito pragmatico, di imparare il mestiere alla bottega dei maestri, leggendo di continuo, che un'arte non si può improvvisare.

Mi chiese, per iniziare, i libri più semplici; poi alzò il livello di difficoltà poco per volta fin quando, quattro anni circa prima di morire, tornò tutto soddisfatto con i volumi della *Recherche* proustiana:

"Finalmente, Astolfo, ho capito cosa fare del tempo che mi resta. Da oggi in avanti posso fare a meno di leggere altro, qualunque libro sfigurerebbe di fronte a questo. Mi s'è accesa una luce. Volevo scrivere la mia vita ma non sapevo come, non riuscivo a mettere ordine tra i pensieri, cosa viene prima e cosa dopo, e invece adesso ho appreso che posso procedere come mi capita, non devo essere io a decidere ma la mia memoria involontaria".

Della sua autobiografia mi aveva già raccontato, forse aveva anche cominciato a scriverla, ma fu dopo quella lettura che vi si dedicò anima e corpo, come se le migliaia di pagine dello scrittore francese fossero state per lui un libretto d'istruzioni un pochino più complicato.

Continuò a venire in biblioteca a cadenza settimanale, con un foglietto fitto d'appunti: prendeva il dizionario dei sinonimi e contrari, apriva, annotava. Durante una di queste venute, mentre lo osservavo inserire con una scrittura minuscola le sue correzioni, pensai che Anatolio Corigliano potesse essere una reincarnazione di Marcel Proust: li accomunava il piano generale e ambizioso dell'opera e la somiglianza fisica, con la scrima in mezzo e le palpebre calate.

"Come procede il libro?"

Lui rispondeva con la stessa frase sibillina:

"Il tempo perduto non è perduto per sempre".

Morì nelle circostanze seguenti: a causa di una crisi di uremia abbastanza leggera; gli avevano prescritto il riposo e per una settimana le sue visite mancarono.

Ma il giorno prima entrò in biblioteca, più provato del solito. Aveva in mano un voluminoso manoscritto, saranno state a occhio e croce seicento pagine, che appoggiò subito sulla scrivania.

"Voi non state bene."

"Non lo so. Fino a poco fa stavo bene. Proprio questa mattina ho finito la mia storia. Posso sedermi?"

Gli avvicinai la sedia e gli offrii un bicchiere d'acqua.

"Un sorso, sono venuto proprio per un sorso, ma l'acqua non c'entra niente."

Alzò la mano verso gli scaffali.

"La mia fonte, l'ultimo centellino del *Tempo ritrovato*. Prendetemelo per favore."

Mi avvicinai al reparto di letteratura straniera. I tomi della *Recherche* si riconoscevano da lontano per la mole e la rilegatura in finta pelle porpora.

"Ero convinto di ricordare il finale a memoria. A memoria. Fino a questa mattina, quando l'ho ripetuto ma ho avuto la sensazione di aver dimenticato o cambiato qualcosa. Pensavo di conoscerlo a fondo e all'improvviso quella consapevolezza è sfumata. Così ho pranzato con delle patate, e sono uscito per venire qui. Devo essere sincero, fin dai primi gradini sono stato preso da mancamenti. E mentre mi trascinavo cercando di ripetermi quel finale a memoria, di capire dov'era la mancanza, proprio allora, so che sembra non c'entrare niente ma invece c'entra, alzo la testa e, come un'apparizione, vedo Augustina, Augustina Cardinale, la figlia del carbonaro, affacciarsi alla finestra, proprio in quel momento, né prima né dopo, proprio in quel momento, nello stesso luogo e nello stesso modo di tanti anni fa, quando la vidi la prima volta ragazza, e mi è sembrata giovane e bella come allora, e ho sentito lo stesso strappo al cuore, e così, in un attimo, mi sono reso conto di essere innamorato di lei e di esserlo sempre stato: è bastato vederla e sentirmi battere il cuore come quel giorno per capire all'improvviso di aver sbagliato tutto, che era lei il pezzo mancante di una vita altrimenti inutile. E di conseguenza," aggiunse toccando il manoscritto, "anche la scrittura di questa vita ha fallito: è stato un tentativo falsato e maldestro: tutto ciò che ho letto e scritto e vissuto in questi anni non vale l'immagine di quella donna che mi sorride."

Mi affiancai col libro in mano. Sembrava che i suoi mancamenti aumentassero; fissava lo sguardo sulla copertina come un bambino sulla farfalla gialla che vuole catturare.

"Non ho mai avuto il coraggio di dirglielo. Mi sentivo brutto per lei, inadeguato. Ho scritto per anni e anni, ogni giorno, e ho tralasciato la parte più importante, il mio amore intimo e inconsapevole. Troppe parole, troppe. Solo una frase sarebbe bastata, preziosa: *Amo Augustina*."

Sembrava avesse capogiri, si prese la testa tra le mani.

"Le spiace leggermelo? Il finale, solo il finale."

Aprii il libro mentre Corigliano chiudeva gli occhi.

"*Il giorno in cui avevo udito il suono della campanella del giardino di Combray...*"

"Più avanti, da *Mi turbava il pensiero...*"

Lessi il brano fino alla frase finale:

"*...essi toccano simultaneamente, come giganti sprofondati negli anni, epoche da loro vissute così distanti tra loro, in mezzo alle quali tanti giorni sono venuti a interporsi – nel Tempo*".

Corigliano fece un'espressione come a darsi dello sciocco.

"Ricordavo tutto, perfettamente, il suono della campanella, la croce metallica, i giganti, tutto, eccetto la parte più importante, l'ultima, *nel Tempo*. Avevo pensato per civetteria e gratitudine di terminare la mia autobiografia allo stesso modo di questo libro, ecco perché da giorni ripescavo il finale, ma adesso ho cambiato idea, quello che ho scritto non vale il battito di cuore di poco fa, che la memoria funziona come la vita, ci riempiamo la testa di cose insignificanti e tralasciamo le poche che avrebbero davvero un senso. Ero venuto qui per trovare il finale e l'ho trovato, ma non in questo libro. Per strada."

Ebbe come un capogiro. Lo immaginavo, nella sua testa, guardare una bilancia celeste: su un piatto l'intera sua vita, sull'altro il sorriso di Augustina Cardinale. Sentiva di aver sbagliato tutto, e vedeva il secondo piatto calare inesorabilmente.

Si alzò a fatica e io lo sorressi per un braccio.

"È una semplice indigestione, per via di quelle patate non abbastanza cotte; non è niente."

"Il suo manoscritto?" gli dissi indicandolo.

Lui lo guardò con uno sguardo freddo, disilluso:

"Troppo pesante per riportarlo indietro. E poi, adesso, non saprei più che farmene. Quello che c'è scritto è solo un'immensa menzogna. Fatemi un favore. Bruciatelo".

Lo trovarono la mattina dopo ai piedi del divano di casa. Morto.

Aveva finito di vivere. Per sempre? Nessuno può rispondere. La sopravvivenza dell'anima non è mai stata provata, né sedute spiritiche né uomini di fede ci sono riusciti. Non ci resta che un'evidenza: noi veniamo alla vita portandoci dietro obblighi e fardelli contratti in vite precedenti; nessun motivo, allo stato dei fatti di questa terrena esistenza, ci spinge a operare il bene, a spargere delicatezze o cortesie. Tutto questo bagaglio di costrizioni che non scalfiscono questa nostra vita sulla terra, appartiene a un mondo altro i cui fondamenti sono la bontà, il sacrificio, l'incertezza, un mondo agli antipodi del nostro e dal quale espatriamo per cominciare a vivere su questa terra, un mondo altro al quale un giorno forse faremo ritorno, e qui noi riviviamo ubbidendo a quelle leggi sconosciute alle quali ci siamo sottomessi non perché abbiamo conosciuto chi le avesse decise ma solo perché ne portavamo l'insegnamento dentro di noi.

Così, l'idea che Corigliano non fosse morto per sempre non ha il carattere dell'inverosimiglianza.

Lo seppellimmo, è vero, depositammo il corpo sottoterra, ma per tutta la notte prima, sulla scrivania della biblioteca illuminata dal lampione, il suo manoscritto aveva vegliato come un angelo sembrando, per colui che non era più, un simbolo di resurrezione. Che se nel corpo davvero sarebbe risorto, Anatolio, anche solo per i dieci minuti seguenti al suo interramento, sarebbe stato felice perché avrebbe visto che l'ultimo fiore caduto sul terriccio rimosso, l'estremo, il più profumato, fu quello lasciato dalla mano tremante e addolorata di Augustina Cardinale, la figlia del carbonaro, che chissà perché nella vita non s'era mai sposata.

Forse la videro anche altri buttare il fiore, ma solo io lo riconobbi per gesto d'amore, la rosa bianca lasciata cadere come un rimorso mortale.

Quella visione mi fece tornare in mente il cardo di fronte alla tomba di Emma. Passai da lei.

Sebbene l'ipotesi d'un parente di passaggio sembrasse la più probabile, un emigrato tornato dopo tanti anni in paese dall'Argentina o dal Canada, non riuscivo a togliermi dalla testa che in realtà si trattasse d'un vecchio innamorato.

Di solito i parenti portano un mazzo di crisantemi, ma un fiore, un fiore solo, significa altro.

Questa ipotesi puntava dritto dritto a Prospero Altomonte, quel lungagnone taciturno del mugnaio, l'unico essere umano che avessi mai visto fermarsi di fronte a quella tomba. Ripensai alla domanda che non aveva avuto risposta, *la conoscete?*

E come mai all'improvviso Altomonte aveva lasciato quel fiore? Forse l'aveva sognata piangente, abbandonata da tutti, maledetta a non avere nemmeno un nome, *anche tu mi hai abbandonato, anche tu che mi avevi giurato per sempre*. E allora quel cardo era il fiorire improvviso d'un senso di colpa ridestato da un sogno, o chissà, da una vecchia lettera trovata sotto un sacco di farina.

Perché proprio quel giorno, dopo tanti anni?

Ripensando a Prospero come lo avevo visto, in piedi di fronte alla lapide, ritrovai un particolare che solo adesso mostrava la sua importanza, il bottone di tessuto nero esposto in memoria della moglie. E fu come un suggellamento di verità: morta lei, poteva rendere omaggio all'amante.

Rimaneva da decifrare la stranezza di quel fiore, e una scelta così azzardata doveva per forza di cose avere una motivazione segreta, di quelle che di solito si costruiscono gli innamorati, sempre pronti a scorgere simboli nel mondo, e forse il fiore spinoso significava la difficoltà di quella storia.

Di certo quella pianta insolita portava dritta dritta a un amore, perché i parenti, anche i più poveri, non portano mai cardi.

Il funerale era durato più del previsto, per questo quando finì corsi zoppicante in biblioteca, tolsi il cartello dalla porta e andai alla scrivania. Mi accorsi che la mia fretta era dovuta ad altro.

Il manoscritto era ancora lì. Corigliano mi aveva dato disposizione di bruciarlo, ma è giusto che alcuni testamenti a volte vengano traditi. Feci come Max Brod e Vario Rufo.

Lo presi tra le mani e cominciai a leggerlo. Una scrittura interessante, avrei detto notevole considerando il punto di partenza. L'autobiografia romanzata di Anatolio Corigliano, dal momento della sua nascita fino alla settimana precedente la sua morte, era anche la storia di Timpamara raccontata da un osservatorio privilegiato quale poteva essere l'unica agenzia assicurativa del paese. Fu una lettura piena di sorprese che quel giorno dovetti sospendere al terzo capitolo perché era arrivata l'ora della chiusura.

Il cartoncino che faceva da copertina era bianco. Presi una penna e con una calligrafia più regolare possibile scrissi sopra: "Anatolio Corigliano (Marcel Proust), *Del tempo per sempre perduto*". I manoscritti non si bruciano. In basso sul dorso riportai la sigla LF MP 2 e andai a collocarlo sullo scaffale della letteratura francese, al fianco della *Recherche*, dove faceva la sua bella figura.

L'amore mancato di Corigliano mi lasciò addosso una fastidiosa sensazione di fallimento. Lo stesso destino, io e lui, Augustina come Emma, che cambiava poco, in fondo per entrambi era stata, in modo diverso, un'occasione mancata, l'unica.

Quella sera, prima di andare a letto mi guardai a lungo allo specchio del bagno. Immaginai che anche Emma fosse lì, a osservarmi, e mi sentii inadeguato, che poi cosa se ne faceva Madame Bovary d'un bibliotecario che sotterrava morti. Se mi avesse incontrato per strada, di certo avrebbe voltato gli occhi da un'altra parte, o peggio, mi avrebbe osservato e tralasciato come qualcuno di cui il mondo può fare a meno.

Altre volte, di fronte a questo senso d'inferiorità avrei abbassato la testa e sarei indietreggiato, ma la mia madama aveva acceso angoli bui e dileguato ombre e così, facendo uno sforzo e contravvenendo all'abitudine di fare la doccia appena sveglio, mi spogliai e mi infilai sotto l'acqua. Poi mi asciugai, mi pettinai e ritornai a guardarmi.

Non mi piacevo, non mi ero mai piaciuto, soprattutto adesso che cominciavo ad avere più d'un capello bianco, e tuttavia l'ordine apparente mi bastava. Mancava solo una cosa.

Aprii il cassetto sotto il lavandino e tirai fuori una scatola di scarpe in cui tenevo un lucido, vecchi spazzolini, medicinali scaduti chissà quando e infine quello che stavo cercando, ancora avvolto nella carta da regalo come mio zio me l'aveva fatto trovare sotto l'albero un Natale di molti anni prima.

Una boccetta di profumo al pino silvestre. Tolsi il tappo, annusai, e poi me lo spruzzai addosso.

La lasciai aperta e andai a letto, e guardai gli occhi di Emma prima di spegnere la luce, che forse, se mi avesse visto a quel modo, profumato, forse uno sguardo più lungo me lo avrebbe dedicato perché l'amore, talvolta, passa anche attraverso l'indegnità.

Anatolio me l'aveva mostrato.

Quella sera il mio ultimo pensiero fu per lui.

Dicono che ci resta sempre qualcosa delle persone che abbiamo conosciuto e che non ci sono più: ricordi soprattutto, e poi pensieri, fotografie, a volte un manoscritto. Eppure, in quel momento sentivo che stava accadendo il contrario, e cioè che la morte di qualcuno che conosciamo si porta via per sempre una parte di noi.

La tristezza che provai prima di scivolare nel sonno sigillò questa sensazione: Corigliano e il suo amore mancato avevano incrinato la mia convinzione che i cerchi nella vita possono chiudersi, confermando che forse le azioni umane sono tali proprio perché destinate all'incompiutezza.

10.

Il primo che decisi di uccidere fu Pinocchio.

Le mie mani aprivano la porta della biblioteca e il cancello del cimitero, sistemavano i volumi sugli scaffali e le corone di fiori, scrivevano sul registro dei prestiti e su quello dei morti. Ma c'era un'altra ragione che legava quei due mondi, più intima: per me i libri perfetti erano e sono quelli che si concludono con la morte del protagonista.

Ogni mia lettura è condizionata da questa esigenza di perfezione, al punto che presi l'abitudine di trascrivere su un quaderno i titoli dei libri perfetti, specificando di volta in volta la maniera in cui il protagonista o gli altri personaggi importanti morivano.

Collezionano di tutto, gli uomini: ossi di seppia, capelli, foglie ingiallite, fallimenti; Krammer collezionava coincidenze, Nabokov farfalle, Vradolkskij le spazzole delle migliaia di donne che aveva amato. A me piaceva collezionare morti di carta.

Quando finivo di leggere un libro imperfetto, che non terminava cioè con la morte del protagonista, mi restava addosso una fastidiosa sensazione d'inappagamento, quasi di delusione. Così accadde con la storia di Pinocchio.

Il pezzo di legno trasformato in bambino mi fece capire una volta per tutte che non mi piacevano i finali in cui il mondo si ricompone e l'armonia si ristabilisce.

Non mi era mai stato simpatico quel burattino.

Quando si bruciava i piedi, avevo sperato che fosse la volta buona, ma c'era la salvifica imago della Fata Turchina a proteggerlo. Fosse stato per me, quel figlio ingrato lo avrei lasciato annegare o scomparire nella bocca del Pesce-cane.

Poi, anni dopo, avevo scoperto una cosa che mi era parsa portentosa: Collodi l'aveva pensata come me, e nella prima edizione a puntate Pinocchio moriva impiccato al ramo di una quercia per mano del Gatto e della Volpe, pronunciando parole che mai furono più azzeccate: "*Oh babbo mio! Se tu fossi qui! E non ebbe fiato per dir altro. Chiuse gli occhi, aprì la bocca, stirò le gambe e, dato un grande scrollone, rimase lì come intirizzito*".

Lo scrittore fu poi costretto a cambiarlo, ma il suo primigenio pensiero era stato una morte violenta per una vita sbagliata, perché l'ingratitudine è una colpa, che poi la punizione bisogna scontarla, e Pinocchio moriva perché le colpe, nella vita, si pagano tutte.

Non scrissi la morte del burattino, come avrei fatto tempo dopo, ma quella necessità di immaginare come morissero i personaggi dei libri mi rimase addosso e agì in tutte le storie che lessi in quegli anni: mi figurai Fogg e Passepartout perdersi nella foresta indiana, Zanna Bianca cadere sotto i colpi di Jim Hall, il cuore di Ebenezer Scrooge schiattare di paura di fronte allo Spirito del Natale Futuro, Otto Lidenbrock e Axel restare vittime della loro esplosione, Alice dormire un sonno dal quale non si sarebbe mai più svegliata.

La mia predilezione per i finali perfetti legava indissolubilmente tra loro i miei due mestieri. Se fino ad allora, e alla luce dell'educazione materna, avevo pensato alla biblioteca come al coronamento di una vocazione e avevo vissuto la mansione al cimitero con dubbi e riserve, presto mi accorsi che anche il nuovo incarico sembrava l'esito di un percorso coerente, quasi una predisposizione. L'idea di essere come destinato a quel doppio lavoro ebbe come immediata ripercussione se non la consapevolezza, almeno il vagheggiamento di essere anche io un elemento previsto dalle leggi di natura, di essere stato considerato e calcolato, perché in fondo è questo che cerchiamo noi uomini: il posto giusto nello scacchiere universale.

Spesso non si sa perché e quando nascono alcune ossessioni, per quale riposto motivo i pensieri cominciano a ruotare vorticosamente intorno a un oggetto, una parola, un profumo, una persona, un'azione, un ricordo, un evento, perché proprio a quello e a nessun altro.

Nel mio caso, invece, nulla di ignoto: il lavoro al cimitero fu una continua presa di coscienza di quanto la mia vita fosse scolpita dalla morte.

Perché io l'avevo conosciuta precocemente, la morte. Era nata con me. Insieme a me. Mi abbracciava. Era il bambino fantasma.

La prima volta che lo vidi, o che ricordo di averlo visto, che è la stessa cosa, fu quando il feretro di mia madre venne murato nella cappella di famiglia. Sei loculi, tre a destra e tre a sinistra, e di fronte, sotto un altarino in marmo, una piccola nicchia con le ceneri di mio nonno, Mansueto Malinverno.

Ero accanto a mio padre, sulla soglia: osservavo le manovre per infilare la bara, i gesti del muratore che impastava la calce e la adagiava sui bordi del loculo, e dentro di me contavo i mattoni necessari a murare quello spazio vuoto, uno per uno, che ne bastarono settantacinque per sigillare l'eternità materna. E fu allora, alla fine del conteggio, che guardando a sinistra vidi la foto di un neonato.

Quel ritratto stonava lì dentro, e per un attimo mi distrasse anche dal dolore. Guardai verso il muratore, che stava intonacando i mattoni, verso il volto lacrimoso di mio padre, verso i parenti accalcati fuori, ma poi lo sguardo ritornò al bambino.

Avrei voluto chiedere, ma era così strana quella cosa che temetti di vederla solo io, che fosse il dolore a farmela immaginare, che se glielo avessi chiesto a Vito lui avrebbe risposto non c'è nessuno, e allora ebbi anche paura e gli afferrai la mano. Guardai in alto verso il cielo pensando adesso non c'è, adesso non c'è, ma quando mi voltavo la foto era sempre lì.

Qualche giorno dopo tornai nella cappella insieme a mio padre, con un mazzo di garofani rossi, e quando entrai la foto del bambino c'era ancora, e ritornò la paura. Mi strinsi tutto il tempo a mio padre, convinto di vedere cose che non esistevano, ma prima di andare via, con un gesto improvviso, lo vidi accarezzare la foto di mia madre e poi, per un attimo, sfiorare lui.

Non è un fantasma, pensai, e allora feci la domanda a lungo trattenuta:

"Chi è, papà?".

Fu come svegliato da un torpore, esitò e poi rispose:

"Un bambino che hai conosciuto quando eri piccolo e che ti vuole bene, tanto".

"Ma è morto!"

Mio padre s'inginocchiò e mi strinse tra le braccia:

"È il tuo angelo custode".

Mi avvicinai alla foto e la fissai, e fu come guardarmi in uno specchio, ma questa volta senza paura, che le parole sospese del padre avevano allontanato ogni timore. E quando fui vicino lessi il nome scritto in piccolo, NOTTURNO MALINVERNO, e pensai a qualche cugino.

Tutte le volte che tornavo, presi l'abitudine paterna di baciare la foto del bambino.

Poi accadde che mio padre morì.

E qualche giorno dopo, quando con mio zio, a casa del quale mi ero trasferito, andammo nella cappella di famiglia e accarezzai la foto del neonato, lui disse quella cosa:

"Il tuo povero fratellino".

Sentii come uno schiaffo, e dalla mia espressione lui capì d'aver sbagliato:

"Non te l'avevano detto?".

Rimasi muto e immobile.

"Sei grande adesso, Astolfo, grande e solo, forse è venuto il momento di sapere."

Così mi raccontò tutta la storia.

Non ne avevo mai sentito parlare, né in casa c'era mai stato un minimo indizio della sua esistenza.

Era mio fratello gemello, ed era stato tirato fuori già morto.

Prima di me.

Pensai all'ultima notte con mia madre: due persone vanno a letto abbracciate e una vive e l'altra muore; due figli nascono insieme ma uno respira e l'altro no.

E del morto nemmeno una fotografia: la frenesia degli eventi aveva impedito a tutti di pensarci. E poi chi si sarebbe messo a fare una foto a un neonato senza vita?

In realtà il gemello non aveva nemmeno un nome quando nacque.

E la madre non glielo avrebbe dato:

"A cosa serve chiamare un bambino morto?".

Era meglio dimenticarlo, nessun nome, nessuna immagine, cancellare un incubo.

E invece non era possibile, bisognava chiamarlo perché si dichiarasse la morte, come se non fosse possibile morire in presenza dell'anonimità.

Catena non sapeva cosa fare:

"Solo ad Astolfo avevo pensato, e adesso come lo chiamiamo?".

"Un nome da morto," sentenziò il padre, "un nome che parli del suo destino annerito," aggiunse mentre piangeva la povera creatura.

"Notturno, allora," singhiozzò la madre. "Chiamiamolo Notturno."

Quando si trattò di dargli sepoltura, quando già era chiuso nella bara, il becchino chiese una foto per la lapide.

Loro si guardarono persi.

"Ma come facciamo a seppellirlo senza? E che volete, che nemmeno la faccia vi ricordate più? Volete fare peccato?"

Quella parola che di solito usciva dalla bocca del prete fece effetto come il rintocco di un mortorio suonato di notte.

"Ma la bara è già stata chiusa!"

In quel momento, mi raccontò lo zio, io piansi.

"Sono gemelli?" chiese il becchino.

Catena annuì.

"E fategliela a lui la foto, s'assomigliavano no?"

"Ma che dite, porta male!" s'oppose lei.

"Ma che male e male, è peggio seppellirlo senza, sentite a me che ne capisco di queste cose, che invece la foto al vivo gli allunga la vita, come quando si sognano i morti."

Se ne intendeva, Marfarò padre, e forse era meglio fare come diceva lui.

Fui portato subito a casa, mi fu messa la vestina bianca ricamata, quella comprata per il battesimo, la catenina d'oro al collo col crocifisso del Signoriddio luccicante, i pochi capelli lisciati e stesi come stucco veneziano, fui appoggiato su un lenzuolo sul divano e lì il fotografo fece il suo scatto.

E così sulla lapide del neonato morto venne messo il volto del gemello vivo, l'unico forse al mondo che poteva vedersi da morto bambino, l'unico che portava i fiori a sé stesso, a comprendere l'inverosimile destino di Mattia Pascal.

Fu come un segno premonitore, come se mi avessero dato la cittadinanza del regno dell'aldilà.

Sembrava che tutte le persone che mi erano state vicino morissero, e così per molto tempo, nella mia mente di ragazzo, s'insinuò l'idea che fossi io a provocare quei lutti.

Si nascondeva nelle pieghe rigeneratrici della vita, la fine, nel sonno che ci fa sopravvivere, nel respiro senza il quale non saremmo. Perfino nel cibo che nutre. Morti improvvise e banali: mia madre mentre dormiva, Notturno mentre nasceva, mio padre mentre cenava.

Seduto a tavola, di fronte a me, con la forchetta in mano, con un discorso lasciato a metà, una parola spezzata, *domattina*, un respiro preso e non restituito, un bolo rimasto in bocca, un battito d'occhio sospeso.

Lo vegliai tutta notte, e in quegli attimi era come se non fosse morto perché era lì, vicino, e potevo toccarlo, come se i sentimenti si misurassero con lo spazio, come se il trapasso non fosse la cessazione del respiro o l'arrestarsi del cuore ma la sottrazione del corpo.

Tolsi la forchetta dalle sue mani anchilosate, gli chiusi gli occhi, gli baciai le palpebre e andai ad annunciare agli uomini che il cuore di Vito Malinverno aveva smesso di battere.

Divenni un orfano e la mia vita cambiò, ma più ancora della mia vita mutò il mio rapporto con la morte.

Avevo sofferto di più per mia madre, ma la dipartita di mio padre fu per alcuni versi più dura e difficile, e non solo per lo scenario di solitudine e abbandono che mi si apriva davanti.

Gli orfani hanno un rapporto diverso con la morte, perché nel succedersi delle generazioni – che è la vera misura della nostra mortalità, il prima e il dopo – fin quando abbiamo qualcuno davanti a noi che con il suo corpo sembra immolarsi a nostro vantaggio, ci sentiamo da quel cumulo preordinato di carne riparati e protetti come dietro a uno scudo. Prima i nonni, poi i genitori, una barriera tra noi e l'aldilà.

Nasciamo col sentimento dell'eternità perché prima di noi abbiamo gente mortale, poi muoiono i nonni, e allora quel sentimento si dimezza ma abbiamo una protezione ancora, un velo. Poi però, quando muore il nostro unico genitore, l'ultimo baluardo, ecco che non c'è più nulla tra noi e la fine, nessuna generazione, nessuna siepe, nessun muro. Adesso toccherà a noi.

Se siamo padri non è un sacrificio, che ci offriamo volentieri a essere schermo della nostra discendenza, ma se siamo soli tutto assume un significato diverso.

La scomparsa del padre e della madre sono i rintocchi che annunciano la nostra mortalità. E così, dopo la dipartita di Vito Malinverno, io sarei stato il prossimo.

Ero indifeso e dovevo necessariamente proteggermi, rinvenire un ricetto, schermarmi. E allora pensai che il mestiere di guardiano del cimitero era una benedizione al modo di quando divenni bibliotecario, che forse quella era la cosa giusta, la vicinanza con la morte, che prossimità e contiguità me l'avrebbero fatta divenire naturale e familiare.

Allo stesso modo dei banchi di acciughe, che assumono tutte insieme la forma del nemico per sperare di sopravvivere al suo attacco.

11.

L'assessore mi mandò a dire attraverso il messo di portare il registro dei morti al Comune per via di un'ispezione inviata dalla Provincia.

Lo presi tra le mani e passai in rassegna i nomi dei timpamarani deceduti, uomini e donne in carne e ossa divenuti un'assestata combinazione di sillabe. Sfogliavo le pagine come fossero quelle di un romanzo, e i nomi e le date che leggevo le voci di un dizionario dei personaggi letterari. E così trovai lei. Virginia Platania, la moglie del mugnaio Altomonte, seppellita nel loculo n. 1412.

In quel momento mi sembrò strano, dopo aver visto il marito di fronte a Emma, non essere ancora passato da lei alla ricerca d'una traccia che potesse aiutarmi a ricostruire la vicenda.

La tomba si trovava nello stesso settore in cui ancora permaneva la buca vuota di Elea Maierà, che infatti era lì, seduto sul bordo, i piedi penzoloni sulla sua eternità mancata. Mi salutò con un cenno della testa.

La soluzione ai miei dubbi, la prova definitiva che andavo cercando, sarebbe stata trovare un cardo accanto alla stele di Virginia Platania. E invece non c'erano cardi, ma nemmeno crisantemi o gigli: solo un mazzo di fiori di campo mischiati a fili d'erba, freschi, raccolti al massimo il pomeriggio prima.

Donna Virginia non era bella, soprattutto se paragonata alla graziosità di Emma. Osservando la sua foto, mi resi conto che non la ricordavo bene: faceva l'infermiera fuori paese, e poi aiutava il marito al mulino, che a volte la vedevo infarinata quando mi trovavo a passare di lì. A ben guardare la foto, sembrava che anche la maglia fosse sporca di farina. Ci sono lavori che non ci si toglie mai di dosso. Anche il mio, probabilmente. Si raccontava in paese che il predecessore di Melicuccà, Eraclito Ferruzzano, quindicesimo guardiano del cimitero di Timpamara, la moglie lo lasciò dopo vent'anni di matrimonio e venti di lavoro come guardiano, perché si fissò di sentirgli addosso l'odore della morte anche dopo che si cambiava i vestiti, che si strofinava col sapone, che usciva di casa. Non avrei saputo dire se la morte avesse un odore proprio: avevo letto che se si sfregava a lungo e con forza le dita di una mano sul dorso dell'altra e poi si annusava la pelle, si sentiva un odore che era quello della morte. Facevo quel mestiere da poco e ancora non avevo conosciuto il sentore della putrefazione, che quando lo sentirete, mi disse Marfarò, non ve lo scorderete mai più. Putrescina e cadaverina si chiamano quelle sostanze puzzolenti, aggiunse, putrescina e cadaverina, ripeté con una smorfia di disgusto. Ogni tanto, quando uscivo dal cancello, avvicinavo la mano al naso e inspiravo, nel timore di sentire prima o poi quell'odore attaccarsi anche alla mia pelle. Come polvere di gesso. Come farina.

Mi chinai per sentire il profumo dei fiori di campo. Non c'era il cardo, ma potevano essere un piccolo indizio, allo stesso modo selvaggi e spontanei, che forse Prospero li aveva raccolti assieme.

Tornai alla camera mortuaria pensando che non avevo più incontrato il mugnaio. Qualche volta avevo anche modificato il percorso dalla biblioteca al camposanto per passare di fronte a casa sua, ch'era poi il piano superiore del mulino.

Il registro era aperto sul tavolino: rilessi il nome di Virginia Platania e, soffermandomi sugli spazi bianchi alla fine di ogni riga, mi venne in mente un pretesto per incontrare il mugnaio a casa sua e vedere se riuscivo a cogliere qualche indizio del suo legame con Emma.

Così quella mattina uscii dal cimitero mezz'ora prima del solito, col registro dei morti sotto il braccio.

Entrai nel mulino e non c'era nessuno.

"Permesso?"

Avanzai titubante e, quando passai in quello che doveva essere il magazzino, trovai il mugnaio seduto su una vecchia poltrona di pelle scolorata, a fianco alla grande finestra e alle sue tende, la tuta arrotolata sopra le ginocchia: si era addormentato con il braccio destro alzato, appoggiato sulla spalliera, e l'altro piegato sulla gamba. Tra la finestra e la poltrona, un tavolino in legno con una stadera e una statua di ceramica di due innamorati, e tutt'intorno sacchi di farina di ogni formato e colore, che sembravano le braghe calate d'un ciclope: sacchi vuoti sui bordi della poltrona, una vecchia rete appesa al muro come una tenda, una scala rotta, pale tarlate, setacci d'ogni formato e tipo appesi o ammucchiati per terra, e ai suoi piedi, ai lati del tavolino, un sacco di iuta mezzo vuoto che con le sue pieghe pareva la testa d'un gigante barbuto.

Rimasi immobile, e per non svegliarlo, e perché quella visione mi turbò per la somiglianza con qualche immagine familiare che però lì per lì non riuscivo a recuperare.

Decisi di aspettare fuori che si svegliasse, ma non dovetti attendere molto perché giungesse, trafelato e madido di sudore, Ippolito Curinga con un sacco vuoto.

S'aggrappò al batacchio della campanella e suonò per quattro assordanti volte prima di scomparire nel magazzino.

Sentii vociare e ritornai dentro. Ippolito reggeva il sacco aperto sotto un grande tubo bianco dal quale, alzando e abbassando una leva, il mugnaio faceva fuoriuscire la farina. Quando fu pieno, lo chiuse con un laccio, se lo caricò in spalla e ripartì con la stessa sciatteria con cui era giunto.

Prospero sbadigliò, strofinandosi gli occhi con il dorso della mano. Quando mi vide ne fu sorpreso, quasi stupito.

Io alzai un poco il registro, come uno scudo.

"Scusate se vengo a disturbarvi a casa vostra, ma è una cosa urgente."

"Ditemi."

Prospero Altomonte portava bene i suoi sessantacinque

anni: robusto, segaligno, di viso asciutto, mattiniero, amante della caccia e apprezzato cunicultore.

"Manca la vostra firma sul registro."

Feci per aprire lo scartafaccio così come mi trovavo, in piedi, ma il mugnaio si avvicinò a un ripiano e con un gesto deciso del braccio scaraventò via gli oggetti che c'erano sopra.

"Appoggiatelo qui."

Provai un certo fastidio vedendo la farina sul ripiano e pensando alle macchie bianche sulla tela nera della copertina.

"Pensavo bastasse firmare quello del Comune."

"No, serve anche a noi, vedete?" gli dissi mostrando le firme dei parenti degli altri deceduti sulla pagina, che avevo velocemente contraffatto prima di uscire.

Prese una penna da una logora giacca appesa a una sedia, la impugnò come una spada, mirò con l'indice sinistro e tracciò la sua indecifrabile scrittura.

"Ecco fatto."

Chiusi il registro e lo presi facendo attenzione a non poggiarlo alla mia camicia grigia.

"Scusate l'intrusione, ma devo consegnarlo oggi stesso."

"Non c'è nessun problema, anzi..." Uscì dal magazzino e ritornò con un sacchetto di farina da due chili.

"Tenete, per il vostro disturbo."

Il gesto mi commosse, e per un attimo dimenticai che Prospero poteva essere un vecchio amante di Emma, l'uomo che l'aveva avuta prima di me, l'elemento che aveva preso il mio posto nella tavola periodica degli esseri umani e delle loro azioni. Me lo ricordò Natura dopo che ebbi salutato e fui uscito per portare il registro al Comune, quando vidi, nell'orto incolto sul retro, un cespuglio selvaggio che spiccava tra indisciplinati fiori di campo.

Spinoso.

Verde.

Una pianta di cardi.

La visione di Prospero dormiente nel garbuglio mugnaiolo continuò a turbarmi per la somiglianza con un'immagine conosciuta che però seguitavo a non ricordare. Per strada. A casa. Mentre m'avviavo al lavoro pomeridiano. Era lì, a portata di recupero, eppure sfuggente. Sperai che la biblioteca, per una sorta di agguaglio analogico, potesse facilitarmi il ripescaggio, ma non fu così.

Era un giorno di scelta. Nella mezz'ora dopo pranzo avevo terminato di leggere *Lo straniero* di Camus e, come spesso accadeva, decidere il libro successivo non era semplice. Vivevo quell'atto con lo stesso senso di responsabilità con cui vivevo ogni scelta della mia vita, anche minima, come se perfino fermarsi a bere un caffè potesse determinare il mio futuro. Per ogni romanzo che si legge ce n'è un altro che non leggeremo e che forse, per non essere stato scelto in quel momento, cadrà nel dimenticatoio e non verrà mai più letto. E magari era proprio il libro della nostra vita. Il timore di aver mancato per sempre un evento importante caricava tragicamente un gesto per altri versi trascurabile.

Nel mezzo delle varie letture continuavo a leggere il manoscritto di Corigliano, ma le dimensioni non lo rendevano pratico da portare a casa, così quel pomeriggio mi aggirai tra gli scaffali della biblioteca fissando dorsi e titoli, vedendo se qualcosa attirasse la mia attenzione. Confidavo nelle sensazioni. La storia giusta al momento giusto. Ma si scelgono davvero i libri? Perché, per esempio, qualche mese prima avevo preso dallo scaffale *Il vetturale Henschel* di Hauptmann, LT GH 1, e non *La torre* di Hofmannsthal, LT HH 1, che gli stava a fianco?

Ci sono, nella scelta delle letture, occorrenze sorprendenti, come se il libro fosse un oracolo capace di leggere nella mente e nel cuore del lettore e di offrirglisi spontaneamente. Come se gli bisbigliasse qualcosa.

"Hai mai sentito la voce dei libri?" mi chiese una volta mia madre. "Non le parole che leggi, intendo proprio la loro voce, il suono della carta."

La guardai stupito. Capivo le sue allucinate immaginazioni, i personaggi letterari che diventavano vicini di casa e vice-versa, ma che la carta parlasse mi sembrava troppo. Forse la sua testa si stava ammalando.

"Dobbiamo trovare la giornata giusta, però," concluse.

Giunse dopo una settimana. C'era un vento fortissimo che saggiava la resistenza di ogni foglia. Mia madre mi prese per mano, come se uno fosse la zavorra terrestre dell'altra, e mi portò al macero. Se anche non avessi riconosciuto la strada, i fogli che il vento sollevava nell'aria indicavano l'avvicinamento.

Quando ci vide, mio padre venne incontro.

In caso di vento forte gli operai coprivano i mucchi di carta con delle reti speciali, altrimenti tutta Timpamara sarebbe stata sepolta sotto un cumulo di cellulosa. Ci fece un cenno e gli andammo dietro. Costeggiammo il capannone con le vasche, superammo il magazzino di stoccaggio e ci fermammo di fronte a un piccolo deposito. Vito salì una scala metallica e noi dietro di lui. Sentivo una successione di rumori secchi, come di buste di carta sbattute, di cui non capivo l'origine. Poi, quando arrivai in cima, tutto fu chiaro.

Alla destra dell'ampia lastra di cemento che costituiva la copertura, c'era una fila di vecchi libri le cui pagine venivano girate continuamente avanti e indietro dal vento forte, e nel girarsi emettevano un suono di foglie secche quando sono calpestate, di pioggia che batte sui vetri, di legna che brucia. Un rumore sempre diverso, a seconda dell'intensità delle folate o del numero di pagine girate.

"Torno al lavoro," disse mio padre, riscendendo.

Catena Seminara, il volto coperto dai capelli mossi dal vento, si stese sul lastrico, accanto ai libri, come quando prendeva il sole sulla spiaggia.

"Vieni, coricati al mio fianco."

Mi stesi sopra il suo braccio allargato.

"Adesso chiudi gli occhi e ascolta."

E fu così, in una giornata di vento timpamarano, che grazie a mia madre conobbi la voce dei libri.

Era stato mio padre a portarla in quell'angolo, come regalo

per un anniversario: era il posto più ventoso del macero, dove i vecchi volumi, sfogliati da brezze e correnti, parevano una piccola orchestra in cui si distingueva la voce grave e solenne di Dante da quella lieve di Lorenzo de' Medici o da quella rabbiosa di Cecco Angiolieri.

"Però quella voce c'è solo quando soffia il vento," dissi a mia madre mentre tornavamo a casa.

"Anche noi, Astolfo, parliamo solo quando abbiamo qualcuno vicino. Se fossimo soli, non parleremmo mai."

Le voci che s'inseguono in biblioteca sono diverse, inudibili ma perturbanti come ultrasuoni, come certi fischietti per i cani, richiami che ammaliano il lettore.

Mi piaceva l'idea che ci fosse come una connessione tra i libri e le persone, che un disegno avesse deciso e preparato il loro appuntamento, previsto l'innesto. Come il mio incontro con Emma.

Assecondando la legge dell'incastro, i libri giusti al momento giusto divennero poi quelli della vita, i più cari, da stipare su una mensola a parte e prendere all'occorrenza come dosi d'antiaggreganti per i malati di cuore.

12.

Il secondo fiore di fronte alla tomba di Emma.

Nel vaso di vetro, accanto a quello della volta prima.

Lilla. Viola. Morato. Un altro fiore di cardo. Una settimana dopo il primo.

Lo vidi subito appena imboccato il vialetto. Avevo aperto il cancello da nemmeno un'ora: pensai che fosse stato lasciato da pochissimo, e allora mi affrettai verso l'uscita fissando le poche genti in cerca di un indizio.

In quello che mi sembrò un minuto lunghissimo giunsi al cancello. Mi fermai, presi fiato, la gamba mi doleva, e rimasi lì per almeno mezz'ora; l'unica persona che uscì fu la vedova Cellara.

Sebbene quello del cimitero sia uno spazio delimitato e contenuto, c'è tuttavia qualcosa che lo rende simile a un labirinto: la geometria elementare dei sentieri, perpendicolari e regolari come maglie di una rete, che ogni cosa che somiglia a sé stessa evoca il concetto dell'infinito; le cappelle che ostruiscono la vista come pareti; gli stretti passaggi laterali che sembrano feritoie, scappatoie, interstizi temporali. E in questo labirinto, all'improvviso, era comparso qualcuno di inatteso e inannunciato, venuto fuori chissà da dove.

Una sensazione di vulnerabilità mi franò addosso: è facile sentirsi osservati in un cimitero, quando gli occhi delle foto sulle lapidi sembrano seguirti e muoversi con te, ma quella mattina era proprio come se qualcuno mi stesse guardando, forse lo stesso che aveva lasciato il cardo e che adesso studiava le mie reazioni.

Continuai a scrutare fino a mezzogiorno chiunque entrasse e uscisse, i fiori che aveva in mano, se andava in direzione di Emma.

Una sola cosa era sicura: il primo cardo non era stato posato per errore.

Per tutto il giorno non pensai ad altro. In biblioteca cercai informazioni su quella pianta e trovai una leggenda che la associava a un pastore siciliano, la cui morte addolorò a tal punto la Terra che nacque una pianta piena di spine. La spinosità del cardo come simbolo del dolore della perdita.

Nel pomeriggio, tra un prestito e un consiglio di lettura, mi dedicai all'autobiografia di Corigliano, che non finiva di stupirmi per l'originalità della scrittura e per le profonde riflessioni che accompagnavano gli aneddoti. E tuttavia avevo cominciato a leggerlo non solo da un punto di vista letterario, ma anche cronachistico e documentale, sperando cioè di imbattermi prima o poi in qualche accenno a Emma, certo non in maniera diretta, magari una voce o un fatto a lei riconducibile, la morte misteriosa di una straniera, un episodio di cronaca nera con un corpo mai ritrovato, il seppellimento di una povera donna che nemmeno una lapide aveva potuto permettersi. Ancora non avevo trovato niente, ma ero a metà del volume e continuavo a sperare.

Andai a chiudere il cimitero un quarto d'ora dopo l'orario consueto.

Se qualcuno voleva parlarmi di cose strane, e in un cimitero accadeva spesso, di solito aspettava l'orario di chiusura, visto che in giro c'era poca gente.

Così avvenne quella sera, quando trovai di fronte al cancello Marcantonio Parghelia, piantato in terra come una colonna dorica, che teneva tra le braccia qualcosa avvolto in una coperta. Era sceso dal motocarro appena mi aveva visto arrivare da lontano.

"Avete un minuto? Vi devo parlare. Ma non qui."

Gli feci segno di seguirmi ed entrammo nel ripostiglio.

"Ditemi."

L'uomo si liberò del peso che teneva tra le braccia. Dal rumore che fece toccando il legno, e conoscendo le sue abitudini, capii.

Marcantonio Parghelia, mastro d'ascia in pensione e vedovo, girava sempre col suo bastardino bianco, uguale a molti altri se non fosse che si chiamava proprio come il padrone, Marcantonio. Parghelia andava così fiero e orgoglioso di quel nome, dal padre trovato su una pagina volante del macero cadutagli ai piedi, che ai suoi figli gli aveva riempito la testa che avrebbero dovuto chiamare a quel modo anche la loro progenie. Così però non era stato, e lui aveva vissuto quella disubbidienza come un'onta, e quando gli chiedevano perché avesse dato al cane quel nome insolito, Marcantonio rispondeva che i cani sono migliori di certi mezzuomini che si fanno schiacciare dalle mogli.

Ma anche gli animali muoiono, e il pelo bianco di Marcantonio aveva cominciato a ingiallirsi come pagine di un libro, e le macchie erano cresciute e l'avevano coperto come certe edere fuori stagione, attardandogli i passi e costringendogli il respiro.

La mattina prima il cane aveva sentito nell'aria l'odore di morte imminente e s'era accucciato tra le braccia del padrone, che aveva capito e aveva preso a piangere silenziosamente, con le guance appoggiate sul pelo amato, a inumidirlo sperando che rifiorisse vita su quelle lande arsicce.

Marcantonio il cane morì quella stessa sera con gli occhi aperti, come un uomo folgorato dallo stupore, fissi in quelli del suo inseparabile compagno, che pianse come padre mancato, disperato e solo.

Parghelia scostò la coperta e davanti agli occhi mi apparve il muso ingiallito dell'animale.

"Voi lo sapete che questo cane è stato come un figlio per me. Per quasi vent'anni mi ha tenuto compagnia, anche la notte, quando si stendeva sui miei piedi, nel letto. Ieri sera non prendevo sonno, in nessun modo. Allora sapete che ho fatto per addormentarmi? Sono andato a prenderlo, morto com'era, avvolto nella coperta, e l'ho messo ai piedi del letto, e ho chiuso gli occhi. Stanotte non so come farò, se potessi me lo terrei così fino all'ultimo giorno, ma siamo fatti male noi esseri viventi. Che non solo siamo destinati a morire, siamo anche destinati a marcire, imputridire, essere immondizia, carcasse di vermi. Già oggi puzzava, Marcantonio mio, dopo solo un giorno, come se fossimo programmati per sparire subito dopo la morte, come se dessimo fastidio. Non potevamo essere come questa foglia che ho in tasca, per esempio, gialla, macchiata, ma esistente? O come quel ramo che tenete appeso fuori sul muro? O anche come quei fiori che vengono seccati e durano per anni? E invece io oggi devo liberarmi del mio cane perché Natura ha deciso che dei morti bisogna subito disfarsi. Lo stavo facendo stamattina, ho cominciato a scavare un fosso in campagna, sotto il gelso, che è bello starci lì d'estate, al fresco, ma quando ho finito e ho preso Marcantonio nella sua coperta per interrarlo, ecco, allora non ce l'ho fatta. Mi sono bloccato. Ho pensato ai suoi occhi, che certe sere quando piangevo piangeva assieme a me, e non potevo lasciarlo lì. Perché neanche i miei figli hanno pianto con me, lo capite? Che Marcantonio non era un cane, era un cristiano a cui mancava solo la parola, e come un cristiano deve essere seppellito."

Mi ero sempre chiesto che fine facessero gli animali domestici dopo che morivano, i gatti e i cani, che un giorno qualcuno mi disse che venivano seppelliti nei terreni, si scavava un fosso e venivano buttati lì, come soldati caduti in guerra, avvolti come Marcantonio in uno straccio, forse per pudore, forse per offrire un'ultima parvenza di protezione, che a pensare a tutti i cani e i gatti che nei decenni si erano succeduti a Timpamara, c'era da credere che non esisteva angolo di campagna o di orto che non fosse stato cimitero anche solo per un giorno. Che poi, in fondo, quella domanda tanto strana non era.

"Non vi chiedo di seppellirlo a fianco agli altri morti, non oso tanto, ma ecco, mi basterebbe che gli trovaste anche un angolo appartato, lontano dalle altre tombe, purché all'interno di queste mura."

Abbracciai con uno sguardo il cimitero: ero io il custode e il responsabile di quella distesa di terra che non apparteneva alla Terra, e potevo decidere; io, che non avevo mai deciso niente né avevo mai preso risoluzioni nemmeno per me stesso, potevo scegliere.

"Va bene!"

"Va bene?"

Parghelia non se lo aspettava: stava pensando a cos'altro dire per convincermi, aveva messo la mano in tasca forse per tirare fuori dei soldi come ultimo tentativo, e quell'arrendevolezza lo sorprese.

"Va bene. Prendetelo e andiamo."

Avevo pensato a un piccolo appezzamento di terra a ovest, una trentina di metri quadrati a fianco dei terreni riservati agli ultimi decessi.

Il mastro d'ascia ricoprì il muso di Marcantonio e io presi la pala. Giunti sul luogo, feci per mettermi a scavare ma l'uomo mi bloccò:

"Faccio io, spetta a me!".

Appoggiò il cane a terra.

Quando gli sembrò di aver scavato a sufficienza, prese l'involto e lo calò delicatamente dentro. Si fermò, lo fissò e poi cominciò a ricoprirlo. Infine apparò la terra coi piedi.

"Dite che posso prenderne uno?" chiese vedendo un mazzo di crisantemi bianchi dentro un vaso poco più in là.

Rimasi in silenzio. Parghelia afferrò un fiore e lo appoggiò sul tumulo di terra fresca. Aveva gli occhi lucidi e la voce emozionata.

"Ma secondo voi, gli animali hanno un'anima? Voglio dire, rivedremo anche loro dopo la morte?"

Quella domanda non me l'aspettavo.

Ci pensai un po' e poi risposi:

"Il Signore non ordinò a Noè di preservare gli uomini ma gli animali. E se li ha fatti salire sull'arca della salvezza, era perché in ognuno di loro c'era una parte del suo soffio vitale.

Forse in misura diversa da quanto ne abbiamo noi, ma c'è, e secondo me basta".

Parghelia accettò quelle parole in silenzio, fissando gli occhi sul fiore a terra:

"Non so come andranno le cose, in più so che vi ho chiesto tanto e tanto avete fatto, ma posso rivolgervi un'ultima preghiera?".

"Ditemi."

"Voi siete più giovane di me, e se i piani verranno rispettati morirò prima di voi, come mia moglie è morta prima di me essendo più grande di un anno. Ecco, quando tra qualche tempo vi toccherà interrarmi, se ci sarete ancora voi voglio che mi sotterriate qui, proprio qui, dalla parte degli uomini ma a fianco al mio cane, insieme, qui, al limitare tra il cimitero umano e quello animale, perché noi viviamo sempre tra confini e barriere, ma spesso basta allungare un braccio per oltrepassarli e renderli inutili. È possibile farsi riservare questi due metri di terra? Anche a pagamento..."

"Non ve lo posso promettere, ma se ci sarò ancora io e questo spazio sarà ancora libero..."

"Posso comprarlo adesso?"

"Dovete passare in Comune."

"Lo farò domattina stesso."

Andò via piangendo, zoppicante nell'anima come tutti coloro che hanno appena rinunciato a una parte di sé.

13.

La mattina dopo aprii il *Regolamento per la disciplina del servizio di custodia e vigilanza sul cimitero comunale* all'articolo 43: "Non è possibile per nessun motivo seppellire all'interno dell'area cimiteriale cani e/o altri animali di affezione". Presi una penna e aggiunsi un asterisco: 43bis: "Sono escluse le eccezioni che di volta in volta il guardiano riterrà più opportune".

Chiusi il brogliaccio e uscii. Poco dopo vidi entrare il forestiero col borsone nero.

Alla luce delle minacce di Pietrafitta decisi di parlargli.

Lo seguii da lontano: quando si fermò di fronte alla fila delle cappelle sul lato sud del cimitero, ch'era poco frequentata, mi sembrò il momento giusto.

Con la mia andatura anserina mi infilai tra i viottoli e in poco tempo arrivai alle sue spalle. Sbirciai nel quaderno ma lui lo chiuse subito, aveva appuntato pochissimi segni.

Avevo portato con me un paio di cesoie e un sacco vuoto per giustificare la mia presenza.

"Buongiorno."

"Buongiorno," disse, chiudendo il borsone che stava per aprire. Non si aspettava il mio arrivo.

"Scusi se mi permetto, ma lei non è di Timpamara... viene a trovare qualche parente?"

"No, mi piacciono i cimiteri. Spero non sia un problema."

"Posso farle una domanda, se non sono indiscreto?"

"Dica pure. D'altronde, lei è il padrone di casa."

"È un musicista?" gli chiesi mentre facevo per tagliare un rametto secco da un cespuglio.

La domanda lo sorprese.

"La vedo ogni tanto infilarsi le cuffie."

L'uomo abbozzò un sorriso:

"Già, un musicista... forse sarebbe meglio".

"Meglio di cosa?"

"Di quello che faccio."

"E cosa fa?"

Si abbassò per infilare il quaderno in una tasca esterna del borsone.

"Quello che si fa con delle cuffie, ascolto..."

"Le piace ascoltare musica mentre scrive? È un poeta?"

"No, un poeta no, ascolto, per il solo gusto di ascoltare."

"Immagino musica classica..."

"No, suoni, semplicemente suoni."

Aspettai che aggiungesse altro, invece si mise a cercare qualcosa nella tasca.

"Non passa inosservato. Nessuno viene qui con un borsone, si ferma di fronte alle lapidi, indossa le cuffie. Qualcuno l'ha notata ed è venuto a chiedermi spiegazioni."

"Si sono lamentati?"

"Uno sì, in verità."

"Immagino sia stato il signore dell'altra volta... Mi sono spaventato, ma non faccio niente di male."

"Potrebbe non essere l'unico. Deve ammettere che non è usuale... qui dentro."

"Ha ragione, ma non volevo dare fastidio."

"A me no, ma a qualche parente permaloso a quanto pare sì."

"Mi sta dicendo che è meglio non venga più?"

"No, assolutamente, la sto solo invitando alla prudenza."

"Sarò prudente allora."

Lui rimase fermo, aspettò che mi fossi allontanato e quando non mi vide più – ma io vedevo lui perché mi ero nascosto dietro una cappella – aprì il borsone nero e si mise le cuffie.

Tornato al magazzino, trovai Marfarò ad attendermi:

"Ho da proporvi un affare".

"A me?"

"Siete l'uomo giusto per fare una società."

"Ne siete proprio sicuro?"

"Come la morte," rispose. "L'altro giorno, quando sono venuto in biblioteca a trovarvi, m'è venuta in mente un'idea."

Ricordavo ancora la domanda che mi aveva rivolto, dove si potevano comprare dei libri.

"Sapete qual è la prima legge del mercato?"

"Non me ne intendo di economia."

"Riempire i vuoti. Se una cosa non c'è, bisogna metterla."

"Credo di aver capito a cosa vi riferite."

"Non è una buona idea?"

"Potrebbe, in generale, ma non so qui, a Timpamara..."

"Perché? Tutta la gente che viene da voi comprerebbe libri."

"O forse viene da me proprio perché non può comprarli."

La risposta lo spiazzò.

"Non ci avevo pensato."

Deluso, finì di caricare alcune corone sul motocarro:

"A proposito," disse prima di andare via, "è morta la professoressa Gioconda".

Quando mi capitava di pensarla, il suo viso era sempre come l'ultima volta che l'avevo vista, il giorno del diploma, con gli occhi commossi, mentre diceva a mio zio ch'era un peccato che non potessi andare all'università, che non avrebbe mai avuto un alunno bravo come me. Mi regalò un libro avvolto in un foglio di carta azzurra:

"Aprilo a casa e tienilo sempre vicino a te".

Le volli sempre bene per quel gesto.

Quel pomeriggio in biblioteca, aprii l'ultimo cassetto a destra della scrivania. Il libro era lì, una striscia di carta azzurra come segnalibro. Lo presi in mano, commosso: *L'ingegnoso gentiluomo don Chisciotte della Mancia, con la traduzione di Ferdinando Carlesi e l'aggiunta delle illustrazioni di*

Gustavo Doré. Tienilo sempre vicino a te, aveva detto. E così avevo fatto.

Mi ero chiesto spesso perché proprio quel libro, perché quell'invito alla vicinanza. E in quell'attimo, tanti anni dopo, appena saputo della sua morte, recuperai un fatto così ovvio che il non averlo considerato prima mi sorprese e commosse: Gioconda zoppicava come me. Bella come un angelo, usciva di casa solo per andare a scuola, e quando finì d'insegnare nessuno la vide più. D'improvviso quel ricordo illuminò ogni cosa, le attenzioni, le premure, gli sguardi carichi di complicità, le difese a oltranza. Eravamo uguali e voleva proteggermi dal mondo come forse nessuno aveva fatto con lei. E quel libro, sono sicuro, quel libro, accompagnato dalle sue parole, era il baluardo più inespugnabile che poteva offrirmi. Tienilo sempre vicino a te.

Non avevo mai compreso fino in fondo il significato di quelle parole. Ma adesso sì, adesso sapevo: *La fantasia gli si riempì di tutto quel che leggeva nei libri, sia d'incantamenti che di litigi, di battaglie, sfide, ferite, di espressioni amorose, d'innamoramenti, burrasche e buscherate impossibili. E di tal maniera gli si fissò nell'immaginazione che tutto quell'edifizio di quelle celebrate, fantastiche invenzioni che leggeva fosse verità, che per lui non c'era al mondo altra storia più certa.* C'era un'altra realtà oltre il piede zoppo, le burle subite, le solitudini, i silenzi, la segregazione dal mondo. I libri erano un modo di porre riparo alle distrazioni della natura.

Sfogliai il romanzo, soffermandomi sulle illustrazioni che da ragazzo avevo studiato in ogni dettaglio, e quando lo sguardo si posò su un'incisione di Doré che ritraeva l'hidalgo mentre leggeva un libro nella poltrona della sua biblioteca, circondato dai fantasmi cavallereschi delle sue letture, ecco che si chiuse un piccolo cerchio nei miei pensieri. Era l'immagine familiare che avevo associato alla vista del mugnaio dormiente di qualche giorno prima.

Involontariamente avevo così accostato i miei due personaggi preferiti, Madame Bovary e don Chisciotte. Mi piacque l'idea che potessero essersi amati, così simili nel loro tentativo di costruirsi un mondo immaginario per sopravvivere a una vita insoddisfacente, che è quello che faccio io con le mie letture, che è quello che fa ogni uomo sensato ricorrendo a mille altri espedienti.

Se fossi stato bravo anche a scriverle, le storie, quel pomeriggio, nella mia biblioteca, avrei scritto del loro memorabile incontro.

Don Chisciotte e Sancho Panza arrivano a Yonville e vengono ospitati da Monsieur Homais, che li ragguaglia su un nuovo miscuglio d'erbe capace di cicatrizzare in un giorno le ferite. Qui, una sera, mentre Emma è alla finestra sognante, illuminata dalla luce debole della lampada, don Chisciotte la vede e se ne innamora e va da lei, e le racconta del suo amore e dei regni che l'aspettano e la chiama inchinandosi Dulcinea del Toboso. Emma si volta, vede per terra gli stivali spillaccherati di Charles, chiude il libro che tiene in mano e sale su Ronzinante. E io li vedo andare via insieme, questi due esseri simboli di quell'umanità colpevole di sognare troppo e di pensare che sia sogno, la vita.

Li vedo dall'oblò del mio ripostiglio sotto il tetto. Perché ci sono anche io, nella storia. Ci sono sempre stato, a Yonville.

Mi presento: il mio nome è Hippolyte e sono il garzone di stalla dell'albergo. Ho un piede torto e sono segretamente innamorato della signora Bovary dal primo istante in cui l'ho vista. È stato per lei che ho deciso di operarmi, nella speranza di essere normale e guadagnare il suo cuore; solo per lei mi sono offerto in pasto alla sua ambizione che passava dalle mani del dottor Charles suo marito, perché sebbene fossi uno strefopodo con un piede equino, la pelle rugosa, i tendini secchi, l'alluce grosso, le unghie nere simili ai chiodi di un ferro di cavallo, tuttavia trottavo come un capriolo. Fu per amore di lei che mi feci recidere il tendine d'Achille e sopportai le atroci convulsioni della carne tumefatta e imputridita pur di vederla venire a me ogni giorno, farmi coraggio, addirittura accarezzarmi, che quando sentivo la sua mano sulla fronte chiudevo gli occhi e mi sentivo felice, incurante della cancrena che saliva e del puzzo di carne marcia. Vollero raddrizzarmi un piede torto e mi trovai amputato. Fu a lei che pensai quando sentii la lama tagliare muscoli e nervi, quando tutto il villaggio venne scosso dal mio grido straziante simile al lamento di una bestia sgozzata. Fu lei a regalarmi una gamba di legno del valore di trecento franchi, ricoperta di sughero e fornita di articolazioni a molla, un meccanismo complicato, nascosto da un pantalone nero che terminava con una scarpa verniciata. Poco alla volta ripresi a lavorare, ma persi ogni speranza sul suo cuore. Non mi restava che guardarla quando usciva per i suoi incontri clandestini, e guardarla, guardarla. Dopo che la guardai per un'ultima volta, nella bara, col volto già imbrunito dall'arsenico, lasciai per sempre Yonville.

Perché io so che ci si può innamorare di una donna anche solo da lontano, osservandola, immaginandola, pensandola, sognandola. Basta poco per innamorarsi a chi ne ha bisogno. A volte anche solo una fotografia.

Fu quella sera che la vidi per la prima volta.

Prima di chiudere il cimitero, ero andato alla tomba di Emma dalla parte opposta del solito. E quando avevo voltato l'angolo lei era lì, sul viottolo laterale che collegava il corridoio principale al sepolcro della mia amata. Di spalle, come se si stesse allontanando dal centro gravitazionale in cui mi trovavo. Di spalle, la vita stretta nel vestito nero accollato, i capelli raccolti in una coda, le scarpe di vernice scura. Ebbi come la sensazione che se fossi arrivato un minuto prima l'avrei trovata al mio stesso posto, di fronte alla foto.

Da quando ero guardiano del cimitero, avevo visto solo il mugnaio infilare quel viottolo periferico e dimenticato. E adesso questa donna sfuggente.

Aspettai che si voltasse per guardarla almeno di profilo, ma nell'attimo della svolta fui distratto da un rumore.

Nella fila adiacente, a Malarosa era caduto il vaso dei fiori, mi vide e mi chiamò inveendo e io andai ad aiutarla a raccogliere i cocci e ammucchiarli ai bordi del vialetto. Poi mi voltai a cercare la sconosciuta.

Era la giornata giusta per le visioni: cadeva dall'alto una luce così rarefatta e impalpabile e pacificante che quell'angolo di terra circondato da pioppi e seminato a marmi e croci sembrava avere la leggerezza che dev'essere dei paradisi.

La rividi, in lontananza, ancora di spalle, tremula al modo delle foglie, e chissà perché proprio a Mimnermo pensai, che noi simili a quelle per un attimo viviamo.

Era troppo lontano da me, impossibile raggiungerla, e tuttavia andai nella sua direzione, sperando che qualcosa la facesse rallentare. Ma non fu così. Sembrava svanita.

Mi fermai all'entrata, e aspettai lì a lungo ma inutilmente.

Quando furono le sei e cinque misi la catena intorno al cancello e lo chiusi. Mentre si muoveva, l'aria spostò alcune foglie rimaste lì ferme.

Fissavo l'uovo fritto nel piatto, sul tavolo in cucina, e intanto cercavo di capire per quale imperscrutabile connessione universale avessi deciso che la donna in nero aveva a che fare con Emma. Il non averla vista in volto faceva di lei un'entità, un miraggio, un'ombra.

Non avevo fame, presi il piatto e lo misi in forno.

Mi preparai e andai a letto a leggere, ma dopo poche pagine chiusi il libro e, per allontanare i pensieri e le sensazioni fastidiose che mi stavano riempiendo la testa, compii un gesto che non avevo mai fatto ma che mi risultò lo stesso naturale: presi la fotografia incorniciata di Emma e l'appoggiai sul cuscino, in modo che stando di fianco potevo vederla negli occhi come se fosse con me.

Bastò quella vicinanza a farmi sentire meno solo. Mi voltai per spegnere la luce, poi mi misi di nuovo sul fianco e la abbracciai.

14.

Mi svegliai abbracciato a lei.

Da quel sabato divenne abitudine tenere la sua foto sul cuscino accanto al mio, che quando rifacevo il letto la lasciavo lì e tiravo il lenzuolo perché la coprisse fin sotto il collo.

A stare in un camposanto s'imparano cose inimmaginabili agli uomini comuni. Le quindici pagine del *Regolamento per il servizio di custodia e vigilanza del cimitero comunale* non contemplavano, come ogni compendio che si rispetti, tutte le casistiche possibili, per cui le mancanze, di qualunque natura fossero, potevano essere colmate a piacimento.

Marfarò arrivò di mercoledì intorno alle dieci, affaticato per una celletta di acciaio zincato che teneva a braccia tese come i ragazzi davanti alle processioni con la cassetta delle offerte.

Mi salutò, e appoggiò il peso sulla prima sedia libera.

"Cosa c'è lì dentro?"

Attese a rispondermi per prendere fiato:

"L'avete saputo settimana scorsa che successe all'ospedale del capoluogo?".

"Non sono molto aggiornato."

"Ma avrete sentito dell'amputazione al vecchio Brognaturo!"

Annuii.

"Lo sapete che non tutte le parti del corpo hanno lo stesso valore?"

"In che senso, Marfarò?"

Il becchino aveva l'abitudine di spararla grossa all'inizio per fare impressione, poi fissava la faccia enigmatica e persa dell'interlocutore, quindi lo tranquillizzava iniziando il racconto risolutore.

"La legge prevede la distinzione tra resti mortali e parti anatomiche riconoscibili. Per farvi capire, ricordate quando cadde l'elicottero dei carabinieri, che il giorno dopo dai rami penzolavano pezzi di carne?"

"Vi prego..."

"Ecco, quelli per la legge sono resti mortali, perché non riconoscibili. Invece, la gamba di Brognaturo è una parte anatomica riconoscibile, e la persona che ha subìto l'amputazione, il proprietario insomma, può espressamente chiedere e ottenere di rientrare in possesso del pezzo mancante e disporre di sua libera iniziativa se tumularlo, inumarlo o cremarlo, e Brognaturo, quando ha sentito che la gamba staccata volevano buttarla come un rifiuto, ha messo sottosopra l'ospedale, ha spaccato tutto, urlato, bestemmiato, che lui quel pezzo del corpo lo voleva con sé, e così lo accontentarono e gli fecero fare domanda agli uffici competenti per ritornarne in possesso."

"Mi sembra giusto..."

"Non solo. Poiché era sua facoltà, dev'essersi poi informato con qualche avvocato e ha inoltrato domanda al Comune affinché l'arto venisse stipato in apposita allocazione, anzi, venisse sepolto a sé stante, fin quando morto l'intero altro corpo, cioè sé stesso, quel pezzo fosse insieme a lui seppellito *ad aeternum*. Non vi dico qui al Comune cos'è successo! Mica sapevano che rispondere, quei quattro raccomandati d'impiegati! Non gli era mai arrivata una richiesta del genere, mi hanno chiamato se per caso ne sapessi qualcosa di più, hanno sentito i Comuni vicini, hanno spulciato ogni tipo di regolamento senza trovare risposta. Nel dubbio però, conoscendo il carattere irascibile di Brognaturo, hanno acconsentito a condizione che ci fossero tutti i presupposti. I presupposti erano naturalmente che io sapessi come risolvere la cosa. Ne ho viste nella mia vita che non mi perdo certo per queste sciocchezze.

In magazzino avevo una piccola cassa di zinco che poteva adattarsi al caso e così stamattina presto sono andato all'ospedale e ho collocato l'arto lì dentro, sigillandolo. Adesso tocca a voi," disse porgendomi un foglio spiegazzato che aveva tratto dal taschino della giacca.

Era l'attestato della presa in consegna della parte anatomica riconoscibile, attraverso il quale il custode cimiteriale si assumeva il dovere, per sé e i successori, di disseppellire l'arto per poi riseppellirlo insieme al titolare.

"Devo firmarlo?"

"Firmare e conservare," specificò il becchino. "Ecco, adesso è tutta vostra," disse poi riprendendosi l'attestato e indicando la celletta. "Ve la lascio qui, poi mettetela dove volete, anche sul tavolo in metallo. Alle quattro torneremo assieme a Brognaturo per la sepoltura. Intanto, trovate un angolo qualunque del cimitero dove scavare la fossa, tanto ci vuole poco spazio."

Rimasi solo. Non completamente, però. C'era una gamba con me, una gamba propriamente detta, cioè dalla caviglia al ginocchio, piede compreso. Il diabete l'aveva incancrenita e non c'era stato niente da fare.

Alle due andai ad aprire la biblioteca. Sistemai i quotidiani sulla scrivania, e ancor prima di sfogliarli andai verso lo scaffale di letteratura angloamericana perché quella gamba che giaceva sul lettino della camera mortuaria mi aveva fatto pensare a uno dei più grandi uomini di mare della letteratura.

Così presi *Moby Dick* e ritornai alla scrivania, sfogliando e leggendo a caso alcuni passi, le parole profetiche di Elia, la comparsa del capitano sul cassero della nave con la sua appendice di mascella di capodoglio, il corpo legato di Fedallah. Moriva Achab, nella maniera migliore che poteva augurarsi, lottando e perdendo la sfida, tutti i marinai del *Pequod* perivano con lui, tutti tranne uno, Ismaele, sopravvissuto aggrappandosi alla bara calafatata di Queequeg, la vita che perdura grazie alla morte, sopravvissuto solo per poter raccontare e scrivere la storia, perché le storie accadono affinché qualcuno le racconti.

Solo per quello i Fati lo destinarono a prendere il posto del prodiere e placarono il vortice in un pantano di spuma e gli offrirono la cassa da morto-salvagente.

Presi carta e penna e scrissi la morte di Ismaele, figlio di Melville:

Appena ebbe scritto del grande sudario, Ismaele si sentì rassegnato al modo di Giobbe, svuotato come Starbuck che aveva finito ogni domanda. Era scampato per raccontare. E poi? Finito il racconto. Poi?

Cosa fanno gli uomini quando esauriscono il loro compito?

Il Fato aveva incatenato le bocche dei pescicani e inguainato i becchi dei falchi selvaggi perché egli potesse scrivere, cinque anni d'ininterrotta scrittura. E adesso, cosa prevedeva adesso?

Quella mattina si svegliò, con le labbra torve e malinconiche, e dopo che per un pezzo di strada fu andato dietro a un funerale, si decise. Il novembre umido e piovigginoso era giunto e lui si rimise in mare. E seguì la balena, e si fece chiamare Achab, e morì annegato, da solo, un giorno che gli uccelli sorvolavano la sua nave, morì con l'illusione che fosse Lei e non una tormenta ad agitare le acque e fargli raggiungere la ciurma del Pequod. *Morì stringendo nel pugno la piuma di un uccello, l'estrema ambizione di trascinare con sé nell'inferno una parte di cielo.*

Ismaele era morto. Mi alzai dalla sedia: come le altre volte in cui facevo morire qualcuno, avevo bisogno di cambiare posizione, prendere una pausa, respirare aria fresca, e così mi affacciai dal balcone che dava sulla piazza di Sant'Acario e inspirai profondamente.

C'era un'insolita confusione, quel pomeriggio: gente che usciva dalla chiesa, che si fermava a bere alla fontana, che sbucava dai vicoli e rispariva. Sembravano comparse. Ritornai alla scrivania e cominciai a leggere i quotidiani prima di metterli sul tavolo della consultazione, e dopo la cronaca locale, come facevo ogni giorno anche per dovere professionale, mi soffermai sulla pagina degli annunci funebri.

Mentre scorrevo quelle piccole lapidi di carta, fatte per lo

100

più di ricordi, frasi melense e condoglianze, e ripensando alla moltitudine di gente appena vista, ebbi un pensiero lì per lì bizzarro, perché Ismaele era morto ma nessuno lo sapeva, la gente si muoveva per il paese e non immaginava che in quel frangente era annegato il grande testimone degli oceani, e mi sembrò peccato che ciò non fosse, mentre a pagina trentadue del quotidiano si ricordavano le nozze d'oro di Giosafatte Badolato e Alcina Centrache.

Così mi venne un'idea. Mancava mezz'ora all'appuntamento col vecchio Brognaturo. Non potevo mettere il solito cartello dei funerali, allora su un foglio scrissi un avviso che quel giorno la chiusura era anticipata alle quattro meno un quarto.

Lasciai i libri dov'erano, chiusi le finestre e mi incamminai.

Entrai al bar. La cabina del telefono era in fondo alla sala dove si giocava a carte. Composi il numero che mi ero trascritto su un foglio.

"Annunci mortuari, buongiorno, nome e cognome."

La voce squillante mi sbatté in faccia l'assurdità di ciò che stavo facendo e la prima reazione fu di riattaccare, ma l'anonimato offriva uno schermo sufficiente per proseguire in quell'insolita messa in scena.

Balbettai qualcosa.

"Nome e cognome del defunto, per favore. Ha una frase sua o vuole che usiamo una delle nostre?"

"Ismaele."

"Cognome?"

"Nessun cognome, le detto la frase."

"Mi dica."

"Alle 14.31 di ieri, è morto colui che veniva chiamato Ismaele. Passò metà della vita a navigare schivando le tempeste del mare e l'altra metà scrivendo delle tempeste della vita. È morto nell'oceano, avvolto dall'eterno sudario di cui sono tessuti vita e scrittura."

Questa volta fu la signorina a rimanere in silenzio.

"Il funerale si svolgerà domani alle 15.00 presso la chiesa di Sant'Acario a Timpamara."

Ancora silenzio.

"Ho finito."

La signorina ritrovò la voce e mi disse come dovevo pagare. Salutai e chiusi la conversazione.

Al muro, dall'altra parte del bar, era appoggiato Parghelia. Mi fece segno di fermarmi e si avvicinò a me: "L'ho fatto, ho comprato quel pezzo di terreno vicino al mio Marcantonio. Ho la carta a casa. Adesso sapete cosa fare".

Brognaturo giunse alle quattro precise, insieme al becchino. Aveva una testa frenologicamente bellissima, alla maniera di Queequeg. E nella mia fantasia ormai corrotta giunse come un capitano, con fare maestoso, accompagnato dal suo mozzo, sforzandosi di nascondere lo zoppettio dovuto al pezzo di legno che lo reggeva in piedi. L'ospedale gli aveva offerto una protesi, ma lui non l'aveva voluta:

"Come i veri marinai," aveva detto, "e poi tanto a che mi serve?".

Lo aveva ripetuto, tra me e Marfarò, quando ci trovammo di fronte alla buca:

"Io tra poco la raggiungerò, che il cielo," usò proprio quella parola, *cielo*, "ci ha fatto interi, a noi, alle cose, agli alberi e, quando si comincia a perdere un pezzo, non è lunga la vita".

Fissavo a terra e pensavo alla precisione di quelle parole, un corpo che inizia a smembrarsi non è destinato a resistere a lungo, come se tra le sue parti ci fosse una calamita, un'attrazione del particolare verso il suo sistema, e forse funziona così anche per i capelli che perdiamo, per le particole della pelle, per i frammenti delle unghie, come se il corpo fosse un grande magnete che richiama a sé le sue schegge e viceversa, che non ci sono parti inutili nel corpo, non ci sono cose inutili nella vita. Un sistema può perdere una parte di sé e continuare a essere sé stesso? E poi cosa veramente si perde? Solo ciò che si vede spartirsi, frammentarsi, allontanarsi, o anche ciò che non vediamo? I pensieri, per esempio, o le sensazioni, i sentimenti, non sono anch'essi parte di noi al modo dei capelli o dei rimasugli d'unghie sputati? I ricordi, nei quali è racchiusa l'intera nostra vita, non sono anch'essi parti del corpo che si smarriscono per strada, che vengono amputati dal tempo, gettati in quel serbatoio della vita scordata dentro cui si stipano forse le nostre cose più felici?

Non poteva essere letta come legge dell'attrazione forse anche la storia di Achab, e dunque la causa della sua morte, la gamba nello stomaco della balena che calamitava il resto del corpo, lo attraeva, lo tirava con un'irresistibile forza?

A vedere l'urna metallica calare nella fossa e le spalle possenti di Brognaturo, a sentire il ponente cominciare a gonfiare i vestiti e gli uccelli volare su di noi, mi parve davvero di star seppellendo la gamba del grande capitano.

"Finisco io," dissi all'operaio quando prese la pala in mano per ricoprire di terra il piccolo feretro.

Marfarò si fece pure il segno della croce, si segnava per ogni cosa, vista la sua consuetudine con la morte.

"Venite con me?" chiese a Brognaturo. "Vi do un passaggio col motocarro."

"Vengo," fu la risposta lapidaria del marinaio.

Li accompagnai all'uscita, assieme all'operaio, poi ritornai alla piccola fossa non prima di una breve deviazione alla camera mortuaria dove avevo portato una delle tre copie tascabili della biblioteca, la più vecchia, di *Moby Dick* LA HM 1.

Avevo visto mettere di tutto, nelle bare e nelle fosse, ogni tipo di oggetti: crocifissi, monete, rosari, mediagliette di santi, messaggi scritti su fogli, cappelli. E Bibbie. Tante. E allora perché non farlo col romanzo di Melville, che della Bibbia poteva essere un libro profetico, singolarmente lungo, da collocarsi tra Abdia e Giona?

Quando fui di fronte all'arto amputato e defunto, che stava per essere ricoperto di terra in attesa di ricongiungersi in un futuro prossimo al resto del corpo, appoggiai sul feretro metallico la copia del libro per la sua degna sepoltura.

Presi la pala per ricoprire tutto, ma dopo qualche bracciata mi fermai. Mancava ancora qualcosa.

Rientrai nella camera mortuaria e dalla mensola degli oggetti ordinati presi la piuma bianca. Chi l'aveva conservata, sicuramente l'aveva fatto per le sue dimensioni, così grande che poteva essere quella di un gabbiano o un albatro.

Per gli antichi egizi, ogni defunto doveva superare la prova della pesatura del cuore. Su un piatto della bilancia veniva appoggiato il cuore, sull'altro una piuma: se questa era più pesante del cuore, significava che l'anima era pura.

Presi la piuma marina e la buttai nella fossa con un pugno di terra, che se quell'arto fosse sceso all'inferno avrebbe portato con sé un pezzo di cielo.

Il pomeriggio seguente, quando mancavano cinque minuti alle tre, mi affacciai dal balcone della biblioteca per guardare il portale della chiesa di Sant'Acario. Non sapevo perché alla centralinista degli annunci funebri avevo dettato anche luogo e orario del funerale. Forse per renderlo più realistico, forse per gettare un amo nell'oceano sperando che qualche altro visionario come me abboccasse, forse era stato un modo estemporaneo di sentirmi meno solo, o forse perché speravo di vedere arrivare la donna vestita di nero. Aspettai venti minuti ma inutilmente. Chiusi le imposte per ripararmi dal sole e tornai dietro la scrivania.

15.

Erano sempre stati altrove, l'amore e la vita.

Ma un altrove così prossimo che ogni mattina ne sentivo il profumo, illudendo il mio corpo di muscoli e nervi di una possibilità che poi la sera svaporava nell'anonimato della notte.

Tornando abbronzato dai vagabondaggi notturni in terre esotiche, in altrove che avevano l'apparenza d'isola dei mari del Sud, mi svegliavo con la consapevolezza che sarebbe stata una giornata uguale alle altre, gonfia di sogni e attese, riempita da chiavi che aprivano porte, da libri aperti e riposti, da gesti e azioni in fila come panni al sole, che al massimo ponente o scirocco li agitavano, a far saggiare per qualche attimo l'ebbrezza del movimento, ma che poi sarebbero rimasti lì, tutto il giorno, appesi e sospesi, a offrire fili d'ombra ai bisognosi.

Ma da quando avevo conosciuto Emma la distanza s'era accorciata. Ancora di più da quando avevo visto la donna nerovestita, di spalle, lasciare dietro di sé come una scia di possibilità.

E così da quel giorno, davanti allo specchio, dopo le abluzioni mattutine, cominciai, col pettine in osso dentro cui ancora forse resisteva qualche rattrappita lendine paterna, a riportare ordine tra crini in cui restavano impigliati granelli di sabbia dei viaggi sognati.

Ogni mattina ripetevo imperterrito quel gesto, come don Pallagorio quando trangugiava l'ostia sperando che il rito favorisse il miracolo di mantenere viva la fede che andava spegnendosi, ogni mattina, perché sono sempre altrove la vita e l'amore, puranche la fede, ma in quei giorni li sentivo così vicini che sarebbe bastato un attimo, e a quell'attimo non volevo arrivare impreparato, che abituarsi alla rinuncia allontana le offerte, che disperare nell'amore lo differisce, che la fine si preannuncia nella deposizione dell'attesa.

Gli uomini testimoniavano in ogni modo questa speranza di vita: il geometra comunale Cariati corrompendo per trovare un lavoro al figlio; l'avvocato Castrovillari accumulando soldi su soldi; l'architetto Staiti costruendo da anni una casa che non avrebbe mai finito; io, semplicemente, mi pettinavo prima d'uscire e m'improfumavo, e qualche pomeriggio, prima di andare in biblioteca, cominciai a mettere perfino la cravatta.

Quattro giorni dopo la scoperta del secondo cardo, un martedì, finii di leggere il manoscritto di Corigliano. Era stata una lettura interessante, che il povero Anatolio la vocazione della scrittura ce l'aveva nel sangue, che chissà cosa sarebbe diventato se si fosse messo a scrivere prima.

Per quanto riguardava la mia ricerca, in quei decenni di cronaca registrata attraverso la vetrina d'un'agenzia assicurativa purtroppo non avevo trovato alcuna traccia che potesse ricondurre a Emma, neanche un minimo accenno, una diceria, un pettegolezzo, niente.

Restava tuttavia un'opera ingegnosa costruita, secondo le ultime parole di Corigliano, su un enorme fraintendimento.

Lessi con molta attenzione la pagina in cui descriveva la prima volta che aveva visto Augustina Cardinale, la figlia del carbonaro, affacciarsi dalla finestra, con la camicetta bianca e i capelli raccolti, e ogni parola, in quella pagina, ogni aggettivo, ogni spazio bianco lasciava intravedere la nascita dell'amore. La rilessi più volte, sentivo risuonare le frasi affannose di Corigliano, che niente di ciò che gli accadde prima e dopo quel giorno valse il sorriso di quella donna. Non aveva mai avuto il coraggio di dirglielo, mai, e mentre ripensavo a quelle parole di sconfortato rimpianto, mi sembrò peccato che Augustina non potesse leggere quella pagina, che certo lo aveva amato anche lei a modo suo, gli era rimasta fedele, e non potevo fare a meno di proiettare su di loro il mio incontro con Emma, questi amori impossibili che si sfioravano senza mai incontrarsi, che sbagliavano luoghi, che mancavano tempi, e adesso era come se avessi la possibilità anche solo per un momento – e certo per un'illusione – di far coincidere spazi e attimi, come se un finale diverso potesse essere un buon auspicio per la mia storia. Così strappai quella pagina memorabile e quando uscii, poco dopo, approfittando anche del fatto che la finestra sulla strada della casa di Augustina era aperta, senza essere visto la lasciai lì, sul davanzale, e non avrebbe destato sospetti, che a Timpamara ogni giorno ponenti e levanti prendevano le carte del macero e le seminavano per strade e tetti e balconi, e Augustina avrebbe certo pensato a uno di questi fogli che sorteggiavano da soli i loro lettori, e però leggendola le sarebbe preso un colpo che avrebbe dovuto sedersi, e rileggere ancora, e alla fine piangere di gioia perché i venti erano stati clementi con lei e finalmente le confermavano che non è mai inutile amare, che non si ama per essere corrisposti ma solo per sé stessi, che l'amore eterno non è quello condiviso dei baci, degli abbracci, delle carezze, ma quello solitario e inviolabile degli sguardi, dei sogni, delle immaginazioni.

Sperando che quella pagina giungesse a destinazione, mi avviai verso la chiesa per il funerale del notaio Polonio Ardore.

Ero lì più per dovere che per altro. Dopo qualche giorno dal mio insediamento il becchino mi aveva detto di non avermi mai visto a un funerale, e che prima poteva andare bene ma adesso era giusto io mi facessi vedere ogni tanto, non solo al cimitero, al momento della sepoltura, ma anche prima, durante la funzione, che il mio predecessore non se ne perdeva uno, e la mia assenza poteva sembrare disdicevole. Disse proprio così, *disdicevole*. Nel suo parlare basso e povero ogni tanto infilava qualche aggettivo bizzarro, e quella volta fu *disdicevole*, e che gli sembrasse una parola da professore lo dimostrava il tono superbo con cui la pronunciò, *di-sdi-ce-vo-le*, articolando ogni sillaba come se fosse a scuola. Decisi quindi di partecipare a qualche funerale, e quel giorno fu uno di quelli. Andai in piazza a sedermi come le altre volte in cima alla scalinata della chiesa, in disparte.

E fu lì che lo vidi, la prima volta, sotto l'ontano a fianco del monumento ai Caduti, che subito pensai a uno dei soliti randagi che si staccavano dalle greggi e venivano ad annusare l'aria del paese. Ma non era selvaggio e scattante al pari di quelli: nero come la Madonna della Sacra Lettera, il cane se ne stava calmo, guardandosi intorno come chi ha un appuntamento.

La terra di Timpamara lo accolse in una giornata di scirocco violento che soffiando sui mucchi del macero sollevò e sparse decine e centinaia di pagine che schermarono il cielo come stormi di rondini e scesero sulle strade, sui balconi, sui marciapiedi.

Forse era stato quel vento a condurlo lì, un vento panspermico prodotto da un passaggio di comete o altri corpi celesti che diffondevano nel cosmo forme semplici di vita che poi, quando trovavano condizioni favorevoli, attecchivano e si sviluppavano. Forse fino a poco prima era stato un grumo di pelame nero proveniente dalla Galassia di Andromeda, che aveva circumnavigato Plutone e sulla scia di qualche frammento meteorico era stato portato nell'aiuola sotto il monumento ai Caduti, terreno idoneo alla sua germinazione, e lì si formò, nascosto, e crebbe fin quando fu visibile all'occhio umano.

Appena arrivò il carro funebre vidi il cane nero andarsi a sistemare con passo indolente subito dietro, anticipando le genti stipate sui marciapiedi. Il feretro fu calato e portato a braccia in chiesa e il cane sempre dietro, ancora prima della vedova.

Qualcuno cominciò a incuriosirsi. E forse qualcun altro si sarebbe avvicinato per cacciarlo, ma l'animale aveva come una costumatezza e una solennità che disarmavano ogni malintenzione. Fino alla soglia della chiesa, laddove il ligio sacrestano gli si parò davanti sussurrandogli sciò sciò, qui non puoi entrare, allungando la gamba e toccandolo. Per un paio di volte il cane nero cercò di infilarsi lo stesso, ma il mocassino del sacrestano fu irremovibile. E così, placidamente, andò ad accucciarsi ai piedi della scalinata. Quando fuori non c'era più nessuno, anch'io entrai in chiesa. Il sacrestano mi aspettò, chiuse il portone, andò a suonare le campane e si sistemò nel coro.

Fu poco dopo, a causa d'una tosse insopprimibile, che io e le genti di Timpamara conoscemmo i prodigi del cane. Perché Sappo Minulio Terranova fu costretto a uscire per non disturbare la funzione, e quando aprì la porta laterale a spinta, il cane guardingo sgusciò dentro.

Il prete aveva cominciato a officiare la messa e le voci del coro si diffondevano tutt'intorno quando sotto lo sguardo stupito dei fedeli l'animale cheto cheto attraversò la navata centrale come una sposa e si accucciò sotto il catafalco che reggeva la bara.

Era la prima volta che a Timpamara si vedeva una cosa del genere, e come tutte le novità seminò intorno stupore e sospensione. Quando il sacrestano se ne accorse, alla fine del canto, andò con discrezione verso il cane per allontanarlo ma il prete lo fermò con un cenno della mano, e ai fedeli che si erano accorti di quel cenno disse che il cane poteva stare lì, non dava fastidio. E così fu. Per tutto il tempo della cerimonia l'animale rimase immobile, come se dormisse anche se teneva gli occhi aperti. Si mosse solo quando si avvicinarono per prendere il feretro in spalla, solo allora si alzò per unirsi al corteo funebre. Tutti, me compreso, lo guardammo seguire la bara fino all'ingresso del cimitero. Io entrai per primo, il corteo dopo di me, ma lui si fermò lì per un po', davanti al cancello, poi scomparve.

Anche il becchino lo aveva notato, e quando restammo soli me lo disse:

"In tanti anni d'onorata carriera, non m'era mai successa una cosa simile. Ma l'avete visto come s'è sistemato in chiesa? E come ci ha seguiti! Fino al cimitero. S'è fermato proprio lì, al cancello. Cose dell'altro mondo!". E poi, arricciando il naso: "Puzzate più d'una pigna".

Elea, che era al suo fianco, annuì. Forse avevo esagerato col pino silvestre.

"O dovete nascondere l'odore della morte," continuò, "o vi siete innamorato."

Era allegro Geremia Marfarò: tre morti in due giorni. Oltretutto il notaio Polonio Ardore, pace all'anima sua, apparteneva a una delle famiglie più ricche di Timpamara, che i figli non solo avevano chiesto la cassa più lussuosa del catalogo, ma specificato inoltre che non avrebbero badato a spese per fiori e arredi vari. Musica celestiale per le orecchie del necroforo, che diede fondo al suo magazzino e in una volta guadagnò quanto cinque funerali di povera gente.

Quando rimasi solo, ripresi il giro per finire di ripulire i vialetti.

Ero di fronte alla lapide di Ulisse Belvedere quando in lontananza mi sembrò di vedere la sconosciuta vestita di nero.

Il cuore cominciò ad agitarsi. Appoggiai la scopa a un tronco e andai in quella direzione. Ma a metà strada mi fermai. Pensai alla volta precedente, quando la donna sparve, al mio piede zoppo che rallentava il tempo e la vita, e allora, per non rischiare di perderla ancora, decisi di attenderla sul cancello. Di là sarebbe passata di sicuro, che ogni labirinto, per quanto contorto e insidioso, ha sempre un'uscita.

Non mi sarei mosso per nessuna ragione al mondo.

Ma si avvicinava l'ora di andare e lei non arrivava.

Aspettai, non desistetti. E feci bene.

La vidi sbucare dalla terza fila di cappelle. Aveva lo sguardo fisso a terra, come quando si attraversa un ruscello e bisogna appoggiare i piedi sui massi asciutti per non cadere. Sembrava in bilico sul mondo, e ritornò l'immagine mimnermica della foglia tremante. I miei battiti sembravano sincronizzati ai suoi passi lenti, un passo e un battito, un avvicinamento e un respiro più trattenuto. Fu a un metro e mezzo circa, centoquarantasei centimetri, che si voltò.

Mi si fermò il respiro.

Emma.

Impossibile.

Eppure era proprio lei.

Mi fissò. Conoscevo alla perfezione quegli occhi, non potevo ingannarmi, avevo ammirato troppo quei tratti per pensare a un abbaglio. Emma, semplicemente.

Uscita dalla fotografia e incarnatasi di fronte a me.

Emma Rouault in Bovary che andò via senza staccare gli occhi dai miei, e mi impietrì, mi azzoppò l'intero corpo, mi ridusse a radice, immoto.

Sparì oltre il cancello mentre io non riuscivo ancora a muovermi, a capire. Era lei, Emma, pallida ovunque, bianca come un foglio, con gli occhi di vaga tristezza.

Dovetti sedermi sul gradino del ripostiglio e appoggiare la testa al muro. Non potevo crederci.

Era Emma la donna che avevo visto. Era lei che mi aveva fissato come persona conosciuta.

Aspettai un po', nascondendo la confusione agli occhi dei passanti. Mi alzai a fatica e andai verso la lapide, in preda a un turbamento sconosciuto.

Stavo diventando pazzo, non c'erano altre spiegazioni. E dov'altro potevano condurre la solitudine, la fantasia corrotta dai libri, la vita in bilico tra l'essere e il non essere se non alla follia?

La fotografia era ancora lì, per un momento avevo pensato che non l'avrei trovata, che si fosse incarnata in quel corpo, come un cambiamento fisico di stato. La guardai da vicino, il volto era quello che avevo appena incrociato, gli stessi occhi, la stessa bocca, la stessa proporzione della fronte.

Non capivo niente. La testa non si fermava come dopo un girotondo, e quando chiusi gli occhi, sperando di ritrovare me stesso, divenni un ricettacolo di frammenti sonori, la caverna in cui si raccolgono i venti marini; temetti di cadere a terra sopraffatto dai suoni dell'universo, e per un attimo mi sembrò di sentire tutte le voci del mondo.

16.

Fu una giornata infinita. Non andai a mangiare, non riuscii a riposare: ogni volta che chiudevo gli occhi mi appariva il suo volto, lo sguardo indecifrabile. Non dimenticando che quella visione era forse l'annuncio d'un baratro, l'inizio di una follia o di qualche altra sindrome o malattia, cercavo di mettere ordine dove ordine non poteva esserci.

L'unica cosa certa era che quella donna era Emma e che io l'avevo vista.

Andai ad aprire la biblioteca mezz'ora prima, ma nemmeno lì ritrovai la calma anelata. Stavo al balcone, guardando per strada, rispondevo di malavoglia alle richieste, aprivo cento libri e li richiudevo uno dietro l'altro. Pensavo solo a lei.

Fino ad allora era stata quasi sempre un rimpianto: non averla conosciuta quand'era in vita, leggerle un libro ad alta voce, portarla al macero o in biblioteca, non averla potuta chiamare in quel modo, con l'unico nome possibile. E soprattutto, non averne potuto ascoltare la voce. Un desiderio, ma nemmeno pronunciato, solo pensato, da schivare l'onniscienza.

Adesso però Emma era lì, in carne e ossa, e io non sapevo cosa fare.

Continuavo a rivedere la scena e a immaginare di chiamarla, avvicinarmi a lei, parlarle, e invece non ero stato capace non dico di fermarla, ma almeno di reggere lo sguardo, di pronunciare una sillaba, addirittura di respirare, immobile come può esserlo un uomo mancato alla vita.

Quello che fu uno dei pomeriggi più lunghi della mia vita infine passò. Chiusi la porta della biblioteca con un sollievo che non era mai stato, e quando mi trovai in strada, in quell'ora di triste bellezza in cui la sera comincia ad avvolgere le strade, inspirai a pieni polmoni.

Andai verso il cimitero ma più lentamente del solito, che per uno zoppo come me significa muoversi come un corpo celeste nel suo impercettibile moto di rotazione, guardandomi sempre intorno come se Emma potesse uscire da ogni angolo.

Suonai la campanella che erano passati quaranta minuti dall'orario stabilito. Ne aspettai altri cinque, non arrivò nessuno e allora chiusi il cancello.

Mi bastò però sentire lo scatto metallico del lucchetto per capire che anche la serata sarebbe stata inquieta.

Guardai attraverso le sbarre il punto preciso in cui l'avevo vista e proiettai di nuovo il ricordo della mattina, il passo incerto e tremante, lo sguardo, la scomparsa.

Ritornai a casa controvoglia.

Cucinai una frittata. La misi nel piatto. La fissai. Mi alzai senza nemmeno sfiorarla e mi buttai sul letto. Mi girai sul fianco.

La foto di Emma era sul cuscino, ma lei no, lei c'era, camminava, si muoveva, respirava, esisteva adesso in qualche parte del mondo. Emma c'era, ma non in quella stanza, non in quella casa. E così mi alzai, presi la giacca e uscii senza spegnere la luce.

Ritrovai il respiro. Adesso che anche io mi muovevo nel mondo c'era una possibilità d'incontrarla.

Abbottonai la giacca e m'incamminai senza una direzione prestabilita. Timpamara era più bella di notte, incurante del rumore irregolare dei miei passi.

Non so per quante ore vagai: mi piaceva l'idea che dietro ogni porta, dietro ogni finestra poteva esserci lei. Giunsi fino al cimitero. Guardai attraverso le inferriate, come nel pomeriggio, e mi sembrò tutto attutito, in attesa, come se il lucore notturno fosse uno di quei lenzuoli che proteggono i mobili nelle case abbandonate.

Uscita dal cimitero, Emma poteva essere andata solo verso il paese, che la strada a destra portava in aperta campagna. La stessa strada che avevo percorso io per arrivare lì. Ritornai indietro, con la sensazione che qualche mio passo avrebbe potuto coincidere col suo, e mi sembrava meravigliosa la sovrapposizione del piede, la coincidenza dei corpi nell'universo infinito che la volta stellare sopra di me testimoniava.

Giunsi a casa con la gamba dolorante, stremato, che nemmeno ebbi la forza di metterci il ghiaccio. Mi buttai sul letto vestito, pensai al fango che avrebbe sporcato il copriletto, poi la spossatezza cancellò ogni pensiero.

Erano le nove. Non avevo mai usato la sveglia, aprivo gli occhi quando il sole entrava dalla finestra, ma non ero mai andato a letto così tardi.

Pensai al cimitero. Ero già vestito. Mi bagnai la faccia e uscii di fretta. Era la prima volta che aprivo in ritardo, immaginavo la gente accalcata all'entrata, le lamentele, qualcuno ch'era andato a chiamare la guardia per avvertire il sindaco, forse a quell'ora erano già diretti a casa mia ad accertarsi se il mio corpo ancora respirava.

E invece, quando arrivai, tutto era tranquillo.

C'erano quattro persone che aspettavano, ma silenziosamente, quasi che anche l'apertura del cimitero fosse un fatto naturale, come una pioggia.

"Scusatemi, non mi sentivo bene," dissi aprendo il lucchetto e spalancando il cancello.

"Cominciavamo a preoccuparci per voi," chiosò Augustina Cardinale, che teneva in mano un giglio bianco.

Io andai direttamente alla tomba di Emma. L'avevo vista, e questo significava solo una cosa: o Emma era viva e non era sepolta nel loculo venerato, o nel mondo esisteva una sua sosia, una parente, forse una gemella omozigote. In entrambi i casi lei c'era, il mio desiderio s'era avverato e la possibilità, solo la possibilità, di incontrarla di nuovo impreziosiva il tempo a venire.

Ma se lei era fuori, se Emma era nel mondo, allora chi era seppellita lì?

Il viottolo che portava alla sua tomba era a ridosso del muro di cinta: entrandovi dal viale principale, a sinistra c'era il muro e a destra la fila di tombe. In tutto erano dodici, quella di Emma era l'ultima ed era diversa dalle altre poiché al suo fianco c'era come un'intercapedine che sembrava lasciata apposta per un'altra sepoltura, come si fa nelle cappelle di famiglia. Oltre, uno stretto passaggio perpendicolare portava alla fila di tombe parallele.

Controllai da vicino, toccai il cemento che la chiudeva e su cui era fissata la foto, che non era diverso dalla struttura e quindi non era un'aggiunta posticcia. Guardai intorno cercando qualcosa che potesse far pensare a una simulazione, ma tutto sembrava regolare. L'ipotesi della messinscena era avvalorata dalla mancanza del nome e delle date, nonché dallo spazio bianco sulla mappa cimiteriale, tuttavia se doveva essere simulazione era meglio farla bene, e quindi aggiungere anche i dati, renderla più credibile. Per ogni pensiero ce n'era subito un altro che lo contraddiceva. Avevo bisogno di chiarezza.

Per questo, quando ritornai al ripostiglio e incontrai il becchino, decisi di iniziare da lui:

"Marfarò, ricordate la foto che vi avevo portato?".

"Sì che me la ricordo."

"Quando l'avete guardata, non vi ha fatto venire in mente qualcosa di familiare?"

"In che senso? Se conoscevo quella donna?"

"Sì, se era una faccia che vi ricordava qualcuno."

"No, a memoria no... sapeste quante facce, soprattutto morte, ho visto in vita mia!"

"Avete da fare?"

"Devo passare dal Comune, ma non è urgente."

"Venite con me allora, per favore."

La necessità di capire era divenuta più urgente di ogni premura, di ogni accortezza, di ogni gelosia.

E così lo portai di fronte alla tomba di Emma.

"È questa la donna. Ve la ricordate?"

Marfarò infilò gli occhiali da lettura che teneva sempre pendenti sul collo e si avvicinò alla fotografia.

"No, questa proprio non me la ricordo. Eppure, le belle donne sono più difficili da dimenticare."

Si avvicinò ancora, quasi fino ad alitarle addosso, e l'appannamento del vetro lo vissi come uno fastidioso sconfinamento.

"Ma siete sicuro che è di Timpamara? Scusate, ma non mi avevate detto che la foto vi era stata commissionata dai suoi parenti?"

"Sì, mi avevano chiesto una copia, proprio di questa foto, perciò mi sono incuriosito, ma poi non si sono più fatti vedere."

"Forestieri..."

"O emigrati d'origini timpamarane venuti per qualche tempo..."

"Già. Comunque proprio non me la ricordo. E poi niente nome, niente numeri..."

"Non è l'unica qui dentro."

"Immagino... sarà anche questo un modo per dimenticare."

"In che senso?"

"Nel senso che se uno non mette il nome un motivo ci sarà, e non dev'essere buono." Marfarò si tolse gli occhiali e voltò le spalle alla foto. "Adesso devo andare."

"Vi accompagno."

Sulla porta del magazzino c'era qualcuno che aspettava. Quando fummo vicini riconobbi il messo comunale.

Lo salutammo insieme.

"Buongiorno! Cercavo proprio voi, Malinverno."

Era un uomo buono, Varapodio, ma memore del suo ultimo annuncio mi metteva addosso una certa apprensione.

"Il sindaco vuole parlarvi, se quando potete passate da lui..."

L'ambasciata non mi piaceva:

"Sapete per che cosa?".

"Non mi dicono mai niente. Io riferisco e basta. Quando potete, senza fretta."

Stava per andarsene, ma Marfarò gli parlò:

"State ritornando al Comune?".

"Sì."

"Volete un passaggio col motocarro? Devo andarci anche io."

"Mi risparmiate la fatica. Grazie."

Pensai che al sindaco fosse arrivata voce dell'apertura in ritardo, allora preferii affrontare subito la questione.

"Vengo con voi," dissi, e ci stringemmo sul sedile.

Mi preparai a una umiliante intemerata, ma per fortuna il primo cittadino era assente per impegni istituzionali. Lasciai detto al segretario di riferire che ero passato e m'incamminai verso il cimitero, pensando per tutto il tempo a cosa potesse esserci dietro quella convocazione, se davvero quell'insignificante ritardo o un affare più importante. Qualunque fosse il motivo, non ero tranquillo.

Quando nel tardo pomeriggio tornai alla tomba di Emma, invece della donna vestita di nero trovai il terzo cardo, nel vaso, come i precedenti.

Mi sedetti al solito posto, fissando il fiore.

Avevo sempre pensato a Prospero Altomonte perché era l'unico che avevo visto lì di fronte, e poi il cespuglio di cardi nel suo giardino mi sembrava un indizio sufficiente.

Ma adesso la comparsa di Emma in carne e ossa cambiava tutto, ed era molto più probabile che fosse lei a mettere quell'arbusto nel vaso, e che Prospero Chisciotte fosse solo frutto della mia malata immaginazione. Dovevo andare avanti per congetture, e le congetture pretendono sempre la via più breve e logica, il che voleva dire, a quel punto, che Emma rediviva era stata ancora al cimitero, proprio durante la mia visita al Comune.

Non era ancora ora di andare via, così decisi di piantare una portulaca nell'aiuola dietro il ripostiglio. Stavo versando il sacco del terriccio quando vidi entrare il mugnaio. Proprio lui.

Aveva dei fiori in mano. Li guardai bene. Giacinti.

Lo seguii senza che se ne accorgesse. In fondo al viale, invece di girare verso Emma, svoltò a destra in direzione della tomba della buonanima della moglie, presso la quale rimase per tutto il quarto d'ora della sua permanenza. Poi andò via. L'inattesa condotta dell'hidalgo in tuta grigia e infarinata inclinò in maniera definitiva l'asse delle mie ricostruzioni, confermandone la fallacia.

Lo guardai con attenzione, da lontano, in quel frammento di tempo in cui cercava il contatto con l'anima della moglie, e il suo volto era malinconico, a tratti dolorosamente nostalgico, che addirittura prima di lasciarla si piegò a dare un bacio alla fotografia.

Chiudendo gli occhi.

L'indifferenza del mugnaio verso Emma fu la prova definitiva che lui non c'entrava con i cardi e che tutto adesso ruotava intorno alla donna vestita di nero: era lei che aveva messo il fiore a sé stessa, come quando toccava a me infiorare il simulacro del gemello morto e guardavo l'io ch'ero stato da bambino, l'io ch'era stato Notturno.

Quando andò via, inspirai una boccata di tristezza.

Per Emma, nemmeno degnata di uno sguardo.

Per tutte le anime come lei, ed erano tante, che in quel cimitero non avevano più nessuno che le ricordasse.

Per me, che in certi momenti mi sentivo più vicino a loro che alla folla di gente che andava a trovarli.

Per chi moriva solo, per chi era lasciato dal suo amore, per chi doveva emigrare verso paesi sconosciuti, per chi piangeva in silenzio l'occasione perduta, per tutti gli esseri soli e abbandonati del mondo.

17.

Avevo appena aperto il cancello quando le campane cominciarono a suonare a morto, e come tutti i timpamarani quando ascoltavano quei rintocchi cupi e secchi, mi chiesi a chi fosse toccato questa volta. A portarmi le generalità del defunto fu lo stesso becchino, mezz'ora dopo.

"Volfango Amedeo Platì ha smesso di penare. Era malato da tempo quel povero cristiano. Aveva il destino già scritto."

Erano anni che non sentivo più quell'espressione. Da ragazzo invece era un continuo, in casa, per strada, dappertutto, come se in quel pezzo di mondo non ne conoscessero altre: *Aveva il destino già scritto.*

Tanti altri aggettivi potevano usare: deciso, segnato, prefissato, definito, potevano dire che era trapassato, estinto, perito, tramontato, deceduto, spento, mancato, oppure che aveva fatto il suo tempo, non era più tra noi, aveva raggiunto il regno dei cieli, aveva lasciato questa valle di lacrime, era volato in cielo, era tornato alla casa del Padre, era passato a miglior vita, e invece sempre a quella formula ricorrevano, che la prima volta da bambino l'avevo sentita proferire a mia madre.

Fu proprio quell'aggettivo, *scritto*, a impressionarmi, e immaginai allora un Signore immenso con in mano un quaderno sul quale scriveva le vite degli uomini e le loro morti. Quando a scuola lessi sulla Bibbia che in principio era il Verbo, ebbi conferma che ogni mio compagno, ogni uomo di Timpamara, io stesso, vivevamo vite che qualcuno, sopra di noi, stava scrivendo. Da allora, quando sentivo quella frase, immaginavo il Dio Scrittore decidere a un certo punto, per chissà quale motivo, ma quasi sempre per un capriccio, una noia, un fastidio, uno sbadiglio, un tedio, un momentaneo abbassarsi di palpebra, decidere di porre la parola *fine* a quella vita, facendo morire il suo protagonista. Questa storia, come molti degli eventi fanciulleschi che si imprimono nell'immaginazione per poi essere solo apparentemente dimenticati, me l'ero scordata nella sua interezza e particolarità fino a quella mattina, quando Marfarò pronunciò quelle parole come fosse il portavoce della saggezza popolare, e allora io, nel recuperare il ricordo, mi assomigliai a lui, anche io a scrivere i destini finali di persone che forse erano esistite davvero e forse no, nessuno poteva saperlo, perché le storie raccontate dai romanzi in qualche parte del mondo e in qualche tempo dell'universo erano accadute o potevano accadere proprio come erano state narrate, che certo erano vissuti uomini chiamati Lucien Chardon o Arkadij Dolgorukij o Filippo Rubè. Solo scrivendo la morte dei personaggi e degli uomini si poteva dire d'aver scritto la loro storia, e alla luce di questa verità mi sentii anche io, a mio modo, un piccolo Schicksalsschreiber, uno scrittore di destini.

Il destino di Emma non era stato ancora scritto, se l'avevo vista vagare per il mondo.

Delle due uniche ipotesi, che cioè Emma fosse lei e nella tomba non fosse seppellito nessuno, o che la sconosciuta ed Emma fossero gemelle, il giorno dopo mi svegliai propendendo per la seconda eventualità.

Forse avvenne perché sognai Notturno e mi piacque assimilare il mio destino a quello della donna nerovestita, perché immaginare qualcuno simile a noi ce lo fa sentire più vicino.

Quella che avevo visto poteva essere una gemella di Emma ma con migliore sorte, scampata alla selezione natale, sopravvissuta. Una gemella monocoriale, l'identico che si ripete, il patrimonio genetico che si sovrappone, fors'anche le creste digitali, perché chissà se davvero in natura non esistono due foglie sovrapponibili, due fiori equabili, i cristalli coincidenti di due fiocchi di neve.

Ricordai che nel manoscritto di Corigliano non si faceva alcun accenno al caso di due gemelle.

Nel deserto che mi stava intorno, ogni minima ipotesi doveva essere seguita fino in fondo. E così, con la scusa di rispondere alla convocazione del sindaco, intorno alle dieci tornai in Comune. Chiesi di lui al segretario che mi disse che era nuovamente fuori per alcuni sopralluoghi alla fontana e non sapeva quando sarebbe ritornato. Allora passai dall'anagrafe, che era il vero motivo della mia visita.

Mopassàn lavorava in quell'ufficio da tempo immemorabile. Sulla sessantina, con la camicia bianca e le bretelle grigie, occhi nerissimi e la fronte corrucciata dai dubbi. Lo avevano assunto quand'era giovane per l'eleganza della sua grafia, e davvero sembrava un amanuense quando riportava i dati sui registri. Aveva sofferto il passaggio alla macchina da scrivere come un tradimento, anche se lui continuava sui suoi faldoni a trascrivere a mano, in bello stile e con iniziali che sembravano capilettera miniati, tutti gli eventi d'umana trasformazione che accadevano ai timpamarani: matrimoni, cambi di residenza, stati di famiglia, e soprattutto vite e morti, in quello spazio che era il vero rendiconto dell'esistenza umana. E Mopassàn con la sua firma in calce certificava la nascita degli uomini, la loro dipartita, addirittura c'era una carta che decretava l'esistenza in vita. Un foglio. Col suo nome e cognome su un timbro. La sua firma certificava esistenze.

Non avevo mai messo piede in quell'ufficio, per questo Mopassàn fu sorpreso di vedermi, pur accogliendomi con la sua cordialità:

"Malinverno... L'ultima volta che siete venuto qui è stato tanti anni fa, con vostro zio, per un certificato di morte della buonanima di Vito vostro padre".

Rimasi impietrito. "Non lo ricordavo..."

"Io invece ricordo tutto. Prego, chiedetemi pure," disse avvicinandosi al bancone.

"So che può sembrarvi una richiesta insolita, ma volevo

sapere se a memoria vi ricordate a Timpamara una coppia di gemelle."

Mopassàn arricciò la fronte:

"Come domanda è molto strana...". E mi guardò aspettando che la motivassi.

Io ero pronto:

"Serve per il cimitero. Dobbiamo liberare alcune tombe e ci sono capitate le foto di due donne identiche, senza nome. Sto cercando di risalire alla loro identità".

La fronte si levigò, segno che le mie parole erano credibili.

"Ovviamente non avete nemmeno un anno di riferimento..."

"Niente di niente."

Si prese il mento tra le dita della mano destra, appoggiò il gomito al bancone e cominciò a fissare un punto indefinito:

"Due gemelle... Le uniche che mi vengono in mente sono le sorelle Casignana, ma sono vive e vegete... Per il resto no, non ricordo nessuno, e se non viene in mente a me...".

Non riuscii a nascondere la delusione: "Quindi non c'è niente da fare".

"Guardatevi intorno. Migliaia e migliaia di schede, migliaia e migliaia di uomini e donne che non ci sono più. Se solo avessimo avuto un nome, una data..."

"Una fotografia?"

"Purtroppo no, non basta... Ma se ce l'avete con voi e me la fate vedere, magari la mia memoria può aiutarci."

Non m'era venuto in mente di portarla con me, e un poco me ne pentii.

Chissà perché avevo pensato che ci fosse un registro apposta per i gemelli, in cui comparivamo anche io e Notturno. Pensai a lui e mi venne in mente un'altra stranezza, lì su due piedi.

"Posso avere un certificato di morte del mio gemello?"

Non avevo niente di Notturno, niente, e forse quella carta avrebbe colmato in parte il vuoto.

La nuova domanda lo sorprese più della prima. Non ci fu

bisogno che gli specificassi l'anno, andò a prendere il raccoglitore giusto.

"Ma aspettate, se non ricordo male il vostro povero gemello nacque morto..."

"Sì."

"Allora è inutile cercare, non c'è nessun atto di morte!"

"Non capisco."

Mopassàn recuperò un vecchio manuale, lo sfogliò e poi cominciò a leggere:

"*Art. 74 del Regio Decreto 09.07.1939 n. 1238: 'Quando al momento della dichiarazione di nascita il bambino non è vivo, il dichiarante deve far conoscere se il bambino è nato morto o è morto posteriormente alla nascita, indicando in questo secondo caso la causa di morte. Tali circostanze devono essere comprovate dal dichiarante con il certificato di assistenza al parto di cui all'art. 70, comma quarto, ovvero con certificato medico'. L'ufficiale dello stato civile – cioè io – forma il solo atto di nascita, se trattasi di bambino nato morto, e fa ciò risultare a margine dell'atto stesso; egli forma anche quello di morte, se trattasi di bambino morto posteriormente alla nascita"*.

"State dicendo che del mio gemello nato morto non esiste un certificato di morte?"

"Esatto."

Appoggiò il manuale e aprì il piccolo faldone metallico, cercò, poi mi fece vedere la scheda di nascita di Notturno con a fianco una croce nera. Mi impressionò vedere il nome di mio fratello lì sopra, in bella grafia.

"Vedete la dicitura NATO MORTO? Viene riservata solo a chi ha superato le ventotto settimane, se prima, nemmeno viene registrata la nascita. È come se il piccolo non fosse mai esistito."

Rimise a posto lo schedario.

"Chi viene qui dentro, vedendosi intorno solo carte, fascicoli e timbri pensa che il mio lavoro sia una noiosa registrazione di fatti. Io invece vedo le misteriose leggi dell'umanità all'opera, sento gli dèi della nascita sfidarsi con le Parche tagliatrici, vedo con occhio pitagorico e galileiano l'universo governato dai numeri, unici portatori di verità, che decretano l'eterno avvicendarsi degli uomini. Ma forse voi siete uno dei pochi che possono capirmi, che in fondo i nostri lavori si assomigliano. Anche voi trascrivete i giorni dei decessi come me, prima di me, e anche voi vi muovete tra date di nascita e date di morte. Mi capite, vero?"

Annuii. Mentre si rimetteva seduta, recuperò il motivo per cui mi trovavo lì:

"Mi spiace che siate venuto inutilmente, ma niente gemelle e niente certificato di morte. Se posso fare altro...".

E Mopassàn ritornò al suo universo di vite e morti, matrimoni e divorzi, di numeri che s'incasellavano secondo un ordine prestabilito. Io invece m'incamminai verso il cimitero, che era come una traduzione popolare dell'ufficio anagrafe. Se la donna in nero era una gemella di Emma, certamente non erano di Timpamara. Straniere, probabilmente, ma questo non combaciava col seppellimento in paese, riservato quasi esclusivamente ai suoi abitanti. Restava ancora in piedi l'altra ipotesi, che nella tomba non ci fosse sepolto nessuno, che fosse tutta una messinscena.

Sul viale del cimitero incrociai Nedda Villapiana che spingeva un passeggino. Mi venne in mente per analogia quanto detto da Mopassàn riguardo ai nati morti, e allora immaginai che la pietà umana prima o poi avrebbe pensato anche a loro, e che un giorno ci sarebbe stato in ogni città un cimitero dei bambini mai nati, una fila di piccole lapidi bianche e anonime a ricordo delle migliaia di vite mancate che forse nascondevano la parte migliore dell'umanità.

18.

Dopo Marfarò e Mopassàn, c'era solo un'altra persona che poteva aiutarmi a sapere chi e se qualcuno era sepolto sotto la foto di Emma.

Graziano Melicuccà, sedicesimo guardiano del cimitero di Timpamara, non usciva più in paese da quando la caduta lo aveva costretto sulla sedia a rotelle.

Abitava in campagna, subito dopo i Pioppi Vecchi.

La sua reclusione volontaria dall'umanità mi sconsigliava di disturbarlo, ma non solo avevo l'urgenza di sapere, c'era anche il fatto che lui era il mio predecessore e d'improvviso mi sembrò strano che non ci fossimo mai incontrati, che non gli avessi mai chiesto consigli o che lui non mi avesse dato suggerimenti.

E così andai a trovarlo, di mattina, il giorno dopo aver parlato con Mopassàn, durante il mio orario di servizio, che quella visita poteva benissimo rientrare nelle mansioni cimiteriali.

Graziano abitava solo con la moglie da quando il figlio era andato a studiare a Napoli. Il cancello era spalancato. La prima cosa che mi colpì fu l'erba alta ai lati del vialetto.

Suonai il campanello.

Silenzio.

Suonai ancora. Sentii allora dei rumori, quindi un cigolio di ruote. Poi un silenzio universale.

"Chi è?"

Il tono goliardico che ricordavo dalle poche volte che ci eravamo incrociati al bar s'era prosciugato in un timbro aspro.

"Astolfo Malinverno," risposi, che ogni altra specificazione mi sarebbe sembrata uno sgarbo.

Ci fu di nuovo silenzio. Poi lo scatto della serratura e la porta che si apriva.

L'uomo che mi comparve davanti era un altro: dimagrito, la barba incolta, i capelli lunghi.

Mi guardò stranito:

"E voi che ci fate qui?".

"Scusate se vi disturbo, ma devo parlarvi."

"Aspettate un momento."

Girò la sedia a rotelle, prese una copertina leggera dalla poltrona, se la mise sulle gambe e ritornò sulla porta.

"Ho sempre freddo... Andiamo sotto l'andito."

Era dietro la casa. Lui ci arrivò con due spinte delle ruote. Quando le bloccò, vicino al tavolo, mi fece segno di sedermi su uno sgabello di legno.

"Non so perché, ma ero certo che prima o poi sareste venuto."

"Avrei dovuto farlo prima, chiedervi molte cose... ma non volevo disturbare."

"Vi trovate bene?"

"Sì, non pensavo. All'inizio non ero contento."

"Certo, abituato a stare tra i libri... Quando ho saputo che avevate preso il mio posto, non capivo perché proprio voi. D'altronde, il lavoro è quello che è."

In quel momento arrivò la moglie con la spesa. Lasciò a terra la busta e venne verso di noi. Mise un braccio intorno alle spalle del marito:

"Che bella sorpresa," disse guardandolo negli occhi. "Posso portarvi qualcosa?"

"Per me niente, grazie," risposi, cercando col sorriso di mitigare il diniego.

"Allora vi lascio chiacchierare," concluse entrando in casa, con una gioiosità che non capivo fino in fondo.

"Da quando mi è successo questo, non è che siano molte le

persone che vengono a trovarmi. Anche gli amici si sono dimenticati. Lei ne soffre; me lo dice spesso di uscire, di andare al bar che mi accompagna ma ancora non mi sento pronto."

Si guardò intorno e divenne triste. Nel grande giardino spiccavano alcuni alberi tagliati di netto.

"Non sono pronto per questa nuova vita."

"Ci si abitua a tutto," risposi guardandomi la gamba zoppa. La guardò anche lui.

"Immagino siate venuto da me per dei consigli," riprese in tono meno grave.

"Anche, ma... avrei bisogno di sapere una cosa."

Tirai fuori dalla tasca la foto di Emma che avevo tolto dalla cornice e gliela porsi.

"Vi ricorda qualcuno?"

La guardò con attenzione.

"Nessuno. Perché dovrebbe?"

"È la foto di una lapide, proprio non ve la ricordate?"

Tornò a guardarla.

"Dove si trova?"

La lettera del settore non gli diceva niente, allora cercai di descrivere il posto.

"No, proprio non mi ricordo... E come potrei? Allora è successo anche a voi."

"Cosa?"

"Scegliere. Girate fra le lapidi, circondato da volti sconosciuti, facce su facce che vi sembrano tutte uguali, e poi fra tutte ecco che qualcuna all'improvviso la guardate un attimo di più, forse per il nome, forse per la bellezza, e così ogni giorno, fin quando andate a casa e vi capita di pensarla, così presente che a un certo punto vi pare di conoscerla."

Lo immaginai, in quel momento, ricordare un volto in particolare, uno solo, prezioso per lui ma indifferente a me, magari la donna vicino a Emma che io non avevo mai degnato d'attenzione, come lui aveva fatto con Emma.

"Non l'avrei mai detto che il cimitero mi sarebbe mancato così tanto."

Pensai a me, se all'improvviso un giorno mi avessero allontanato da quel luogo.

"Vi piacerebbe ritornarci?"

Mi guardò come se fossi impazzito.

"Ma che dite?"

"Vi porto io, se volete." Speravo che vedendo la tomba, potesse ricordare qualcosa.

La moglie ci raggiunse, doveva aver sentito le nostre parole dalla finestra.

"Graziano mio, esci, accetta l'invito del signore, non puoi sempre stare chiuso qui," lo esortò.

Lui esitava.

"Solo al cimitero," aggiunsi, cercando di allargare la breccia che la donna aveva aperto. "Solo al cimitero, quando non c'è nessuno. Ho bisogno del vostro aiuto."

"Ma come faccio..."

"Ci penso io. Ditemi di sì e ci penso io."

Graziano incrociò gli occhi della moglie e le strinse la mano.

"Ma che non ci sia molta gente."

Lei lo abbracciò.

"Non preoccupatevi, vi vengo a prendere in serata, prima della chiusura."

"Già stasera?"

"È importante e urgente."

Avevo le idee abbastanza chiare e così, facendo ritorno al cimitero, passai dall'agenzia di Marfarò. Era impegnato a stampare manifesti funebri, mi disse di aspettare.

"Avete da fare stasera, intorno alle cinque e mezzo?" gli chiesi quando ebbe terminato. "Avrei bisogno di voi, e soprattutto del vostro motocarro."

"No, da fare no, salvo piacevoli imprevisti. Ma a che vi servo?"

"Andiamo a compiere una buona azione."

"Se è per quello, ne faccio ogni giorno."

Gli spiegai cosa avevo in mente.

"Se si tratta del buon Melicuccà, non mi prendo nemmeno un soldo in cambio. A proposito," aggiunse, invitandomi alla domanda.

"Ditemi."

"Ho da proporvi un affare."

"Ancora la libreria?"

"No, no, si tratta d'altro."

Andò dietro il bancone e ritornò con una targa d'ottone incisa.

"Se voi mi fate appendere questa all'entrata del cimitero, vi stampo tutte le foto che volete."

La guardai:

TUTTI I SERVIZI DI QUESTO CIMITERO
SONO ELARGITI DALLA STORICA AGENZIA FUNEBRE MARFARÒ.

"Per me non ci sono problemi, ma penso che dobbiate chiedere l'autorizzazione al Comune..."

Il becchino mise via la targa, soddisfatto: "Qualcuno per mettere una buona parola si trova sempre".

Alle cinque e un quarto ero da Marfarò. Stava facendo conti su un brogliaccio in cui certo registrava ogni entrata e ogni uscita della sua vita, compresi gli spiccioli per il pane.

Salimmo sul motocarro e andammo verso casa di Graziano.

Ci stava aspettando sotto l'andito assieme alla moglie. Lei era raggiante. Lui un po' meno, anche se aveva la barba fatta, i capelli pettinati, una camicia bianca appena stirata.

Avevo chiesto a Marfarò di parcheggiare di fronte a casa.

"Voi salite davanti."

Io e il becchino lo prendemmo in braccio; feci molta fatica, la gamba mi doleva, ma alla fine riuscimmo a metterlo seduto: Geremia aveva una forza nelle braccia che non immaginavo. La sedia a rotelle la infilammo dietro, e io andai a sedermi sul bordo del cassone con i piedi penzoloni.

Marfarò ebbe l'accortezza di guidare pianissimo: avevamo deciso di non passare per il paese e così arrivammo dalla parte opposta, attraverso strade di campagna sconnesse.

Mancavano venti minuti alla chiusura. Accomodammo Graziano sulla sua sedia, e poi il becchino fece per spingerlo:

"Io," dissi, "voglio farlo io".

Geremia mi lasciò il posto e afferrai le maniglie. Uno zoppo che spingeva un altro zoppo, entrambi guardiani del cimitero, a sigillare gli antichi miti che vedevano in noi, zoppi e mono-sandali, i mediatori tra il mondo umano e quello ultraterreno, alla maniera di Edipo e Filottete. Vissi il passaggio del limite, lo sconfinamento del cancello, con memorabile solennità.

Melicuccà era visibilmente emozionato:

"Pensavo che non ci sarei tornato mai più".

Non dimenticai il vero motivo per cui eravamo lì.

"Vi porto subito a vedere una cosa."

Graziano si guardava intorno e di certo ogni angolo gli ricordava qualcosa, e non potevo fare a meno di provare a immaginare come mi sarei sentito io al suo posto.

"Si trova qui," gli dissi imboccando il vialetto che portava alla tomba di Emma.

Ci fermammo lì di fronte.

"Questa è la donna della fotografia."

Melicuccà la fissò.

"Vi ricordate di averla seppellita voi?"

"No, quando sono diventato guardiano c'era già, di questo sono sicuro. Dalla foto non l'avevo riconosciuta, ma adesso me la ricordo, m'incuriosiva la mancanza del nome e delle date."

"Quindi si trova qui da almeno quattro anni."

Graziano annuì. Temevo che mi avrebbe chiesto il perché del mio interessamento ma aveva altro per la testa.

"Vi spiacerebbe farmi fare un giro dall'altra parte?"

"Dove volete," gli risposi, distraendo i miei pensieri.

Volle essere portato dappertutto: nella piccola aiuola che, mi raccontò, aveva piantato a rose gialle perché piacevano alla moglie, a una croce di cemento divelta e appoggiata a un muro di fronte alla quale si segnò, alla tomba della madre.

"Peccato non aver pensato di prendere almeno un fiore dal mio orto."

"Lo farete la prossima volta. Quando volete ritornare basta che me lo facciate sapere che io e Marfarò veniamo a prendervi."

Ma Graziano non pareva convinto.

Per ultimo volle entrare nella camera mortuaria. Gli chiesi degli oggetti allineati sulla mensola.

"Tranne il mangiacassette, erano già così quando ho preso servizio."

"E la testa frenologica?"

Graziano fece una faccia stranita, che sembrava avessi parlato tedesco. Quella per lui era una testa e basta.

"Doveva essere di Eraclito, il guardiano precedente. Quando sparì e presi il suo posto, la trovai lì," disse indicando il tavolino vicino alla porta, "insieme a delle carte. Io l'ho solo messa sulla mensola, insieme al resto. Povero Eraclito! Dopo che la moglie lo cacciò di casa, prima di sparire aveva cominciato a dormire qui, sul tavolo di ferro."

Ripensai a quella scritta aggiunta col pennarello, *pazzia*. Le ultime parole le pronunciò lentamente, come se fosse stanco di tanto parlare: "Forse è ora che ci avviamo," disse Melicuccà mostrando l'orologio.

"Un'altra domanda: non avete mai visto nessuno che andava a trovare la donna della foto?"

"No, nessuno, potrei sbagliarmi ma così, a memoria, non ricordo nessuno."

"E vi ricordate se avete mai trovato un fiore qui di fronte?"

"Ma come faccio a ricordarmi di un fiore..."

"Se vi dicessi un cardo?"

"Il fiore di un cardo? Al cimitero? Allora vi posso dire con certezza che no, non ne ho mai visti su nessuna tomba."

Quando giungemmo al cancello, Graziano mi chiese di fermarmi.

Con le mani ruotò la sedia e dal cancello si mise a guardare il cimitero, tutto insieme, da destra a sinistra, soffermandosi su ogni particolare, cercando di fissarlo più profondamente possibile nella memoria.

In quel saluto che aveva le sembianze di un addio, la commozione a lungo trattenuta di Graziano venne fuori in un pianto silenzioso e doloroso.

"Avete un fazzoletto?"

Glielo porsi. Lui si asciugò gli occhi e me lo rese.

Fu in quel momento, attraverso un pezzo di stoffa bagnato e in maniera clandestina, che tra Graziano Melicuccà e me, Astolfo Malinverno, avvenne il vero passaggio di consegne.

19.

Alla foto di Emma andai tardi perché il lunedì c'era più lavoro.

Se la donna vestita di nero e quella della foto erano la stessa persona, si trattava di una finizione, e dentro il tumulo non c'era nessun corpo. Ma per quale motivo inscenare il proprio seppellimento? Da quale pericolo doveva proteggersi Emma?

Notai che nell'intercapedine a fianco della tomba c'erano delle strisciate nella polvere, lunghe quanto tutto il cemento, come se qualcuno vi si fosse coricato. Pensai a qualche cane randagio.

Mi sentii osservato, e più volte mi guardai intorno ma senza vedere nessuno. Spolverai il vetro della foto e poi con la scopa mi misi a pulire.

"Perché ha così a cuore questa tomba?"

Mi sentii gelare. Non c'era bisogno che alzassi gli occhi per capire chi avesse parlato. Quasi tremavo. Poi mi feci forza e mi voltai.

Finalmente potevo fissarla negli occhi.

Era Emma, senza ombra di dubbio. Un po' meno pallida ma era lei, e l'impressione di familiarità della volta prima si consolidò. Non c'era bisogno nemmeno di guardare la foto per fare confronti. Era lei.

La sua domanda galleggiava ancora lì, tra di noi.

"È il mio lavoro," risposi, col poco fiato rimastomi dentro.

"La osservo da tempo," rispose.

"Non me n'ero mai accorto. Da tanto?"

"Quanto basta per sapere che passa qui più tempo che in altri posti. Non l'ho vista lucidare altre foto con la manica della camicia."

Era inutile mentire. Sapeva.

"Perché?" tornò a chiedere.

La guardai. Lei avanzò di un passo, e vissi quello spostamento, dal terriccio che circondava le tombe al sentiero dove camminavano gli uomini, come un passaggio di stato, l'attraversamento di un confine sovrumano.

Quando si ricompose vicino a me come una presenza in carne e ossa, parte della mia tensione si sciolse. Fingere non più. E parlai guardandola negli occhi, e mi sembrava di guardare la foto di Emma, ed era come se parlassi con lei, con la certezza infine che potesse ascoltarmi.

"La prima volta fu per tristezza. Solo una fotografia, senza date, senza nome, come se fosse morta di nascosto, come se avesse vissuto di nascosto. Un po' come me. Per questo mi sono subito affezionato a questa foto, come per risarcirla della solitudine, e forse anche per farmi compagnia."

A tal modo si sarebbe pronunciato il personaggio Astolfo Malinverno e così parlai, senza remore, mentre immaginavo il contenuto della voce trasformarsi in parole scritte, lettera dopo lettera, e comporsi come frasi sulla pagina di un libro in cui ero un personaggio che finalmente, dopo tanto silenzio, l'autore faceva parlare.

Lei si affiancò a me, poi si voltò verso la lapide.

Fissò la fotografia e io fissai lei. La sua espressione era impassibile. Per la prima volta la vedevo di profilo. La sensazione di familiarità non cambiò, come se fosse stata al mio fianco quando mio padre scopriva la mia zoppitudine, quando mia madre raccontava le storie, quando riscrivevo i finali dei romanzi.

"Ha ragione, è tutto molto triste."

Che voce hanno i personaggi della letteratura? Con quale voce Amleto rievocava l'omicidio del padre, con quale Francesca parlava di Paolo a Dante, con quale Faust pronunciava a Mefistofele dell'attimo *Sei così bello! fermati!*? Com'era il timbro di Raskol'nikov, di Chisciotte e Sancho, di re Lear, di Orlando?

È l'ultima cosa a cui pensiamo, quando immaginiamo un personaggio letterario, la voce con cui parla. Colpa degli scrittori, che ne dicono sempre poco, si dilungano sui volti, sulle posture, sui particolari visibili, e alla voce, quella voce che invece trascrivono sillaba per sillaba, lettera per lettera, al massimo riservano un aggettivo fuggevole, giusto un'indicazione, orrenda per Rinaldo, chioccia per Pluto, tremola per comare Maruzza Malavoglia, rantolosa per Mangiafuoco.

Quella della donna misteriosa fu per sempre la voce di Madame Bovary.

Pensai a quale potesse essere il tono di un personaggio di nome Astolfo Malinverno, che faceva il guardiano del cimitero e che s'era innamorato della foto di una lapide e un giorno trovava quella donna di fronte a sé, e mi sforzai di riprodurlo:

"Ma non è stata solo la tristezza a farmi fermare qui".

Lei abbassò lo sguardo, come a raccogliere pensieri e sensazioni.

"Dovrei ringraziarla, per le sue cure amorevoli."

Non disse più niente. Ebbe un attimo di debolezza, la vidi toccarsi le tempie, chiudere gli occhi, strizzarli, quasi barcollare, riprendersi, poi andare via. Senza salutarmi.

L'istinto fu quello di fermarla, di rivolgerle tutte le domande che mi tormentavano, ma m'indecise il suo atteggiamento remissivo, quasi da martire, che ogni mia parola sarebbe stata freccia e spada ferente, e allora volli convincermi che il suo mancato saluto fosse una promessa, come quando mettiamo il segno in un libro che continueremo a leggere, una matita, un fiore rinsecchito, l'angolo di una pagina piegato.

Nel suo incedere dubbioso, tremolante, la vidi diventare sempre più piccola, assottigliarsi come certi sogni, fino a scomparire oltre i pilastri del cancello.

Avrei aspettato che ritornasse, io sapevo aspettare perché noi non nasciamo il giorno in cui veniamo al mondo, ma molto prima: la maggior parte dell'umanità si dimentica di quel tempo silenzioso e buio che intercorre tra il concepimento del pensiero e la visione della luce, ma una piccola parte, e io tra questi, lo stipa in un millimetro di materia tra l'ippocampo e l'amigdala, e comincia a vivere portandosi dietro l'esperienza prenatale dell'attesa; nello scuro e nel silenzio della sospensione, quei precoci engrammi modellano il carattere, lo addomesticano, lo pazientiscono.

Fu un urlo a tirarmi fuori da quella ragnatela di pensieri.

Qualcuno stava litigando.

Quando arrivai sul posto, trovai Desdemonte Papasidero che gridava minaccioso all'indirizzo del forestiero.

"Chi siete voi? Cosa fate di fronte alla tomba di mia moglie? Ditemelo prima che vi ammazzi," e già gli aveva messo le mani sulle spalle.

Il forestiero era immobile, spaventato al punto da non avere nemmeno la forza di tenere il quaderno, che infatti cadde a terra.

"Che stavate facendo, che stavate scrivendo, ditemelo!"

"Calmatevi, Papasidero, calmatevi," dissi posando le mie mani sulle sue e invitandolo a mollare la presa.

"Non vi mettete pure voi, Malinverno, che a questo oggi lo aggiusto io!"

"Ma che volete fare, lasciatelo che non ha fatto niente di male," dicevo mentre continuavo a fare forza sulle braccia di Desdemonte, che sembravano due tenaglie d'acciaio.

"Niente di male? Era di fronte alla tomba di mia moglie e stava scrivendo qualcosa. L'ho visto io, e adesso voglio sapere chi è e cosa sta facendo, e se non me lo dice subito con le buone, gli caccio io le parole dalla bocca!"

"Ma lasciatelo stare vi ho detto, lavora per me!"

Quelle parole fecero effetto, perché sotto le mani avvertii alleggerirsi la morsa del gigante, e le braccia abbassarsi e i suoi occhi scavarmi dentro come punteruoli.

"Che avete detto?"

Il forestiero riacquistò colore, si ricompose la camicia e

raccolse il quaderno che infilò nella tasca posteriore dei pantaloni.

"Il signore qui lavora per conto del Comune. Stiamo facendo un censimento per i nuovi spazi e lui ha l'incarico di segnare le date delle lapidi su un quaderno. Sta lavorando per noi e voi lo stavate quasi ammazzando!"

"Ma dite davvero?" chiese Desdemonte con una voce che non aveva nulla della collera di poco prima.

"Sperate solo che il signore non sporga denuncia!" aggiunsi per chiudere la questione una volta per tutte, e funzionò.

"Scusatemi, sapete, ma quando vi ho visto di fronte alla tomba della mia povera moglie, la gelosia... Vedete com'era bella?"

"Non è successo niente," lo rassicurò il forestiero.

"Vi lasciamo, Papasidero, che abbiamo tanto lavoro da finire."

Ci allontanammo.

Lungo il tragitto mi ringraziò più volte. Poi, arrivati di fronte al ripostiglio, gli chiesi se voleva qualcosa da bere perché mi sembrava ancora scosso.

"Volentieri," rispose, entrando con me.

"Si sieda, da bere ho solo acqua."

Presi la bottiglia e versai due bicchieri, sedendomi al suo fianco.

Bevve tutto d'un sorso.

"Grazie ancora, me la sono vista proprio brutta! Se non era per lei a quest'ora!"

"Le avevo detto di stare attento. Per fortuna non si è fatto male."

"È stato bravo a inventarsi la storia del censimento," disse mentre, sollevando il corpo dalla sedia, sfilava il quaderno che aveva messo nella tasca e che lo infastidiva.

"E lei in cosa è bravo? Se non è un artista, cosa fa? Ascolta suoni e basta?" gli chiesi guardando il quaderno.

Il forestiero abbassò lo sguardo, e lo immaginai soppesare i dubbi: da una parte serbare il segreto, dall'altra non farmi un torto dopo il favore ricevuto che era stato, soprattutto, un grande atto di fiducia.

E così, con un gesto inatteso, mi porse il quaderno:

"Guardi lei".

Mi aspettavo ritratti, paesaggi o magari poesie, racconti, frammenti di diario, e invece mi trovai di fronte a una serie di appunti essenziali che indicavano l'ora, la temperatura, se c'era vento, una breve descrizione del luogo, e una serie di sigle sconosciute.

"Non c'è niente di particolare," dissi restituendoglielo.

"Cosa si aspettava?"

"Gliel'ho detto, pensavo fosse un artista, un poeta, un poeta sepolcrale come Foscolo, per intenderci, che trova ispirazione nei cimiteri e si aiuta attraverso la musica che ascolta, anzi i suoni, come ha detto..."

"Lei non ha idea, mio caro amico, di quanti e quali suoni e voci sia ricco il mondo. Anche in questo momento, che intorno a noi sembra ci sia il silenzio, in realtà centinaia di suoni esistono senza che noi possiamo sentirli."

Guardò l'orologio:

"Adesso devo andare o rischio di perdere la corriera".

Si alzò e mi strinse la mano ringraziandomi di nuovo.

"Continuiamo a parlare ma ancora non mi ha detto cosa fa."

"Glielo dirò, ogni cosa al momento giusto, e allora capirà, mio caro amico, capirà..." disse, e prima di andare via si voltò e mi fece una domanda:

"Lei che sta coi morti, crede nei morti?".

20.

Per due punti distinti passa una e una sola retta.
Alla ricerca di ogni indizio che potesse condurmi all'identità di Emma, raccolsi qualunque carta o documento trovassi nella camera mortuaria e nel magazzino. Niente mi condusse da lei.

Sotto una copia della mappa cimiteriale, in un cassetto degli attrezzi, tra gli altri fogli trovai una vecchia carta topografica del territorio timpamarano, probabilmente messa lì, come indicavano alcuni segni a penna, ai tempi dell'ampliamento dell'area del camposanto verso sud.

Guardandola mi sembrò di scoprire un paese nuovo, diverso da quello di ogni giorno, e pensai sarebbe stato un buon esercizio guardare ogni tanto i nostri luoghi sulle cartine.

Cercai i punti cardinali della mia esistenza, cimitero e biblioteca, per vedere come apparissero dall'alto, che forma avessero, quali ragnatele di vicoli li avvolgessero, il percorso che facevo per spostarmi dall'uno all'altra.

Per due punti passa una e una sola retta: era uno dei pochi precetti matematici che mi portavo dagli anni di scuola, memorabili perché stabiliscono una verità assoluta e per questo spaventevole. Immaginai la riga che univa quei due punti come la linea del destino tracciata sulla mano.

Più in là c'era il macero, verso la parte occidentale del paese: se avessi allungato la linea dei due punti anche quel centro si sarebbe trovato sulla retta, e l'allineamento topografico mi stupì e mi parve profezia, presagio, vaticinio. In realtà, la biblioteca era arrivata dopo, tra il luogo in cui morivano i libri e quello in cui spiravano gli uomini, forse perché ne era il rovesciamento: li custodiva e li faceva sopravvivere entrambi.

Di questi tre punti, la mia esistenza si muoveva apparentemente solo intorno al cimitero e alla biblioteca, in realtà anche al macero io appartenevo, io, Astolfo Malinverno, dovevo al macero la mia vita.

Mio padre lavorava lì, ai depositi: si occupava dei camion che arrivavano pieni di carta, li faceva scaricare dividendo il materiale nei diversi cumuli, curava la fase iniziale che prevedeva il posizionamento della carta sui lunghi nastri automatici che la portavano verso l'interno, dove altri operai la smistavano.

Quando andavo a trovarlo, lo ricordo sempre in piedi su montagne di carta: mi teneva con sé tutto il tempo che poteva, e quando andavo via mi dava una pagina da portare a mia madre. Io la leggevo durante la strada del ritorno e quasi sempre erano poesie o brani d'amore. Anche la loro vita sembrava un romanzo, perché era stato grazie alla complicità tra l'*Orlando furioso* e una quercia decidua che mia madre s'era innamorata di mio padre Vito.

Andava verso le campagne di Ziofrò indossando umili e pastorali vesti. All'improvviso sentì lamentarsi qualcuno, e scorse Vito Malinverno, figlio di donna Rosaria Capistrano, disteso a terra, dolorante, con a fianco una scala, un grosso ramo di quercia e un saracco.

Quando Catena a quel modo lo vide languir ferito, sentì soffiarle in petto come un fiato di pietà che la intenerì, sull'uomo accorse e gli chiese:

"Vi siete fatto male? Posso aiutarvi?".

Lui continuava a lamentarsi e non rispondeva.

Allora lei si piegò, gli afferrò il braccio e se lo mise intorno al collo. Lo aiutò a rialzarsi e lo accompagnò a sedersi su una pietra.

S'avvide allora della mano sanguinante: mia madre si guar-

dò intorno e colse in un cespuglio dell'erba Spagna che appoggiò sulla ferita per far stagnare il sangue.
"Con questa vedete che vi passa presto."
Per la prima volta si guardarono negli occhi e a Catena non sembrava vero, che per un attimo le parve d'essere Angelica quando soccorreva innamorandosene Medoro, voltandosi intorno se mai giungesse un pastore a cavallo.
Ed ebbe uno straniamento, che quando tempo addietro aveva letto e riletto quel pezzo aveva alzato gli occhi al cielo e pensato che bello se capitasse anche a me, e in quel momento a questo pensò, che anche a lei era accaduto, che Vito era bello come Medoro, e sperò che anche lui venisse trafitto dalla freccia di Amore.
Quando grazie al potere taumaturgico delle erbe spontanee la ferita migliorò, l'uomo vide spuntare dalla tasca del grembiule di lei un libro.
"Vi piace leggere?"
Catena annuì.
"E allora perché non venite al macero di tanto in tanto? Io lavoro lì e potrei darvi dei romanzi."
Una settimana dopo, Catena cominciò con le sue amiche a passeggiare nella zona della cartiera, che non aveva coraggio di presentarsi da Vito ma sperava che lui l'avrebbe vista e chiamata. E così fu.
Quando mi raccontava della prima volta che vi entrò, vedendo quelle montagne di carta che potevano essere romanzi e riviste e storie, storie, storie una sull'altra, aveva sentito come una vertigine di gioia. Vito l'aveva accompagnata sotto una veranda:
"Questi li ho conservati per te," aveva detto indicando un piccolo scaffale di ferro. "Prendi il romanzo che vuoi e portatelo a casa, e quando finisci di leggerlo vieni a prenderne un altro, e poi un altro ancora, farò in modo che non finiscano mai. Uno alla volta, così sono sicuro che tornerai da me."
Fu una dichiarazione d'amore che a Catena parve dettata da uno scrittore. Quel giorno portò con sé le *Tragedie* di Shakespeare, zoppe degli ultimi due atti del *Troilo e Cressida*.

Dopo quattordici libri, Vito chiese ai miei nonni la mano di Catena.

Dopo ventisette libri si amarono per la prima volta, di notte, sotto una luna piena e sopra un letto di volumi scaricati quel pomeriggio e provenienti da una biblioteca di testi classici, si amarono per la prima volta sopra le opere complete di Seneca, mentre il collo di lei poggiava sul *Simposio* di Platone e le sue mani nei momenti di piacere stringevano le *Odi* di Catullo e la *Cynthia* di Properzio.

Dopo quarantadue libri si sposarono.

Ero appoggiato al muro della camera mortuaria, a godermi il tepore del sole, quando si avvicinò Publiovidio Gerace con una bustina in mano. Mi salutò e mi chiese un cacciavite.

Presi la cassetta degli attrezzi.

"Ho portato la fotografia del mio amico Marcello da attaccare alla lapide."

"Se volete vi posso aiutare."

Quando arrivammo alla tomba, svitai le due viti laterali e aprii la cornice metallica. Publiovidio tolse la fotografia dalla bustina e la sovrappose per vedere se andasse bene. Dopo che ebbi riavvitato la cornice, guardai la foto e fui preso da stupore: ritraeva Marcello abbracciato a una donna giapponese in abito da sposa. Si riconosceva la mano artistica di Marfarò fotografo, nello sfondo celeste e nel bianco caricato del vestito.

Publiovidio s'avvide del mio stupore, e forse per sdebitarsi o per condividere una storia bella che rendeva omaggio all'amico caro, mi raccontò le vicissitudini di quell'immagine.

Marcello Soriano era un famoso architetto del paese: insegnava all'Università di Reggio Calabria e la sua fama era legata alla progettazione di ponti perché, diceva, gli piaceva unire ciò che Natura aveva diviso. E per un ponte nella primavera del 1964 fece un viaggio di studio in Giappone offerto dall'università.

Era la stagione della fioritura dei ciliegi. Fu nell'isola di

Kyushu, dove si trovava per studiare il ponte levatoio sul fiume Chikugo, che inaspettatamente la vita regolare di Marcello, da anni felicemente sposato, subì come uno spingimento.

Camminava da solo in un parco della città sotto nuvole di ciliegi fioriti. Sul viale si stava celebrando un matrimonio e la sua attenzione fu attirata dal bizzarro accostamento tra la sposa, bellissima nel suo abito bianco, e il marito, brutto come uno *yokai bakemono*. Lo sposo sorrideva sguaiatamente, mentre la donna aveva sul volto un velo di tristezza che nemmeno il bagliore degli *hakuza* riusciva a nascondere.

Marcello, affascinato dai segni di tristezza sparsi nel mondo, la fissava come una cosa che sta per spegnersi. Immaginava l'uomo ricco e brutto che s'ammoglia la ragazza bella e povera con genitori bisognosi, e mentre pensava alla vecchia madre chiamare la figlia in disparte per spiegarle l'ineluttabilità dell'unione, lo sposo gli fece con la mano il gesto di avvicinarsi.

Soriano si fermò guardandosi intorno: chiamava proprio lui. Si avvicinò, la donna nel frattempo aveva abbassato gli occhi. Lo sposo lo prese per il braccio, continuando a ridere, lo afferrò proprio come uno di famiglia e lo avvicinò al gruppo. Quando fu a un paio di metri, lasciò la presa e con la mano gli indicò di avvicinarsi a lei, quindi guardò in direzione del fotografo e fece con le mani il segno della macchina fotografica: gli chiedeva coi gesti di farsi una foto con la sposa, come se fosse un monumento, un cimelio italiano da mostrare agli amici. La sposa non osava alzare lo sguardo, quasi scusandosi e assoggettandosi a quel capriccio come stava sottomettendosi al destino, uniformando la sua piccola vita al fiore caduto a terra schiacciato dalle scarpe luccicanti di quel nullessere. Lo sposo lo spinse verso di lei e si spostò guardando il fotografo che cominciò a inquadrare e al quale si era affiancato un altro invitato con una Polaroid.

Marcello non sapeva cosa fare. Non voleva essere scortese e soprattutto non voleva offendere la sensibilità della ragazza che nel frattempo gli si era avvicinata seguendo i richiami perentori del compagno. Fu in quel momento, per la prima volta, sotto una luce che sembrava quella delle apparizioni nelle pale d'altare, che i loro occhi s'incrociarono. E fu per Marcello un attimo memorando. Non aveva mai visto occhi così fragili e tristi, e quel corpo gli parve tanto leggero che avrebbe potuto appoggiarsi sopra uno di quei rami di ciliegio senza nemmeno piegarlo. Abbassò gli occhi anche lui, poi ritornò a guardarla, e questa volta lei gli sorrise, di un sorriso che era come l'estremo richiamo della mano che esce dall'acqua quando si sta per affogare. Lui fece lo stesso: indossava un vestito blu scuro, poteva benissimo sembrare lui il marito. La donna appoggiò la mano sul suo braccio e Marcello sentì come un'onda gravitazionale che gli attraversò muscoli e ossa e sangue.

Lo sposo giapponese disse qualcosa: lei si strinse al fianco dell'architetto che, assecondando un improvviso desiderio, la cinse col braccio appoggiandole la mano sul bacino. Il fotografo cominciò a scattare. In quegli attimi Marcello provò una sensazione sconosciuta che forse nemmeno quando era convolato a nozze aveva provato con tale intensità, perché è strano dirlo ma fu come se davvero si stesse sposando, come se due pezzi del mondo combaciassero, come se si fosse ricomposta, in quel luogo e in quel tempo, una monade umana. Non avrebbe voluto scostarsi, e anche lei lasciò la sua mano più del dovuto, come ad afferrarsi all'ultimo appiglio di felicità che la vita le concedeva, che fosse stato per loro non si sarebbero più staccati.

Quando lo sposo andò a dividerli e prese la mano di lei per portarla verso gli invitati, Marcello si sentì nudo e manchevole della parte più bella di sé. Avrebbe voluto trattenerla, e invece la vide allontanarsi, come un sogno, e lui si sentiva già un po' vedovo, che forse prima di quel giorno non aveva conosciuto l'amore, che noi siamo così, chiamiamo le cose in base alla nostra esperienza, e per tutta la vita abbiamo pensato di sapere cosa fossero l'amicizia, il dolore, la nostalgia, chiamavamo quei sentimenti con i nomi che avevamo sentito e letto e immaginato, e poi all'improvviso accade qualcosa che ci fa capire che quelle parole non valevano, che ciò che pensavamo fossero la passione o il disprezzo erano solo gradi intermedi, e ci stupiamo di questo, di una vita falsificata dal linguaggio, e ci accorgiamo, dopo anni e anni di mistificazioni, che non avevamo vissuto niente di ciò che nominavamo.

Marcello, in quel minuscolo frammento di tempo in cui un fiore si staccò dal ramo per volteggiare nell'aria, capì che ciò che aveva chiamato amore per tutta la vita amore non era, e quando vide il gruppo allontanarsi gli scese dentro come una marea nera e vischiosa. Nel perdersi di un fiore, per la prima volta conobbe insieme la felicità dell'amore e il dolore della nostalgia.

Dal gruppo degli invitati si staccò l'uomo con la Polaroid, che gli si avvicinò e gli porse la foto. L'architetto la guardò, e fu il segno terreno dell'accadimento, perché in quell'immagine che stringeva tra le mani come una reliquia, mentre l'unica donna davvero amata della sua vita andava incontro al suo destino di fiore calpestato, mentre i rami su di lui scintillavano di luce e il ponte levatoio sul fiume si alzava, in quell'immagine c'erano due sposi che stavano celebrando il loro matrimonio.

Guardò verso il gruppo che stava ormai girando l'angolo, e proprio allora la sposa si voltò, con gli occhi pesanti di recente vedovanza, e gli sorrise con un lucore che voleva dire addio mio promesso, portami sempre con te come io farò. Per sempre. Il cuore di Marcello si strinse, guardò ancora la foto prima di metterla nella tasca interna della giacca, con cura. Addio, sposa mia.

Si abbassò, raccolse un pugno di fiori e proseguì per la sua strada.

Confidò al caro amico che, sebbene fosse già sposato, fu l'unica volta in cui davvero si sentì marito. E poiché un nome la donna amata doveva averlo, decise di chiamarla Sakura, come i ciliegi giapponesi sotto i cui rami l'aveva sposata. Tutte le volte che guardava la foto era certo che in quel momento, dall'altra parte del mondo, anche Sakura lo stesse pensando, che sono tanti i modi in cui si può amare.

Da allora ogni ponte progettato fu per lui tristezza, perché è vero che i ponti uniscono ciò che è diviso, ma ricordano anche nella loro illusoria concatenazione che noi non siamo altro che isole.

Quando Marcello s'ammalò di cuore e morì, un anno dopo la moglie, confidò all'amico che avrebbe voluto quell'icona sulla lapide e un vaso di vetro sigillato con dentro quel pugno di fiori che aveva disseccato con cura.

Publiovidio Gerace mi raccontò questa storia per sommi capi: i particolari li aggiunsi io, che è sempre stato un mio vizio quello di costruire storie e parole e sogni intorno alla gente, anche se sono certo che Marcello lo pensò davvero, che noi non siamo altro che isole.

Mi guardai intorno e quella sensazione aumentò, che le lapidi erano tutte divise una dall'altra ma c'erano minime cose che le univano tra loro, un petalo di fiore che il vento portava in giro, l'insetto che si posava dappertutto, il rivolo d'acqua che usciva dal vaso e scolava fino al cippo vicino, come se anche Natura costruisse ponti, tessesse relazioni, tracciasse linee.

Marcello e la sua sposa giapponese erano due punti distinti del mondo che una e una sola retta aveva unito per sempre.

21.

Erano settimane che a Timpamara non cadeva una goccia di pioggia. I terreni cominciavano a seccarsi e creparsi, l'acqua delle fontane usciva come a rigagnoli, il verde dei prati e dei giardini era sbiadito, stinto.

Al bar e per strada era un lamentarsi che se fosse continuato in quel modo sarebbe stata una rovina per la terra, e per gli animali che non avevano da bere, e per gli uomini.

Le aiuole e le piante del cimitero rischiavano di seccare, e allora passavo le mattinate ad annaffiarle. Lì dove non arrivavano i tubi, Elea mi aiutava a riempire i bidoni d'acqua e a metterli sulla carriola. Sembrava una lotta contro il tempo, che il terreno seccava all'istante e gli steli cedevano al potere inesorabile del sole.

I timpamarani ogni sera guardavano il cielo per scorgere nelle striature auspici o negazioni di pioggia.

Nessuno di essi avrebbe mai sospettato che quella pioggia mancata avrebbe deciso il destino di Fiodoro Diamante, meccanico.

Si era appena comprato la moto, il giorno prima, un regalo per il suo ventisettesimo compleanno, ed era da nove anni che metteva da parte i soldi: appena salitoci, la fidanzata gli aveva scattato una fotografia alla maniera di Marlon Brando, poi s'era fatto un giro breve dal Piano alla Piazza, ma il giorno dopo s'era ripromesso di tirarla al massimo sui tre chilometri di rettilineo che portavano fuori paese.

Non era una strada sicura: ogni faggio piantato ai lati aveva sul tronco la foto di qualcuno morto per un incidente, perché il rettilineo era ingannatore, era vero che a vederlo così dritto ti veniva voglia di tirare al massimo, ma era come una trappola per topi, che c'erano tanti sentieri che vi sbucavano, a destra e a sinistra, piccole arterie per i campi, piccole lame che potevano scattare da un momento all'altro.

Quella mattina, Fiodoro Diamante e Nicolevic Cinquefrondi si svegliarono a pochi minuti di distanza, come se la martellata che il fabbro Chatobriàn aveva scaricato sull'incudine fosse stata la loro sveglia.

Uno si svegliò male e l'altro bene.

Il male fu per Nicolevic, che andato a letto la sera prima con la speranza che il cielo piovesse a bagnargli i campi, vedendo dalla finestra il sole e l'asfalto asciutto bestemmiò signoriddio, che non teneva volontà di caricare i serbatoi d'acqua sul trattore.

Il bene fu per Fiodoro, che aprì gli occhi impaziente di sentire il rumore della moto che andava su di giri, e con quella giornata di sole ci sarebbe stato più gusto.

Cinquefrondi s'avviò molto prima di lui, Fiodoro no, che gli piacque diluire il piacere dell'attesa e per bersi il caffè si sedette al bar, e dopo un quarto d'ora, mentre stava per alzarsi e andare, il cameriere gli sfiorò il braccio e lui si sporcò la camicia azzurra e andò in bagno per togliere la macchia.

Quando Fiodoro salì sulla moto e afferrò il casco, Nicolevic in campagna aveva appena smesso di bagnare i campi e stava riponendo il serbatoio di plastica.

Fiodoro accelerò da fermo, e come ogni mattina prima di andare in officina, passò a casa di Margherita sua per baciarla. Dopo che fece tre passi per andarsene, la fidanzata lo chiamò ancora a sé per dargli un bacio più lungo degli altri.

Richiuse quel bacio nel casco e quando mise la prima, sotto gli occhi innamorati di Margherita, pensò che era bello vivere a quel modo.

Fin quando fu in paese andò piano, ma oltrepassato il

confine di Timpamara, che si vide di fronte il rettilineo, accelerò e la moto sembrò un peso in picchiata.

Era così veloce che in un attimo decine di resti di moscerini gli si appiccicarono sulla visiera del casco, e uno in particolare lo distrasse, un attimo, perché gli parve che schizzasse sangue, un attimo, che gli occhi si distrassero, un solo attimo, che non s'avvide subito del muso del trattore di Cinquefrondi che spuntava sulla strada, guardandosi a destra e a sinistra, non vedendo niente, niente. Quando le lamiere si scontrarono fondendosi, il bene e il male si scambiarono di posto.

Morì così il giovane Fiodoro, a causa d'una pioggia mancata che costrinse Nicolevic ad andare al campo, d'un bacio lungo e ripetuto, d'un cameriere distratto e d'una goccia di caffè, d'un moscerino sanguinante e sanguinoso, un nematocero, che poi chissà se Fiodoro sapeva che i moscerini sono gli insetti col più veloce battito d'ali al mondo, che un ceratopogonide le sbatte mille volte in un secondo, mille in un secondo, che a vederlo si ha l'illusione che sia immobile, come quando Cinquefrondi s'avvicinò che lo vide disteso sul ciglio, morto, così bello che sembrava vivo.

Il giorno dopo, al funerale c'era tutta Timpamara.

Misi il cartello sulla porta della biblioteca e andai anche io, e così rividi il cane nero entrare in chiesa assieme al corteo e accucciarsi ai piedi della bara senza che però nessuno lo scacciasse. Dove stesse in tutto il tempo che intercorreva tra un morto e l'altro nessuno lo seppe mai; era diventato una presenza abituale nella scenografia funeraria di Timpamara, al punto che qualcuno ebbe l'idea di nominarlo e toccò a Sergeiev Cessaniti, operaio del macero che collezionava solo fogli e lacerti di romanzi e storie e cose russe, essendo il padre soldato semplice del Corpo di Spedizione Italiano in Russia comandato da Francesco Zingales e per sempre sperduto, forse morto, durante la manovra di Petrikowka.

Quando lo vide, agli amici che aspettavano con lui sui gradini della chiesa di Sant'Acario disse ecco, è arrivato Kachanka, ch'egli pronunciò proprio come l'aveva letto sullo stralcio forse d'un racconto, Caciànca, e quella parola, ignota ai molti, piacque a tutti, che in fondo questo devono fare le parole, piacere, anche se non vogliono significare niente.

Da allora il cane nero venne chiamato in quel modo: alcuni storpiavano il nome e, a parte i pochi malvagi che cercavano di seminare maldicenze sul fatto che fosse il cane del diavolo che strascicava morte, tutti gli abitanti di Timpamara presero a volergli bene come a uno di loro.

Andò a sistemarsi sotto il feretro di Fiodoro Diamante mentre Margherita, sorretta dalle amiche, si disperava.

Quando, nell'ultimo istante in cui Marfarò appoggiò il coperchio della bara e il volto di Fiodoro stava per scomparire per sempre, Margherita urlò e svenne.

Avevo visto altre volte svenire qualcuno nell'attimo definitivo in cui il coperchio si chiude, ma fino ad allora erano sempre stati padri e madri che piangevano i figli e il cui mancamento dei sensi era il sigillo al rovesciamento delle misure, la certificazione delle regole del mondo quando queste smarriscono l'ordine, e mi sembrava naturale che accadesse quando si piangeva un figlio, ma mai, mai avevo visto una fidanzata svenire, mai prima d'allora per un legame di cuore che non vale quello di sangue. Perché in fondo non ci avevo mai creduto che tutte le coppie di Timpamara, tutti quelli che si erano sposati o fidanzati e camminavano mano nella mano e facevano figli, che tutti fossero davvero innamorati, perché spesso aveva più peso l'abitudine o la paura della solitudine o la necessità di agguagliarsi, perché quando si è stremati dalla fame anche lo scarto marcito è buono. E gli uomini spesso sono così mancanti in tutto e per tutto che a volte basta poco per scegliere qualcuno con cui sentirsi completi.

Gli amori veri, credevo, potevano solo essere scritti, o anche sognati, che era un po' la stessa cosa, e dovevano restare così, intatti come reliquie dentro le teche, come l'amore di Chisciotte per Dulcinea, quello di Werther o di Ortis, come il mio per Emma. Invece Margherita svenne e la portarono via, mentre il feretro del promesso sposo veniva deposto nella camera mortuaria in attesa della sepoltura.

L'amore di tutta la gente che incontravo ogni giorno non mi sembrava che una forma sublime della capacità d'adattamento, l'inoffensiva virtù dei camaleonti, e invece Margherita era svenuta dimostrando che fra le infinite combinazioni del cuore ogni tanto qualche incastro funzionava e combaciava, che a volte si può amare un estraneo allo stesso modo in cui si amano i figli, per natura, eternamente.

Dormii poco quella notte. Il pianto di Margherita mi aveva scosso, e in più c'era un tempo rumoroso che il mondo sembrava volesse protestare e ribellarsi alle sventure degli uomini. Non la lettura riuscì a distrarmi, non gli occhi comprensivi di Emma a tranquillizzarmi. Mi alzai più volte, per bere, per andare in bagno, per controllare che le finestre fossero chiuse.

Sembrava che la tempesta di scirocchi e ponenti che per strada scuoteva ogni cosa soffiasse anche dentro di me e non riuscivo a capire cosa mi disturbasse.

Poiché nulla mi dava sollievo, ritornai a letto, nel buio, aspettando che il sonno arrivasse.

Mi svegliai prestissimo, inquieto, e così un'ora prima del solito decisi di uscire e andare al cimitero.

Fu tutto normale fino al cancello, ma quando guardai verso la camera mortuaria vidi la porta spalancata. Forse l'avevo dimenticata, forse il forte vento della notte aveva disserrato gli spazi.

Non la chiudevo mai a chiave perché mi sembrava inutile costringere le anime dei morti, inconsapevole che sarebbe stata un'anima viva a varcare la soglia.

Margherita era distesa sul tavolo metallico accanto alla bara del fidanzato. Mi avvicinai che respirava profondamente: dormiva sul fianco e il braccio destro era appoggiato sul legno, come a cingerlo. Tossì per il freddo della notte e del tavolo. Non ebbi il coraggio di svegliarla, le stesi addosso una coperta, poi mi sedetti al tavolino e la guardai. Pensai a me che cingevo la fotografia di Emma, alla disperazione degli amori infelici.

Un colpo di tosse più forte, poco dopo, le fece aprire gli occhi. Abbisognò di qualche attimo per rendersi conto, si guardò intorno, capì, si mise a sedere sul bordo metallico.

Fu a quel punto che i nostri occhi s'incrociarono, ma lei non ebbe una reazione scomposta, anzi, le sembrò normale, come se quella fosse la sua stanza e io il padre che andava a svegliarla per andare a scuola.

Si alzò senza dire niente: baciò abbracciandola la bara e se ne andò dopo avermi fissato negli occhi, e io penso di non aver mai visto uno sguardo così disperato.

Quella mattina non mi fermai un attimo. Cercai di terminare i piccoli lavori che si erano accumulati negli ultimi giorni: tenermi impegnato mi impediva di pensare e faceva passare in fretta quella giornata che ero impaziente di archiviare.

Solo una volta ho pregato in vita mia, ed ero molto giovane, di fronte a un battito che non ritornava. Da allora mai più, perché se una preghiera si dimostra inutile una volta, lo è sempre.

Non ho mai supplicato protezioni, capovolgimenti di sorti, inversioni di destini perché sapevo e so che non avrei potuto avere due centimetri di gamba in più, perché ogni cosa che si chiede nelle preghiere è un miracolo, e i miracoli non sono miracoli se accadono.

Ma a volte ci sono pensieri che sembrano preghiere. Quando avevo visto la foto di Emma, per esempio, e avevo pensato che fosse un peccato non averla conosciuta in vita.

Forse in ogni pensiero c'è una celata implorazione, di più, forse alcuni uomini non pronunciano preghiere perché sono essi stessi preghiera: lo sono le piante che resistono al vento, i muri che si oppongono alla pioggia, il tremore delle particelle, le pulsazioni quasar, è supplica il sangue che scorre, il polmone che inspira, l'occhio che guarda: ogni forma di vita, nella sua estrema lotta di sopravvivenza, è un desiderio di preghiera.

Pronunciavo quei pensieri nell'inconsapevolezza che potessero un giorno prendere corpo. E invece ecco il miracolo. Era stata questa la prima parola che avevo pensato quando avevo visto Emma in carne e ossa di fronte a me.

E adesso non sapevo come reagire. Come ci si comporta di fronte a un miracolo? Lo si accetta senza condizioni, come gli eventi normali della vita, o lo si respinge come un dono di cui non si è degni? Cosa vuol dire essere stati prescelti, uno tra moltitudini infinite, ed essere come il topolino nella gabbia? Cosa si aspettava da me lo sperimentatore?

Continuavo a chiamarla Emma. Per tutto il tempo che pensavo a lei era quello il suo nome, e mi convincevo sempre più che dietro quella lastra di cemento non fosse sepolto nessuno.

Emma aveva inscenato la sua morte. Era una donna infelice, una moglie addolorata da una convivenza che non riusciva più a tollerare, e tuttavia non trovava la forza e il coraggio di parlarne. Ci aveva provato, ogni volta che il marito rientrava in casa, a dirgli che quella non era vita, che sarebbe morta per consunzione se non fosse andata via, si era preparata tutto il pomeriggio davanti allo specchio, aveva soppesato parole, pause, espressioni del volto, ma poi bastava che lui le chiedesse se aveva qualcosa, che lei subito s'arrendeva, sviava il discorso sulla cena che era pronta, inghiottiva una cucchiaiata di minestra e una di disperazione. Sarebbe bastato dire una parola, anche tra il primo e il secondo, posare il cucchiaio che il piatto era ancora pieno, guardarlo negli occhi e aprire la bocca, ma ci sono esseri che preferiscono morire piuttosto che dire la verità, ingannando sé stessi con una quiete apparente che è il più triste dei compromessi. Ci sono parole che non verrebbero pronunciate nemmeno in punto di morte. Che in fondo cosa ci sarebbe di male, può succedere che un amore finisca, e quando accade la cosa più semplice è dirlo, che lì per lì ti sembra di non farcela pensando alla sofferenza dell'altro, ma poi già dal giorno dopo cominci a respirare meglio, riesci a riempire i polmoni d'ossigeno, niente più sospiri né respiri, perché se ci si abitua alla morte ci si può abituare anche alla mancanza.

Ma ci sono esseri che preferiscono sparire piuttosto che pronunciare parole veritiere. Tutto, purché accada nel silenzio. E così una mattina, sul baratro della disperazione, Emma pensò che era venuto il momento giusto per dissolversi. Senza parole. Nel silenzio.

Doveva morire, in qualche modo. E così ebbe l'idea di seppellirsi, metaforicamente, di cancellare dalla Terra la donna che era stata mettendone una foto su una lastra di cemento, nel cimitero di un paese lì vicino. Quindi era partita, lontano, il più lontano possibile, e dopo qualche anno eccola ritornare e portare un fiore a sé stessa.

Cos'era stata la sua vita in quella lunga parentesi? Era ritornata per restare, o era quella la tappa intermedia di una migrazione?

Ero certo che l'avrei rivista, e mi preparavo, perché se l'amore e la vita erano in un altrove non così distante, adesso avevo la sensazione che si fossero avvicinati ancora di più.

22.

Nel timore che venisse al cimitero mentre mi trovavo in biblioteca, usai uno stratagemma. C'era addossato fuori il muro di cinta un mucchio di sabbia che gli operai utilizzavano per vari lavori. Ne rovesciai un paio di secchi nella carriola e mi diressi verso la tomba di Emma. E lì, sul defilato sentiero che la costeggiava, la sparsi a manciate e l'apparai col rastrello, una piccola distesa piana, come fanno i cacciatori con le prede, così che se fosse venuta avrebbe lasciato la sua orma.

L'accorgimento però si rivelò inutile, perché due giorni dopo aver trovato Margherita sul tavolo della camera mortuaria, mentre uscivo per andare a pranzo, la incrociai sul cancello.

Lei avvertì il mio turbamento, forse la sospensione del passo, forse un rossore improvviso, comprese che ero in difficoltà.

"Sta andando via?" mi chiese con naturalezza.

"Sì... no..." balbettai.

Si fermò di fronte a me e io la guardai e pensai alle preghiere che si esaudiscono, ai miracoli.

"Sta andando o no?"

"No, oggi mi trattengo di più."

"Allora mi può accompagnare, se le va."

Era sempre difficile passeggiare accanto a qualcuno. Faticoso per me che dovevo sforzarmi di tenere il ritmo di chi mi affiancava, faticoso per il vicino imbarazzato che rallentava, accorciava i passi, guardava i miei piedi lenti per cercare di coordinarsi alla mia andatura. Ma quando ci avviammo non dovetti fare fatica, che lei avanzava lentamente, come se quella fosse la sua andatura naturale, e la combinazione dei passi mi sembrò una prova ulteriore del miracolo.

"È tutto così ordinato in questo cimitero!"

"Faccio quello che posso."

"Bisogna essere soli per sapersi prendere cura di altre solitudini."

Mi domandai se mi avesse seguito anche fuori di lì, se sapesse che abitavo da solo, che facevo il bibliotecario, che non avevo amici.

"Mi ha detto che è stata la compassione," proseguì, "a portarla a prendersi cura della lapide, ma la compassione non è un sentimento neutrale. Prevede un coinvolgimento."

Tra quelle poche parole e i molti silenzi e l'armonia universale dei nostri passi, giungemmo da Emma.

"E questa sabbia?" mi chiese notando la trappola.

"Sarà caduta a qualche operaio," risposi in fretta.

Lei abbassò lo sguardo e fissò per terra, senza crederci molto, quindi allungò la gamba, appoggiò la scarpa sulla sabbia e premette con forza. Poi la rialzò. L'impronta era netta. Mi guardò negli occhi.

"Facciamo una cosa," mi disse, come se avesse capito, "d'ora in poi tutte le volte che verrò passerò a chiamarla, se c'è."

"Tutte le mattine," mi affrettai a risponderle, "tutte le mattine sono qui. Il pomeriggio quasi mai."

Fece un passo più lungo, e con entrambi i piedi si mise di fronte alla fotografia, senza muoversi, come se volesse lasciare solo orme evidenti, senza strascicamenti, definite.

Non so perché lo feci anche io, allungai la gamba destra, evitando di smuovere la sabbia, e poi con molta fatica richiamai la sinistra. Persi l'equilibrio, ma Emma se ne accorse e venne in mio aiuto prendendomi per un braccio. Un contatto inatteso, che durò un attimo, ma uno di quegli attimi intorno ai quali ruotano le esistenze. Così mi ritrovai al suo fianco.

Adesso il ritratto sulla tomba non mi faceva più lo stesso

effetto, percepivo una distanza, inversamente proporzionale alla vicinanza e al desiderio di guardare Emma rediviva. Erano due fiocchi di neve simili, due petali. E glielo dissi.

"Siete così somiglianti..."

Emma fissò la foto quasi a conferma delle mie parole.

"Sembrate la stessa persona," aggiunsi.

"Forse lo siamo, chi può dirlo," sospirò rassegnata.

L'intensità con la quale fissava la fotografia faceva supporre che lì ci fosse veramente seppellito qualcuno di caro, e questo metteva in crisi la mia ipotesi.

"Lei non è di qui, vero?"

Non mi rispose. Il suo volto s'era intristito, e mi accorsi troppo tardi che stava piangendo, vidi le lacrime scenderle lungo le guance, e le labbra che ero certo si muovessero, impercettibilmente, come una preghiera in chiesa, come se stesse parlando con la foto.

Mi sentii inopportuno e se avessi potuto sarei scivolato via, ma ogni minima azione avrebbe turbato il raccoglimento. Lei non s'asciugò le lacrime, ma attese che rotolassero lungo il collo per scomparire dentro la camicetta.

"La volta scorsa," disse improvvisamente, senza distogliere lo sguardo, "ha detto una cosa rimasta a metà. Ha detto che non era stato solo per tristezza che si era fermato qua. Per cos'altro allora? Questa foto le ricorda qualcuno?"

Non potevo dirle che ero innamorato d'un ritratto:

"Qualcuno di molto caro".

Non chiese altro. Poi allungò la mano verso la foto e l'accarezzò, e mentre lo faceva con l'altra si sfiorò la guancia, come in un riflesso. E compiva i suoi gesti come se io non ci fossi o, meglio, come se fossi parte naturale di quel quadro.

"Andiamo!"

Con la stessa attenzione di prima uscì dallo spazio della sabbia senza toccarla, quasi con un piccolo salto. E quando fu dall'altra parte di quello che era divenuto un cerchio magico mi allungò la mano, che io afferrai per imitarla.

Ci incamminammo verso il cancello.

"Quando tornerà?"

"Non lo so, ma verrò a cercarla, e se non ci dovesse essere..."

Quando fummo sul viale principale, raccolse da terra un ramo di cipresso.

Di fronte alla camera mortuaria, vicino all'entrata, si accorse di un gancio di ferro attaccato alla parte interna del pilastro. Si avvicinò e lo appese.

"Ogni volta che lo troverà capovolto, vorrà dire che sono venuta e lei non c'era."

Quando la vidi andare via, mi assalì come una disperazione all'idea di passare altri giorni in quel limbo di ipotesi e domande e pensieri che non riuscii a controllarmi:

"Come si chiama?".

Emma si voltò a guardarmi.

"Chi è lei?" continuai.

Indurì l'espressione, socchiuse gli occhi come un rimprovero, quindi si girò e uscì dal cancello senza salutarmi, appesantita d'anima.

La guardai allontanarsi mentre lo stomaco si chiudeva. Non avevo più voglia di pranzare: presi il necessario per raccogliere la terra e tornai alla lapide. Mi fermai poco prima. Il rettangolo di sabbia era intatto eccetto le impronte, chiare, riconoscibili. Tutto così preciso e definito che mi spiacque ripulire. Fissai le mie a fianco a quelle di Emma, l'immagine della nostra vicinanza, e pensai che anche se le avessi cancellate saremmo rimasti lo stesso vicini, che poi le impronte mica spariscono quando sono cancellate dal vento o appianate dall'acqua o risucchiate dalla terra, semplicemente diventano qualcos'altro, due foglie propinque su un ramo di pioppo, antera e stame, una promessa che gira per il mondo.

Niente che è esistito anche solo un attimo scompare mai completamente, nemmeno i pensieri, nemmeno le preghiere, nemmeno i sogni.

Ero seduto alla scrivania della biblioteca quando sentii risuonare sulla scala dei passi lenti, quasi titubanti. Guardai verso di là. La giustezza della congettura passò in secondo piano rispetto allo stupore di trovarmi lì quella persona.

Era il forestiero che ormai da settimane vedevo girare tra le lapidi e che avevo salvato dalla presa furiosa di Desdemonte Papasidero.

Quella presenza estranea alla biblioteca ma familiare nel camposanto mi confuse, come se i luoghi e le mansioni si sovrapponessero. Quando mi vide, anche la sua faccia si tinse di stupore, e forse anch'egli per un attimo si sentì come uno che ha sbagliato posto.

Si avvicinò e mi salutò, con cordialità.

"Ma... È lei il bibliotecario?"

"Sì, benvenuto."

Sorrise e scosse la testa, incredulo:

"Davvero questo non me l'aspettavo".

"Non è l'unico a stupirsi. Come mai qui?"

"Ho bisogno di consultare dei libri, e ho sentito dire che questa biblioteca è molto fornita."

"Se mi dice cosa cerca, la posso aiutare."

Sorrise. "Sembra che lei debba sempre aiutarmi. Comunque, cercavo vari libri..."

"Romanzi?"

"No, no, saggi."

"Di che disciplina?"

"Matematica, scienze, religione..."

"Qui abbiamo lo schedario dei volumi, in ordine alfabetico per autore, se cerca qualche libro in particolare. Se invece vuole farsi un'idea, le posso indicare gli scaffali sull'argomento."

"Ecco, sì, preferirei."

"Lo scaffale a sinistra, le mensole in alto per matematica e scienze. Lo scaffale di fronte, mensole centrali, per la religione."

Mi ringraziò e iniziò la sua ricerca.

Scorreva i titoli aiutandosi con l'indice della mano destra, e quando trovava qualcosa di interessante lo prendeva e lo sfogliava; per alcuni giusto una pagina, altri invece li studiava più a lungo. Ogni tanto ne metteva uno da parte. A metà di quell'operazione venne verso di me.

"Posso prenderli in prestito anche io?"

"Basta avere un documento. Compili il modulo."

Fu in questo modo, del tutto inatteso, che venni a sapere che quell'uomo si chiamava Isaia Caramante.

Ritornò a curiosare tra gli scaffali quasi fino all'ora di chiusura, poi venne da me tenendo una pila di libri che appoggiò sulla scrivania.

"Prendo questi. Non avrei mai pensato di trovarli. Sembrava quasi che mi aspettassero."

Settimane di ipotesi su quell'uomo, di proiezioni, congetture, supposizioni, e adesso mi offriva non richieste le chiavi per i suoi pensieri, e risposte più precise su quello che faceva al camposanto.

Presi i libri uno per uno, leggendo il titolo a voce alta mentre lo segnavo sul registro dei prestiti:

Della matematica applicata ai fatti umani. Introduzione alla gematria, all'aritmomanzia, all'isopsefia di Tebaldo Guadalasci, Torino, 1948.

Sulle perturbazioni mentali e uditive. Ricerche effettuate presso l'Ospedale Psichiatrico in Girifalco dell'illustre dottore Francesco Veraldi, Catanzaro, 1950.

Il libretto della vita dopo la morte di Gustav Theodor Fechner, ed. Isis, 1921.

Le prove dell'esistenza di Dio di Vittore Marchi, Bari, 1935.

Dialoghi con l'aldilà di Friedrich Jürgenson, Torino, 1966.

Memoria dei pensieri e delle opinioni di Jean Meslier, prete, curato di Étrépigny e di Balaives, su una parte degli errori e degli abusi del comportamento e del governo degli uomini da cui si dimostrano in modo chiaro ed evidente le vanità e le falsità di tutte le divinità e di tutte le religioni del mondo, affinché sia diretto ai suoi parrocchiani dopo la sua morte e per essere usata da loro e da tutti i loro simili quale testimonianza di verità di Jean Meslier, Venezia, s.d.

Glieli misi in uno dei sacchetti che conservavo apposta per i prestiti numerosi.

"Io comunque credo ai morti," gli dissi sottovoce.

"Non avevo dubbi," disse prima di tornare a scendere la scala. E aggiunse: "La prossima volta, se avrà tempo, ho un racconto per lei".

Appena fui solo, secondo l'antica abitudine di conoscere le persone attraverso i libri che leggono, provai a farmi un'idea di quell'uomo e di cosa stesse cercando. Trovai il significato delle parole *gematria*, *aritmomanzia* e *isopsefia*, e le collegai agli altri titoli, chiedendomi se ci fosse una relazione tra questi e le voci e i suoni di cui mi aveva parlato.

Serrai le imposte e a passo più lento del solito andai a chiudere il cancello del cimitero.

La mia vita, ch'era sempre stata di una semplicità e linearità disarmanti, si riempiva all'improvviso di enigmi, come se in pochi giorni fossi diventato uno dei tanti personaggi dei romanzi che si trovano invischiati in situazioni più grandi di loro: Emma rediviva, il mio pensiero più grande, e adesso il signor Isaia Caramante, forestiero, che girava i cimiteri ascoltando voci e appuntando su un taccuino misteriose sigle che avevano a che fare con la scienza, la morte, Dio.

23.

Il raggio di luce di quella mattina non mi svegliò di buon umore. Fuori tirava vento e la gamba faceva male. Era sempre così quando il tempo cominciava a cambiare. Tutta notte l'avevo tenuta avvolta in una coperta di lana, ma non era servito.

Il primo pensiero, strascico di qualche sogno, fu il volto di mio padre di fronte alla piccola tomba di Notturno.

Mi scaldai il latte, mi preparai e andai al cimitero.

A volte è come se tra i pensieri e gli eventi esistessero dei vasi comunicanti, perché di fronte al bar Plutarco Sangineto stava fumando una sigaretta e, quando mi vide, subito si avvicinò.

"Come stai, Astolfo?"

Parlava ancora con la stessa voce roca di quando eravamo compagni di banco e si ergeva a mio difensore contro tutti coloro che mi dileggiavano e facevano dispetti. Mi aveva preso in simpatia, e anche io gli volevo bene. Dopo il diploma era andato a lavorare al macero, e infatti da una tasca della giacca spuntava un fascicolo piegato. Lì spesso capitava d'incontrarci e discorrere.

"Ieri pomeriggio è arrivato un carico di libri che mi sembra interessante, puoi venire a dare un'occhiata."

"Se riesco a liberarmi vengo stamattina, oppure nel pomeriggio, prima d'aprire la biblioteca."

"Quando vuoi, io sono lì tutto il giorno."

Di solito andavo di venerdì, ma in caso di arrivi particolari facevo un'eccezione.

Il dolore mi faceva zoppicare ancora di più ed evitai i lavori pesanti. A metà mattina mi ritirai nel ripostiglio, appoggiai la gamba su uno sgabello e la coprii.

Mezz'ora dopo passai dalla cappella di famiglia per vedere la foto di Notturno. Preferivo andarci nelle giornate già segnate dalla malinconia. Ogni volta che la gamba si faceva sentire in quel modo, pensavo a lui.

C'era stato un tempo in cui entrambi eravamo stati vivi, vicini, nel grembo materno, respirando allo stesso ritmo.

A mio padre, per spiegargli il suo respiro mancato, dissero che era un po' meno cresciuto di me, come se il suo sviluppo si fosse fermato qualche settimana prima, il corpo materno che tira a sorte, e la sorte cade su di lui.

Come fa Natura a scegliere? C'è una logica nella morte?

Queste domande mi facevo tutte le volte che la gamba mi procurava dolore e pensavo a Notturno, il dolore alla gamba e Notturno, perché tutto ciò che non avevo nella vita se lo era portato con sé, anche quei due centimetri di carne viva, e anche l'amore che mi è sempre mancato, anche quella porzione apparteneva a lui. Forse nell'esistenza prenatale, nel tempo variabile tra la nascita e il venire al mondo, tutti abbiamo avuto un gemello che era il nostro opposto e portava in sé le nostre future carenze: sommati saremmo stati perfetti, ma lui muore sempre prima di noi, anche se non lo vediamo, e forse quella morte è un sacrificio attraverso il quale si offre al superstite il senso della vita, la ricerca incessante della parte mancante.

Andai alla tomba di Emma. C'è una logica nell'amore? Non era forse lei un corrispettivo del gemello assente, la strategia umana per colmare la congenita mancanza? Pensai ai gemelli siamesi, alle teste di moro, a Giano, all'androgino platonico, all'unità e alla sua recisione.

Dalla misteriosa comparsa di Emma inveratasi corpo, ogni mio pensiero fu per lei. Nei giorni successivi al nostro incontro sperai che venisse di nuovo e non disperavo d'incrociarla per strada, nei negozi, all'uscita del bar.

Per non sfigurare all'appuntamento, cominciai a indossare la camicia grigia anche al cimitero, usando dei guanti per non sporcarmi le mani. Fu in quei giorni che iniziai a brillantinarmi i capelli per non disordinarli durante i lavori.

Se prima tutto accadeva di fronte alla sua tomba – i pensieri, le immaginazioni, i battiti accelerati –, adesso bastava uscire di casa perché ciò accadesse, e con un'intensità maggiore perché ogni reticolo di meridiani e paralleli poteva essere il luogo predestinato all'incontro. Se avvicinarmi alla foto mi faceva trepidare, era solo nella speranza di vedere, appena svoltato l'angolo, Emma in carne e ossa, vestita di nero, rendere omaggio alla parvenza di sé stessa.

Tornai a casa mezz'ora prima e, dopo un pranzo leggero e veloce, mi misi sul divano, la gamba su una sedia e la borsa d'acqua calda sulla parte dolorante. Mi addormentai così, e dormii per quasi un'ora.

Al risveglio il dolore era meno forte, e così andai a vedere i libri del macero.

Il cancello era sempre aperto. Entrai e mi guardai intorno per cercare il mio amico Sangineto. Chiesi a un operaio che passava di lì.

"È alle vasche. Sto andando da quella parte, se volete ve lo chiamo."

Poco dopo, Plutarco arrivò.

"Vieni, ti faccio vedere."

Aveva ragione, era un ottimo carico, moltissimi volumi in discrete condizioni. Era un vero peccato che presto sarebbero stati messi sul nastro per divenire poltiglia.

"Quanti ne posso prendere?"

Mi porse due grandi sacchi di iuta.

"Infila qui dentro tutti quelli che ti servono, poi i sacchi li mettiamo sotto quella tettoia e te li faccio portare in biblioteca."

Era difficile scegliere: scartai i doppioni dei libri già presenti in biblioteca, preferendo i titoli che non conoscevo e gli scrittori di cui non avevo mai letto niente. Se avessi potuto sarei rimasto l'intero pomeriggio.

Quando i due sacchi furono pieni, chiamai Sangineto che li spostò in una parte più riparata, all'entrata del deposito. Gli chiesi se avesse una busta, avevo messo da parte una decina di libri da portare via subito, nonostante il fastidio alla gamba non potevo andarmene di lì a mani vuote. Mentre già mi avviavo, vidi l'operaio all'ingresso salire su una piccola ruspa e prendere con la pala mucchi di quei volumi e rovesciarli su grandi nastri rotanti, e mentre osservavo quelle unghie d'acciaio squarciare la carta, mentre li vedevo cadere senza resistenza verso la distruzione, il mondo mi parve un'enorme ingiustizia.

Conoscevo per esperienza la parte finale di quella deportazione. Il nastro trasportatore faceva cadere i libri in grandi vasche su ruote: quando una si riempiva, arrivava l'altra. La vasca piena si muoveva di qualche metro e li scaricava sotto una pressa. Un movimento breve: la pressa cadeva con un rumore sordo, cupo, e ne usciva fuori un cubo di carta. Anonimo. Soffocante.

Morivano così certi libri, di morte improvvisa e violenta, come un incidente o un infarto.

Uscii col rumore tonante della pressa che si riverberava nella testa e l'immagine desolante di quei volumi che avevano consolato, lenito, guarito, accompagnato, aiutato, differito, consigliato, e che adesso erano divenuti materia inerte.

La sensazione mi rimase addosso anche il pomeriggio in biblioteca. Appoggiai i tomi sulla scrivania e mi misi a sfogliarli prima di catalogarli e disporli sugli scaffali. Non tutti i dieci volumi erano in buone condizioni.

Nella classificazione della biblioteca comunale di Timpamara c'è una sigla che non esiste altrove perché, come quel giorno, non sempre i libri che andavo a prendere al macero erano in buono stato: strappi, copertine mancanti, pagine macchiate, capitoli mutilati. E tuttavia alcuni meritavano lo stesso di essere conservati, soprattutto quando si trattava di edizioni rare.

Aggiunsi così tre lettere, DAN, per indicare che il volume era danneggiato.

Sulla mensola quei libri stavano insieme agli altri. Non si buttava niente. Lo testimoniavano i lacerti e le pagine che gli operai del macero raccoglievano e conservavano, la cura con cui i timpamarani stipavano le pagine volanti che i venti sparpagliavano. Avevo fatto bene a introdurre questa abitudine, altrimenti avrei perso l'occasione di vedere ciò che mai più si sarebbe presentato.

Il quarto testo recuperato quel giorno era addirittura dell'Ottocento, collocazione Sc 123 2 (DAN), il *Trattato della Scienza e dell'Arte dei parti* di Antonio Dugès, che avevo trascelto sia perché non capitava spesso di trovare un testo del secolo scorso sia perché aveva splendide illustrazioni. Doveva essere rimasto molto nell'acqua perché metà delle pagine, compresa la copertina, erano inumidite e sbiadite. Era la settima ottocentina della biblioteca, ma non era questo che la impreziosiva ai miei occhi, quanto l'illustrazione di pagina centoventuno che vidi per caso mentre la sfogliavo.

Due gemelli nella pancia della madre.

C'era una serie di riproduzioni che raffigurava le diverse posizioni che i gemelli assumono nella placenta: affiancati, invertiti, contrapposti di spalla, e fra le varie posizioni possibili, una su tutte calamitò il mio interesse.

La didascalia la chiamava la "posizione dell'abbraccio".

La sua dolcezza era sconvolgente: un gemello cingeva l'altro circondandogli il collo col braccio e appoggiando la guancia sulla sua.

Disarmante. Un piccolo essere che col proprio corpo proteggeva il suo simile, sembrava dirgli non ti preoccupare, ci sarò io a prendermi cura di te fuori da questo mondo che è e sarà per sempre il nostro. Ma per proteggerlo avrebbe dovuto uscire insieme a lui, prima di lui.

Per proteggermi Notturno aveva dovuto stringere un patto con la morte. Lui, come nell'illustrazione, mi stava abbracciando dicendomi vivi tu, fratello mio, vivi tu.

Eravamo io e lui in quell'immagine. La nostra foto prenatale. E così feci una cosa che non avevo mai fatto prima, che non avevo mai immaginato sarei arrivato a fare: presi un righello di metallo e strappai la pagina. Il fatto che il libro fosse già danneggiato alleviò i sensi di colpa.

Per strada, vicino alla fontana, stavano scavando per interrare dei tubi e il rimbombo del martello pneumatico mi fece tornare alla mente il rumore della pressa del macero.

Chiusi le finestre.

Guardai i vecchi volumi ammuffiti che avevo messo in quell'angolo della libreria i primi giorni, isolati dagli altri nel timore che le macchie si diffondessero come morbi, e che avevo così salvato dal destino di distruzione del macero.

Da allora e in tutti quegli anni erano divenuti quasi inservibili. Meritavano anche loro una morte giusta.

Farli finire degnamente non avrebbe cambiato i destini dell'umanità né arrestato il loro processo di decomposizione ma avrebbe ai miei occhi ristabilito un equilibro nel mondo.

Ne avrei portati via pochi per volta. I primi li misi in una scatola. Erano ventisette. Emanavano un odore forte, come se muovendoli avessi agitato molecole olfattive, e l'odore pungente della carta umida mi rimase dentro anche quando rientrai a casa.

Cercai tra le vecchie cornici e i quadri che tenevo in un cassone per trovare qualcosa che si adattasse all'illustrazione dei gemelli.

Una cornice senza vetro aveva le stesse misure. Infilai dentro l'immagine, attaccai un chiodo sopra il comodino del mio letto e lo appesi.

Il mio gemello che mi abbraccia e protegge.

Tutto quello che mi manca se lo è portato via Notturno: due centimetri di carne, il coraggio, l'amore.

In cambio mi ha lasciato la vita.

24.

Il loro destino era deciso: venire seppelliti come esseri umani. Da quando mi svegliai, pensai a un angolo dove sistemarli.

Arrivai al cimitero con nove dei ventisette libri irrimediabilmente ammuffiti. Li avevo messi in un sacchetto: tutta la scatola era troppo pesante da portare. Durante la notte il dolore alla gamba era dileguato, ma non volevo esagerare per non farlo ritornare.

Lasciai la busta nel ripostiglio e feci un sopralluogo. Doveva essere un posto lontano dagli sguardi, quasi riparato, e dopo una ventina di minuti mi parve d'individuarlo in un pezzo di terreno, delimitato in basso da blocchi di cemento, sul cui perimetro erano infilati pali di ferro da cui pendevano pezzi di rete ombreggiante verde. I solchi regolari e paralleli che s'intravedevano non lasciavano dubbi sull'uso che ne era stato fatto. Chi era stato, aveva scelto bene. Due dei quattro lati erano protetti dai muri delle cappelle che avevano l'entrata dal lato opposto, e quindi era uno spazio che per vederlo bisognava andarci apposta.

Ritornai al ripostiglio. C'era un rotolo di rete, probabilmente la stessa che era stata usata lì. La misi nella carriola, insieme alle pinze e al ferro filato. Strappai la vecchia recinzione e cominciai a sistemare la nuova. L'altezza di un metro e mezzo bastava. Circondai i due lati liberi, lasciando, accosto al muro, un passaggio stretto per entrare e uscire. Riportai la rete al magazzino, e quando la misi a posto, in un angolo in cui avevo ammucchiato alcuni attrezzi, vidi un secchio da muratore pieno di targhette segnapianta in plastica verde che lì per lì, quando le avevo viste e riordinate la prima volta, mi ero chiesto a cosa potessero servire in un cimitero ma che adesso, alla luce del piccolo orto, s'illuminavano di senso, e immaginai il misterioso agricoltore seminare e piantare le targhette per ricordarsi dov'erano le fragole e dove i cavoli rugosi, in un terreno che qualche residuo di concime umano rendeva fertile.

Era venuto il momento di riutilizzarle. Le misi nella carriola assieme a dei cartoncini grigi, un pennarello nero, la zappetta, la busta dei libri, quindi tornai allo spazio recintato.

Decisi di seguire l'andamento dei solchi cominciando dall'angolo più lontano a sinistra. Scavai una piccola buca, venti centimetri di profondità. Presi il primo libro e lo misi dentro. Lo ricoprii con la terra. Ritagliai il cartoncino in parti a misura della targhetta. Su una scrissi i dati del libro: Bruno Cicognani, *La velia*, Mondadori, 1943. Attaccai il cartoncino alla targhetta segnapianta e la infilai nel terreno, a fianco al libro. Scavai altre otto buche dello stesso tipo, a distanza una dall'altra di una trentina di centimetri, vi seppellii gli otto libri rimasti e poi li ricoprii. Preparai le targhette con i rispettivi dati, da Alfredo Panzini, *Gelsomino buffone del re*, Mondadori, 1931, a Francesco Zaccone, *Amata terra mia*, 1956, e le piantai sopra.

Mi fermai a guardare l'opera finale e mi piacque: libri seppelliti come uomini, interrati come semi, che forse un giorno avrebbero anche potuto produrre piante speciali di parole e spazi bianchi.

Su un cartoncino grande scrissi CIMITERO DEI LIBRI e lo attaccai sul tronco di un albero, visibile solo dall'interno.

Quell'angolo non avrebbe cambiato i destini dell'umanità né sconfitto l'inesorabilità del tempo, ma aggiungeva un tassello alla giustizia del mondo.

Una settimana dopo il funerale, Margherita venne insieme al marmista. Li vidi parlare, poi lui andò via.

Più tardi passai dalla tomba di Fiodoro ma lei non c'era. All'improvviso, poco dopo, la vidi dove non avrei mai immaginato. Mi avvicinai. Stava fissando la fotografia sulla lapide di Marcello Soriano. Mi scorse con la coda dell'occhio:

"Questa sposa è bellissima, non credete?".

"Sì, avete ragione."

"Fa pensare che sia stata seppellita con l'abito bianco."

"In realtà qui è seppellito solo lui."

Le raccontai brevemente la storia.

"Che strana, la vita..."

Le venne da piangere ma si trattenne.

"Però guardando la foto è come se fossero seppelliti insieme. Dovrebbe essere la conclusione di ogni amore, stare vicini anche dopo la vita, di più, morire insieme, nello stesso istante."

Ogni parola sembrava annunciare il dolore del mondo.

"Chissà, forse è successo davvero, forse anche la sposa è morta nello stesso istante di Marcello."

"Sicuramente è così," mi disse Margherita, e magari non sbagliavamo, perché tutto ciò che non sappiamo e mai sapremo possiamo immaginarlo a nostra misura.

Tirò fuori una fotografia dalla borsa e me la fece vedere. Fiodoro era seduto sulla sua moto appena comprata, sorridente, ignaro.

"È bello, vero?"

Sentii ancora la disperazione che non era arretrata di un centimetro ma che, al contrario, ogni giorno si faceva più ingombrante.

"Volevo metterla sulla lapide, ho parlato prima col marmista, ma adesso..." Si fermò, ritornando a guardare la foto di Marcello e Sakura. "Mi piacerebbe avere anche per lui una foto così, in cui siamo insieme... anche se io non avrò il vestito da sposa..."

Le sfiorai la spalla.

"Posso parlarvi sinceramente?" mi chiese.

"Certo."

"È da due giorni che non penso ad altro, da quando ho visto questa fotografia..."

Le feci un cenno per incoraggiarla.

"Ma è vero che i capitani delle navi possono unire in matrimonio?"

"Sì, da quello che so..." risposi confuso.

"Ho letto che anche gli artisti o un cittadino comune possono farlo, per un giorno, possono indossare la fascia tricolore e celebrare sposalizi."

Annuii.

"E allora anche voi potete, anche voi in un certo senso siete un capitano, che questo camposanto è come una nave di morti, la vostra nave."

Quella richiesta mi sorprese. Io che celebravo un matrimonio! E non un'unione normale, ma tra vivi e morti. Pensai fosse una provocazione, ma la disperazione del volto di Margherita non lasciava dubbi. Non sapevo cosa dire, e allora risposi così, senza riflettere, che era soprattutto un modo per prendere tempo:

"Nel regolamento non c'è scritto".

"Neanche morire a ventisette anni è scritto nel regolamento della vita!"

Fu come se qualcuno avesse strappato un lembo del mio cielo di carta. A cosa servivano davvero tutti quei regolamenti, quella necessità di ingabbiare i liberi fatti umani e l'illusione di disciplinarli, che in fondo sono gli stessi uomini a scrivere le leggi degli uomini, e allora perché una regola scritta vale più di un'altra mai vergata? Perché la parola di Hammurabi valeva più di quella di un suo *wardum?* E perché se un padre vendeva il figlio per tre volte consecutive perdeva la *patria potestas?* Perché proprio tre e non invece due o quattro? E che legge è quella che fa vendere un figlio al padre? Hanno veramente valore i regolamenti e le leggi?

Se per ipotesi il primo redattore del regolamento di un cimitero fosse stato innamorato di una donna morta prematuramente, una donna che amava e che voleva sposare, allora forse lo avrebbe anche scritto, articolo numero 146:

Come il comandante di una nave, il guardiano del cimitero ha facoltà di celebrare matrimoni civili tra vivi e morti.

E poi, avesse anche avuto un animo da burocrate, riflettendoci avrebbe aggiunto qualche postilla, tipo un 146 bis:

Il matrimonio può essere celebrato dal guardiano officiante a condizione che non sia passato un mese dalla data del sotterramento.

146 ter:

A condizione che la data del matrimonio sia già stata ufficialmente fissata.

146 quater:

A condizione che tra la data di decesso dell'interessato e quella del matrimonio prefissato non siano trascorsi più di tre mesi.

E allora tutto sarebbe stato possibile.

Le nostre vite si basano su leggi e regolamenti scritti da uomini come noi, che avrebbero benissimo potuto non scriverli o addirittura scriverli al contrario e sarebbe stata la stessa cosa, un codice, un articolo, un bis, un ter, un codicillo partorito in un attimo di dolore e sconforto, una sequenza di parole dettate dalla fretta, dalla stanchezza, dalla stoltaggine, la registrazione d'un sentimento effimero che stabiliva però per sempre il giusto e l'ingiusto delle nostre esistenze, il bene e il male della terra.

E allora Margherita aveva ragione, che un regolamento scritto vale quanto altre migliaia di regolamenti non scritti che avrebbero però potuto essere e non erano stati, a causa di umane contingenze, distrazioni, nei esistenziali.

"Avete ragione, ma non so..."

A Margherita venne da piangere:

"Pensate che non l'ho chiesto a don Pallagorio? Che pensate, che non sono andata da lui prima di venire da voi? Ieri ho aspettato che finisse la messa e l'ho avvicinato, e gliel'ho detto in faccia, senza troppi giri di parole, gli ho detto che voglio sposare Fiodoro, e lui mi ha guardata inorridito come se avesse visto uno spettro, l'ombra del diavolo, e mi ha domandato che cosa mi era venuto in mente, se ero pazza, mi ha detto che non ci si sposa coi morti... lui, proprio lui, capite? Proprio lui mi ha detto così, che ogni domenica ci riempie la testa con tutte quelle storie sulla vita eterna, sulla morte della carne e la resurrezione dell'anima, che io ci credo a quello che dice, ma lui no, lo dice ma non ci crede, proprio tu mi dici di no, proprio tu che parli sempre dell'immortalità dell'anima, proprio tu dici queste cose a me che voglio sposarmi un'anima! Che pensate, sono andata da lui, ma non mi ha nemmeno fatto finire di parlare, mi ha zittita e si è chiuso nella canonica, dicendo che mi capiva, che certi dolori possono far impazzire. Ma sono pazza io? Ditemelo voi, sono pazza io che voglio mantenere la nostra promessa fatta anche di fronte a Dio? Sono pazza io che voglio essergli fedele per sempre?".

Quella domanda restò a mezz'aria, come il ronzio di un insetto. Lei non disse più niente e andò verso la tomba di Fiodoro, mentre io rimasi lì, immobile.

Era davvero così pazza Margherita?

L'anima mia giammai non vi lasciò un secondo ed io sono e sarò, fino nell'altro mondo, colui che sopra tutti vi amò senza misure.

Fu a quel punto che Rossana capì la *sovrumana impostura.* Sovrumana. L'amore che nasce negli uomini ma li supera, che nasce nella terra per poi lasciarsela alle spalle. E quale legge potrebbe contenerlo, l'amore? Quale parola potrebbe definirne i confini, ridurlo, limitarlo, moderarlo?

Quel pomeriggio, mezz'ora prima della chiusura della biblioteca, finii il *Cyrano de Bergerac.*

L'incontro con Emma mi aveva fatto venire voglia di rileggerlo.

Commosso fin quasi alle lacrime, tuttavia la lettura mi lasciò nella testa come un tarlo. Tutto ciò che feci poi, sistemare i libri, mettere via i quotidiani, catalogare alcuni volumi lasciati in dono da un lettore, lo feci con addosso un'ambigua sensazione di serenità e infelicità assieme.

La serenità derivava dall'aver sentito sulla pelle l'intensità d'un sovrumano amore con il vantaggio che solo i libri offrono di poter essere uno e tutti nello stesso tempo, Cyrano sotto il balcone e Rossana ricamatrice, di essere in sincrono l'amato e l'amata.

L'infelicità fu per Margherita e la sua lacerante sofferenza.

Essere resistenti a volte è un male, perché sopportando a oltranza si spinge sempre più in là il limite della sopravvivenza, mentre in alcuni momenti sarebbe più utile, necessaria e salvifica la rottura, che almeno si potrebbe cominciare a ricostruire qualcosa dell'evidenza della crepa.

Quando alle sei andai al cimitero per chiudere il cancello, avevo preso la mia decisione.

Lo zibaldone era lì, sul tavolino di legno della camera mortuaria. Di morte malato ma anche di scrittura, aprii il *Regolamento per la disciplina del servizio di custodia e vigilanza del cimitero comunale*, e a pagina 16 articolo 36a, dopo che si stabiliva che il custode provvedeva all'apposizione dei cippi regolamentari e vigilava affinché fosse garantita la pulizia della camera mortuaria, inserii a penna con inchiostro nero il paragrafo 9:

Il custode, nelle sue mansioni di responsabile dei servizi cimiteriali, è tenuto in obbligo di celebrare unioni civili tra vivi e morti allorquando la richiesta sia sufficientemente motivata.

Di tale unione non si necessita la trascrizione nei relativi registri.

Il responso del custode è insindacabile.

Non era la prima volta che aggiungevo o cancellavo qualcosa al regolamento, cosicché col passare del tempo quel brogliaccio assomigliava ogni giorno di più a me stesso, come dovrebbe essere ogni legge, fatta su misura per ciascun uomo, che forse questa è la vera giustizia umana, ogni vita con le proprie regole, ogni eccezione contemplata in una postilla.

Quando chiusi il registro, e la porta della camera, e il grande cancello del cimitero, mi sentii un po' come don Pallagorio, pronto a officiare unioni eterne.

Perché è vero che certi dolori possono portare alla follia, ma è altrettanto vero che talvolta conducono, con altrettanta rattezza, dritti al cuore della verità.

25.

Il filo che mi univa a Emma tornò a tirarsi due giorni dopo. Venne a cercarmi lei, nel ripostiglio. Ero seduto al tavolino e la riconobbi dall'ombra lunghissima che si definì al centro della stanza. Entrò a passi lenti, non mi vide subito, e stava per andare via quando la salutai. Fu in quel momento che sentii il peso dell'anonimato, perché avrei voluto chiamarla per nome e che anche lei lo facesse.

"Mi accompagna?"

Chiusi il registro dei morti e la seguii. Era vestita sempre allo stesso modo, ma ogni volta i vestiti erano freschi e stirati, come se avesse più esemplari dello stesso indumento o come se ogni sera, spogliatasi, lavasse i panni e li facesse asciugare di notte al vento, sul balcone.

Riprovai la sensazione di pienezza che mi dava il camminare al suo fianco, così vicini, così simili anche nei silenzi.

Vento e passi sconosciuti avevano sparso gli ultimi rimasugli di sabbia. Emma cominciò a fissare la foto, in uno sdoppiamento che non riuscivo a comprendere.

Mi feci coraggio.

"Conosce la storia di Mattia Pascal?"

Lei mi guardò senza rispondere. Era come se non avesse voglia di parlare, forse di ascoltare.

Nel dubbio le parlai:

"Un giorno legge sul giornale che è morto, cioè che hanno trovato un corpo e che pensano sia il suo, e lui ne approfitta per rifarsi una vita. Ma alla fine torna al suo paese, dove tutto è cambiato, e non gli rimane che portare ogni giorno i fiori alla sua tomba, rimirandosi nella fotografia di sé stesso".

Rimase impassibile.

"Doveva succedere prima o poi."

Aveva quel modo di parlare sottovoce, quasi sospirando, che non si capiva se fosse una frase rivolta al suo interlocutore o un pensiero pronunciato per sé stessa.

Sì, doveva succedere, dovevo capire come e perché quella donna fosse ritornata alla vita, perché avesse inscenato la sua morte, da cosa o chi fuggiva. E adesso lo avrei saputo, perché il tono di Emma aveva la misura del preambolo.

"È lei in quella foto, non può essere diversamente."

Mi guardò con un'espressione che non mi aspettavo, piena di dubbi.

"Io..." disse quasi a fior di labbra.

Mi fissò più a lungo del solito:

"Che idea si è fatto di tutto questo?".

"È lei, vero?"

"È per questo che mi ha raccontato la storia di Mattia Pascal?"

"È lei, vero?"

Mi stupii della mia insistenza, ma la donna tornò semplicemente a guardare la foto.

"Avrei inscenato io tutto questo..."

La guardai, aspettando il compiersi di vaticinii e di ipotizzate profezie, ma non proseguì il pensiero ad alta voce.

Aveva bisogno della luce giusta per aprirsi, come certi fiori all'alba.

"Si prende cura di tutte le persone sole?"

Era come se registrasse quello che dicevamo, poi portava a casa le parole, le riavvolgeva, le soppesava, le incastrava, e ritornava a me, avida di chiarimenti.

"Anche se sono vive?"

"Non ho molta dimestichezza con le persone in carne e ossa."

"È per questo che lavora qui?"

"Forse. Io con la gente non ci so fare."

"Non mi sembra, anzi. Sa prendersi cura degli uomini e delle cose, per questo le sto parlando, per questo mi faccio accompagnare da lei, perché l'ho capito dal modo in cui accudisce questa tomba, da come lucida il vetro della fotografia, dal tempo che trascorre qui, dalle parole che diceva ma che io ero troppo lontana per sentire."

Chissà se mi aveva visto anche baciarla.

"Non mi ha risposto ancora."

"A quale domanda?"

"Saprebbe prendersi cura anche di me?"

Il vento tra i cipressi si fermò e con esso anche i suoni, come doveva essere l'universo un attimo prima della creazione.

La fissai negli occhi e dimenticai tutto, la mia solitudine, la mia zoppia, le distanze tra le persone:

"È da quando l'ho vista in questa fotografia, la prima volta, che non aspetto altro".

Non c'era parola capace di sorprenderla, come se ogni azione fosse stata da lei già calcolata e vissuta.

"Come si chiama?"

"Malinverno."

"Sembra che ce l'abbia scritto nel nome il suo destino."

"Non tutto, visto che mi chiamo anche Astolfo."

"Astolfo... Ho sentito tanti nomi strani da queste parti. Astolfo... Le sta bene. Ma perché dovrebbe contraddire la sua esistenza?"

"Diciamo che uno è il nome della mia vita di ogni giorno e l'altro quello della mia vita immaginata."

"Non vanno d'accordo?"

"Non sempre..."

"E adesso come si sente? Astolfo o Malinverno?"

"Se la guardo, se le sto vicino, mi sento Astolfo."

Mai come in quel momento il mio nome mi parve così luminoso, e io restai in silenzio affinché le sue sillabe continuassero a riverberarsi nell'aria.

"Che poi chissà se davvero sono importanti, i nomi," disse lei guardando il cemento spoglio della tomba di Emma.

"Malinverno!"

Qualcuno mi aveva chiamato urlando. Sembrava giungesse dal viale.

"La stanno cercando."

"Mi aspetti, sarà questione di minuti," e mi affrettai verso l'entrata.

Non avevo riconosciuto la voce e per nessuna ragione al mondo avrei pensato all'assessore, che non vedevo dai tempi del passaggio di consegne.

"Malinverno, dov'eravate finito?"

Feci un cenno vago con la mano verso le lapidi.

"Dobbiamo mandare gli ordini entro stamattina. Avete fatto l'elenco delle cose che vi servono?"

"Sì, ce l'ho nel ripostiglio."

"Si sbrighi, che ho da fare."

"Ve lo porto subito."

La mia sola premura era di non perdere tempo per tornare da Emma, ma non ce ne fu bisogno perché la vidi comparire da lontano mentre stavo salutando l'assessore.

"Adesso devo andare," mi disse quando fu vicina.

"Dove?"

Cos'era la vita di Emma una volta che usciva da quel cancello e scompariva? Dove abitava? Come passava le giornate? Viveva da sola?

"Devo prendere la corriera per tornare a casa."

"Abita lontano?"

"Non lontanissimo."

"Non vuole dirmelo? Se devo prendermi cura di lei, ho bisogno di conoscerla."

"Ma lei mi conosce già!"

"Non so nemmeno come si chiama."

Mi guardò negli occhi, poi li abbassò e ritornò ad alzarli.

"Ofelia. Mi chiamo Ofelia. Non so se appartiene alla mia vita reale o a quella immaginata, ma è il mio unico nome."

Per un attimo, quando le avevo fissato le labbra raccogliersi per pronunciare il nome, avevo pensato davvero che avrebbe detto Emma, e invece giunse Ofelia, come una divinazione.

"Adesso devo proprio andare." Ma non si mosse. "Non so e non voglio sapere nulla di ciò che accadrà domani, ma le sarò sempre grata per esservi preso cura di lei."

"Di lei chi?"

La guardai allontanarsi come a supplicarla di non lasciarmi in quel modo. Dopo un paio di metri si fermò, e senza voltarsi sussurrò:

"Di mia madre".

Tornai alla foto, come tramortito dalla rivelazione: i loro occhi avevano la stessa tristezza di casa disabitata. La fissai. Mi sembrò uno sguardo ammonitore: prenditi cura di lei come avresti fatto con me. *Nessuno possiede mai l'esatta misura dei suoi bisogni né delle sue concezioni o dei suoi dolori, e la parola umana è simile a un tamburo rotto sul quale battiamo musica da far ballare gli orsi quando vorremmo commuovere le stelle.*

Madame Bovary aveva una figlia, Berta, ma non era una brava madre, e la piccola fu anch'essa vittima dei suoi sogni *caduti nel fango come rondini ferite.* Fu l'evanescente Charles a occuparsi di lei quando Emma morì, e quando poco dopo anche lui la seguì nel regno dell'ombra, l'orfana andò a guadagnarsi da vivere in una filanda, la stessa nella quale era stato tessuto il drappo di velluto verde che aveva coperto il feretro materno.

Di cosa fu la vita di Berta, nessuno seppe più dire. Di certo, chi la conobbe avrebbe potuto giurare che fosse identica alla madre come foglia a foglia: il carnato pallido e bianco come lino, gli angoli contratti delle labbra, i capelli neri tesi sulle tempie, i grandi occhi, il naso diritto. Quando andò a trovarla la prima volta al cimitero, aveva la stessa età di Emma quando s'era avvelenata.

26.

Mi aveva detto che il mio destino ce l'avevo scritto nel nome, e forse Ofelia aveva ragione, ma se mi avevano chiamato Astolfo non era stato, come sarebbe ovvio, per i vecchi libri del macero ma per un ignoto commerciante di capelli.

Giungeva dalle marine reggine e si annunciava con voce roca e cavernosa, ma già le donne lo aspettavano da qualche giorno, ogni quattro del mese, puntuale come un'eclissi. Arrivava col carretto carico di secchi, vasche, trogoli, tinozze che barattava con i capelli femminili che restavano impigliati tra i denti del pettine come pesci nei tramagli e che mani docili raccoglievano e stipavano in carte e sacchetti. Capelli d'ogni lunghezza, spessore, colore, parti del proprio corpo cedute in cambio di una vasca in cui lavare i panni o di mastelli ove stipare le carni sfasciate del maiale.

Alcune li profumavano, prima di offrirglieli, altre li pettinavano come quelli delle bambole e li raccoglievano con nastrini colorati, incuranti che poi l'uomo del mare li avrebbe buttati insieme a quelli unti e sudici di Celestina o a quelli pidocchiosi di Fosca. Prendeva tutto, anche quelli di Milèdi, ch'erano in realtà i peli delle ascelle che le crescevano a dismisura. Che poi cosa ci facesse con tutti quei capelli era un gran mistero: la cappelliera delle bambole diceva qualcuno, parrucche per donne malate, li intrecciano insieme alle corde per farle più resistenti, ci fanno suonare i violini, per fare scostumatezze ripeteva Gasperina la sacrestana.

Chissà davvero cosa ci fanno, si domandava la tredicenne Catena Seminara, mia madre, mentre poneva con cura le ciocche della sorella nel sacchettino di carta. Era lei che la madre aveva incaricato dello scambio, e così aspettò l'arrivo del forestiero sui gradini di casa, col sacchetto al suo fianco e in mano il libro consumato che stava leggendo per l'ennesima volta.

Quando l'ambulante arrivò, Catena appoggiò il libro sul gradino e prese il sacchetto e la sua ciocca, a parte, che stava usando come segnalibro, alla maniera di Pietro Bembo con quella bionda di Lucrezia.

"La vasca grande blu," disse porgendoglieli.

Per prenderla, infilata in altre vasche, l'uomo rovesciò un secchio da cui cadde un libro. Era bellissimo, con una copertina di pelle marrone che sembrava appena uscito dalla stamperia, coi caratteri d'oro e un segnalibro di seta rosso che sporgeva dalle pagine.

Il vecchio lo raccolse come si fa con un fazzoletto caduto e lo ributtò in un'altra vasca.

"Quanto volete per quello?"

"Per questo?" disse riprendendolo in mano. "Non so nemmeno come c'è finito, tra queste vasche. Ma se lo volete possiamo metterci d'accordo," disse fissando i capelli lucenti che le cadevano sulle spalle.

Prese un paio di forbici arrugginite e gliele porse. Catena non esitò, impugnò tutte le ciocche più lunghe del collo e le tagliò. L'uomo le afferrò, le annusò socchiudendo gli occhi e, dopo averle infilate nella tasca della giacca, le diede il libro.

Catena entrò in casa, incurante dei rimproveri che lo scempio dei capelli avrebbe provocato, e guardò il volume: Ariosto Ludovico, *Gli episodi più belli dell'*Orlando furioso *scelti, commentati, collegati con l'intero poema e preceduti da un'introduzione.*

Si stese sul letto e cominciò a leggere. Non si staccò più da quelle storie, e così sognò per giorni e settimane Bradamante valorosa e Doralice la bella, fu Angelica in fuga e Isabella che chiede d'esser colpita con la spada, ma sopra tutti amò lui, il paladino figlio d'Ottone re d'Inghilterra, perché è il sogno segreto d'ogni anima errante *andar nel regno della luna a vagheggiare i vani disegni che non han mai loco, ma sovra tutto sapere cos'è ciò che si è perso e che inutilmente ogni giorno si cerca.*

Mio padre invece sapeva cosa stava cercando e tanti anni dopo fu una sera al macero, all'inizio del turno di notte, che mia madre, con una copia ingiallita de *Le affinità elettive* in mano, glielo offrì, dicendogli, mentre il vento sollevava intorno a loro pagine indisciplinate come mulinelli di foglie, che sarebbe diventato padre, il mio, così ti scordi di non essere stato figlio, gli disse stringendoselo e baciandogli i capelli mentre lui piangeva, sarai padre e figlio, disse guardando la luna e sentendosi in gola e nelle vene elementi chimici saldarsi a oltranza.

Assecondando l'ormai consolidata usanza di chiamare eccentricamente e stranamente la figliolanza, mia madre propose il mio nome, se è maschio voglio chiamarlo Astolfo, è come un eroe dei libri, incalzò, e allora Vito pensò che anche Goriot era un nome strano, un nome di libro, come i tanti che infiocchettavano Timpamara, e allora si poteva fare, che Catena per convincerlo gli recitò a memoria il passo della luna.

"Come si chiamava il padre di Astolfo?"

"Non ricordo, ma era un re d'Inghilterra."

E questo bastò.

La settimana cominciò all'insegna di Caramante che venne a cercarmi. Stavo controllando gli operai del Comune che rinforzavano una parte crepata del muro di cinta. Mi vide da lontano e mi fece un cenno perché mi avvicinassi.

"Le ho riportato i libri della biblioteca," disse mostrandomi la busta che aveva in mano.

"Andiamo."

Mi seguì fino al ripostiglio.

"Li appoggi pure lì, in quell'angolo."

Caramante lasciò la busta, sistemò la tracolla del borsone nero che gli stava scivolando dalla spalla e ritornò al mio fianco.

"Penso sia venuto il momento di sapere..." esordii.

"Certo, adesso so che posso fidarmi di lei."

C'erano alcuni sgabelli liberi.

"Anche io credo ai morti," disse mentre appoggiava il borsone a terra. Poi lo aprì e mi fece segno di guardarci dentro.

"Di più, io credo alle loro voci."

C'era una macchina con delle bobine, grande quasi quanto il borsone, che sembrava un registratore o un proiettore.

"Lo so che mi prenderà per pazzo, ma le assicuro che non lo sono. Ha mai sentito parlare di metafonia?"

"No."

"Andiamo intanto, le parlerò strada facendo. Ha un posto particolare dove possiamo andare?"

Gli feci strada verso la tomba di Emma.

"In gergo la chiamiamo 'transcomunicazione strumentale'. In poche parole, consiste, mediante apparecchiature quali radio e registratori, nel catturare voci, parole, frasi di entità disincarnate che provengono dal mondo ultraterreno."

"Mi sta dicendo che davvero..."

"Sì, con questo strumento ascolto e registro le voci dei morti."

Non fui sorpreso, anzi, mi sembrò di aver ascoltato una cosa consueta, una verità sotto gli occhi di tutti.

"Mi spieghi."

"Niente di più semplice. Si fa partire la registrazione e poi si riascolta il nastro facendo attenzione a discernere le voci tra i rumori del mondo. Intendiamoci, ci sono anche altri modi di farlo, molti per esempio usano registrare le basse frequenze della radio, ma io ho cominciato così e rimango fedele al metodo. Lo sa che anche il grande Thomas Edison tentò di progettare una macchina per parlare con l'aldilà?"

Mentre raccontava, Isaia Caramante riavvolgeva bobine, pigiava tasti, accendeva interruttori.

"Sono ormai dieci anni che giro il mondo a raccogliere voci."

"Quindi funziona?"

Sorrise:

"Certo, altrimenti non butterei così il mio tempo!".

Arrivammo alla tomba di Emma.

"Adesso le faccio vedere," mi disse, appoggiando il borsone a terra.

Prese il microfono e lo collegò al registratore.

"Quindi, da quando viene al cimitero, non ha fatto altro che registrare voci?"

"Ventidue ore di registrazione, per essere precisi, ventidue ore e sedici minuti."

"E... voci?"

"Interessanti, molto interessanti."

Avrei voluto sentirle, e mi lesse nel pensiero.

"Gliele farò ascoltare, sentirà lei stesso che non sono fantasie."

Si alzò:

"Posso lasciarlo qui, dietro questo muretto, senza pericolo che succeda qualcosa?".

"Sì, non passa mai nessuno."

"Bene, allora che ne dice di farci un giro mentre il registratore va?"

Cominciammo a camminare, lenti e vagabondi:

"Funziona sempre?".

"No. I morti si portano dietro le abitudini della vita, non parlano in continuazione. Accade che in ore e ore di nastro non ci sia alcuna voce, ma questo fa parte del lavoro."

"È un lavoro per lei?"

"Sì. Non proprio quello di raccogliere le voci, ma quello di registrare. Sono un tecnico del suono e lavoro nel cinema."

"E cosa fa di preciso un tecnico del suono?"

"Tutto ciò che sente in un film, dalla musica al rumore della porta che sbatte. Io in particolare mi occupo di presa diretta, registro quello che accade sul set."

"Viaggia molto..."

"Moltissimo."

"E com'è finito qui? Voglio dire, come mai il cimitero di Timpamara?"

Caramante sorrise:

"Una di quelle stranezze di cui solo la vita è capace. E la riguarda, in parte".

Eravamo arrivati vicino a una panchina di pietra. La gamba mi faceva male:

"Le spiace se ci sediamo?".

Caramante accolse il mio invito, anche perché la panchina era all'ombra e il sole cominciava a picchiare.

"Ero in Belgio, stavamo girando un documentario sul disastro della miniera di Marcinelle e lì, in un ristorante, conobbi un cameriere italiano. Facemmo subito amicizia: i belgi non mi erano simpatici, e chiacchierando con un italiano mi sembrava di respirare aria di casa. Diventammo sodali. Lei capisce che per un collezionista di voci defunte come me, trovarsi in un luogo simile era un'occasione irripetibile, e dopo il lavoro andavo sui luoghi del disastro a registrare. Non può immaginare quante voci catturai in quelle giornate, forse solo Pompei è altrettanto ricca. E un giorno il cameriere italiano mi vide e mi chiese che stavo facendo, glielo spiegai alla luce della nostra confidenza, e come se nulla fosse mi disse che allora dovevo andare al cimitero del suo paese, che lì aveva sentito tante di quelle voci, a orecchio nudo, che col registratore chissà cosa avrei trovato. Il suo era un piccolo paese, mi disse, Timpamara. E quando gli chiesi in che occasione avesse ascoltato quelle voci, rispose che le ascoltava ogni giorno perché aveva fatto il guardiano del camposanto."

Non riuscii a nascondere lo stupore e se n'avvide.

"Già, ecco perché c'entra pure lei, era un suo collega," disse sorridendo.

"E si ricorda il nome?"

"Ricordare? E come si fa a dimenticare un nome così? Eraclito si chiamava, Eraclito come il filosofo."

Quel nome fu come il vento freddo che ferisce la pelle scoperta.

"Lo conosceva?"

"Di vista, sì, solo di vista."

Aveva ragione, Caramante, sugli strani giri della vita. Cercai di ricordare il volto di Eraclito e di proiettarlo su quegli scenari grigi di italiani rifiutati dal mondo.

"Non so perché, ma quelle parole mi restarono impresse. Potevano certo essere le frasi sconclusionate di un visionario, ma in fondo cosa lo differenziava da me? E così può immaginare il mio stupore quando, girando alcune scene di mare, sono venuto a sapere che mi trovavo proprio vicino a quel paese! A Timpamara. Ed eccomi qui, a trascorrere tra queste pietre ogni attimo libero."

Elea passò in quel momento e alzò il braccio in segno di saluto.

"Lui l'ha persa, la voce," gli dissi.

"In che senso?"

Gli raccontai la storia del Resuscitato e di come fosse tornato afono dal regno dell'Oltretomba.

"Magari gliela può ritrovare lei."

"Chi lo sa."

Guardò l'orologio:

"Le spiace se ritorniamo? Adesso avrà compreso perché non le ho raccontato tutto subito. Le poche volte che lo faccio, la gente si mette a ridere o mi prende per pazzo. Dovevo prima conoscerla meglio".

Quando arrivammo, Caramante fermò le bobine, rimise tutto a posto e chiuse il borsone.

"Chissà oggi com'è andata. Se ho trovato qualcosa di interessante le farò sapere. E sentire."

Lo accompagnai al cancello, quindi ci salutammo, e mentre chiudevo la porta del ripostiglio, mentre afferravo la maniglia con la mano destra, pensai che anni prima quello stesso gesto lo aveva compiuto Eraclito Ferruzzano, che avevamo vissuto la stessa vita per mesi, forse per anni, e che lui l'esistenza a un certo punto se l'era scelta nel segno della continuità, che anche Marcinelle era a modo suo un cimitero, che forse alcuni uomini hanno bisogno di vivere vicino ai morti per sentirsi sopravvissuti.

La domanda più strana, quel pomeriggio, me la offrì Mopassàn, l'addetto all'anagrafe. A memoria non era mai venuto in biblioteca. Salì le scale e si rivolse direttamente a me: "Buonasera, sono venuto a ricambiarvi la visita".

Era vestito allo stesso modo in cui me lo ricordavo in ufficio, anzi, sembrava che arrivasse da là e che là sarebbe ritornato, malgrado fosse già chiuso, come se non smettesse mai di lavorare.

"Ho bisogno di un'informazione."

"Se vi posso aiutare..."

"Voi che avete a che fare coi libri, v'è mai capitato di trovare o leggere la storia di qualcuno che aveva predetto una data di morte? Non so, qualcuno che è riuscito a calcolarla, a prevederla, la propria o quella di qualcun altro? Mi riferisco naturalmente a fatti seri, non premonizioni, visioni, magarie o cose del genere. Intendo una previsione scientificamente dimostrata."

Non sapevo cosa rispondere.

"Così, su due piedi, non mi viene in mente niente."

"E non sa dove si potrebbe cercare qualche informazione?"

"Senza un riferimento, un nome, qualcosa da cui partire, non è facile."

"Non è urgente, prendetevi il tempo che volete, se però riusciste a farmi questa ricerca, mi sarebbe d'aiuto. E cercate anche nei libri di matematica."

"Matematica?"

"Be', sì, qualcuno avrà cercato una formula matematica per calcolare la morte..."

Pensai che tutti quei numeri che trascriveva, a Mopassàn, gli avevano dato alla testa.

"Comunque, confido in voi e nella vostra cultura."

Usò proprio quella parola, *cultura*, come a pareggiare il complimento che gli avevo fatto in merito alla sua memoria.

Mi salutò e andò via.

Accettai la sfida e cercai nelle varie enciclopedie e nei

libri di consultazione che potevano riportare notizie del genere.

Avevo bisogno, in attesa di Ofelia, di far scorrere il tempo in maniera indolore.

Ofelia. E se anche il suo nome fosse stato destino?

Per quel nome mormorante, sperai che non fosse così.

Ofelia, figlia di Polonio e sorella di Laerte, creatura d'altro regno, la più infelice e derelitta delle donne.

27.

Al mattino trovai il messo comunale che mi aspettava davanti al camposanto:
"Il sindaco vorrebbe che passaste da lui stamattina".
Va bene ch'era un uomo senza comprensione e votato all'altrui disprezzo, ma convocarmi ancora dopo tre settimane per aver tardato una volta l'apertura del cimitero mi sembrava troppo. Doveva esserci dell'altro, e quest'altro poteva significare solo una cosa. Mi sentii gelare.

Chiusi il ripostiglio, accostai la porta della camera mortuaria, indossai la giacca e m'incamminai, soffermandomi su ogni particolare come si fa negli addii. Se il sindaco mi convocava con questa insistenza era per dirmi che il mio lavoro al cimitero era finito. Avevo completamente rimosso quella possibilità.

Tremavo. Non volevo uscire. Ricordavo a memoria la lettera che disponeva il servizio al cimitero *per il tempo strettamente necessario alla tenuta del registro*. E forse la necessità era finita. Forse il Comune aveva a mia insaputa indetto un concorso e c'era già il vincitore, magari uno di Timpamara, altre mani che avrebbero aperto il cancello, altri occhi che avrebbero guardato Emma.

Sentii un dolore al petto improvviso e continuo.

Ricordai lo sconforto di quando il sindaco mi aveva dato la notizia, ignaro che invece si apriva un capitolo luminoso della vita, la stessa azione che a distanza di mesi assumeva due significati opposti, che gli eventi si confrontano sempre col tempo. E adesso invece stavo male all'idea di dover abbandonare quel posto che mi era diventato caro al pari della biblioteca. Avrei supplicato il sindaco di non togliermi da lì, gli avrei offerto mezzo stipendio, anzi, tutto intero, avrei raddoppiato le ore di lavoro, avrei tenuto aperta la biblioteca anche di notte, qualunque cosa pur di continuare a essere il camposantaro.

Quando mi trovai all'interno del palazzo comunale l'ansia aumentò. La porta del sindaco era chiusa. Bussai.

"Avanti!"

Era seduto sulla poltrona di pelle con dei fogli in mano.

"Malinverno, finalmente! E cosa devo fare per parlare con voi? Accomodatevi, accomodatevi che tanto facciamo presto."

Mi indicò la poltrona di fronte alla sua.

Mi porse il foglio che aveva in mano:

"Ricordate?".

Era la vecchia lettera con la quale mi annunciava l'impiego al cimitero, i miei occhi si fermarono sulla frase che mi girava in testa, *per il tempo strettamente necessario.*

"Come vi trovate al camposanto?"

"Bene, ormai..."

"Ricordate che non volevate andarci?"

"Sì."

"Eppure, tutti quelli che ho interpellato hanno parlato benissimo di voi. Nessuna lamentela, nessuna critica, e Marfarò che sembra addirittura adorarvi. Vi confesso che in verità qualche dubbio lo avevo, per questo vi avevo proposto l'impiego in forma temporanea."

Mi preparai al peggio.

"Il Comune dovrebbe indire a giorni un concorso per guardiano del cimitero."

Era finita, abbassai gli occhi per incassare il colpo.

"Però, alla luce di quello che mi riportano e della vostra soddisfazione... perché voi adesso siete soddisfatto, vero?"

Annuii, ancora non capivo dove voleva andare a parare.

"Alla luce di tutto questo, potremmo per il momento sospendere il bando e allungare il vostro incarico formalizzandolo definitivamente. Che ne dice? Vita natural durante... in un camposanto."

Si lasciò andare a una risata che altre volte mi avrebbe urtato ma che adesso provocava la benevolenza dei doni inattesi.

"Ovviamente mi rendo conto che in questo modo, con la biblioteca di pomeriggio, non avreste nemmeno un'ora di tempo libero, non so, per pagare le bollette o fare la spesa, per questo mi sembrerebbe un giusto premio per la vostra abnegazione concedervi al bisogno qualche ora di permesso al mese, ma senza che ogni volta me lo veniate a chiedere, intendo in maniera elastica... La mattina, una volta che avete aperto, potete andare a sbrigare le vostre faccende. Prendetelo come un piccolo premio per quanto di buono state facendo. Visto che siete d'accordo, in questi giorni farò preparare il nuovo contratto e vi manderò a chiamare per firmarlo. Adesso andate, Malinverno, andate."

Mi trovai sulle scale senza accorgermene, e con una gioia dentro resa più intensa dal recente timore. Cosa sarebbe stata la mia vita se Graziano Melicuccà non si fosse fatto male e non fossi mai diventato custode dei morti? Cosa sarebbe stata la mia vita se non fosse stata illuminata da Emma?

Scoprire che erano madre e figlia non quietò il mio desiderio di sapere, ma non riuscivo a trovare altri indizi, non sapevo a chi rivolgermi, dove cercare.

Fu nel mentre di questi pensieri che comparve Caramante col suo registratore, e allora pensai che in quel disperato bisogno di informazioni, anche la strada più ardua e bizzarra andava tentata.

"Quanto tempo fa ha incontrato il vecchio guardiano del cimitero in Belgio?" gli chiesi.

"Mi faccia pensare... il documentario su Marcinelle... sette anni fa."

"E si ricorda il nome dell'albergo?"

"Certo, era il ristorante in cui dormivamo con la troupe. Ma come mai le interessa?"

"Una strana idea. E saprebbe come contattarlo?"

"Nell'agenda di solito conservo tutto. Mi lasci controllare e domani le saprò dire."

"Mi farebbe un favore."

Caramante sorrise:

"Oggi vado di là," disse indicando la parte ovest del camposanto.

"Ieri è riuscito a registrare qualcosa?"

"Giornata proficua, se poi ha tempo le faccio ascoltare."

Annuii con forza: "Ci vediamo dopo, allora".

Dovevo annaffiare le aiuole vicino al cancello, e avevo appena cominciato quando arrivò Marfarò per riprendersi i paramenti di lusso messi il giorno prima dentro la camera mortuaria. Si stava facendo aiutare da Elea, che mi salutò alzando la testa.

"Non immaginate cosa è successo ieri sera. Ce l'avete presente il cane nero?"

Il becchino non avrebbe mai saputo dire il nome russo senza storpiarlo e così evitava di pronunciarlo.

"Sì."

"Quasi a mezzanotte ero a casa di Brancaleone, che stava spirando. Novant'anni, vorrei ben dire. Ebbene, proprio appena prima che spirasse, quando ancora le campane non avevano suonato il mortorio, proprio allora chi arriva a casa sua?"

"Kachanka!"

"Sì, lui! Ma dovevate vederlo. Si presenta di fronte alla casa del morto, e come se fosse uno di casa entra, sotto gli occhi stupiti dei presenti, e va ad accucciarsi al fianco del letto. Ed è rimasto lì tutto il tempo, perché nessun parente aveva il coraggio di cacciarlo, quando c'è un morto in casa bisogna far entrare chiunque, anche gli animali, che l'anima del defunto può essersi reincarnata in ogni corpo."

Il becchino caricò il motocarro e si dileguò, mentre assieme a Elea andavamo verso la parte ovest del cimitero. Caramante era seduto sul bordo di un'aiuola con la testa appoggiata al tronco d'un faggio, poco distante dal suo registratore.

Quando ci vide si portò il dito sulla bocca, invitandoci al silenzio. Ci avvicinammo attenti a dove mettevamo i piedi. Elea ripeteva ogni mio gesto come allo specchio. Dopo qualche minuto, Caramante spense il registratore.

"E anche per oggi abbiamo fatto!"

Elea guardò prima verso il registratore, poi verso di me.

"Lo sai cosa fa il nostro amico?" gli chiesi.

Il Risorto negò.

"Registra le voci dei morti."

Elea fece un passo indietro, come terrorizzato, e mosse il capo, in segno d'incredulità o forse di paura.

La sua reazione ci sorprese. Perché Elea si era comportato a quel modo posso solo immaginarlo, d'altronde lui non era come noi, lui che aveva vissuto il regno dei morti e quello dei vivi, miracolato alla maniera di Ulisse ed Enea, Orfeo e Scipione, Paolo e Owein, Tundalo e Brandano. Forse non gli era piaciuto ciò che aveva visto o sentito nel breve viaggio.

"Allora, vuole sentire la parte interessante della registrazione di ieri?"

Cambiò le bobine e mi passò le cuffie. Mandò avanti il nastro e mi fece segno di ascoltare.

Suoni e fruscii disturbavano le orecchie: disordinati, insignificanti, fastidievoli. Poi sparvero per lasciare spazio a un silenzio rotto solo da quello che sembrava il soffiare d'un vento e qui, all'improvviso, una voce umana. Mi sentii ghiacciare. Una voce umana ma come lontana, singhiozzante, spezzata. Non capivo cosa diceva, ma che fosse umana non c'erano dubbi. Poi tornò il silenzio, e in crescendo i rumori iniziali. Caramante spense il nastro.

"Allora?"

Ero turbato. Gli restituii le cuffie.

"Non si preoccupi, la prima volta è sempre così, poi si fa l'abitudine."

"Ho sentito qualcosa..."

"Più che qualcosa... Ha sentito la voce di un morto."

"Non ho capito cos'ha detto, ma una voce c'era..."

Caramante sistemava i suoi strumenti soddisfatto.

"Adesso ritorno al lavoro. Ci vediamo domani."

M'incamminai pensieroso verso il ripostiglio: era una voce di sicuro, ma bisognava capire se era davvero quella di un morto oppure, come il pensiero mi consigliava, una voce umana catturata per sbaglio, in distanza, o anche una frequenza radio o qualunque altra cosa potesse avere una spiegazione terrestre.

Pensavo a questo quando vidi Margherita entrare dal cancello.

La osservai fin quando scomparve dietro le lapidi.

L'esperienza mi insegnava che coi giorni il dolore s'affievolisce, non scompare ma cambia forma, i pianti si dileguano, le ferite smettono di sanguinare, tutto rientra a piccoli passi nella normalità del mondo.

Ci sottovalutiamo. Pensiamo di non essere capaci di affrontare certi dolori ma poi, alla prova dei fatti, dai meandri inesplorati del nostro organismo emergono minute molecole di sopportazione che si mischiano alle piastrine del sangue e irrobustiscono il corpo e ci fanno sopravvivere, malgrado ogni tentazione di arrendevolezza, come se Natura sapesse quanti dolori può distribuire, conoscesse la portata d'ognuno e mandasse il dolore giusto, quello che colma le misure senza affondarle, che noi nemmeno sapevamo di essere così resistenti ma Natura sì, Natura sapeva.

Ogni uomo soffre il dolore che può. Dopo mia madre e mio padre, io avevo raggiunto il limite.

Ma quella mattina, osservando Margherita arrancare e divenire ogni giorno più magra, pensai che forse ogni tanto Natura si sbaglia.

Si sedette sulla lapide come sulla riva di un fiume in piena nel quale avrebbe potuto buttarsi, e mi sembrò di dover allungare la mano.

Aspettai che il pianto si calmasse, poi mi avvicinai in silenzio.

"Celebrerò io il vostro matrimonio."

Margherita si voltò di scatto, con gli occhi umidi:
"Cosa avete detto?".
"Celebrerò io il vostro matrimonio!"
Mi prese le mani tra le sue:
"Dite davvero? Dite davvero? Grazie...".
Mi abbracciò e poi si voltò verso la stele e baciò la foto:
"Hai sentito, Fiodoro? Ci sposiamo, staremo insieme per sempre, vita mia, per sempre".
E poi di nuovo verso di me:
"Quando?".
"Decidi tu."
Mi era venuto spontaneo darle del tu, come a una figlia.
"Subito. La prossima domenica."
"Va bene."
"Grazie." Il suo volto s'era un poco rasserenato. "A che ora?"
"A che ora avevate stabilito?"
"Alle diciotto, ma chiude il cimitero..."
"Vuol dire che quella domenica lo faremo chiudere più tardi," la rassicurai.

Margherita accennò un sorriso e io andai via, ancora più convinto di aver fatto la cosa giusta, che forse alcune leggi non vengono scritte perché il bene, alcuni uomini, devono saperselo cercare da soli.

28.

Al loculo 416 era seppellita Nicea Bonapetra.

Nicea era il nome che Ciro di Pers aveva dato alla donna amata, Taddea di Colloredo, alla quale aveva dedicato molti sonetti. Le sue poesie divennero uno dei miei libri favoriti, perché mai come in quei versi avevo avvertito il trionfo della morte onnivora, onnipresente, onniloquente. Ne avevo imparate molte a memoria, e a volte durante il giorno una sfuggente analogia bastava a innescarle, come quando vedevo qualcuno dare corda all'orologio che subito giungeva la prima quartina de *L'orologio da rote*.

Quando scorsi quel nome sulla lapide mi venne voglia di rileggerle, e appoggiai le poesie sul tavolino della camera mortuaria, accanto al registro dei morti, e faceva uno strano effetto vederli vicini, che sembravano la parte teorica e quella pratica dello stesso manuale.

Quando avevo un po' di tempo andavo lì e leggevo, che forse non c'era posto più idoneo a quei versi.

Anche perché sulle pagine del mio amato libro cominciavano ad affiorare piccole macchie gialle, segno che la parabola discendente dell'esistenza cartacea era cominciata inesorabile.

Ci sono tanti modi in cui possono morire, i libri.

Il macero me ne aveva mostrato uno violento fatto di sopraffazione e distruzione. Lì, di fronte a me, se ne palesava un altro, quello silenzioso e lento che aveva guastato i volumi ammuffiti sepolti nel cimitero, e adesso intaccava un libro amato al quale mi ero nutrito per anni. Le chiazze itteriche affiorate sul distico finale del sonetto novantacinque mi fecero male. Avevo sempre immaginato che i libri fossero imperituri come gli oggetti, che un vaso di ceramica o un'ampolla di vetro se non li si sfiora, se non li si urta, sono come pietre, immutabili e mute. Gli oggetti non si distruggono per sé stessi, non rovinano per intrinseci difetti, per innate cedevolezze, fragilità, inconsistenza, o per depotenziamenti nucleici o slegamenti particellari, ma sempre per un agente esterno: un bambino distratto, un colpo di vento, una scossa tellurica. Mi piaceva immaginare i miei libri come gli oggetti, indistruttibili, e invece bastò l'affiorare improvviso d'una macchia giallognola, simile a un fiore di mimosa schiacciato, e che questa portasse con sé altre macchie, che la carta si ammalasse al modo di bambini tisici, e s'innescasse il processo di disfacimento terreno, per comprendere che i libri erano più prossimi agli uomini che agli oggetti.

Quell'evento proiettò sui miei libri un senso di caducità che mi portò ad amarli oltremodo, perché è più facile amare le cose che si sanno effimere.

E proprio perché amavo quel volume gli avrei dato degna morte, e fu la macchia, il corpo di carta a scegliersi egli stesso la fine, indicando quel verso. Ciro di Pers era ossessionato dalla *polve che cadente in regolato metro partiva in ore il giorno e l'anno*, quel pugno di polvere sottratta ai venti e alle onde per essere imprigionata nel vetro a misurare ai miseri viventi il breve cammino della vita. Lasciò quel verso come un testamento, *sarò come tu, polve, s'io moro*.

La fine di Pers sarebbe stata la polvere.

Ebbi un'idea. Non tutta mia, in verità, ma anche della mano d'ignoto che un giorno, tanti anni prima, e chissà per quale inspiegabile motivo, aveva adagiato su una vecchia mensola di castagno d'un vecchio cimitero d'un vecchio paese una vecchia clessidra. Fu vedendo quell'oggetto inconsueto, mentre pensavo a come quel libro sarebbe potuto morire, che mi venne l'i-

197

dea, dinanzi ai vetri opachi di quel che restava d'un orologio da polvere: *io son come tu, vetro, s'io vivo.*

La fine più giusta sarebbe stata prendere le ceneri di Ciro di Pers e metterle lì dentro, ma in assenza del corpo bastava il libro, che stava a esso come l'ostia al Signoriddio, che anche nei libri c'è la carne e il sangue, anche loro bisogna farli sciogliere delicatamente sul palato del cuore, che pure s'assomigliavano, l'ostia e la pagina d'un libro, la stessa sottigliezza, provenienti forse dalla stessa spiga di frumento che diveniva cibo dei fedeli e offerta di parole.

Quella sera, quando oltrepassai il cancello del cimitero, vidi il ramo di cipresso rovesciato. Era la prima volta che accadeva, e subito mi affrettai alla tomba di Emma.

Non c'era nessuno. Mi fermai a guardare la lapide, e allora mi accorsi di un foglio di carta appoggiato lì sopra, fermato con una pietra. Ofelia aveva lasciato un messaggio. Lo aprii sperando di trovare parole simili a poesie d'amore, e forse lo erano:

Sei perita come quasi tutte le cose del mondo, innominata. Ed è un bene, questo.

Non vengono chiamati i fiori e le foglie quando cadono a terra, gli uccelli colpiti a morte dai cacciatori, i ricci e le volpi investiti per strada, non hanno nome i legni che si spengono senza bruciare, i sogni quando svaniscono, i pensieri che sfuggono, le carte strappate, i noccioli scartati dei frutti, i rivoli che seccano.

Sei morta nel giusto anonimato in cui vive la maggior parte dell'umanità più preziosa.

Guardarti la prima volta è stato come tornare a vivere, perché a volte il respiro si ritrova proprio quando lo pensavamo smarrito per sempre.

Ho passato in rassegna centinaia e migliaia di volti prima di trovarti, senza mai perdere la speranza.

T'immaginavo così come t'ho trovata, defilata dalla folla, innominata: ti ho riconosciuta subito e non ho potuto non pian-

gere nel vederti, finalmente, nel trovarti, finalmente, nel sentirti mia, finalmente.
Bella come dicevano.
Bella come il mondo quando le parti si riuniscono e i cerchi si chiudono.

Non erano per me quelle parole. Forse Ofelia voleva farmi sapere qualcosa, aprire il libro della sua storia, oppure nulla di tutto questo, io ero un accidente e non c'entravo in quella corrispondenza impossibile tra madre e figlia.
Rimisi il biglietto al suo posto, sotto la pietra, a celare la mia invadenza. Ero uno spettatore, avevo visto e letto quel foglio solo perché Ofelia non aveva potuto infilarlo dentro l'urna, nella cenere, e fargli così attraversare i confini della vita.

Dopo che ebbi suonato la sirena per annunciare la chiusura del cimitero, arrivò Margherita. Venne diretta da me.
"Scusatemi," disse.
Abbassò la testa, accennando quasi un sorriso, che era una novità nel suo campo ombroso.
"Ero venuta per vedere che luce c'è a quest'ora. È una bella luce, non pensate?"
"Sì, bella," aggiunsi guardandomi intorno, e quelle parole furono come se imbellissero i pioppi, i marmi, il cielo.
"Una luce ideale per sposarsi."
Era un modo di ricordarmi del matrimonio, nel timore che me ne fossi dimenticato. Ma io lo ricordavo benissimo, tant'è che avevo trascorso il pomeriggio in biblioteca collazionando passi della Bibbia e di altri testi liturgici e libri d'ore per preparare una specie di sermone per l'occasione.
"Voi siete l'unico invitato," mi disse porgendomi una busta. L'aprii:
Margherita e Fiodoro annunciano con gioia il loro matrimonio presso e qui la promessa sposa con una penna aveva sbarrato *Chiesa di Sant'Acario* e scritto *Cimitero comunale di Timpamara.*

Mi salutò e corse via.

Quando chiusi il cancello, ritornai a guardare il cielo.

La luce rossastra delle nuvole che nascondevano il tramonto fu la fioraia che vìola la solitudine della chiesa quando ancora la festa è lontana per addobbarla di rose bianche e tulle trasparente.

La sera, letto l'ultimo sonetto, passato e ripassato il libro tra le mani, dopo averlo odorato, annusato, appoggiato al petto, cominciai a distruggerlo.

Strappai la copertina, lo squadernai, e poi fu la volta dei singoli quinterni e poi delle pagine, e poi feci le pagine a brandelli sempre più piccoli fino a farli diventare coriandoli.

Per quanto fossero piccoli, non andavano bene per la clessidra, bisognava polverizzarli. Ci voleva un macinino da caffè, ma dove trovarlo? Pensai a chi potesse avere un marchingegno del genere, gli alimentari per esempio, ma nessuno mi avrebbe fatto macinare della carta.

Così, in attesa che il corpo di Ciro di Pers si polverizzasse, misi le sue parti in un sacchetto sulla scrivania, come alcuni popoli fanno con i cadaveri esposti all'aria per purificarli prima di seppellirli nella terra contaminata.

29.

Decisi di contare i giorni, alla ricerca di una qualche regolarità: in quali giornate della settimana Ofelia veniva, quante ne trascorrevano da una visita all'altra, se arrivava di mattina o di pomeriggio. Una sorta di calendario dell'avvento in cui però il miracolo dell'epifania si ripeteva. A metà mattinata arrivò Marfarò che il pomeriggio ci sarebbe stato un funerale. Teneva alcuni manifesti funebri arrotolati sotto il braccio. Ne prese uno e me lo aprì davanti.

"Voi che siete bibliotecario e di bello scrivere ve n'intendete, leggete qui e ditemi se va tutto bene."

Marfarò, tra le sue altre attività, anni prima s'era improvvisato pure tipografo. La gente a Timpamara non vedeva l'ora di accalcarsi di fronte ai suoi manifesti funebri, non solo per conoscere l'identità del neodefunto ma per vedere quali errori il becchino tipografo avesse commesso. Erano leggenda, le sue sviste, come quando aveva aggiunto *prematuramente* a uno morto novantacinquenne o quando dimenticava di cambiare i nomi dei parenti da un manifesto all'altro o sbagliava gli orari del funerale e la gente arrivava che era bell'e finito. Stampava anche partecipazioni di matrimoni o comunioni, nello stesso giorno, e a volte si ingarbugliava. Era confusionario, voleva fare troppe cose e tutte insieme.

"Sapete come mi chiamano, vero?"

Ne aveva avuti soprannomi nella sua vita, Geremia, alla luce delle sue tante disavventure, da Cinquebare a Mezzosacco, ma adesso per tutti era Grammatica.

Annuii.

"E adesso basta, non voglio che mi ridano più dietro, insomma non vi dispiace se vengo da voi a chiedere consigli?"

"Nient'affatto!"

Lessi il manifesto che Marfarò teneva aperto come un aquilone:

Oggi, di notte, a ora imprecisata è scomparsa all'affetto della comunità la solitaria Addis Abeba Magisano. Ne da il tragico annuncio il Comune di Timpamara. Il funerale comincerà alle 15.30 presso la Chiesa Matrice e si concluderà definitivamente nel locale Cimiterio.

Faceva con i manifesti come per le fotografie, gli piaceva abbellire, e un suo stile, nell'insieme, ce l'aveva.

"Va bene, direi, tranne un accento sul verbo."

Mi ringraziò, tolse i paramenti dal motocarro per metterli nella camera mortuaria e andò via, dandomi appuntamento al pomeriggio.

Come promesso, Caramante venne a trovarmi con il contatto dell'albergo belga. Mi mostrò il biglietto da visita che aveva spillato nella rubrica in fondo all'agenda. Ricopiai su un foglio il numero di telefono.

"Non mi dirà che vuole andare in Belgio!" disse scherzoso.

Non chiese oltre, che era un uomo discreto.

Andò a piazzare il suo registratore, io subito al bar, dove c'erano due cabine a pagamento. Mi rendevo conto che era un tentativo disperato, che tante cose potevano essere occorse in quegli anni, ma se c'era qualcuno che poteva sapere di Emma, che forse l'aveva seppellita, era proprio lui, il vecchio guardiano, e volevo chiederglielo direttamente. Era un periodo della vita in cui facevo cose che non avrei mai pensato. Composi il numero.

"Hôtel Le Bois du Cazier, bonsoir."

Avevo capito solo il saluto finale. La voce graffiata dal fumo era d'un ragazzo.

"Eraclito Ferruzzano, s'il vous plaît."

"Pardon?"

"Monsieur Eraclito Ferruzzano, s'il vous plaît."

Il mio francese elementare era ravvivato delle letture dei poeti d'Oltralpe con testo a fronte.

"Je ne comprend pas, Monsieur. Ne quittez pas."

Sentii il tonfo della cornetta appoggiata con fastidio su un piano, poi silenzio, rumore di passi strascicati, una voce diversa, d'un uomo più anziano:

"Dites-moi, Monsieur, je suis le propriétaire".

"Monsieur Eraclito Ferruzzano, s'il vous plaît."

"Ah, vous cherchez l'italien... Je suis désolé, mais il ne travaille plus ici."

Rimasi in silenzio.

"Monsieur?"

"Savez-vous où est-ce qu'il est allé?"

"Non Monsieur, il est parti sans rien dire."

Altro momento di silenzio e pensieri...

"Monsieur?"

"*Ne cherchez plus mon cœur; les bêtes l'ont mangé.*"

Riattaccai. Rimasi nella cabina, immobile, stupito di avergli recitato quel verso di Baudelaire, così, all'improvviso, ma avevo sentito come un bisogno di farlo: da quando lo avevo letto la prima volta e mi si era piantato nella testa, il verso più bello che avessi mai letto, mi sembrò il momento giusto per farlo, che altrimenti sarebbe stato un peccato portarsi dentro quel verso splendido per una vita e non poterlo mai recitare a nessuno capace di comprenderlo.

Non cercate più il mio cuore.

Eraclito Ferruzzano non poteva darmi le risposte che stavo cercando. Anche lui era stato risucchiato dal vortice del mistero e della dimenticanza che sembrava attirare a sé tutti coloro che ruotavano intorno alla fotografia anonima.

Non cercate più il mio cuore, sembrava un monito di Emma, come se ci fosse un segreto universale da custodire, o forse più semplicemente una sua richiesta, sussurrata a fior di labbra, non cercare più il mio cuore, Astolfo, *le bestie l'hanno mangiato.*

Al cimitero dovevo caricare dei mattoni sulla carriola per recintare un roseto. Percorsi una quarantina di metri. Poi l'arresto. Della ruota sgonfia. Del passo altalenante. Forse del sangue.

Elea era seduto come altre volte con le gambe penzoloni sulla sua buca, ma non era solo. Non potevo crederci. C'era Ofelia al suo fianco, in piedi, a fissare la terra mancante. Era di spalle ma la riconoscevo. Non si guardavano, non si parlavano, eppure sembravano compagni, affini, come se ci fosse una consuetudine, che poi poteva essere: Elea era sempre lì, anche quando mancavo io, che a volte due solitudini hanno più possibilità di comunicare fra loro, e chissà come si erano conosciuti, cosa si erano detti, solo silenzi, sguardi, come due che hanno abitato la stessa patria in fiamme e si ritrovano esuli in terra straniera.

Restai fermo a mirare la loro immobilità: in alcuni momenti sembrava che lei bisbigliasse qualcosa, che Elea concordasse a gesti, e più d'una volta fui tentato di avvicinarmi.

Dopo un po' lei fece per muoversi e io d'istinto mi voltai, lasciando lì la carriola per raggiungere la tomba di Emma, dove forse sarebbe venuta più tardi.

E così fece. Aveva lo sguardo basso, e quando mi vide non fu sorpresa, come se avesse saputo di trovarmi lì.

"Buongiorno Astolfo."

La salutai.

Appoggiò le mani sul cemento e baciò la foto della madre. A lungo. Si fermò al mio fianco.

"Ha letto il foglio?"

Mi sentii in imbarazzo.

"Sì."

"Chissà se anche i morti possono leggere!" E guardò la foto come ad attendersi una risposta che non giunse.

Sapevo le stranezze che provoca il dolore, anche io avevo parlato con mia madre dopo ch'era morta, avevo apparecchiato per lei la tavola qualche volta, avevo lasciato un libro aperto vicino alla finestra socchiusa se avesse voluto leggere, e me ne accorgevo quando lo faceva, che non era il vento a sfogliare le pagine ma le sue mani.

"Ha fatto bene a lasciarla senza nome, a non aggiungere nemmeno la data di morte. Ma la foto... come ha avuto questa foto?"

La domanda mi spiazzò.

"Io non ho fatto niente... non l'ho messa io."

Anche le mie parole parvero coglierla alla sprovvista:

"Non è stato lei a seppellirla?".

"No."

Mi guardò smarrita:

"Pensavo il contrario, vista la cura che ci mette. Ero convinta che fosse stato lei, che avrebbe saputo darmi delle risposte".

"No, Ofelia, quando sono diventato guardiano era già qui."

Mi piaceva pronunciare il suo nome, a voce alta, sillabandolo, come Amleto tra le stanze del castello.

"Quanto tempo è passato?"

"Poco più di due mesi."

Parve riflettere.

"L'abbiamo trovata insieme, allora. Ti abbiamo trovata insieme, madre," aggiunse rivolgendosi alla foto. E poi, di nuovo a me: "Quindi lei non sa niente di tutto questo, chi l'ha messa qui, chi aveva la sua foto...".

"Nulla."

La mia estraneità le fece male:

"Mi sono informato, ho fatto le ricerche che potevo, ma non è stato nemmeno il mio predecessore a seppellirla, c'era prima di lui".

Ogni volta che distoglieva lo sguardo da me, io la fissavo in tutta la sua bellezza. Avrei passato tutto il tempo del mondo a guardarla, e starle vicino provocava beatitudine.

"C'è qualcos'altro, vero?"

"Niente."

"Mi riferisco al motivo per cui ha scelto lei fra tutte."

"Gliel'ho detto..."

"Sì, mi ha detto la solitudine, il nome mancante, ma ne ha tralasciato la bellezza. Le piace, è questo il vero motivo per cui l'ha presa a cuore."

"Sì, è bella..."

"E cosa di questo volto in particolare, gli occhi, la pelle, i capelli, cosa?"

Fissai la foto come se Emma fosse una sconosciuta, cercando di recuperare le sensazioni della prima volta, e come allora la tristezza di quello sguardo prevalse su ogni altro particolare. Lo dissi a Ofelia, che si voltò verso di me:

"Anche i miei occhi sono tristi?".

Me li offrì e io li fissai come un'apparizione, e capii allora l'inadeguatezza delle parole.

"Sì, anche i suoi."

"Le piaccio anche io allora."

"Di più. Lei... è ancora più bella, Ofelia."

Si avvicinò.

"Ha una madre?"

Abbassai lo sguardo. Anche lei era bella e aveva gli occhi tristi.

"È morta."

"Da poco?"

"Avevo dodici anni."

Tornò a fissarmi:

"Possono sembrare pochi, ma dodici anni bastano per avere dei ricordi da portarsi dietro, e a volte anche i ricordi potrebbero bastare".

Pronunciava ogni parola come se le costasse fatica, come se ogni suono fosse tagliato dalla carne.

"Lei non ne ha?"

"Strano, non avere ricordi di chi ci ha messo al mondo."

Fece una pausa e io ne approfittai per guardarla.

"In questi mesi le è mai capitato di seppellire qualcuno senza nome?"

"Mai."

"Com'è possibile allora che lo abbiano fatto con lei? Ci sarà stato qualcuno che l'ha portata qui, in un paese che nemmeno le appartiene."

"Non ha parenti a Timpamara?"

"Nessuno."

Avvicinò la mano verso il vetro:

"E soprattutto questa foto! Se solo potessi sapere chi l'ha messa! Tutto quello che spettava a me, di te, lo hanno avuto gli altri".

In certi momenti parlava come in un monologo, come se io non esistessi.

"Non ho mai avuto una sua foto, non l'avevo mai vista in viso prima di adesso. Che cosa strana, guardare per la prima volta il viso della propria madre su una lapide! Pensavo che non esistessero più al mondo fotografie di te, e invece qualcuno aveva il tuo volto stipato, forse in un cassetto, forse nella tasca di una giacca."

Accarezzò il vetro, la cornice, vi appoggiò la fronte e chiuse gli occhi.

"È una foto presa da un album."

Rimase immobile, poi, come se le mie parole le fossero arrivate in ritardo, si sollevò e mi guardò stranita:

"Un album?".

"Sì. Tempo fa per qualche motivo si stava staccando la cornice, e sistemandola, guardando dietro, c'era un pezzetto di cartoncino nero incollato, come se la fotografia fosse stata strappata da un album."

Ofelia era stupita:

"Un album," ripeté, lo sguardo assente, la mente spedita chissà dove.

Fu la sua ultima parola pronunciata all'universo, quel giorno. L'accompagnai al cancello assecondandone il silenzio.

Non sapevo quando l'avrei rivista, se l'indomani o la settimana successiva, ma di certo avrei accantonato ogni calcolo, che i calendari non servono a niente.

30.

Quella domenica, appena sveglio, il primo pensiero fu per il matrimonio che avrei celebrato.

Se avessi potuto sarei rimasto a letto ancora un po': non avevo dormito bene, mi ero girato e rigirato nel letto sognando strane voci e la foto di Emma che parlava e voleva sposare il signor Caramante e poi i numeri sulle lapidi che si staccavano e si raggruppavano in girotondi.

Ma un custode del cimitero lavora anche di domenica. È vero che non deve fare altro che aprire e chiudere il cancello, ma doversi alzare segna comunque la giornata.

Ancora intontito, dopo aver fatto entrare una vedova recente già in attesa, andai al bar: il mio lusso domenicale, soprattutto in una giornata di sole, era sedermi al tavolino sul marciapiede con un caffè e il giornale.

Era l'unico momento della settimana in cui mi sembrava di vivere come tutti, e mi piaceva perdere quell'ora nella normalità dell'universo. Finita la lettura del quotidiano, mi guardavo intorno, osservavo i gesti, le azioni, gli sguardi dei passanti ed era come se non avessi smesso di leggere le cronache dal mondo.

Quella mattina c'era più affollamento del solito, e quando arrivò la fioraia capii che ci sarebbe stato un matrimonio. Così decisi di approfittarne e rinfrescarmi la memoria. Entrai che la chiesa era già piena, e mi misi dietro una delle prime colonne, nella navata di destra, da dove potevo osservare don

Pallagorio officiare il rito e sentirne le parole, che quella sera sarebbe toccato a me.

Nel primo pomeriggio, dopo aver dato un ultimo sguardo agli appunti per il matrimonio di Margherita e avendovi aggiunto qualche rigo dopo la funzione della mattina, presi in mano il *Cyrano de Bergerac*. Era stato quel libro, giorni prima, a suggerirmi l'aggettivo *sovrumano* dal quale erano partiti i pensieri che mi avevano portato a quella decisione.
Ci sono libri perfetti, apparentemente perfetti, che però a finirli di leggere rimane una sensazione di vuoto: è vero che il protagonista muore, ma lascia lo stesso intorno a sé un senso d'incompletezza, d'insoddisfazione, come se la fine non chiudesse completamente la sua storia. Mancava qualcosa.
Guardai fuori dalla finestra.
Il *Cyrano* era per me ormai legato alla triste vicenda di Margherita e Fiodoro, e così quando la vedevo arrivare al cimitero, con il solito mazzo di fiori, mi sembrava Rossana che, scoperto l'amore proprio nell'attimo in cui le veniva negato per sempre, andava a visitare la tomba dell'amato spadaccino.
Apparentemente il libro di Rostand era perfetto: un amore mascherato, la morte gloriosa dell'amante presunto e quella trionfante dell'amante vero. Ma dopo averne finito la lettura, avevo la sensazione che non tutto fosse concluso: cosa era successo a Rossana dopo aver scoperto che l'uomo che l'aveva fatta innamorare non era il bel Cristiano de Neuvillette ma il brutto e deforme Cyrano?
E così per sedare ogni mia irrequietezza scrissi a matita, sull'ultima pagina del libro, la morte di Rossana, e mentre la scrivevo ripensavo al volto di Margherita.

Curva sul telaio, Rossana guardava dalla finestra le foglie gialle che scendendo mostravano la bellezza del volo, incuranti del destino d'imputredine che le attendeva al suolo, che solo questo ci è concesso, trasformare in volo le cadute.

In un minuto nascevano le cose, in un minuto morivano.

Rossana si portò d'istinto la mano al petto, dove custodiva la lettera ingiallita di sangue e lacrime.

Chiuse gli occhi e sentì l'immensità di un amore mai detto, il dolore di perdere due volte chi si ama.

Sentì l'ombra nera dell'oblio. E come un gran gelo entrò nella stanza e nel suo corpo.

Le anime nobili non sanno che farsene della felicità: vivere aspettando invano è il solo suggello.

Chiuse gli occhi, e non li riaprì più.

Margherita fu puntuale, entrò dopo il secondo rintocco della campana di chiusura del camposanto. Era bellissima, con i capelli raccolti in una treccia e truccata proprio come una sposa. Aveva una busta tra le mani.

"Dove posso cambiarmi?"

Le indicai la camera mortuaria e chiusi il cancello con la catena.

"Queste tenetele voi," disse porgendomi un astuccio dorato.

Scomparve dietro la porta, e io sentii addosso una tristezza infinita, che avevo detto di sì a quel matrimonio ma adesso, di fronte alla solennità della fanciulla, avvertivo tutta la malinconia di quella finzione. Fu un attimo di smarrimento, poi la porta si riaprì e comparve la sposa in nero.

Margherita era splendida: nei giorni precedenti aveva preso l'abito nuziale bianco e lo aveva tinto di un nero imperfetto, irregolare, con i segni degli scolamenti, delle gocce, come un dipinto lasciato sotto la pioggia, ma era una giusta imperfezione, che sembrava essere stato confezionato dal suo dolore, dalle mani tremanti di rabbia, dagli occhi deboli per il troppo pianto.

Sentimmo un tuono vicino, che stonò nell'aria primaverile, e ci raggiunse come il richiamo della campana.

Margherita dapprima non ebbe il coraggio di alzare gli occhi, fissi sulla punta delle scarpe, che forse anche lei, uscendo nella luce del pomeriggio abbigliata a quel modo, sentiva la tristezza della messinscena, forse anche lei pensava cosa sto facendo, che cosa, e allora teneva gli occhi bassi per continuare a vedere nero.

Proprio nell'attimo in cui dubitò, io, Astolfo Malinverno, abbagliato dal suo splendore, riacquistai l'illusione e mi feci forte per entrambi: "Non avevo mai visto una sposa così bella".

Il cielo s'ingrigì all'improvviso, gli echi dei tuoni lontani giungevano come vociare di folla quando il corteo nuziale entra in chiesa.

Margherita sorrise di nascosto, alzò lo sguardo e incrociò il mio: "Dite davvero?".

"Fiodoro vostro è un uomo fortunato, molto."

Lei avrebbe voluto piangere ma non lo fece, sollevò invece l'orlo del vestito, s'avvicinò e allungò il braccio: "Volete farmi il piacere di accompagnarmi?".

Non esitai: come un padre amoroso le porsi il braccio perché vi infilasse il suo e avanzammo, entrambi zoppi, io di piede e lei di cuore.

Cominciò a piovigginare, e quando l'acqua scivolava sul vestito tirava via un po' di colore. Anche il mascara intorno agli occhi iniziò a gocciolare e a solcarle le guance di nero.

Quando vide la lapide e tutti i fiori bianchi che avevo sparso, addobbandola come un altare, con perfino il nastro bianco intorno alla foto del suo amore e le candele accese intorno, il suo cuore si gonfiò di gioia e gratitudine.

Avevo portato anche una sedia, rivestita con un lembo di lenzuolo bianco, e sopra vi avevo posato un piccolo bouquet di biancospino.

"Siediti."

Era l'ora perfetta che il sole cominciava a tramontare, offrendo al mondo, con l'esempio dell'avvicendarsi di luce e buio, il pretesto di attraversare i confini, di mescolare le misure, di sovrapporre gli opposti.

Margherita fissava la lapide; io mi misi al suo fianco, aprii il Vangelo che avevo con me e cominciai a parlare, sperando che l'ispirazione del momento mi venisse in soccorso, mentre gocce d'acqua continuavano a cadere rade e lievi e a rigare il suo vestito:

"Fratelli e sorelle di vita e di morte, siamo qui riuniti nella casa delle anime per celebrare il matrimonio tra Margherita e Fiodoro. L'umano arriva dove arriva l'amore; non ha confini se non quelli che gli diamo. E oggi Margherita ha voluto allargarli oltre il regno del visibile, perché le promesse fatte col cuore vanno mantenute.

"Sono molteplici le forme dell'anima: L'Eterno Iddio formò l'uomo dalla polvere della terra, gli soffiò nelle narici un alito vitale, e l'uomo divenne un'anima vivente, e anche adesso che Fiodoro è ritornato polvere, l'alito vitale continua a soffiare.

"Come scrive Matteo, l'uomo lascerà suo padre e sua madre e si unirà alla sua donna e i due saranno una cosa sola. Così essi non sono più due ma un unico essere. Perciò l'uomo non separi ciò che Dio e l'amore hanno unito. Che sovrumana è la forza dell'amore: quand'anche parlassi le lingue degli uomini e degli angeli, ma non avessi amore, sarei come un bronzo risonante o uno squillante cembalo. E se anche avessi il dono di profezia e intendessi tutti i misteri e tutta la scienza e avessi tutta la fede da trasportare i monti, ma non avessi amore, non sarei nulla. L'amore è paziente, è benigno; l'amore non invidia, non si mette in mostra, non si gonfia, non si comporta in modo indecoroso, non cerca le cose proprie, non si irrita, non sospetta il male; non si rallegra dell'ingiustizia, ma gioisce con la verità, tollera ogni cosa, crede ogni cosa, spera ogni cosa, sopporta ogni cosa. Non conosce confini, l'amore, non conosce la morte.

"Per questo oggi celebriamo il matrimonio di Margherita e Fiodoro, perché le cose impossibili agli uomini sono possibili all'universo. Questo sole e questa pioggia che vivono insieme ci indicano come la morte e la vita siano parti d'una stessa esistenza; benedicano queste anime che diventano una attraverso lo scambio simbolico dell'anello, forma del Sole e della Terra in cui tutti i punti si equivalgono".

Le feci un cenno:

"Margherita, assecondando le ultime volontà di Fiodoro in vita, vuoi unire la tua anima alla sua, giurando di essergli fedele nella vita e nella morte, di onorarlo e ricordarlo fino alla fine dei tempi?".

"Sì, lo voglio."

Le porsi l'astuccio dorato: lei lo aprì, prese la fede, la baciò e la lasciò cadere in una piccola buca che avevo scavato vicino alla lapide. Poi prese il suo anello, che aveva prima appoggiato sul marmo, e lo infilò al dito.

"Non osino separare i limiti dell'uomo ciò che amore ha unito. Margherita e Fiodoro, in virtù del mio ruolo di custode d'anime, vi dichiaro marito e moglie. La sposa può baciare lo sposo."

Margherita, con leggerezza di rondine, si alzò dalla sedia e baciò il marmo chiudendo gli occhi.

Venne verso di me, col vestito irregolare su cui ogni goccia d'acqua aveva lasciato traccia della propria breve esistenza, sorridente, mostrandomi la mano anellata, e mi abbracciò:

"Non potevate fare di meglio... spero che la vita vi renda tutto questo".

Ci voltammo insieme verso la lapide bagnata dalla pioggia, le margherite che si piegavano sotto l'acqua, i nastri che si appesantivano, le fiamme che si spegnevano. Incuranti restammo lì, fermi.

Poi la sposa, con le guance solcate di nero, si voltò.

L'accompagnai verso la camera mortuaria per cambiarsi.

"Prima posso fare una cosa? Aspetta qui," le dissi.

Presi la macchina fotografica che mi ero fatto prestare da Marfarò e le scattai una fotografia.

Lei entrò nel ripostiglio e poco dopo ritornò fuori con la busta del vestito in mano. Non ci fu bisogno di altre parole: il sorriso che mi offrì sul cancello fu sufficiente.

Tornai alla tomba di Fiodoro, sotto una pioggia leggera che non era mai stata così piacevole, e mentre nella carriola riponevo i portafiori bianchi e i nastri e la sedia rivestita, mentre ripensavo che sono infinite le illusioni degli uomini, mi sentii come un bronzo risonante, un piccolo cembalo squillante.

31.

Mi svegliai con una sensazione di leggerezza, diversa da quella malinconica con cui mi ero addormentato la sera prima. Il matrimonio di Margherita, nella sua tragica commistione di amore e disperazione, mi aveva ben disposto non solo perché avevo realizzato il suo desiderio segreto ma soprattutto perché riportavo quell'evento alla mia storia con Ofelia, che se qualcuno poteva sposare l'anima di un defunto, anche io potevo sperare un giorno di farlo con una donna cominciata ad amare attraverso una foto su una lapide e poi materializzatasi davanti a me.

La prima cosa, quella mattina come le mattine precedenti, fu di guardare il ramo di cipresso: lo feci sebbene il cancello fosse chiuso con il lucchetto, come se Ofelia potesse venire di notte.

Ogni volta che mi allontanavo e ritornavo, guardavo verso il ramo.

Gli oggetti usati per il rito di Margherita erano ancora nella carriola, dentro il magazzino. Piegai le stoffe e il tulle, sebbene fossero ancora un po' umidi, e riposi tutto ordinatamente in una scatola che poi ricoprii con un sacco perché non prendessero polvere, che non si sapeva mai, sarebbero potuti servire ancora visto che il regolamento adesso prevedeva i matrimoni tra vivi e morti.

Andai verso la tomba di Fiodoro: il bouquet di biancospino, nel vaso di vetro cinto da un pizzo bianco, era l'unica traccia visibile dell'evento. L'invisibile stava sotterra, in un buco, la fede d'oro col nome della sposa e la data della celebrazione. Mi avvicinai per vedere se fosse stato ben ricoperto. Per sicurezza vi appoggiai sopra la suola della scarpa e premetti forte, più volte, a sospingerlo ancora più in basso, come a farlo arrivare all'anulare del povero sposo.

Tornai al magazzino e mi resi conto, mentre guardavo il ramo di cipresso intatto, che non ero passato dalla tomba di Emma. Non ci avevo nemmeno pensato ed era la prima volta che accadeva, il segnale della definitiva sostituzione. Ci andai lo stesso, soprattutto per sedare i sensi di colpa, ma non imboccai il vialetto con il solito stato d'animo. Guardai e ammirai Emma soprattutto perché era il ritratto della donna incontrata. Mi resi conto che tutto ciò che avevo provato per quella foto era nulla rispetto a quello che sentivo adesso: il tremore dell'attesa, il sentimento della mancanza, il bisogno della vicinanza.

Rimasi lì ancora un po', poi ritornai al ripostiglio.

In biblioteca mi tolsi di tasca la copia del *Cyrano de Bergerac* completa dell'aggiunta mortifera. Mi sedetti alla scrivania e scrissi il breve necrologio che avrei poi dettato al giornale.

Quando finii, mi trovai il pollice e l'indice della mano destra sporchi d'inchiostro.

Mi accadeva spesso, mentre stavo seduto in biblioteca a catalogare il libro o, più frequentemente, a immaginare e scrivere nuovi finali di storie, di ritrovarmi all'improvviso le dita sporche. Anche le penne, quando non ce la fanno più, scoppiano, come una pressione del sangue che arriva alla testa e azzera il cervello. Una fine improvvisa, violenta. Allora buttavo la penna nel cestino, e facendo attenzione a non toccare nulla, andavo subito in bagno a sciacquarmi le dita, anche se consapevole che sarebbe stato un tentativo inutile, che l'inchiostro sulla pelle non si lava completamente, che le macchie rimangono sull'epidermide il tempo necessario a testimoniare la loro esistenza e poi svaniscono nel giro di qualche giorno, come se anche a loro spettasse un ciclo vitale naturale, allo stesso modo degli efemerotteri che vivono solo un'ora e mezzo e passano tutto il tempo cercando di accoppiarsi, o dei gastrotrichi, che vivono l'intera vita in tre soli giorni. Tutte le cose del mondo chiedono di vivere, anche per poco. Anche una fastidiosa macchia d'inchiostro, che ogni volta mi riportava alla mente lo stesso ricordo.

Era l'ora di scienze. La professoressa ci aveva fatto mescolare in un bicchiere acqua e inchiostro. Si parlava di entropia, la tendenza inesorabile dell'universo e di ogni sistema isolato in esso presente a scivolare verso uno stato di disordine crescente. L'esperimento doveva dimostrarlo: se i due liquidi si miscelano, la mescolanza non s'invertirà mai quand'anche si attendesse fino alla fine dell'universo. *Fino alla fine dell'universo*. Quelle parole mi colpirono. Fino alla fine dell'universo. Un evento che non ammetteva ritorno. I miei compagni versarono l'inchiostro nell'acqua mentre io rimanevo così, immobile, con il braccio a mezz'aria. La professoressa mi guardò e mi disse di procedere. Usò proprio questo verbo, *procedere*. Dovevamo farlo guardando da vicino per osservare con attenzione il movimento dei fluidi, le spirali, il modo in cui si mescolavano. La professoressa si avvicinò a me e non potei più indugiare. Mi abbassai per vedere meglio e cominciai, con la mano tremante, a versare l'inchiostro. Prima qualche goccia, poi il resto. Non avevo mai visto nulla di così straordinario. Filamenti di liquido nero scendevano lentamente verso il fondo disegnando al passaggio forme meravigliose, nuvole, spirali, tentacoli di meduse, e poi, quando il nero toccava il fondo del bicchiere, ecco che si spandeva tutto intorno per poi risalire e tingere per sempre l'acqua di grigio. Ebbi la tentazione di mettere le mani dentro e fermare quello che mi pareva uno spettacolo di morte, mentre la professoressa sembrava ignara di stare irrimediabilmente cambiando un aspetto del mondo, cambiava appunto il mondo, che esso non sarebbe stato più come prima, nemmeno se avessimo atteso fino alla fine dell'universo.

Poi a volte l'inchiostro faceva da solo, schiattava le penne e contaminava le dita invece dell'acqua, ma qui perdeva, perché dopo pochi giorni la pelle ritornava come prima e il nero di china era volatilizzato, sparito. Non c'era bisogno di attendere la fine dell'universo. Nessun ordine era stato infranto se non per poche manciate di ore.

Ancora oggi non capisco, quando osservo i feretri scendere nella fossa, essere ricoperti e poi inghiottiti dalla terra, e ricoperti dal marmo, e poi ancora dall'erba che vi cresce intorno, e dai fiori, e dagli insetti che vi volano sopra, quando tutto cioè nel mondo sembra ritornato come prima e ci si dimentica di quello che è rimasto sottoterra, ancora oggi non capisco se il ciclo di nascita e morte sia la rottura dell'ordine o la sua conservazione. Perché è vero che nulla si crea e nulla si distrugge, ma è altrettanto vero che nulla ritorna più come prima.

Nella sala di lettura e tra gli scaffali non c'era nessuno e ne approfittai. Misi sulla porta il cartello TORNO SUBITO e andai e dettare per telefono al giornale il piccolo necrologio che avevo appena scritto:

Ieri, nel convento delle Dame della Croce, è morta di nostalgia Rossana, che perse due volte l'uomo che amava.
Ne dà il triste annuncio Ercole Saviniano, colui che in vita sua fu tutto e non fu niente.
I funerali si svolgeranno dopodomani, alle 15.00, nella chiesa di Sant'Acario in Timpamara.
Non fiori ma foglie ingiallite.

Appena uscito dal bar, incrociai Mopassàn, l'addetto all'anagrafe.

Dal giorno della sua inconsueta richiesta, cercando con attenzione, di rimandi in rimandi, avevo trovato un po' di materiale e un nome, un nome che gli sarebbe piaciuto.

"Se passate in biblioteca ho qualcosa per voi."

Gli occhi gli si illuminarono e immediatamente mi seguì.

"Ci è mai riuscito qualcuno?" mi chiese non appena fummo arrivati.

"A fare cosa?"

"A capire come calcolare la data della morte."

Aspettai di essermi seduto dietro la scrivania, Mopassàn sulla sedia di fronte:

"Ci hanno provato in molti, con metodi diversi. Qualcuno ha fatto ricorso alla chiromanzia. Andava per i campi di battaglia e controllava le linee sulla mano sinistra dei soldati morti per vedere se corrispondessero all'età. Qualcuno ci ha provato anche con le stelle e gli allineamenti dei pianeti. Ma quasi tutti hanno fatto ricorso alla numerologia. Calcoli su calcoli, la più grande ricerca fatta dall'uomo insieme a quella della pietra filosofale".

"E non c'è riuscito nessuno?"

"Nessuno... eccetto uno."

"Uno, dunque, in tutta la storia dell'umanità, ce l'ha fatta."

"Abraham de Moivre, un matematico appunto, e non uno qualunque."

"Di che epoca parliamo?"

"Tra il Sei e il Settecento. Avete mai sentito parlare della formula di de Moivre?"

"Mai."

"Permette di esprimere la potenza di un numero complesso nella sua forma trigonometrica."

Glielo dissi come se il concetto mi fosse chiaro, in realtà nemmeno io avevo capito molto, se non che era una formula importante.

"Ma il calcolo più prodigioso lo fece su sé stesso. Il numero più complesso che l'uomo potrà mai calcolare. La data della propria morte."

"Ci riuscì davvero?"

La voce di Mopassàn era eccitata.

"Negli ultimi anni della sua vita cominciò a soffrire di letargia, e lui visse quell'improvviso torpore che limitava la sua attività come un segno di avvicinamento alla fine. E allora decise che prima di morire voleva dare dimostrazione al mondo delle proprie capacità. Sognò una formula matematica. Tutti i matematici prima o poi si sognano una formula magica, ma Abraham de Moivre non la dimenticò come gli altri. La differenza non la fece l'ingegno ma la memoria. Il suo corpo si trasformò in un'equazione che bisognava risolvere. Aveva notato che ogni giorno il tempo di dormienza aumentava. Trenta secondi al giorno. In maniera regolare, come un orologio. Suppose che quando il sonno avesse raggiunto le ventiquattro ore, lui sarebbe morto. Fece calcoli su calcoli, e il risultato fu che sarebbe morto il 27 novembre 1754. Il giorno prima bruciò i fogli preziosissimi con la formula segreta. Morì proprio il 27, di sera."

"Lo sapevo io," disse Mopassàn trionfante, sbattendo il pugno sulla scrivania. "Se solo avessi una mente ingegnosa e avessi studiato, l'avrei trovata io quella formula!"

Rimase in silenzio, scorrendo la vita altra che per un attimo del suo pallido passato era stata a portata di mano e che aveva mancato per una fuggevole distrazione.

"Posso chiedervi come mai v'interessate a queste cose?"

Mopassàn abbassò gli occhi come a trovare una ragione anche per sé.

"È che scrivendo le date di morte mi sono accorto di strane ricorrenze di numeri. Certo, può trattarsi di pura casualità, e anche io le prime volte le ho archiviate come insignificanti corrispondenze, ma poi si ripetevano, troppo, al punto di pensare che ci fosse una legge, immensa certo, imponderabile certo, incalcolabile di sicuro agli uomini, ma una legge che ogni tanto si mostrava, lasciava tracce della sua azione, niente più che orme, labili, ma visibili quanto bastava a testimoniarla. Così nel tempo libero mi sono messo a curiosare nei vecchi faldoni, e dappertutto trovavo orme e orme e orme. E allora tutte queste ricorrenze numeriche ho cominciato a trascriverle, e le ho raggruppate in piccoli insiemi, e secondo me se ci fosse un matematico bravo, un genio, potrebbe di sicuro farci una legge, un teorema della morte. Si è sciocchi quando si è giovani a non seguire i consigli paterni, che se avessi studiato matematica còme la buonanima di mio padre insisteva..."

Mopassàn era turbato alla maniera di un bambino che sa il mobile dove si nascondono le caramelle ma non ne trova la chiave.

"Come avete detto che si chiama?"

"Ecco, ho scritto tutto su questo foglio," gli risposi porgendoglielo.

L'addetto all'anagrafe lo osservò con particolare attenzione.

"C'è qualcosa che non va?"

"No... è che stavo osservando i numeri delle date di nascita e di morte, ormai li noto sempre, 26.5.1667, 27.11.1754, per vedere se ci sono delle corrispondenze... così, a prima vista, niente di significativo, ma con un po' più di attenzione... Adesso è meglio che vada," disse continuando a guardare il foglio, "grazie di tutto, ovviamente se vi capita di trovare altro avrete la cortesia di informarmi."

32.

La mattina dopo, quando ebbi finito di svuotare i bidoni, mi presi un po' di tempo per andare da Desdemona Lattarico a comprare il pane.

C'era un rumore metallico che il forno sembrava un'officina meccanica. Era un suono che sentivo spesso quando andavo lì dentro, ma per la prima volta ci feci davvero caso; mi affacciai oltre la tendina e vidi la fornaia davanti a un macinino elettrico preparare il pangrattato.

Mi vennero in mente i coriandoli delle poesie di Ciro di Pers: non solo la macchinetta era perfetta, ma anche la donna, perché se chiunque sarebbe arretrato di fronte alla mia richiesta, Desdemona no, che per soldi si sarebbe infilata e chiusa in uno dei suoi sacchi di farina.

Quando giunse al bancone, con le briciole di pane che le inghirlandavano i capelli, glielo chiesi:

"Quanto volete per farmi usare il vostro macinino due minuti?".

"Due minuti... vediamo..." disse la vecchia pensando, e sparò una cifra equivalente a due chili di pane.

"Allora passo tra mezz'ora."

Quando fui di ritorno con i coriandoli persiani e ci avvicinammo al vecchio utensile, Desdemona vide il contenuto della busta ed ebbe una reazione di rifiuto.

"E volete macinare quei fogli? Io pensavo a qualcosa da mangiare!"

Non mi feci cogliere impreparato:

"Vi do il doppio di quanto abbiamo stabilito".

Desdemona si calmò, che di stranezze ne aveva viste tante in decenni d'attività, allora prese il boccale, lo capovolse e con la mano diede dei colpetti a far cadere le briciole, ma non tutte, che qualcuna resisteva imperterrita.

"È un problema se resta qualche mollica?"

"No, nessuno."

"E allora fate," disse riposizionando il boccale.

Mentre rovesciavo i brandelli del libro e li vedevo adagiarsi al fianco delle briciole, mi tornò in mente il pensiero di qualche giorno prima, quando avevo accostato la pagina all'ostia benedetta, entrambi surrogati del corpo, figli della stessa spiga di grano, e adesso, all'idea che molecole di pangrattato si sarebbero per sempre unite alle ceneri della carta per divenire tutt'uno, insieme il cibo del corpo e il cibo dell'anima, mi sembrò una combinazione perfetta, un nuovo elemento da aggiungere alla tavola periodica, il 119, dopo l'Oganesson (Og). Su mia indicazione Desdemona, che non aveva smesso un attimo di guardarmi storto, appoggiò il coperchio e azionò il macinino.

Dopo un po' fermò il motore:

"Vedete se va bene," disse alzando il coperchio.

Misi la mano in quel miscuglio bianco e annuii.

"Tenete aperta la busta," aggiunse la fornaia, poi prese il boccale e lo versò, anche qui dando due colpi per far cadere il tutto.

Ma non fu il tutto, che qualche grumo di impasto cartaceo rimase attaccato lungo i bordi. Lei non parve interessarsene, afferrò il grembiule e diede una ripulita superficiale, e quando rimise il boccale a posto, ancora qualcosa era rimasto. Desdemona, incurante, infilò tozzi di pane duro pronti per essere macinati. Ma prima ripose nella cassa le banconote che le porsi.

Ringraziai e uscii. Il macinino riprese a strepitare. Non solo nella mia busta il pane s'era mischiato alla carta, ma anche in quel pane che la donna stava macinando c'erano schegge delle poesie di Pers, quel pane che sarebbe stato insacchettato e venduto all'ignaro cartofago che quella sera, sulla spaghettata aglio e olio, lo avrebbe sparso tostato a cottura ultimata, e si sarebbe seduto a tavola non sapendo che il suo corpo cannibale avrebbe ingerito l'anima di un poeta friulano che cantò l'amore che passa e il tempo che si consuma. La banconota di resto che misi in tasca era infarinata. Tutto ciò che stava in quel forno era infarinato, come ogni angolo del corpo di Desdemona. Come nel mulino di Altomonte, dalle cui finestre usciva sempre un bianco e sottile polverume. Sempre sporchi di farina, e non solo loro, che anche noi bibliotecari, e così pure i librai, ci imbrattiamo, ma invece di farina, sulla pelle e sui vestiti, portiamo parole, lettere, frasi, immagini, che al contrario non vanno via con uno scrollio delle mani o una doccia, ma s'infilano nelle fibre e nelle carni e nelle vene per arrivare dritti al cuore, a tramortirlo, consolarlo, rinvigorirlo.

Ogni tanto qualcuno arrivava in biblioteca chiedendo se poteva fare una donazione, formula che di solito significava sbarazzarsi di enciclopedie inutilizzate o di vecchi libri di scuola che però io non prendevo; se invece erano romanzi, anche se vecchi e illeggibili, li accettavo e li ammucchiavo dentro un mobiletto al piano terra.

Da quando però avevo inaugurato il cimitero dei libri, il loro destino era differente, così quando il giorno prima Mosè Mongrassano mi portò una busta di vecchi e ingialliti e ammuffiti romanzi di Guido da Verona, non ebbi dubbi sulla loro destinazione.

Quella mattina, dopo la visita da Desdemona, li portai con me al camposanto, e seguendo l'ordine già stabilito la prima volta, scavai in sequenza una buca un po' più grande delle altre e vi misi tutti assieme i nove romanzi, per ultimo *Mimì Bluette fiore del mio giardino*. Infilai la solita croce e la targhetta, *Guido da Verona, Romanzi*, e andai.

Stavo chiudendo la porta del recinto quando sentii qualcuno alle mie spalle.

"Cosa nasconde lì dentro?"

La voce di Ofelia sembrava far parte della natura, al pari del vento o del ronzio degli insetti.

Fosse stato chiunque altro avrei chiuso inventandomi una scusa, ma con lei non potevo. E così spalancai il cancelletto e le feci segno di entrare.

Lei guardò i solchi perpendicolari, i segnapianta, la vanga appoggiata al muro esterno della cappella.

"Un orto nel cimitero," disse sorpresa.

"Non proprio. Venga a vedere."

Mi seguì, camminando rasente la rete, e ci avvicinammo all'angolo piantato.

"È un orto particolare," le dissi indicando i mucchietti di terra.

Ofelia si abbassò, lesse le etichette e poi mi guardò dubbiosa:

"Non capisco...".

"Questo è il mio cimitero dei libri," le dissi, e le raccontai.

"Siete un uomo pieno di sorprese," disse lei alla fine.

C'era, dall'altra parte dei solchi, un angolo di prato verde. L'ombra della quercia, la luce rarefatta, la rete che tagliava il mondo di fuori sembravano costruire un piccolo giardino delle delizie.

Ofelia si allungò sul prato verde. Allargò le braccia e chiuse gli occhi. Poi mi fece un segno della mano che io interpretai come un invito, e così mi stesi al suo fianco, a fatica. Guardai in alto, i raggi del sole che attraversavano il fogliame dell'albero.

"Vi ho visto seppellire anche un cane."

Ripensai a quel giorno, e rividi la scena come se fosse un altro a vederci, da lontano. Chissà da dove ci aveva osservati, senza farsi scorgere.

"Animali, libri, uomini..."

Parlavamo a bassa voce, senza guardarci, ma vicini come due rami che partono dallo stesso tronco:

"Mi piace far finire le cose nel modo giusto. Ognuno dovrebbe poter scegliere il modo in cui morire".

Prendeva sempre tempo prima di rispondere o parlare,

come se i suoni del mondo dovessero attraversare nebulose di pensieri e immaginificazioni prima di giungere a lei.

"Qualche volta dovremmo anche poter scegliere il modo in cui vivere," disse. "Io non ho scelto niente di quello che sono."

Ci sono voci fatte per essere abbracciate, e avrei voluto dirglielo. Sentivo la sua mano vicino alla mia, e allora, continuando a guardare in alto, mossi la mia impercettibilmente, quanto bastò per sfiorarla e poi ritrarla, come se fosse accaduto per caso.

"Forse nessuno sceglie davvero di essere quello che è. Forse le nostre vite sono solo un maldestro tentativo di adattamento."

"C'è un album, a casa di mia zia. Sotto il tavolino a vetro del soggiorno. L'album di famiglia, con la copertina di pelle verde: ogni pagina, un ritratto. Eccetto una. Un cartoncino nero, protetto da una velina, con al centro un buco. Una foto strappata in corrispondenza della pagina in cui avrebbe dovuto esserci il suo ritratto. È nero il cartoncino dietro la foto, vero?"

"Sì," sussurrai.

"Ha preso tutte le sue foto prima di sparire. Ha perfino ritagliato le foto di gruppo in cui compariva. Non voleva che restasse nulla in casa di lei, come non fosse mai esistita. Se desideravo conoscere il suo viso, non mi restava che contemplare la carta strappata, e immaginarmelo. Quel buco divenne la mia ossessione. Cercare in tutti i modi di riempirlo."

"Lo sta facendo anche adesso."

"Glielo chiesi a mia zia, perché non ci fossero fotografie, perché in nessun modo potessi vederla, e allora un giorno mi prese per mano, mi portò in bagno, mi pettinò, mi mise di fronte allo specchio dicendomi di stare ferma e fissarmi, stai immobile e guardati: ecco tua madre, il tuo volto è il suo volto. Siete identiche, lo sei sempre stata. Prese a ripetermelo in continuazione, ogni compleanno, ogni onomastico, ogni sacrosanta festa, io crescevo e la zia sempre a ricordarmi che ero identica a lei. Quando volevo guardarla, andavo allo specchio e mi guardavo, dopo aver raccolto i capelli, perché una volta mia zia aveva detto che mia madre teneva sempre i capelli raccolti. E così da allora feci: quando li lasciavo sciolti ero io, quando li raccoglievo ero lei."

Era bello sentirla parlare. Di tanto in tanto mi voltavo a guardarla: fissava sempre sopra di sé, verso i rami, come se i ricordi fossero frutti appesi da contare.

"Tu volevi bene a tua madre?"

Fu così, in maniera naturale, con quella domanda confidenziale, che per la prima volta Ofelia mi diede del tu.

"Un bene ineguagliato."

"Cosa ti manca di più?"

Pensai alle sue letture, al modo in cui mi abbracciava a letto, ai baci che mi svegliavano ogni mattina, eppure la mia risposta fu inattesa anche per me:

"Appoggiarmi sul suo petto e sentire il suo cuore".

C'erano lunghe pause tra le nostre parole, che però non erano silenzi ma rimuginamenti e pensieri e riflessioni sulle frasi appena pronunciate.

"Io non ho nessun ricordo. Eppure è strano, è come se l'avessi avuta sempre al mio fianco, come mi guardasse, come se ci fosse stata quando le mostravo i miei compiti, i miei giochi. Pensi che sia strano avere nostalgia di qualcosa o qualcuno che non si è mai conosciuto?"

Io vivevo tra i fantasmi. Avrei voluto dirglielo. Il mio presente era fatto di vite che erano state, di vite che erano scritte, ma la mia bocca pronunciò altro:

"Noi siamo più di quello che ricordiamo".

Spesso le cose importanti che ci sono accadute non sono quei ricordi ma il filo sottile che li lega, ciò che avevamo solo intravisto, la carta velina tra una pagina e l'altra che non serve solo a proteggere le foto, dividendole, ma a mascherarle, a farne ogni volta scoperta.

"Che bel posto! Viene voglia di non andare più via."

"E tu non andare, resta qui... per tutto il tempo che puoi."

Fu strano sentirmi darle del tu, ma tutto divenne più semplice.

"Per sempre?"

"Non osavo dirlo, ma sì, per sempre..."

"Mi terresti con te per tutto il tempo?"

Ci voltammo insieme e ci guardammo:

"Tutto il tempo che ci sarà concesso".

Lei chiuse gli occhi:

"Saresti pronto a giurarlo?".

Non potevo credere che me lo stesse chiedendo, e il primo pensiero, ad averla così bella davanti a me, fu come fosse possibile, come poteva una creatura così chiedere un giuramento a un uomo brutto e zoppo come me, e mi accorsi in quel momento che lei non mi vedeva come mi vedevano gli altri, come mi ero sempre visto io.

"Te lo giuro su quello che vuoi."

"Voglio dire solennemente..."

"Su quello che vuoi."

Lei ritornò a guardarmi.

"Tua madre è sepolta qui?"

"Sì, abbiamo una cappella di famiglia."

"Mi porti?"

Avrebbe potuto chiedermi qualunque cosa. Ci alzammo, mi offrì la mano per aiutarmi e ci incamminammo.

C'era freddo lì dentro, rispetto al calore di prima. Entrammo, prima io e poi lei, che non era abbastanza largo.

"Eccola," le dissi mostrandole la foto sul marmo.

La guardò da vicino.

"Vi assomigliate anche voi."

Poi gli indicai gli altri, mio padre, mio zio, mia nonna. Lasciai stare Notturno, e lei, forse per discrezione, forse per disattenzione, non chiese.

"Me lo giureresti adesso, su tua madre?" insistette con un'intensità che mi sorprese. "Appoggia la mano sulla sua foto e dillo."

Stesi il braccio.

"Giura che mi terrai qui con te per sempre, e che ti prenderai cura di me e che il nostro legame non lo scioglierà nulla, mai nulla!"

Per un momento quella formula mi spaventò, quelle parole così estreme rispetto al poco tempo che avevamo passato insieme soffiarono dubbiosi timori, ma fu appunto un momento, perché mi stava donando la sua vita e questa era l'unica cosa che davvero volessi:

"Lo giuro".

Ofelia sospirò profondamente.

"Posso abbracciarti?"

Lesse il mio desiderio negli occhi e così fece un passo e mi abbracciò, forte, e le nostre guance si sfiorarono e io sentii il profumo dei suoi capelli, e non sapevo come abbracciarla, dove mettere le braccia, se sopra o sotto le sue, quali centimetri della sua schiena sfiorare.

"Non avrei mai sperato di trovarti," mi disse indietreggiando.

Si guardò intorno, scorse i volti delle lapidi.

"È consolatorio pensare di farsi compagnia per sempre."

Uscimmo.

"Ci vediamo domani," disse dirigendosi verso il cancello.

Io la seguii con gli occhi.

Se dovessi dire il momento in cui realizzai di essermi innamorato di Ofelia, l'attimo preciso della consapevolezza, fu proprio allora, quando la vidi scomparire dietro il muro di cinta.

Quando il resto del mondo smarrì ogni significato.

33.

Andai nella camera mortuaria. Avevo appoggiato sul tavolino il sacchetto con il libro sminuzzato di Ciro di Pers. Dalla
mensola dell'ordine presi la clessidra. Era impolverata. Polvere dentro e polvere fuori. Due modi diversi di misurare la vita.
Mi sedetti per studiarla e interpretai come un segno di conferma universale il fatto che quello strumento fosse costruito con
un sistema tale per cui il legno della parte inferiore poteva essere aperto. Rovesciai la polvere bianca in una lattina vuota di
pelati. Dentro travasai la carta macinata fin quando raggiunse
la metà del bulbo inferiore. Richiusi la clessidra e la capovolsi,
osservando lo sfarinato sconfinare attraverso il collo, ma non
omogeneamente come la polvere: s'intravedevano impercettibili ispessimenti del pulviscolo che passando dal punto più
stretto rallentavano lo scorrimento. E però la cosa non mi di-
spiacque, che la farina di carta, variabile e discontinua, era affine al tempo umano di salti e scordanze, esitazioni, cedimenti,
cadute e sospensioni. Guardai le lancette del mio orologio.
Guardai la carta nella clessidra. Da una parte il grande metro-
nomo che modellava la Storia e scorreva a prescindere dalle
volontà, dall'altra il piccolo strumento che serviva a misurare
le azioni umane, lo studio, la lettura, la durata d'un bacio.
Il sepolcro di Ciro era pronto e lì sarebbe rimasto, sul tavolino, accanto al registro dei morti, a mia disposizione ogni
qual volta avessi voluto rovesciare le misure e decidere io, ca-
povolgendo un oggetto, quando il tempo iniziava, quando il

tempo finiva, o magari, appoggiando la clessidra in orizzontale, quando il tempo si fermava. Che poi pazienza se rovesciandola qualcosa andava perduto, le cose degli uomini sono fatte per perdersi.

Guardai l'orologio. Erano le undici e trentasei. Osservai dalla finestra le lapidi di fronte, soffermandomi sulle date di nascita e di morte: solo il grande tempo dell'esistenza e nessuna traccia degli attimi che la compongono. Chissà perché non si mette mai l'ora della morte. E invece bisognerebbe raccoglierle, le ore fatali della nostra vita, appuntare l'ora precisa degli attimi in cui diventiamo qualcuno o qualcosa, comprare tanti orologi su cui segnare con le lancette quelle ore e appenderli tutti in fila su una parete e trovarsi così un compendio temporale della propria esistenza.

Alle dodici e tre uscii dal cancello.

Alla sera, ritornai al camposanto mezz'ora prima della chiusura perché gli operai mi avevano chiesto di stipare i loro attrezzi nel ripostiglio.

Marfarò era con loro:

"Non potete immaginare cosa mi è successo ieri... eppure pensavo di averle viste tutte. Si è presentato da me Fintore Bovalino e mi ha chiesto di vedere le bare. Gli ho chiesto chi gli fosse morto, che non avevo saputo nulla, e lui mi ha risposto con tranquillità è per me. Dopodomani morirò. Così me lo ha detto, così, dopodomani morirò, con una tranquillità come se stesse facendo la spesa. Si è accorto del mio sguardo stranito e allora mi ha raccontato che purtroppo gli si era strappato il pelo del braccio e dunque la sua sorte era segnata".

Non c'era bisogno che aggiungesse altro, perché tutti a Timpamara conoscevano la sua bizzarra storia.

Tredici centimetri. Tanto era il pelo della vita che spuntava dal braccio di Fintore Bovalino. Un pelo bianco che non aveva mai permesso a nessuno di toccare, nemmeno a mano femminile nei momenti di più estrema passione. Guai a sfiorarlo perché, diceva, se me lo staccate crepo. Tutti lo prendevano in giro per quella fissazione, e quando gli chiedevano il perché di quel convincimento, Fintore raccontava il fatterello che da ragazzo in tre diverse occasioni aveva provato a tirare il pelo, e tutte le volte aveva sentito una fitta al cuore, come se la filiforme appendice che teneva tra le dita fosse la prosecuzione di qualche ventricolo. E tutti a ridere, dalla testa ti arriva quel pelo, che tu un gomitolo di peli hai al posto del cervello!

Come evocato dalle parole di Marfarò, vidi arrivare Fintore Bovalino, che venne diretto a me:

"Buongiorno Malinverno, avrei un favore da chiedervi".

"Prego."

"Ecco, immagino che Marfarò vi abbia accennato... Domani morirò, e allora volevo informarmi sulla mia tomba... So che ormai non faccio in tempo a comprarmi uno spazio mio, così mi hanno detto al Comune, allora volevo vedere dove mi metterete a passare l'eternità."

Aveva ragione il becchino, che non si finiva mai di stupirsi degli uomini.

"Non ho capito bene..."

"Quando morirò, dove mi seppellirete? Mi fate vedere?"

La tranquillità di Fintore era tale da azzerare ogni contraddittorio. E così, insieme a Marfarò, andammo verso lo spazio destinato alle nuove tumulazioni. Incrociammo Elea che usciva da una fila di tombe:

"Caro Elea, come si sta da quella parte dell'esistenza?" gli chiese Bovalino, ma il Resuscitato non colse, e allargò appena le braccia.

"Me ne sono accorto ieri pomeriggio," disse Fintore lungo il percorso. "Stavo bevendo un caffè al bar quando, guardando il braccio, mi sono accorto con terrore che il pelo non c'era più. Potete immaginare come mi sono sentito? L'appendice silenziosa della mia vita era sparita! Ho cominciato a sudare freddo. Ho riguardato il braccio e poi cercato dappertutto, sul bancone, a terra, ho ripensato a dov'ero stato, cosa avevo fatto, chi mi aveva avvicinato, forse era stato lui stesso medesimo, il pelo, a staccarsi naturalmente, un quasi

231

suicidio, e allora ho ripercorso tutti i luoghi in cui ero stato sperando si trattasse di recentissima depilazione e a ogni passo scrutavo fissamente a terra e intorno che se mai avessi avuto la fortuna dell'ago nel pagliaio lo avrei incollato, in un modo o nell'altro lo incollo, pensavo, dovessi aprirmi il braccio. Ma non ho trovato niente. Un'ora di agitazione, di sudori sulla fronte e battiti accelerati e mani calde, e poi, ritornato al bar, non saprei come spiegarvi, ma ho sentito una calma improvvisa, rassegnata.

"Ho pochissimo tempo per fare tutte le cose che devo fare. Appena finisco con voi devo passare dal notaio per il testamento. Ho da salutare per l'ultima volta un po' di amici e parenti, e poi stasera l'ultima cena."

Io e Marfarò ci guardavamo senza dire niente.

"Ci ho pensato subito ieri, quando ho capito che sarei morto, ho pensato cosa farò il mio ultimo giorno di vita? E all'inizio ho immaginato le cose più strane, che avrei fatto follie... Invece stamattina mi sono reso conto di come la normalità che ha regolato la mia esistenza fosse il modo giusto per concludere. Voi ci avete pensato a cosa fareste, se sapeste di dover morire?"

Quella domanda lasciata a mezz'aria tra me e Marfarò non trovò risposte perché arrivammo di fronte allo spazio prescelto:

"Qui è dove domani verrete seppellito, se tutto andrà come dite".

Bovalino guardò i due metri quadrati di terreno incolto, la sparuta erbaccia, due margherite, un mozzicone di sigaretta, una carta di caramella, poi si soffermò sul morto vicino, forse lo conosceva, forse erano amici, di sicuro lo sarebbero diventati.

"Poteva andarmi peggio," concluse. "Mi raccomando, Marfarò, come vi ho detto, un funerale semplice semplice," e andò via come un condannato a morte.

"Secondo me è pazzo. Pensate che mi ha già pagato tutto. Spero che poi non voglia restituiti i soldi!"

Quando mancavano cinque minuti alle tre, ora dell'annunciato funerale di Rossana, mi affacciai al balcone della biblioteca che dava sulla chiesa di Sant'Acario giusto per dovere, con nessuna speranza di vedere qualcuno.

E invece, proprio quando le campane batterono le tre... Non potevo crederci, non poteva essere, si trattava certo di una stravagante coincidenza.

Elea Maierà il Resuscitato arrivò sul sagrato vestito come a un matrimonio: abito celeste, cravatta dello stesso colore con una camicia bianca fiorata, scarpe nere lucide, i capelli scrimati e brillantinati.

Mi affrettai a scendere, e mentre cercavo di arrivare in chiesa continuavo a pensare che si trattava di un generale fraintendimento, che forse alle quattro ci sarebbe stato un matrimonio a cui Elea era stato invitato ma aveva sbagliato orario e s'era presentato prima. Nel dubbio, cercai d'essere discreto ed entrai in chiesa dalla porta laterale. Lo vidi in piedi dietro la colonna. Si guardava intorno incuriosito, come se aspettasse qualcuno. E forse era così.

Ma poi accadde qualcosa. Elea tirò fuori dalla tasca della giacca un pezzo di giornale strapazzato, sicuramente il ritaglio del mio annuncio. Lo lesse di nuovo, come ad accertarsi dell'ora e del luogo, quindi lo rimise a posto. Forse per un attimo ci aveva creduto anche lui. L'essere un morto che cammina aveva adombrato ogni altro suo aspetto ai miei occhi e a quelli dei timpamarani, ma adesso, vedendolo così, anche lui faceva parte come me della categoria dei brutti, nato e vissuto con quel naso smisurato che a scuola tutti lo prendevano in giro, e anche da grande nessuna donna gli si avvicinava, e poi un giorno, chissà se prima o dopo la sua morte, doveva aver visto in televisione il film di Michael Gordon e José Ferrer che truccato a quel modo gli assomigliava, e da allora si era pensato anche lui Cyrano paesano, che forse passava le giornate silenziose al cimitero a inventarsi rime e poesie, forse anche a sperare che Rossana esistesse, fin quando poi non aveva letto quel trafiletto che certo sapeva non essere vero ma che lo aveva incuriosito perché al mondo c'era un altro illuso come lui, come me.

Aspettò ancora, poi, prima di andare via, fece un gesto che non lasciò dubbi, abbandonando una foglia sulla panca.

La presi e la guardai, e mi parve il lasciapassare per l'esclusivo circolo dei visionari che confondevano vita e lettura: quegli annunci che avevo cominciato a scrivere e pubblicare, come una rete per pescare anime affini, mi avevano mostrato la verità umana che si celava dietro la maschera silenziosa del Resuscitato. Ne parlano tutti male, della maschera che gli uomini indossano e che non corrisponde a ciò che sono veramente. Anche Marfarò me lo aveva ripetuto, qualche giorno prima, con apostrofo involontariamente pirandelliano, dicendo del morto di giornata, Melchiorre Amendolara, che dietro la facciata di bravo cristiano si nascondeva un essere immondo e spaventevole. Disse proprio così, il becchino, *spaventevole*, e lo sillabò.

Ma è così esecrabile questo umano stratagemma di sopravvivenza? Oppure le cose stanno diversamente e la maschera che ogni giorno indossiamo ci aiuta ad andare avanti illudendoci di essere ciò che avremmo voluto? Un po' come le menzogne, che spesso dicono meglio della verità ciò che avviene nell'anima. Che forse gli uomini non sono quello che sono, ma molto di più quello che mostrano di essere.

Chiusi la biblioteca e andai al cimitero.

Lei era lì, ed era la prima volta che la vedevo dopo il matrimonio: le guardai subito la mano sinistra, dove la fede splendeva sotto il sole. Ma era l'unica cosa.

Margherita era ritornata alla sua tristezza.

Non mi vide, o se mi vide fece finta di niente, e mi sfilò davanti mentre le fissavo i piedi: aveva la scarpa sinistra bucata in corrispondenza della giuntura delle dita, la piega del cuoio aveva ceduto proprio in quel punto reso debole dai piegamenti del piede davanti alla tomba.

Negli oggetti che osservavo era sempre la macchia che mi attraeva, l'incrinatura, il segno del cedimento, la crepa, la frattura. E così anche negli uomini: osservarli fino a scorgere il momento dell'umanità, il segno di debolezza, il disvelamento della vulnerabilità: una gamba che si muoveva ossessivamente, uno sguardo perso nel vuoto, le braccia strette sul petto, un anomalo inarcamento delle sopracciglia, un attimo in più che la mano indugiava nei capelli, un passo impercettibilmente sospeso, un sospiro così vaporoso da sembrare pensiero.

Perché è vero che la morte uniforma il mondo, azzera i sogni, livella le ambizioni, agguaglia gli uomini in uno stesso destino, ma molto prima di essa è il dolore che li unisce, tutti, il dolore con i suoi innumerabili palesamenti, quello che scoppia in pianto, in gesti d'ira di vetri frantumati, di parole urlate, o che si accumula negli abissi del corpo, che segretamente si diffonde nelle fibre, nelle piastrine, e che prima o poi arriva in superficie, in un neo che improvvisamente affiora sulla spalla, in un'unghia più lunga delle altre, in un impercettibile gonfiore del petto, che ci sono parti del corpo modellate dalle speranze e dalle gioie, dalle delusioni e dalle felicità, dal dolore.

Gli uomini sono più infelici di quello che sembrano.

E mentre guardavo le tombe a me intorno, la buca di fronte ai miei piedi, mentre Margherita scompariva alla mia vista per offrirsi alla disperazione, mi venne da pensare a un cimitero dei dolori, una fila di lapidi sul cui marmo, invece delle date, fossero trascritte le diciture dolorose che avevano governato vita e morte: per aver perso l'amore, perché non conobbe mai il padre, perché vide il fratello annegare nel fiume, perché semplicemente sbagliò vita.

34.

Il pelo si era strappato e Fintore morì. La mattina dopo, proprio come aveva previsto. Lo trovarono in casa sua, disteso sul letto col vestito nero e le mani incrociate sul petto. L'incredulità si mangiò le genti di Timpamara. Avevano passato una vita a prenderlo in giro, ma adesso? Perché prima poteva anche solo trattarsi d'illazioni, premonizioni, veggenze, credulanze varie, ma adesso c'era un fatto incontrovertibile: a Fintore Bovalino gli si era strappato il pelo del braccio ed era morto. Come quando piove e i fiori si bagnano, come quando si chiudono gli occhi e non si vede più niente, come quando si ha una gamba più corta e si zoppica. Un'azione e una conseguenza. Azione e conseguenza, due momenti dello stesso evento.

Una domanda mai pronunciata a voce alta per timore del dileggio cucì tra loro le menti timpamarane: e se avesse avuto ragione lui? In fondo, ci sono uomini che nascono con piccoli e grandi difetti. Cosa ci sarebbe di strano se nella maniacale e imperfettibile costruzione della macchina umana ci fosse stato un momento di buio e un cromosoma avesse fatto nascere un pelo sulla superficie del cuore che si allungava a ogni respiro, un picometro ogni battito, fino ad arrivare al braccio e uscirne fuori? Succedeva ogni tanto, nella storia degli uomini: il mio omonimo uccise Orillo, ladrone di Damiata, che non avrebbe tratto l'alma dal petto fin ch'un crine fatal nel capo tenea, e anche Pterelao, re delle isole di Telebos, sarebbe stato invincibile fin quando avesse conservato il suo capello d'oro, e Didone la bella, la cui vita dileguò nei venti per colpa d'un biondo capello troncato, o Laura, finita da una Morte trionfante che le recise un aureo crine. E adesso Fintore Bovalino di Timpamara si allineava agli incompiuti la cui vita dipendeva da un pelo o un capello. E nessuno l'avrebbe mai saputo, perché nessun libro avrebbe mai parlato delle sue avventure, che a molte cose servono le storie raccontate e scritte, a consolare cuori, immaginare vite, ampliare intelletti, aguzzare pensieri, lenire dolori, far passare il tempo, fermarlo, distrarsi, concentrarsi, conoscere e conoscersi, sentire, sovrapporre, a coniugare tutti i verbi del mondo da abbagliare a zufolare, ma soprattutto a elencare e ricordare i nomi degli uomini.

Quando andai ad aprire il cancello, Caramante era già lì.
"Come mai a quest'ora?"
"Oggi avremo riprese tutto il giorno, e allora ne approfitto adesso. Potrò trattenermi un'ora al massimo. I giorni stanno per finire e non voglio perdere tempo. Sento che c'è ancora qualcosa da registrare."
Mentre sistemava il registratore e io controllavo che non ci osservasse nessuno, mi accorsi di Ofelia, a una trentina di metri da noi, che ci fissava.
"Ci vediamo dopo," dissi a Caramante, e la raggiunsi.
La salutai, ma lei continuava a guardare verso l'uomo. Era un suo comportamento abituale, quello di ritornare da me come se la confidenza fosse stata annullata, come se ogni volta dimenticasse ciò che ci eravamo detti, e queste sue metamorfosi mi confondevano perché non sapevo come comportarmi. Due giorni prima mi aveva abbracciato, mi aveva fatto giurare di non lasciarla mai, e adesso sembrava ci fossimo appena conosciuti.
"Chi è quell'uomo?"
"Si chiama Isaia, è un forestiero."
"Lo vedo sempre col borsone."
"Lavora per il cinema, registra suoni e rumori."
"In un cimitero?"

Con lei potevo parlare.

"Ha uno strano hobby."

"Strano?"

"Detta così non suona bene, ma dice di riuscire a registrare le voci dei morti."

Ofelia mi guardò stranita.

"Ed è vero?"

"Non so... lui ne è convinto."

La vidi cambiare espressione, e immaginai subito cosa stava pensando, cosa avrebbe voluto chiedermi, ma proprio per questo mi sorprese il modo repentino in cui mi diede le spalle e mi parlò:

"Vado da mia madre".

Non sapevo cosa fare, se seguirla o lasciarla da sola, come suggeriva il tono della sua voce. Ma dopo un paio di metri si fermò, senza dir niente, come ad aspettarmi, e io le andai dietro, attaccato a lei come certe erbe di campo si attaccano ai pantaloni di chi passa.

In silenzio arrivammo alla tomba di Emma, poi lì, fermi, all'improvviso, Ofelia prese a parlarmi senza interruzioni.

"Ho vissuto tutta la vita con mia zia materna. Per qualche tempo, quand'ero bambina, ho creduto di essere sua figlia: mi dava da mangiare, mi lavava, mi veniva a prendere a scuola. Poi disse che mia madre era andata via quando avevo pochi mesi, ma non aggiunse mai altri particolari. Immaginavo che facessimo le stesse cose, se io scrivevo lei stava scrivendo, se io andavo a letto lei pure. Ogni giorno aspettavo che ritornasse: quando bussavano alla porta correvo sperando di trovarmela davanti, quando uscivo da scuola e vedevo una sconosciuta credevo fosse lei, quando il postino passava da casa pensavo adesso si ferma e mi consegna una sua lettera. Mettevo da parte per mostrargliele le cose che facevo: i miei quaderni di scuola, perfetti e ordinati, perché sapesse quant'era brava sua figlia; i primi ricami con l'iniziale del suo nome. Tutto era custodito in attesa del suo ritorno. Non c'era nulla di lei in quella casa, eppure nessuno quanto lei vi abitava."

"Come hai fatto a trovarla? Come sei arrivata qui?"

"Mi sono sempre chiesta che differenza c'è tra la morte e la distanza. Se l'assenza si misura. Spesso, quando ero disperata, quando mi mancava il respiro che mi sembrava di soffocare, pensavo che fosse meglio saperla morta." Prese fiato: "È stato per una foto. Strana questa ricorrenza per cui devo conoscere e riconoscere mia madre attraverso delle foto. Tutto è iniziato da lì, qualche mese fa. Stavo sfogliando una rivista quando mi soffermai su un articolo che parlava del manicomio di Maravacata. E lì, al centro della pagina, c'era una grande foto di gruppo con infermieri e pazienti. Il mio sguardo e la mia attenzione furono calamitati dal volto di una donna che doveva essere una paziente per via del camice grigio che indossava. Aveva qualcosa di familiare. Presi una lente d'ingrandimento e la guardai meglio. Io adesso non saprei spiegare per quale bizzarra alchimia, per quale improbabile associazione mi si cristallizzò la certezza che quella donna fosse mia madre. Non l'avevo mai vista, è vero, ma la conoscevo attraverso il mio riflesso, e quella donna mi assomigliava... Tuttavia, te lo ripeto, non fu solo la somiglianza, ma come un richiamo, come se una voce inudibile si fosse alzata da quella pagina e mi avesse sussurrato sono io, sono io...".

Si teneva in piedi a stento, io la sorressi e le mostrai lo scheletro di sedia vicino al muro sul quale mi appoggiavo quando leggevo il romanzo a Emma.

"Vuoi sederti?"

Ofelia annuì:

"Portala qui, per favore".

Misi la sedia lì dove era lei, a un metro dalla foto. Era provata, non doveva essere stata una nottata tranquilla, gli occhi erano gonfi e segnati da cerchi scuri, pareva debolissima.

"Non capivo cosa potesse farci mia madre in un manicomio. Mi sembrava impossibile. L'avevo immaginata in ogni paese del mondo, felice, serena, e invece eccola lì, sofferente, misera, pazza! Chiamai subito mia zia e le feci vedere la foto. Lei non la pensava come me, sì, le assomiglia, disse, ma quante persone si assomigliano al mondo. Le chiesi se c'era una sola possibilità, anche remota, che mia madre potesse essere stata rinchiusa in un manicomio, se avesse mai sofferto di nervi, e mi riferì che in verità c'erano stati momenti difficili, ma tutti ce li hanno e non per questo vengono rinchiusi.

"La mia sensazione iniziale e quelle parole mi spinsero ad approfondire. Strappai la foto dal giornale e dopo qualche giorno andai in quel manicomio. Speravo che fosse lei, ma una parte di me non lo voleva. Non fu una ricerca facile. Iniziando dal portiere, a chiunque incontrassi facevo vedere la fotografia indicando quella donna. Ma questa è una foto d'archivio, mi disse un infermiere, al centro c'è il dottor Portigliola, che è in pensione da almeno dieci anni, deve chiedere agli infermieri più anziani. Qualcuno mi mandò all'archivio. C'era un signore molto gentile lì, non riconosceva la donna, quindi mi chiese che nome stessi cercando e andò a controllare sui vari registri. Non c'era nessuno che si chiamava a quel modo. Ne è sicuro? Assolutamente sì. Qui non è mai stata ricoverata una persona con quel nome. Le mie certezze caddero. Mia madre non era mai stata lì. Ebbi bisogno di sedermi, come ora, su una scala che scendeva verso un cortile. Mi misi a piangere, per un attimo mi ero illusa. Poi passò un uomo che ebbe compassione di me, mi chiese e io gli raccontai tutto. Posso vedere la foto? Gliela porsi. Venga con me. Mi portò nella lavanderia, dove c'era una vecchia che stirava camici. Ha conosciuto tutti e di tutti si ricorda, mi disse. Le mostrai la donna. Certo che me la ricordo, la muta... stette qui al manicomio qualche anno. Mi guardò e mi disse che un po' mi assomigliava. Le domandai e lei rispose a tutto: nessuno sapeva chi fosse, non aveva mai parlato, non dava fastidio a nessuno. Sembrava in salute ma poi un giorno, all'improvviso, morì.

"A quelle parole svenni.

"Quando mi ripresi, non mi sentivo più allo stesso modo. Se quella donna era mia madre, e io ero certa che lo fosse, era morta pazza. Dentro di me, che per tutta la vita avevo sperato di incontrarla, di abbracciarla, di prendermi cura di lei, qualcosa si ruppe.

"Le chiesi dove venivano seppelliti i ricoverati. Lei disse

che non c'era una regola fissa. La maggior parte nel paese d'origine, altri nel cimitero locale, altri ancora nei cimiteri dei paesi vicini, dipendeva dall'annata, dalle circostanze. Andai subito nel cimitero del paese, e per giorni cercai dappertutto, e poi passai a quelli dei paesi vicini, uno dietro l'altro, a caccia di quel volto. Da una parte speravo di non trovarlo, per continuare a illudermi. Mesi infiniti. Fin quando sono arrivata qui, a Timpamara, e l'ho trovata. Morta. Ho visto la sua foto e ogni dubbio è scomparso. Mia madre era morta. E adesso cosa faccio? Cosa faccio, che per tutta la vita ho aspettato di abbracciarla e di sentire dalla sua bocca parole di salvezza? Perché?"

Mi guardò, ma non avevo risposte. Poi aggiunse:

"Voglio parlare col suo amico".

"Quale?"

"Quello che registra le voci dei morti."

Annuii.

Caramante però non era dove lo avevo lasciato. Facemmo un giro ma senza trovarlo.

"Domani ritornerà sicuramente."

"Allora a domattina," mi disse, e andò via senza aggiungere nulla.

Sembrava un'altra dal giorno prima, a tal punto che mi chiesi se avessi immaginato tutto, il giuramento, l'abbraccio, la dolcezza delle parole.

35

Il giorno dopo mi svegliai con un fortissimo dolore alla gamba, tanto che feci fatica ad alzarmi.

Presi due pastiglie invece di una. Mezz'ora dopo, mentre guardavo fuori dalla porta del magazzino, seduto a massaggiarmi la parte dolorante, vidi passare Margherita. A differenza degli altri giorni teneva qualcosa in mano. Malgrado il dolore, ero curioso e decisi di raggiungerla.

La trovai ferma di fronte alla tomba di Fiodoro.

"Buongiorno Margherita."

Si voltò, aveva gli occhi lucidi:

"Oggi non è una buona giornata".

Mi avvicinai e le misi una mano sulla spalla:

"Non ce la faccio più, Astolfo, non ce la faccio più!" disse indicando la foto di Fiodoro suo, sorridente, appoggiato alla moto appena comprata:

"L'ho scattata pochi minuti prima dell'incidente. Non avrei mai immaginato che sarebbe stato il ritratto per la sua lapide".

Cercai di consolarla:

"Tutte le foto che vedi, nessuno le aveva scattate per metterle qui".

O forse non esistono, fotografie di vita. Avevo sempre la sensazione che ogni ritratto fosse un'immagine di morte, sia per chi si metteva in posa sia per chi scattava la fotografia. L'illusione di fermare lo scorrere del tempo riaffermava con più forza che noi moriamo inesorabilmente. Come i bambini, quando si chiocciano sotto le coperte, a sancire la supremazia del buio. Qualcuno ci provava a mischiare le carte e a mettere sulla lapide una foto sorridente o scherzosa, ma anche allora, quando il ritratto sembrava esplodere di gioia, anche allora la morte operava sullo sfondo, tra i panorami sfocati – un bosco, una strada, il cielo, il mare – che soli sarebbero sopravvissuti. Ogni fotografia è sempre una natura morta, alla maniera della frutta di Jean-Baptiste Chardin o degli strumenti di Evaristo Baschenis: le foto di uomini e donne seri, rassegnati, portatori di consapevolezza mortale, erano se non altro oneste.

"Ho detto al marmista che volevo metterla io con le mie mani. Non è la fotografia che avrei voluto. Mi sarebbe piaciuta una come quella della sposa giapponese, insieme, nel giorno del nostro matrimonio..."

La cornice metallica era stata fatta in modo che si potesse aprire e chiudere girando un gancio. Margherita tolse la fotografia precedente di Fiodoro e mise la nuova.

"Vorrei che tutto tornasse indietro, a quella mattina, di fronte a questa foto, vorrei abbracciarmelo e non farlo andare via, trattenerlo con me, proteggerlo, Fiodoro mio, proteggerlo..."

Scoppiò a piangere e mi sentii impotente perché nulla potevano i miei abbracci e il vento che soffiava intorno a noi e l'ombra del ramo che si spostava per far filtrare un raggio di sole e le rotazioni dell'universo che non tornavano mai indietro.

"Non ce la faccio più," mi sussurrò Margherita, e andò via, dopo essersi premuta il fazzoletto sugli occhi. Io ripensai ai pesi sbilanciati che talvolta Natura poggia sulla testa degli uomini.

Nel pomeriggio ci fu il funerale di Fintore e Marfarò fece dettagliatamente tutto ciò che gli aveva chiesto.

Kachanka entrò in chiesa insieme al feretro e lo scortò fino alla soglia del cancello del cimitero. Poi scomparve.

Quando fu il momento della sepoltura, mi si avvicinò Mopassàn. Ero certo che sarebbe venuto.

"Dobbiamo aggiungere il secondo nome al nostro elenco."

"È una cosa leggermente diversa. Lì si trattava di un calcolo matematico, qui di una sensazione."

"Una sensazione, dite? Secondo me è qualcosa di più."

"Potrebbe essere una straordinaria coincidenza."

"Troppo straordinaria... ci sarebbe una spiegazione più semplice."

"Tipo?"

"Sappiamo tutti quanto era lungo il pelo di Fintore, vero?"

"Non faceva che dirlo in giro."

"Appunto. Sapete che giorno è morto?"

"Il tredici."

"Sapete che giorno è nato?"

"Questo no."

"Il ventisei, cioè il doppio di tredici. Sapete di quale mese?"

"Ditemi tutto voi."

"Di gennaio, che venendo dopo dicembre potrebbe anche essere interpretato come il tredicesimo mese. E non è finita qui. Quando sono andato alla veglia, non potete immaginare la mia sorpresa quando ho visto il numero civico..."

"Tredici!"

"No, il triplo, trentanove. E adesso, l'ultimo dato che vi spazzerà via ogni dubbio. Sapete quanti anni aveva il povero Fintore quando è morto?"

Ero in dubbio tra il multiplo di quattro o di cinque; scelsi il più probabile:

"Cinquantadue".

"Vedo che avete capito. Non ci sono dubbi sul fatto che il tredici è il numero della sua vita, e che il pelo era come l'unità di misura del suo tempo. Converrete che queste simmetrie numeriche sono troppe per essere frutto del caso. Non so se un giorno qualcuno riuscirà a calcolare l'algoritmo giusto, ma quello che so con certezza è che c'è una legge che ci governa fatta di numeri che decidono vita e morte, un Dio che ha preso le sembianze d'una formula matematica e ogni tanto ci lancia sulla testa coriandoli di divisori e moltiplicatori per ricordarci la sua presenza."

In quel momento Elea, che era rimasto appartato, si avvicinò a noi.

Mopassàn inspirò profondamente, come si fa prima di un tuffo: "Posso farvi una domanda?" gli chiese.

Il volto del Resuscitato rimase impassibile.

"Ma quando siete morto, nell'aldilà, avete visto dei numeri?"

Elea fu come se nemmeno lo avesse sentito.

"Va bene, non importa, adesso vado, vi saluto Malinverno."

Mi guardai intorno e, suggestionato dalle sentenze di quell'uomo, provai anch'io a confrontare le date di nascita e di morte e vidi orme dappertutto, impronte, tracce, ma fu di fronte alla lapide di tale Germanio Sanbasile che mi sentii inghiottito dall'ombra della legge universale, laddove lessi le date di nascita e di morte, 5.4.1915 – 4.5.1951. All'improvviso tutte le lapidi e i marmi e le tombe mi parvero lavagne, che se davvero il dio matematico di Mopassàn esisteva, allora il cimitero era il suo trattato.

In biblioteca passai il pomeriggio in poltrona a leggere e sottolineare le *Metamorfosi* di Ovidio, e la cosa curiosa era che ogni volta che le rileggevo mi trovavo a sottolineare altri brani, altri passaggi, altre parole, come se mi si presentassero ogni volta agli occhi pagine diverse.

Dovevo a Sallustio Domànico l'abitudine di sottolineare i libri con la matita. In questo era diverso da mia madre, che viveva la sacralità dei libri con l'esagerata venerazione che riservava ai sei bicchieri di cristallo custoditi a chiave nella vetrina del salotto. Guai a segnarli, piegarli, sgualcirli i libri, che per non farli impolverare li stipava a gruppi nelle scatole di scarpe che impilava a fianco al comò, e mi piaceva quell'accostamento, come se le parole fossero involucri da fasciare i piedi e far camminare gli uomini. In realtà, fin d'allora i libri erano per me tutto: i vestiti che scaldavano, l'ombrello che riparava, la coperta di lana che tiravo fino alla bocca nelle notti d'inverno. Due centimetri di carne maledetta.

Sallustio Domànico era stato il mio professore di italiano nei primi due anni di ragioneria. Pretendeva che ogni cosa che studiavamo fosse sottolineata seduta stante con la matita, come un esercizio quotidiano, lavarsi i denti o fare i piegamenti prima dell'ora di ginnastica, che era fondamentale saper individuare cosa portare con sé e cosa tralasciare: selezionate, ragazzi, imparate a scegliere, né troppo né troppo poco, e avrete imparato a essere uomini. Fare la spesa è sottolineare, scegliere gli amici, trovarsi l'innamorata, tutto.

Cominciai così a segnare i libri miei personali, quelli che i coniugi Malinverno mi prendevano in edicola o che mio padre recuperava al macero solo per me. Divenne la parte più importante della lettura, al punto che senza matita nemmeno mi mettevo a leggere. Se fosse stato per me, in biblioteca avrei affisso un cartello, VIETATO NON SOTTOLINEARE I LIBRI, e avrei vincolato il prestito a condizione che almeno una pagina in totale fosse stata evidenziata. Di più, avrei messo a disposizione penne di colore diverso, a seconda del tipo di nota.

Quando anni prima ebbi finito di riordinare la biblioteca, trascorsi intere giornate ad aprire i libri uno per uno alla ricerca di passate sottolineature.

La mia metodicità mi portò a segnare con la matita una s sul frontespizio di ogni libro sottolineato, così quando lo avrei dato in prestito, se mai fosse successo, avrei ricontrollato se il nuovo lettore ne avesse aggiunte di altre.

La biblioteca di Timpamara, anche alla luce della sua lunga dormienza in scantinati muffiti e impolverati, non offriva in tal senso un ricco repertorio, e tuttavia qualcosa trovai, come quando in una quasi intonsa edizione di *Bouvard e Pécuchet*, fra tutte le quasi quattrocento pagine, qualcuno aveva sottolineato solo una frase: "L'architettura può mentire", e chissà perché pensai alla mano di Marcello Soriano.

Oppure una vecchia edizione delle *Tragedie* di Seneca. Quando la presi per leggere, armato della mia inseparabile matita che censurava memorie e oblii, non solo m'avvidi che il libro era sottolineato con righe molto marcate, ma soprattutto che erano segnate tutte le frasi e le parole che io avrei voluto evidenziare. Era come se avessi trovato un doppione di me stesso, un lettore gemello che m'aveva preceduto e che aveva letto quelle pagine con i miei stessi occhi, lo stesso cuore. Da allora cominciai a domandarmi chi poteva essere quell'uomo di Timpamara che vedeva e pesava il mondo come me, chi poteva essere questo ignoto sodale, compagno di battaglie, cuore amico, perché ci sono vari modi di trovare l'anima gemella e uno di questi, forse anche il più veritiero, è confrontare le sottolineature dei libri.

Pensai prima di addormentarmi che un libro letto è tutto racchiuso nelle sottolineature.

Pensai prima di addormentarmi che un giorno qualcuno avrebbe potuto fare un libro dei libri in cui riportare tutte le frasi sottolineate.

Pensai prima di addormentarmi che anche la morte è una immensa sottolineatura, in cui il Grande Lettore decide cosa è degno di essere ricordato e cosa invece può scivolare nel fondo del dimenticatoio universale.

36.

Quattro giorni dopo il seppellimento di Bovalino, ci fu la mia prima riesumazione.

Il Comune aveva affisso gli annunci all'albo cimiteriale e io, su indicazione di Marfarò, avevo delimitato la fossa con un nastro bianco e rosso.

Il becchino arrivò alle dieci assieme a un aiutante. Dopo cinque minuti, gli operai cominciarono a scavare.

Caramante era già lì: capì subito cosa stava succedendo, allora sistemò il microfono e iniziò la registrazione.

Giunse anche Elea, che gli si affiancò, come un peso aristotelico.

Quando l'aiutante ebbe finito di dissigillare la cassa zincata, Geremia sollevò il coperchio.

Mi aspettavo di sentire l'odore della morte e invece nulla, che forse non esiste, nulla esiste, nemmeno l'anima che pesa ventun grammi, nemmeno il bene e il male degli uomini che assieme non equivalgono la pesatura d'una piuma d'uccello. In fondo alla cassa, il destino finale dell'umanità intera, i resti ammucchiati e marcescenti di quello ch'era stato un uomo.

Il fossore e il suo aiutante uscirono dalla buca e con delle corde sollevarono la vecchia bara di legno.

"Che ne facciamo?" chiesi a Marfarò.

"Servirebbe un posto coperto e defilato."

"Dietro il ripostiglio, lì non la vede nessuno."

Feci strada agli operai che la portarono e sistemarono in quell'angolo.

Quando tornai alla fossa, era rimasto solo Caramante.

"Astolfo caro, grazie per questa occasione unica. Chissà cosa avranno da raccontare quelle voci rimaste chiuse per decenni! Non potevo concludere meglio. Mancano pochi giorni e poi non la scoccerò più con le mie manie."

Mi ero affezionato a lui e mi spiaceva l'idea di non rivederlo.

"Le riprese finiranno domani. Ci vorrà ancora qualche giorno per raccogliere l'ultimo materiale e poi ci spostiamo in Sicilia."

"Com'è andata la raccolta?"

"Vuole ascoltare il nastro di ieri? Ho dietro le bobine."

"Andiamo lì," gli dissi indicandogli un muretto basso.

Appoggiò il borsone, preparò tutto e mi passò le cuffie.

"Ho segnato il punto in cui c'è qualcosa di interessante, minuto trentasei," disse consultando il suo quaderno.

Mandò avanti il nastro fino a quel punto.

"Ecco, ascolti."

All'inizio solo rumori, vento, uccelli, tutto molto confuso, poi come un fruscio metallico, e all'improvviso qualcosa che poteva sembrare una voce umana, ma molto lontana e indistinta.

"Ha sentito?" mi chiese quando il nastro segnò il minuto trentasette.

"Sì, qualcosa, ma non molto chiaro."

"Non molto chiaro?"

Prese un secondo paio di cuffie, lo collegò al registratore, se lo mise in testa e fece ritornare indietro il nastro. Stessi rumori di prima, poi il fruscio, quindi quella che sembrava una voce umana. Fermò subito.

"Ha sentito?"

"Sì, sembra una voce ma non è molto distinta..."

"Scala, Astolfo, dice scala, e anche in maniera molto intellegibile. Non le sembra chiara perché per queste cose bisogna avere un orecchio allenato, aver ascoltato migliaia e migliaia di registrazioni per affinare l'udito, ma mi creda, dice scala. Provi a risentirlo con questo filtro."

Toccò qualcosa e riavvolse il nastro.

Ofelia arrivò come un soffio di vento, alle mie spalle, e me ne accorsi solo perché notai lo sguardo sorpreso di Caramante nella sua direzione.

Mi tolsi le cuffie.

Ci salutò, la voce era meno dura della volta precedente. Fissava il registratore, sapevo perché si era avvicinata. La presentai come una cara amica.

"Lei sa," dissi a Caramante.

Quell'ammissione offrì a Ofelia la parola:

"Registra le voci delle persone morte?".

"Solo di quelle che vogliono farsi sentire."

Lei abbassò la testa:

"Posso chiederle un favore? So che non ci conosciamo...".

"Il signor Caramante è una persona disponibile," aggiunsi, per rafforzare la sua richiesta.

"Se posso, volentieri."

"Provare a registrare la voce di mia madre."

Ci fu un momento di silenzio.

"Be', possiamo mettere il registratore lì vicino e vedere cosa succede."

"Quando?"

"Anche subito, se vuole."

Guidai il terzetto verso la tomba di Emma. Ofelia per ultima.

"È lei," dissi mostrandola.

Caramante guardò la foto e di certo fu sorpreso dalla somiglianza.

"Quando è morta?"

"Non lo so," rispose Ofelia lentamente, e poi aggiunse, con un filo di voce: "Forse non lo saprò mai".

"È importante per l'esperimento?"

"No, no, era giusto per avere qualche indizio in più."

Ofelia si avvicinò e accarezzò la foto.

"Questo posto sembra perfetto," disse Caramante appoggiando il borsone sulla lastra di cemento alla base dell'intercapedine a fianco della tomba di Emma. Compì i gesti che avevo imparato a conoscere.

"Qui il microfono è anche riparato," aggiunse.

Aprì il quaderno e si appuntò indicazioni sul luogo, sul tempo, sull'ora, una sigla. Avviò i nastri.

"E adesso possiamo andare."

"Non aspettiamo qui?" disse Ofelia.

"Meglio di no, potremmo disturbare i suoni, ogni nostro rumore, anche un respiro, potrebbe falsare la registrazione."

Caramante cominciò ad allontanarsi, io gli andai dietro. Dopo un po' ci fermammo e ci voltammo in direzione di Ofelia, rimasta a guardare le bobine che giravano. Aspettai che alzasse gli occhi e le feci segno di seguirci. Quando fu dietro di me, ci allontanammo.

"Funziona?" chiese Ofelia.

"Se funzionasse sempre sarebbe una scienza, invece purtroppo non è così. In questo momento non so cosa stia accadendo di là, non so cosa troverò su quei nastri: ho solo aperto uno spiraglio, una porta, ma non sono io a decidere chi e quando entrerà. La natura è fatta di suoni udibili ad alcuni e inudibili ad altri... ma le voci ci sono, anche adesso, intorno a noi, sopra di noi, semplicemente non le sentiamo."

"Quando potrò sapere se ha funzionato?"

"Anche dopodomani, se riesco a finire."

"Finire cosa? Non si può sentire subito, appena terminata la registrazione?"

"No, è necessario prima che ascolti io, nel silenzio assoluto, che individui i momenti in cui la voce si fa sentire, ascoltarla più volte per poter poi fare da intermediario. Non è così semplice come sembrerebbe. A volte le parole o le frasi sono chiare, altre, più spesso, bisogna avere l'orecchio allenato: voci afone, suoni articolati in maniera molto rapida, cambio improvviso di lingua, velocità del nastro da modulare di volta in volta..."

Ofelia fece come una smorfia di delusione:

"Dopodomani...".

Guardai Caramante con occhi quasi supplichevoli.

"Farò in modo che sia dopodomani," disse allora lui. "Vuol dire che metterò da parte le registrazioni precedenti."

"Mattina o pomeriggio?"

"Mattina," dissi, perché volevo esserci anch'io.

"Ma sul tardi, prima devo lavorare," specificò Caramante, e chiese a Ofelia se ricordasse la voce di sua madre.

Lei abbassò lo sguardo e mutò espressione.

Caramante mi guardò dispiaciuto: "Direi che possiamo fare ritorno alla nostra base," disse con un tono acceso che volle spazzare via ogni imbarazzo.

Arrestò il nastro e lo riavvolse.

"Non posso ascoltarne nemmeno un minuto?"

Mi guardò. Non avrebbe mai acconsentito in condizioni normali, ma forse per i sensi di colpa di quella domanda ferente, forse per fare un favore a me, indossò un paio di cuffie e l'altro lo porse a Ofelia:

"Solo un minuto però, non di più".

Non so cosa accadde in quel breve intervallo di tempo che mi parve lunghissimo, non so cosa s'insinuasse nelle orecchie di Ofelia, quali suoni solleticassero il suo udito, ma cercai di ricostruirlo dalle metamorfosi del suo volto, lo fissai in attesa che una maschera di stupore lo deformasse. Ma non fu così. Al sessantunesimo secondo, Caramante fermò il nastro e si tolse le cuffie. Ofelia lo imitò.

"Allora?" chiesi impaziente.

"Non posso credere che tutti quei rumori, quei sibili, quei mormorii siano qui intorno..."

"Gliel'ho detto," rispose Caramante mentre richiudeva il borsone, "sono suoni inudibili se non attraverso stratagemmi meccanici. Ogni cosa del mondo emette un suono, bisogna solo trovare la sua frequenza."

Infilò il borsone a tracolla e prima di andare si guardò intorno:

"Spero che sia andata bene, questo posto ha qualcosa in più degli altri".

Feci per seguirlo, ma lui mi fermò con un gesto della mano:

"Conosco la strada," concluse sorridendo.

"Funzionerà?" mi chiese Ofelia quando fu lontano da noi.

"Lo sapremo presto."

Voltammo l'angolo e ci fermammo di fronte alla foto di Emma.

"Tu hai mai ascoltato le sue registrazioni?"

"Un paio di volte, anche prima che tu arrivassi."

"E hai sentito davvero quelle voci?"

"Sì, ma non sono proprio voci umane come le nostre, sono suoni che sembrano voci, indefiniti, poco chiari..."

"Di un uomo o una donna?"

"Un uomo."

Io le sorrisi.

"Dopodomani è il mio compleanno," aggiunse lei, così, senza particolare enfasi. "La voce di mia madre sarebbe un regalo insperato."

Le campane suonarono le dodici:

"È ora di andare," disse, e svaporò come fosse l'eco di quelle parole.

Ancora una volta restai fermo, a vederla scomparire, pensando a tutte le domande che avrei voluto farle e che invece erano rimaste pensieri. Tutte le domande alle quali poi, da solo, avrei dato le mie risposte innescando una catena di reazioni fantastiche che riempivano il tempo e che erano esistenza al pari dei cancelli aperti o dei libri spostati. Perché la vita che viviamo o pensiamo di vivere avviene tutta nei pochi centimetri quadrati della nostra scatola cranica, che gli eventi memorabili e unici della nostra esistenza accadono nella nostra testa, che la vita, quella che noi pensiamo di aver vissuto e che ci è concesso di recuperare quando giungono i tempi dei bilanci, quella vita è avvenuta nell'intimità dei nostri pensieri, sconosciuta agli altri e all'universo. Che noi non siamo quello che abbiamo vissuto: siamo quello che abbiamo pensato, immaginato, sperato, desiderato, dimenticato. Che l'universo mai saprà ciò che davvero è stata la nostra esistenza silenziosa e clandestina, nessuno mai conoscerà i nostri viaggi segreti, i nostri amori immaginati, le nostre centinaia di vite racchiuse negli infiniti universi di un neurone.

37

Anche i libri a volte si suicidano, come gli uomini.

Le poesie di Pers erano diventate polvere di clessidra. Decisi che le *Metamorfosi* sarebbero state il secondo libro da far morire, e accadde che fu il libro stesso a scegliersi l'estremo epilogo, per mezzo di un doppio colpo di vento. Il primo, alle diciassette e quarantasei di quel giorno, fece sbattere con forza la porta del bagno e io, immerso nella rilettura di Apollo e Dafne, ebbi un sussulto. Andai a chiudere la finestra, e visto che c'ero ne approfittai. Ma le letture ovidiane mi avevano ingannato: tempo di asciugarmi le mani, sentii le campane della chiesa battere le sei. Spensi le luci e chiusi la biblioteca, ma per la fretta dimenticai Ovidio sul freddo davanzale di marmo sotto la finestra socchiusa. Ero in ritardo, che prima di andare al cimitero dovevo passare da Marfarò.

Appena mi vide entrare, mi diede subito il sacchetto che su mia richiesta aveva preparato. Mi salutò con voce preoccupata. Gli chiesi se fosse successo qualcosa.

"Sono cinque giorni," mi disse contrariato.

Non capivo.

"Cinque giorni che non muore nessuno."

Non mi sembrava troppo per un paese piccolo come Timpamara, ma io e lui avevamo punti di vista differenti.

Fintore Bovalino era stato l'ultimo. Immagino ci fossero già stati periodi così, e forse era stato in uno di essi che il becchino aveva deciso di mettere in piedi le sue attività collaterali.

Che poi non solo non era morto nessuno in quella settimana, ma nemmeno un matrimonio, una festa di compleanno, un rullino da sviluppare, niente di niente. Entrate zero. E lui era ossessionato dai soldi. Io lo so cos'è la fame, diceva ogni tanto a mo' di bando, e quando hai conosciuto la fame... lasciava la frase così, a metà, per offrire la spiegazione di molte cose.

In quelle giornate Geremia s'aggirava nei luoghi frequentati dai più anziani, i bar in cui giocavano a carte o le panchine sulle quali facevano i conti con tutto ciò che non avevano vissuto, e li guardava negli occhi se mai ci fossero segni di cedimento, e a qualcuno glielo chiedeva pure, se era sicuro di sentirsi bene, che una volta, disperato, trovatosi di fronte a Diogene Castroregio che aveva saputo il giorno prima avere avuto un infarto, gli aveva detto che era un peccato che fosse ancora vivo, e quello lo spinse e lo fece volare a terra.

Fin quando andai via, non fece che inveire contro la longevità umana, e così pensai che sarebbe stata una bella storia da raccontare e scrivere, quella di un paese in cui la gente smette di morire, e prima o poi qualcuno l'avrebbe scritta. Ma sarebbe stata una storia triste, immaginare un luogo in cui all'improvviso si smarriva il senso della vita. Perché è questo uno dei grandi paradossi dell'uomo: il senso alla vita viene dato dalla morte. È da lì che nascono il rimpianto, il senso del tempo, la nostalgia, la tristezza, la bellezza di alcuni sguardi, la dolce malinconia di certe carezze, i gesti d'amore che portano il peso inconsapevole della perdita, perché quando si bacia qualcuno perché davvero si vuole baciarlo, dentro di noi temiamo che quella cosa potrebbe non più essere, e per questo è bello farlo, perché potrebbe scomparire, potremmo non più baciare, non più accarezzare, e sono queste le gioie che rimangono, le tristezze che nutrono.

Il secondo colpo a Ovidio accadde nottetempo, a ora imprecisata.

Quando il pomeriggio successivo riaprii la biblioteca, m'avvidi della dimenticanza. Di notte era piovuto, la finestra era spalancata e sul pavimento ristagnava una pozza d'acqua, al centro della quale le *Metamorfosi* giacevano inzuppate di pioggia. Afferrai il libro gocciolante e osservai i caratteri sbavati, Dafne come affogata in un torrente. Fu in quel momento che pensai che quelle pagine avessero scelto il modo in cui morire: fradice, attaccate l'una all'altra come i veli di una cipolla, parevano invocare la metamorfosi del ritorno allo stato primordiale. Colsi il suggerimento: misi il libro bagnato in un sacchetto di plastica, chiusi la biblioteca mezz'ora prima e passai dal fioraio a comprare una pianta d'alloro.

Andai al cimitero e sistemai pianta e libro sul tavolo che avevo ricoperto con vecchi fogli di giornale. Con una paletta e molta attenzione sradicai la pianta dal vaso e quando le radici furono tutte completamente fuori, le misi sotto la fontana, alla base della quale c'era un secchio di plastica. Quando furono ripulite, nell'acqua sporca di terra del secchio immersi il libro. Appoggiai il fusto dell'alloro sul tavolino. Presi il libro zuppo e cominciai a strapparne le prime sedici pagine, dal primo amore di Febo all'alloro che annuisce con i suoi rami: le avvolsi intorno alle singole radici, come a fasciare articolazioni ferite, con la premura di non stringere troppo né troppo poco, la ricerca della giusta misura che è la vera missione umana. E in quei momenti mi sembravo il giovane divino che ancor sentiva trepidare il petto sotto la corteccia, e avvolgevo la carta attento a non incidere e strappare le radichette, come se davvero sangue scorresse e non linfa, come se pelle e non corteccia, respiro e battito. Quando tutte le radici della pianta furono rivestite dalle parole bagnate di Ovidio, quando tutto l'apparato radicale parve essere imbevuto di pagine e carta, allora lo rimisi nel vaso e lo ricoprii di terra, annaffiandolo ancora, e mentre l'acqua ricopriva il terriccio, ecco immaginare le parole infilarsi nella radice e nutrirla del loro amore, la metamorfosi al contrario, l'alloro che diventava donna, poco per volta, mi figurai vocali e sospiri sciogliersi nel verde della clorofilla e portare particelle umane e fibre sottili ridivenire morbidi petti e fronde accorciarsi in capelli, i rami in braccia, e chiome svanire dentro un volto. Alla fine, quando osservai la pianta, pensai che ad Apollo fosse toccata la più infausta delle sorti, che almeno Dafne aveva smesso d'amare per via della freccia spuntata con l'anima di piombo, la più benevola, perché benevola è l'indifferenza agli uomini e al mondo, la sana e sacra indifferenza che ci rende felici come ogni oggetto inanimato che è sé stesso e nient'altro, né pensiero né ricordo, né rimpianto né desiderio. Mentre fu per lui la tragedia, la punta aguzza e dorata che gli trapassò il midollo, e col midollo la ragione, e con la ragione la vita, che nulla annienta di più che un amore senza ritorno.

E per un momento mi pensai anche io come Apollo, temendo che nel momento in cui Ofelia avrebbe potuto essere mia, una maledizione me la strappasse dalle braccia.

L'indomani sarebbe stato il suo compleanno e non volevo passasse come un giorno qualunque. Desideravo farle un regalo. Dei fiori, certo, ma anche qualcos'altro. Cosa si regala a una donna? Non lo avevo mai fatto: un gioiello? Una sciarpa? Un profumo? Ogni oggetto immaginato su di lei perdeva significato. Gli oggetti sono un legame col mondo, mentre tutto ciò che riconduceva a Ofelia mi sembrava sfuggire ogni prossimità terrestre.

Lasciai la pianta d'alloro nel giardino, che il giorno dopo avrei individuato il punto giusto del mondo in cui seppellirla, e andai verso la tomba di Fiodoro, certo che vi avrei trovato Margherita. Anche a lei era toccato il triste destino di Apollo.

"Tra poco devo chiudere," le dissi quasi scusandomi.

"Di già? Oggi è proprio volato il tempo," rispose la sposa in nero, seduta sul marmo.

Le offrii il braccio per aiutarla.

"Posso chiederti una cosa?"

"Voi potete tutto."

"Ecco... ammettiamo che volessi fare un regalo a una donna per il suo compleanno, diciamo un po' più grande di te... cosa potrei regalarle? Per esempio, a te cosa piacerebbe ricevere?"

Margherita sorrise, e fu una delle rare volte:

"È per la donna vestita di nero con cui la vedo passeggiare, vero?".

Guardai a terra.

"Siete una bella coppia."

"Purtroppo non lo siamo."

"Ne siete sicuro? A vedervi sembrerebbe il contrario. Ogni tanto vi osservo, lo so che non dovrei ma... mi perdonerete, è che siete così belli! Dicevo, vi osservo e ho notato come lei vi cammina vicino, come vi guarda, e io li conosco bene quegli sguardi."

"È una donna molto sola!"

"Tutti siamo soli fin quando non troviamo la persona giusta."

Guardò verso la foto di Fiodoro:

"E anche dopo..." concluse abbassando lo sguardo.

"Adesso che sai chi è, puoi consigliarmi meglio."

"Credetemi, qualunque cosa sceglierete andrà bene per il solo fatto di averlo preferito, per la strana combinazione che vi ha fatto unire quella persona all'oggetto pensato. L'importante è che, qualunque cosa scegliate, abbia per voi un significato."

Si abbassò a baciare la foto dello sposo e ci incamminammo insieme verso l'uscita.

"Avete pensato a qualcosa?"

"Sì, a qualcosa in verità sì..."

"E allora non dubitate, se quella cosa l'avete scelta va benissimo."

Misi la mano nella tasca della giacca:

"Allora spero di non aver sbagliato per te..." le dissi porgendole un sacchetto.

Lo prese, ma senza molta convinzione.

"È tuo."

Aprì il sacchetto. Una fotografia.

Lei e Fiodoro, e lei vestita da sposa. Non le sembrava vero, e me lo chiese, con gli occhi:

"Mi avevi detto che volevi anche tu una foto come quella di Marcello Soriano. Il giorno del matrimonio ti ho fatto una foto, ricordi? Aspettavo il momento giusto per dartela, ma poi, l'altro giorno, vedendo la foto di Fiodoro sulla lapide, m'è venuta un'idea strana. E così la sera l'ho presa in prestito e le ho portate da Marfarò chiedendogli se c'era il modo di mettervi insieme. Ha fatto un gran lavoro, non c'è che dire, ha sorpreso anche me: non so quale diavoleria ha usato, ma è stato bravo".

Margherita non si capacitava:

"Perché fate tutto questo per me?".

Non le risposi.

La guardò ancora, poi baciò Fiodoro:

"Posso?".

"Devi," risposi sorridendo.

Margherita aprì il vetro e sostituì sulla lapide la fotografia di Fiodoro sulla moto. Fece un passo indietro e la guardò contenta.

"È bellissima. Sembriamo sposati. Sembra che siamo seppelliti insieme, e chissà, forse lo siamo..."

Mise la foto di Fiodoro in borsetta.

Come mi volsi, Margherita mi prese il braccio:

"Io non so perché lo avete fatto, ma grazie. E sono felice per voi, quella donna è proprio fortunata e voi ve lo meritate l'amore," disse, e si voltò subito per andarsene, certo per nascondermi il pianto che al solo pronunciare quella parola le era salito in gola, quella parola che era per lei come una porta chiusa, un sogno dimenticato, un destino mancato per sempre.

Ritornai a guardare la foto. Quando non abbiamo le persone che amiamo ce le inventiamo. Ma tutto, nella vita, funziona così. C'inventiamo sempre ciò che ci manca.

38.

Avevo smesso di festeggiare i miei compleanni dopo la morte di mia madre. Era lei che mi svegliava in quelle mattine cantandomi a bassa voce gli auguri, e io aprivo gli occhi al suono delle sue parole: mi baciava sulla fronte e subito mi appoggiava sulla coperta il regalo.

Appena sveglio pensai a Ofelia, e immaginai che, come me, senza sua madre a festeggiarlo, non desse alcun peso al compleanno. Tuttavia, volevo che fosse per lei un giorno speciale.

In realtà, il regalo più importante avrebbe dovuto farglielo Caramante. Così quando furono le dieci e mezzo decisi di aspettarlo fuori dal cimitero. Era da settimane che volevo pulire il muro di cinta dall'esterno; avevo chiesto agli operai ma erano sempre impegnati, così ne approfittai. E mentre sradicavo le erbacce al piede del muro lo vidi arrivare con l'inseparabile borsone.

"Ha buone notizie?"

Aveva una faccia indecisa.

"Me lo dovrà dire lei. Ho riascoltato per tre volte l'intera registrazione, tutta notte, ed ecco, mi sembra ci sia qualcosa ma non molto chiaro, certamente poco rispetto a quello che immagino si aspetti la sua amica."

Andammo nel magazzino e appoggiò il registratore su una sedia.

"Ascolti," mi disse porgendomi le cuffie.

Il nastro andò, rumori, fruscii, poi lo spense.

"Ha sentito?"

Era peggio della volta precedente.

"No."

"Non è molto chiaro, ma a un certo punto mi sembra di sentire un sussurro umano, anche se non capisco cosa dice. Provi a sentire ancora."

Avvolse e riavvolse il nastro quattro volte, ma fu inutile. Ofelia ci sarebbe rimasta malissimo. La immaginavo svegliarsi con l'impazienza di ascoltare finalmente la voce della madre, di sentirle pronunciare addirittura delle frasi per lei proprio nel giorno del suo compleanno. Per un attimo, ma solo per un attimo, all'idea di quell'entusiasmo che si sarebbe incenerito all'istante, fui tentato di ingannarla, di chiedere a Caramante di registrare una qualunque voce di donna e farla passare per quella di Emma, ma fu solo un lampo di luce ingannevole.

Uscimmo a sederci su un muretto.

Ofelia comparve poco dopo. Ci venne subito incontro.

"Oggi è dopodomani," disse rivolta a Caramante.

"Il registratore è dentro," rispose indicando il magazzino aperto.

"Lei ha già ascoltato?"

"Sì."

Caramante tardava il più possibile la brutta notizia.

"C'era la sua voce?"

"Non proprio."

Il volto di Ofelia perse la poca luce che lo illuminava.

"In che senso?"

"Forse una debole traccia, ma incomprensibile, veramente poca cosa."

"Posso ascoltarla lo stesso?"

Entrammo e le fece ascoltare il nastro.

Quando Ofelia si tolse le cuffie, era delusa.

"Non ha funzionato. Riproverà, vero?"

"Certo, bisogna sempre avere fiducia."

"Vado da mia madre," disse lei bruscamente.

Rimanemmo un po' nel magazzino, poi Caramante disse che quel giorno avrebbe registrato in un punto opposto a quello di Emma:

"I morti ci sentono, camminano con noi, avvertono le nostre emozioni, e questa attesa eccessiva della loro voce non va bene. Bisogna che si sentano liberi di comunicare. Domani tenterò di nuovo".

Lo lasciai andare e poi mi diressi verso la tomba di Emma.

Ofelia era seduta lì di fronte.

"Mi spiace," le dissi appena le fui vicino.

"Per un attimo ci avevo creduto, ieri, stanotte. Ma poco fa, quando ho sentito quei rumori, solo rumori... Neanche tu ci credi, vero?"

"Forse non proprio come Caramante dice, ma qualcosa c'è. Io stesso ho sentito."

"Non voglio illudermi..."

"Sarebbe stato un bel regalo di compleanno."

Guardò verso la foto:

"Un oggi di tanti anni fa venivo al mondo, ma forse sarebbe stato meglio di no. Si nasce per qualcuno, non per sé stessi, e invece i compleanni mi hanno sempre ricordato che non c'era nessuno per me, che non ero stata un motivo sufficiente per restare".

Aspettai che si quietassero i riflessi di quelle parole per farle la domanda:

"Vieni con me?".

Ofelia guardò verso la foto di Emma. Non le avevo mai fatto una domanda del genere, era sorpresa.

"Dove mi porti?"

"Lo vedrai."

Le porsi la mano per farla alzare dalla sedia, lei la prese e si lasciò sollevare e mi venne dietro. Non pronunciammo parole. Poi ci fermammo di fronte al cimitero dei libri. Spinsi il cancelletto ed entrammo. Rimase stupita quando vide il tavolino e le due sedie di ferro bianco sul prato, all'ombra dell'albero sotto il quale qualche giorno prima ci eravamo distesi insieme. La torta di pan di spagna era al centro.

Mi avvicinai al tavolino, presi la sedia e la scostai: "Accomodati".

Lei avanzò lentamente e si sedette.

"Auguri," le dissi nell'orecchio abbassandomi verso di lei. Glielo sussurrai come un risveglio.

"Grazie," sospirò.

Mi sedetti di fronte.

In mezzo alla torta avevo messo una candelina bianca. L'accesi.

"Devi esprimere un desiderio."

"Devo?"

"Dovresti."

"Io non ho più desideri. L'anno scorso sì, ma adesso..."

"Sarebbe un modo di misurare la vita, confrontare i desideri che pronunciamo di anno in anno. E non te n'è rimasto nessuno?"

"No... ma... se proprio devo..." disse guardando la cera che colava lungo la candelina bianca, "vorrei che ti prendessi cura di me per sempre, che non mi abbandonassi mai, e che fino alla fine assecondassi le segrete ragioni del nostro incontro."

"Ma questo me lo hai già chiesto, te l'ho perfino giurato di fronte a mia madre. Non è più un desiderio, è un evento di questo mondo, accade già..."

"Non voglio altro."

Pensai in quel momento che solo gli uomini realizzati e i disperati non hanno desideri.

"Allora soffia."

Quando la candelina si spense, mi guardò:

"E il tuo desiderio qual è?".

"Ma oggi non è il mio compleanno."

Ofelia prese un fiammifero dalla scatola rimasta sul tavolino e accese di nuovo la candelina:

"Qual è il tuo desiderio?".

Fissai i suoi occhi neri di abissi oceanici:

"Il tuo stesso, non perderti mai, adesso che ti ho trovata".

"Anche questo non sarebbe un desiderio, io ci sono..."

Spensi la piccola fiamma. Ofelia allungò la mano e mi accarezzò:

"Non mi perderai mai".

Le porsi il pacchetto che tenevo in tasca. "Non è il regalo che avresti voluto per oggi..."

Era lo specchio che c'era sulla mensola del magazzino al cimitero. L'avevo portato da mastro Olivadi che aggiustava tutto, e quello con una crema apposita aveva tolto le macchie dal vetro e lucidato la cornice di bronzo, facendolo tornare quasi nuovo. Adesso era lì, nelle sue mani. Lo prese, lo aprì e si specchiò nell'ovale che stava in una mano.

"Non dovevi."

"Dovevo, è il compleanno della persona che mi è più cara... e questo specchio è un consiglio."

Ofelia lo riaprì e si riflesse.

"Sei tu quella, solo tu..."

Avrei voluto continuare e snocciolare il piccolo discorso che m'ero preparato in testa e in cui le dicevo che era ora di staccarsi da Emma, di non vivere più in sua funzione... Ma adesso, come spesso accade quando i pensieri devono trasformarsi in parole, il meccanismo s'inceppava perché la realtà fatta di sguardi e silenzi ridimensionava la solennità delle orazioni solitarie.

Ofelia rimise lo specchio nella busta. Presi un coltello e tagliai due fette di torta. Era la prima volta che la vedevo mangiare, e quei gesti d'intimità me la resero più vicina. Aprii anche una bottiglia di spumante dolce.

"Ho un altro regalo per te."

Ci sono domande che affossano gli uomini come pietre appoggiate sulle foglie galleggianti di uno stagno, che le trascinano sul fondo, dove la luce scompare, dove le forme non esistono, dove il buio raggela ogni traccia di vita. Per legge universale, cadendo i gravi aumentano il loro peso; per legge umana, le domande in assenza di risposte incrementano il loro volume appesantendo i piedi, sillabando le parole, affondando la mente.

Mi risuonava di continuo il perché da Ofelia lanciato come una maledizione, la vera maledizione che è la ricerca del significato, la vera ricerca che è la comprensione dell'abbandono, il sentimento di essere incidenti di provvidenza, distrazioni di natura, nei.

Nessuno avrebbe potuto risponderle, non avrebbe trovato risposta Caramante, tra i suoni ultraterreni che registrava e forse sentiva solo lui, non l'aveva trovata Elea nel suo breve viaggio nel regno d'Ade, nessuno. E niente è più devastante di una domanda che non avrà risposta.

Nemmeno io potevo dargliela, e tuttavia non mi rassegnavo a quel peso che rischiava di portarmela via.

"Allora?"

"Ho pensato alle tue parole dell'altro giorno."

"Quali?"

"Il racconto di tua madre al manicomio..."

Lei abbassò lo sguardo, forse avevo sbagliato a dirle in quel modo, a usare io quella parola, io che non ero nessuno e che le sbattevo in faccia la follia materna.

"...Scusami."

"Cosa hai pensato?"

Lo chiese forse per cortesia, forse perché s'era accorta della mia mortificazione, ma lo chiese, e ne approfittai.

"Secondo me è lì che puoi trovare qualche risposta in più."

"Ci sono stata, ho chiesto."

"Forse non nel modo giusto."

Guardava a terra, e la immaginavo rivivere quel giorno.

"Non voglio più tornarci, non ce la farei... E adesso scusa ma devo andare."

Si mosse ma le sfiorai il braccio con la mano, a trattenerla: "E se ti accompagnassi io?".

Lei mi guardò e sembrò che solo allora mi avesse riconosciuto:

"Lo faresti davvero?".

"Davvero, anche domani stesso se vuoi."

Finì di bere lo spumante, si alzò e mi si avvicinò:

"Grazie per tutto questo," disse mentre si spingeva verso di me per baciarmi sulla guancia.

"A domani."

La mia giornata si chiuse su quelle parole e su lei che si allontanava fino alla fine del sentiero, per svaporare come una voce breve e distante.

39.

Il giorno dopo trovai Ofelia ad attendermi davanti al cancello ancora chiuso. La riconobbi da lontano, ignaro delle ragioni di quel clinamen esistenziale.

"Ci andiamo adesso?" mi chiese mentre prendevo il mazzo delle chiavi, e sembrava un'altra dal giorno prima.

Ormai ero abituato ai suoi cambiamenti repentini, a questa ombra che vagava in cerca del corpo a cui attaccarsi, e tuttavia la richiesta mi colse di sorpresa. Lì, su due piedi. Bisogna fare attenzione alle parole che usiamo con qualcuno che parla poco, le soppesa, le plasma, le modella prima di pronunciarle. Pensavo che ci saremmo accordati per un appuntamento nei giorni successivi, e che avrei avuto il tempo di informarmi, di prepararmi a uscire dal cimitero, dai pochi metri quadrati del mio universo, da Timpamara. E invece adesso dovevo improvvisare tutto.

Lei si avvide della mia esitazione:

"Forse avrei dovuto aspettare, avvertirti prima, ma mi sono svegliata in questo modo e domani no, ogni giorno a venire potrei svegliarmi senza questo coraggio e non accadrebbe più. Andiamo stamattina, se vuoi, se puoi, tentiamolo insieme, proviamo, ma non dirmi di no".

Allungò la mano e afferrò la mia stringendola forte. E io le misi l'altra sulla sua, come a imprigionarla.

Le sue parole mi infusero coraggio.

"Allora andiamo," le dissi, mentre tenevo ancora le sue mani nelle mie.

Comprai i biglietti della corriera dal tabacchino, poi ci sedemmo sulla panca sotto la pensilina.

"Vuoi bere qualcosa? C'è un bar qui vicino... abbiamo una ventina di minuti di attesa."

"Sto bene qui," mi disse. "Hai già in mente qualcosa?"

"Ti riferisci al manicomio?"

"Sì."

"Non ci sono mai stato, ma quando saremo lì qualcosa ci verrà in mente."

Tornò a guardarsi le mani.

"Ho fatto un sogno stanotte. Forse è per quello che mi sono svegliata così, intraprendente."

"Ti va di raccontarmelo?"

"I sogni sono noiosi da raccontare. Niente è più distante da noi dei sogni che altri hanno fatto."

Sorrisi.

"Che c'è? Non dirmi che ti piace ascoltarli!"

"No, è che mi capita la stessa cosa coi sogni raccontati nei libri. Penso sia un trucco a cui ricorre uno scrittore quando ha bisogno di un salvagente, che lì ci puoi mettere di tutto, puoi anticipare, spiegare, chiarire, suggerire, o anche solo allungare il libro di qualche paragrafo. E allora io volto pagina. Un po' come nei musical, quando gli attori cominciano a cantare mi fisso le punte delle scarpe e mi chiedo quando finiranno."

"Ma che senso ha guardare un musical se odi le canzoni?"

"Anche tu hai ragione. Ti piace il cinema?"

"Sì."

"Un giorno ci verresti con me?"

"Sì."

Sorrisi di nuovo, e questa volta fui io per primo ad accarezzarle il braccio.

"Mi piacerebbe fare tante cose con te."

"Anche a me," disse spostando gli occhi sul mio viso.

Poi ci fu silenzio, e poi il vento mosse i rami degli alberi, e poi Euripide Belcastro attraversò la strada gesticolando, e poi un rumore lontano di vetri rotti, e poi la corriera.

Salimmo.

"Ci può indicare la fermata del manicomio, per favore?" L'autista fece un cenno con la testa. Seguii Ofelia che andò a sedersi in fondo, lontano dall'attenzione del conducente, che ci fissava dallo specchietto retrovisore. Volle mettersi dalla parte del finestrino.

"Mi siedo sempre qui," disse aprendo uno squarcio sulla sua quotidianità.

Io guardavo davanti, incrociando ogni tanto imbarazzato le occhiate insistenti dell'autista.

"Sei come me, allora," disse.

"In che senso?"

"Non ti piace ascoltare i sogni degli altri."

"Certo che mi interessa, anzi, mi piacerebbe sentire il tuo, ma non volevo sembrarti insistente."

Fissava il cielo, io il suo riflesso sul vetro.

"Ho sognato te. Un sogno strano, e quindi un sogno giusto. Ero vestita da sposa, forse dovevamo sposarci, ma eravamo in un bosco, e poi tu all'improvviso sei scomparso e io sono venuta a cercarti e ti ho trovato seduto su un albero. Ridevi e non ti accorgevi che il ramo si stava spezzando, e quando il ramo si è rotto però ero io a cadere, una caduta infinita, e quando stavo per schiantarmi tu mi hai afferrato al volo e abbiamo ripreso a camminare nel bosco." Si fermò. "Forse anche i nostri sogni sono come quelli degli scrittori, li raccontiamo quando non abbiamo niente da dire, un trucco come tanti per riempire il tempo e la vita. Una strategia della distrazione. Volta pagina," disse accennando un sorriso.

"Però sarebbe bello."

"Cosa?"

"Il sogno. Mi è piaciuto. Forse per te era una paura, forse per me un desiderio, chi lo sa. I trucchi per dimostrarsi tali devono svelarsi."

Ofelia ritornò a guardare il cielo.

"Saresti bellissima vestita da sposa," conclusi, sperando

che si accorgesse del banco di nuvole che s'erano addensate come strascico nuziale proprio sopra le nostre teste, alla maniera di una benedizione, una deroga alla discordanza tra i desideri degli uomini e i responsi dell'universo.

Dai finestrini cominciammo a vedere il mare in lontananza, poi a fiancheggiarlo. Era segno che ci stavamo avvicinando a Maravacata, il paese del manicomio. Ofelia lo guardava come i bambini guardano le giostre.

"Non sono mai stata al mare," disse. Mi sembrava impossibile. "Tu?"

"Sì. Da bambino avevamo una piccola baracca di legno sulla spiaggia. Siamo andati ogni estate fino alla morte di mia madre..."

Fu uno schiaffo, il ricordo improvviso di quelle estati felici, seppellito chissà dove insieme al cumulo di bellezza della mia età felice. Troppo doloroso per indugiarvi.

Quando lessi il cartello col nome del paese, cominciai a guardarmi intorno con attenzione nell'eventualità in cui l'autista si dimenticasse di avvertirci. Lo fissai un paio di volte, come a ricordarglielo. Quasi alla fine del paese, quando già temevo di aver saltato la fermata, la corriera accostò.

"Siete arrivati," disse voltandosi verso di noi.

"A che ora passa per il ritorno?" gli chiesi prima di scendere.

"Non lo so, ma ci sono gli orari lì, potete vedere voi," disse indicandomi un cartoncino attaccato al palo della luce.

Andammo subito a vedere. La corriera ripartì.

"Potremmo prendere quella di mezzogiorno, se facciamo in tempo," proposi a Ofelia, che però non mi ascoltava, tutta assorbita dalla mole imponente della costruzione.

Il manicomio di Maravacata lo conoscevano tutti nella regione. Non c'era famiglia che prima o poi non avesse dovuto farci i conti, per sé o per gli altri. Si trovava al limitare del paese, il luogo di confine che veniva riservato di solito ai cimiteri, e guardando quelle mura altissime come paratie di un transatlantico mi parve una versione moderna della *Narrenschiff*, la nave dei folli nata dall'alleanza dell'acqua con la follia.

"Proviamoci," dissi prendendo la mano di Ofelia che già

cominciava a rievocare gli attimi dolorosi della consapevolezza di orfana.

Salimmo la scalinata, anch'essa imponente. Nell'atrio, a sinistra, c'era la portineria. Mi avvicinai da solo e chiesi dove potevo rivolgermi per avere notizie d'una parente ch'era stata ricoverata lì. Il portiere mi indirizzò all'archivio, il primo corridoio a sinistra, penultima stanza a destra, c'è la targhetta sulla porta.

"Ci sono già stata qui," disse Ofelia riconoscendo i luoghi.

Bussai, una voce ci fece entrare.

L'uomo dietro il bancone chiuse il giornale che stava sfogliando.

"Dite."

Io e Ofelia ci guardammo.

"Vorremmo informazioni su una parente che è stata ricoverata qui."

"Ma, se non ricordo male, la signora è già venuta e abbiamo cercato senza alcun esito," disse l'archivista guardandola.

Mi chiedevo se nel racconto di Ofelia potesse celarsi un indizio, un appiglio puranche minimo, l'uomo che la vede piangere, la vecchia signora della lavanderia che riconosce Emma, e finalmente quell'aggettivo, la muta, la sconosciuta che non aveva mai parlato. Fu una folgorazione.

"E come funziona per i senzanome?"

"In che senso, scusi?"

"Come negli ospedali, sarà capitato che venga qualcuno che non ricorda come si chiama o che più semplicemente non parla."

"Certo, ma di solito sono accompagnati da un parente."

"E quando non lo sono?"

"In verità, da qualche parte dovremmo avere stipati i fascicoli degli anonimi, aspetti che cerco."

Aprì dei raccoglitori metallici, cercava e chiudeva, cercava a chiudeva:

"È da molto che non li prendiamo... se ricordo dove li abbiamo messi... siamo in quattro ad alternarci qui dentro".

Ofelia mi appoggiò la testa sulla spalla.

"Eccoli, dovrebbero essere questi."

Portò sul bancone un grosso raccoglitore di cartone grigio. Sul dorso, sotto la dicitura del manicomio, la sigla NN.

Lo aprì. Erano una trentina di fascicoli.

"Adesso li vediamo uno per uno. Se è tra questi la troviamo di sicuro, la foto d'ingresso era obbligatoria per tutti."

Tutti i fascicoli, in alto a destra, avevano la sigla M per maschio e F per femmina: quelli maschili li scartava senza aprirli. Per ogni fascicolo di donna, l'apriva e ci faceva guardare la foto in calce alla cartella clinica.

Fu alla ventunesima, quando stavamo per perdere ogni speranza, che tutto cambiò. Io no, ma Ofelia riconobbe subito la donna della foto sul giornale, anche se aveva la testa leggermente chinata e i capelli nascondevano una parte del volto. La accarezzò e mi accorsi che si tratteneva dal piangere.

"Se volete sedervi e guardare con calma..." disse l'archivista indicandoci un tavolo e delle sedie di legno.

Osservammo insieme la foto, che a me pareva un'altra donna rispetto alla Emma che conoscevo, e m'incuriosì un particolare, in basso, dove si intravedevano quelli che sembravano i capelli disordinati di un bambino che lei sembrava tenere in braccio.

La cartella clinica era costituita da otto fogli. Non c'erano dati personali, ma finalmente io e Ofelia potemmo leggere le circostanze dell'internamento vergate dalla scrittura frettolosa di qualche medico:

La paziente si è presentata in data odierna spontaneamente e senza alcun accompagnatore, in evidente stato di confusione. L'abbigliamento e le condizioni igieniche al di sopra della norma fanno pensare che non viva in stato d'abbandono.

Non parla, non risponde a nessuna domanda. Trattasi a prima vista di mutismo cronico, probabilmente riconducibile a un evento traumatico. Non dà segni di violenza verso sé né verso gli altri. Gli infermieri del posto negano di averla mai vista, trattasi quindi di forestiera, arrivata qui appositamente per autoricoverarsi.

Gli altri fogli non recavano informazioni interessanti ma vi erano stati annotati di volta in volta i cambiamenti di terapia e i farmaci somministrati.

L'ultima nota riportava il decesso avvenuto per causa sconosciuta.

Ofelia leggeva ogni parola come se si trattasse di decifrare un responso di vita o di morte, la mappa del destino.

Per tutto il tempo stetti al suo fianco: leggevo con lei, voltavo pagina con lei, l'aiutavo a decifrare lettere e parole incomprensibili. Dopo che ebbe finito, ritornò alla prima pagina e cominciò a fissarne ogni angolo.

"Mi spiace," le sussurrai.

"Di cosa?" chiese senza alzare gli occhi dal foglio.

"Di averti portata qui per niente."

"E questo ti sembra niente?" disse sfiorando col dito la foto in bianco e nero. "Tutt'altro," aggiunse, "tutt'altro," fermando lo sguardo sull'angolo in basso a sinistra del foglio in cui era scritta la data del ricovero.

Una volta usciti dalla stanza, tentai di approfondire la ricerca:

"Continuiamo a chiedere? Torniamo insieme in lavanderia?".

"No," disse scuotendo la testa. "Credimi, Astolfo, va bene così. Nessuno potrebbe aggiungere più niente."

Sebbene parlasse con un tono conciliante, quasi rinfrancato, avvertivo una sfumatura di delusione.

"Tra quanto passa la corriera?"

"Venti minuti."

"E la prossima?"

"Tra due ore."

"E se prendessimo quella?" mi propose.

Calcolai i tempi, avrei aperto la biblioteca mezz'ora dopo, un ritardo perdonabile.

"Come vuoi."

"Mi porti al mare?"

40

Da quel punto non si vedeva la distesa azzurra, ma potevo immaginarla dietro la fila di case all'orizzonte. Ofelia mi prese la mano e mi sentii come non ero abituato, a guidare, io, zoppo per natura, assuefatto a stare indietro e accodarmi.

Attraversammo strade e case e poi giungemmo sul lungomare. La sabbia era più grossa di quella dei miei ricordi.

"Voglio bagnarmi i piedi."

Ci togliemmo le scarpe. Ofelia si appoggiò al mio braccio e ci fermammo prima della battigia.

"Poco per volta," disse.

Controllò il punto estremo in cui arrivava l'onda e fu lì che poggiò il piede, per farselo bagnare dolcemente dalla schiuma dell'onda successiva. Ogni volta avanzava un po' di più, e io con lei, fin quando ci ritrovammo le caviglie coperte dall'acqua.

Si fissava i piedi:

"È fredda, ma poi quando ti abitui...".

Intorno, sulla spiaggia, non c'era nessuno.

Dopo un po' andammo a sederci, con la sabbia aggrappata alla pelle bagnata.

"In tutti questi anni che la cercavo, mia madre era qui. Ho calcolato sulla cartina la distanza da casa mia al manicomio, cinquantasei chilometri circa. La immaginavo in chissà quale parte del mondo, e invece... bastava allungare un braccio. Che poi cosa cambia, non si misurano le distanze."

Aveva ragione Ofelia. Pareva, talvolta, che gli uomini fossero come mazzi di chiavi, bottoni o foglietti di appunti volanti, sempre a portata di mano, ma poi all'improvviso sparivano, come dotati di volontà dispettose.

Quando ero ragazzo d'estate ci trasferivamo al mare, in una baracca sulla spiaggia. Costruita come una palafitta, c'era un'intercapedine di circa un metro tra il pavimento di legno e la sabbia. In quello spazio m'infilavo spesso per giocare o quando non volevo essere trovato. E lì, guardando in alto tra le assi di legno, vedevo i granelli di polvere che infilatisi dalle fessure rilucevano nell'aria prima di confondersi nella sabbia. Quando mia madre spazzava il tavolato, i granelli di polvere scomparivano dal pavimento ma solo per finire in basso. Anche se lei non li vedeva più, loro continuavano a esistere. Forse era questa la scomparsa, forse anche la morte: una dimensione diversa, il semplice abbassarsi di un piano, un celarsi dietro una curva.

Ero certo di aver perso per sempre quel ricordo e invece era lì, a portata di mano. Pensiamo di dimenticare molte cose, invece la verità è che il nostro corpo e la nostra mente ricordano tutto. Ogni cosa accaduta è registrata per sempre, anche il particolare più insignificante. Di più, a volte ricordiamo anche quello che non abbiamo vissuto, perché il passato non è solo ciò che è accaduto ma anche quello che sarebbe potuto accadere.

Ofelia si distese sulla sabbia, incurante dei granelli nei capelli, sui vestiti, dei piccoli fastidi del mondo.

Mi tolsi la giacca e gliela misi sotto la testa. Lei chiuse gli occhi.

Io guardavo il mare. Non c'ero più ritornato dalla morte di mia madre, che mio padre non aveva voluto più saperne, eppure ne conservavo un ricordo nitido, come se da allora fosse trascorso un solo inverno. Quella distesa salata l'avevo spesso ritrovata nelle mie letture, che a volte i libri servono anche a questo, a perpetuare delle sensazioni.

Ofelia sembrava essersi addormentata. Era come quelle bambine che dopo pranzo dormono sulla spiaggia nei giacigli fatti di vestiti e asciugamani.

Arrivarono dei ragazzi con un pallone e si misero a giocare finché l'urlo entusiasta di uno di loro che aveva fatto goal svegliò Ofelia. Aprì gli occhi lentamente, schermando con un braccio la luce del sole, faticando a capire dove si trovava, sentendo i piedi nudi nella sabbia, ricomponendo pezzo dopo pezzo il suo presente.

"S'è fatto tardi?" disse sedendosi.

"No."

Guardò in direzione dei ragazzi e poi verso il mare:

"Sono contenta che la mia prima volta al mare sia stata con te".

Ci alzammo e tornammo verso la fermata della corriera, che arrivò puntuale. Ci sedemmo agli stessi posti dell'andata e Ofelia ritornò a guardare le nuvole. Era come se si stesse prendendo del tempo.

"Dapprima negò."

"Chi?"

"Mia zia. Dapprima negò."

Fissava il cielo. Io non feci domande, non servivano con lei: parlava quando voleva, come voleva.

"Tornata a casa, dopo essere stata al manicomio, la affrontai con decisione. Lo sapevi che tua sorella era chiusa in manicomio? Lo sapevi?"

Ofelia le pronunciò come se la zia fosse lì e stesse parlando con lei.

"La guardai negli occhi. Era sincera; la vidi sbiancare, sedersi, prendersi la faccia tra le mani, chiedermi come lo avevo saputo. Avrei potuto chiederle ogni cosa in quel momento. Era pazza mia madre? Era pazza?" ripeté, di nuovo pronunciando le domande come se le rivolgesse direttamente alla zia. "Lei disse di no, che non aveva mai dato segni di pazzia, ma io leggevo silenzi nei suoi occhi e glielo chiesi, alzando la voce, glielo chiesi, possibile che non fosse mai stata male? Dapprima negò. Poi però fu costretta a parlare. Mi fece sedere di fronte a lei, mi prese la mano, e cominciò a raccontare che mia madre fin da piccola aveva un modo tutto suo di stare nel mondo. In che senso, le chiesi, nel senso ch'era una bambina diversa dalle altre, che le piaceva stare da sola, che aveva una vita tutta sua, di amiche immaginarie, ma cose normali quando si è bambine, che dopo crescendo scompaiono. Ma poi... poi, all'improvviso, un giorno, dopo che tu nascesti, mi rivelò, quel suo modo di essere bambina ritornò a impadronirsi di lei. Non fu più la stessa: piangeva sempre, aveva paura di prenderti in braccio per terrore di farti male, ogni volta che ti lamentavi diceva che stavi per morire, voleva sempre stare al buio e non vedere nessuno, nessuno. Il medico disse che era un forte esaurimento, che bisognava avere pazienza, aspettare, assecondare le sue esigenze, e noi pazientammo, ma inutilmente.

"Trascorsero alcuni mesi, e poi... Era il giorno del suo compleanno, il primo che passava da madre. Quella mattina, mi raccontò, sembrava un'altra. Chiese di te, ti volle tenere in braccio, addirittura vestirti. A metà mattinata, mentre ero in cucina e ti avevo lasciato dormire di sopra, nella camera accanto alla sua, all'improvviso sentii un silenzio strano, di quelli che annunciano disastri. Salii piano piano le scale, venni nella tua cameretta ma tu non eri nella culla. Ebbi un attimo di terrore quando, dal bagno, sentii tua madre canticchiare una nenia. Corsi verso di lei. Era piegata sulla vasca piena fino all'orlo e tu eri lì, immersa completamente nell'acqua, che annaspavi agitando braccia e gambe, quasi priva di respiro. Ti strappai a lei e tu, dopo aver ripreso fiato, cominciasti a piangere disperata fra le mie braccia. La stavi ammazzando, le urlai, volevo solo farle il bagnetto, disse tua madre, arretrando, volevo solo... Poi il suo tono cambiò, la stavo ammazzando, la stavo ammazzando, continuò a ripetere e andò a chiudersi in camera a piangere. Quella notte, nel silenzio della casa, mia madre scomparve. Ho sempre creduto di non essere stata un motivo sufficiente per restare... Invece. Mia madre scomparve la notte del suo compleanno. E sai cosa fece nell'attimo stesso in cui uscì di casa?"

"No..." E pensai che nemmeno lei poteva saperlo.

"Uscì di casa per andare al manicomio. La data di ricovero, in calce alla scheda, era il giorno successivo al suo compleanno."

La guardai ammirato dalle sue doti investigative, e tuttavia non capivo in che senso questo rappresentasse per lei un aiuto. Era come se mi leggesse in testa:

"Ma tutto questo non significherebbe niente se una mano sconosciuta non si fosse premurata di specificare le circostanze del ricovero. Mia madre si presentò di sua volontà, venne in paese con lo scopo di... come c'era scritto sulla cartella? Autoricoverarsi... Non mi ha abbandonata. S'è resa conto del male che poteva farmi e per proteggermi è andata lì, spontaneamente, ha scelto di sacrificare sé stessa per il mio bene, lo capisci? Lo ha fatto solo per difendere me, sua figlia! Non mi ha abbandonata," ripeté con gli occhi lacrimosi.

E io la capivo, anima affine in solitudine e disperazione, perché avevo attraversato prima di lei illusioni e infingimenti, scambiato favori per avversità, aurore per crepuscoli.

Un sorriso debole fu il segno esteriore della mia comprensione – che fu, allora e per sempre, compromissione.

"Benedetto il giorno in cui ti ho incontrato, Astolfo Malinverno, custode di libri, guardiano del cimitero, protettore dei vinti."

Mi afferrò la mano e me la baciò prima di portarsela al petto, dove la tenne per tutta la durata del viaggio, come il pane caldo per non farlo raffreddare.

Il pomeriggio, in biblioteca, con la sabbia che sentivo ancora tra le dita dei piedi, ripensai a Ofelia e alla sua gratitudine che forse si stava trasformando in qualcosa di più forte, e mettendo uno dopo l'altro i momenti vissuti con lei e le parole e le promesse e il prossimarsi dei corpi non potevo non concludere che forse anche lei mi pensava quando non c'ero e aspettava di incontrarmi, che anche Ofelia...

E invece la mattina dopo non venne: la attesi inutilmente, e tutte le mie certezze crollarono.

La sera, quando tornai a chiudere il cimitero, trovai il ramo dell'entrata rovesciato, segno del suo passaggio, nonché un altro fiore di cardo di fronte alla lapide di Emma.

Mi convinsi che era venuta sapendo bene che non mi avrebbe trovato.

Rincasai, mangiai un uovo strapazzato e andai subito a letto, che nella vita perfezione accade, per sbaglio, ma raramente.

Anche il giorno dopo Ofelia non venne, ma per fortuna arrivò Caramante e distrarmi dai miei pensieri tristi.

Per la prima volta non aveva con sé il registratore.

"Com'è andata la volta scorsa?" gli chiesi.

"Non benissimo. Ho riascoltato due volte l'intera registrazione, ma nulla di interessante. Forse il suo collega aveva esagerato," disse riferendosi alle parole di Eraclito.

"Mi accompagna?"

Lo affiancai e proseguimmo sul viale.

"Come mai non ha con sé il borsone? È strano vederla senza, è come se le mancasse una parte del corpo."

"Oggi sono venuto solo a salutarla, Malinverno. Stasera parto."

Lo disse con tono malinconico, che forse si era affezionato a quel posto, fors'anche alla mia compagnia.

"Ci sediamo qui?" mi chiese quando passammo sotto la grande quercia che delimitava il primo settore.

Ci sedemmo sul muretto.

"Mi dispiace per la sua amica. Fino a ieri ho registrato, ma, anche se ci fosse qualcosa, non potrei più farglielo ascoltare. Mi spiace di averla illusa e delusa. Mi sono reso subito conto che per lei è una questione importante. La capisco."

Caramante guardò in alto, verso i rami da cui giungeva un cinguettio acquietante.

"È stato per loro se tutto questo è successo."

"Per loro chi?"

"Ho sempre avuto una predilezione per il canto degli uccelli. Era l'estate di dodici anni fa. Eravamo andati con mia moglie nella nostra casa in campagna. Una giornata splendida di primavera. C'era una luce come raramente avevo visto, impalpabile, onirica. E un silenzio che pensai fosse perfetto per registrare il canto copioso di quei volatili. Avevo con me il mio magnetofono, non mi muovevo mai senza, lo appoggiai sul davanzale della finestra e lasciai registrare mentre raggiungevo il lago. La sera, dopo cena, in giardino, riavvolsi il nastro per sentire la registrazione. Il silenzio, il variopinto canto degli uccelli e poi, all'improvviso, il canto finì, si sentì come un disturbo radio, e sul fruscio di fondo mi parve di distinguere una voce maschile pronunciare il mio nome. Tutto mi sembrò strano. Riavvolsi il nastro e lo feci ripartire, avvicinando l'orecchio all'altoparlante. Sentii la stessa cosa: l'interruzione improvvisa, il fruscio, la voce maschile che pronunciava il mio nome. Chiamai subito mia moglie, feci ascoltare anche a lei e ne fu sorpresa. Non sapevo come spiegare quel fatto. Volevo ascoltare meglio, così presi le cuffie. Lei capì dalla mia espressione che qualcosa era accaduto, perché sentendo la registrazione a quel modo non solo il mio nome si comprendeva distintamente, ma anche la voce maschile sembrava più riconoscibile. Era quella di mio padre, morto due anni prima in quella casa. Fu un fatto straordinario. Pensai a una casualità, a una mia difettosa e congenita pareidolia. Non avevo mai creduto in quelle cose, non ho mai avuto fede in Dio né frequentato chiese, mai pensato a paradisi e purgatori, eppure lì, di fronte a me, c'era un evento che non potevo non considerare.

"Il giorno dopo ripetei l'esperimento, ma questa volta senza risultati. E così nei due giorni successivi. Forse mi ero sbagliato, forse davvero quella che interpretavo come la voce di mio padre era una casuale combinazione di suoni, forse una qualche frequenza radio catturata per sbaglio. Eppure, una parte di me credeva fortemente che fosse lui. Non aveva potuto salutarmi. In quel periodo mi trovavo per lavoro in Svizzera, mi chiamarono che non stava bene, io partii ma non arrivai in tempo. Due giorni dopo feci ascoltare la registrazione a mia madre. La vidi sbiancare, si portò le mani al volto e cominciò a piangere. È tuo padre, mi disse, questo è tuo padre. E mi raccontò un particolare che non mi aveva mai detto, ch'egli mi aveva atteso fino alla fine e che l'ultima parola che pronunciò prima di morire fu il mio nome. Lo pronunciò così, aggiunse, proprio così, come se ti stesse chiamando ancora."

Caramante aveva gli occhi lucidi e la voce rotta dalla commozione.

"Amavo mio padre e lui amava me sopra ogni cosa. Avrei dovuto essere con lui in quel momento, ad accarezzarlo e stringergli la mano, a farlo sentire sicuro, lui che aveva paura della morte, a rincuorarlo. È terribile non essere al fianco della persona che si ama quando sta per morire. Quella voce che chiama il mio nome, io la sogno ogni notte e la cerco ogni giorno, in ogni angolo del mondo, sperando che non abbia finito di parlarmi, sperando che continui a risuonare intorno a me, sempre. Mi piace pensare che quando moriamo diventiamo voci che vanno a sommarsi a tutti i suoni del mondo." Si alzò. "Le devo tanto, Malinverno. Mi mancherà parlare con lei."

Allungai la mano per salutarlo ma lui mi abbracciò.

"Stia bene," mi disse, e andò via.

Lo guardai scomparire e, all'idea che non sarebbe ritornato, mi sentii più solo. Per quell'uomo registrare voci era come per me leggere libri e riscrivere finali e seppellire volumi, riempire piccoli vuoti o illudersi di farlo, alla maniera dei bambini che pensano di prosciugare il mare usando un secchiello.

41.

Ofelia apparve di fronte al cancello come una visione.
Erano trascorsi quattro giorni dal nostro viaggio al manicomio e non ci eravamo più incontrati.

Quando mi vide, si fermò e abbassò la testa, offrendosi con pudore alla mia ammirazione. Aveva una gonna a campana lunga e nera, e sopra una camicetta bianca, ricamata sul davanti, con le braccia scoperte.

Le andai incontro come quando si va a prendere la comunione. I capelli neri, raccolti sulla nuca, mettevano in risalto due pendenti, gli stessi di Emma nella foto della lapide. Aveva fatto di tutto per essere identica a lei, e lo era diventata. Continuava a tenere lo sguardo basso, vergognosa.

"Sei bellissima."

Ofelia alzò gli occhi:

"Le assomiglio abbastanza?".

"Identica," le risposi, pensando allo specchio che le avevo regalato e che a nulla era valso.

"Conosci qualche fotografo?" Mi fece la domanda così, all'improvviso.

Pensai subito a Marfarò e glielo dissi.

"Puoi accompagnarmi adesso?"

Non finiva mai di stupirmi.

"Sì, sperando che ci sia..."

Chiusi il ripostiglio e ci allontanammo.

Per la bellezza della donna che avevo accanto e la solennità che mettevo nei passi, provai la stessa sensazione di quando avevo accompagnato Margherita al matrimonio con Fiodoro. E in parte mi sentivo come uno sposo, soprattutto quando mi voltavo verso Ofelia e il vento le muoveva il colletto della camicetta, e le siepi e l'erba lungo la strada fiorivano di colori e profumi, e la gente ci veniva dietro come a un corteo, e dai negozi uscivano musiche che parevano d'organi. Mi beai di quella condizione e anche degli sguardi stupefatti dei passanti, immaginando le catene di parole invidiose che si intrecciavano sottovoce. Ogni tanto, nell'irregolarità dei passi, i nostri corpi si sfioravano, e io non facevo niente per spaiarli.

Marfarò era dietro il bancone a ritoccare con degli acquerelli una fotografia in bianco e nero.

Quando alzò gli occhi e vide il volto radioso di Ofelia, non nascose lo stupore. La fissò:

"Ma io a voi vi ho già vista!".

Poi si voltò verso di me, con quell'aria incredula e interrogativa che per fortuna non fece esplodere in domande scomode.

"La mia amica vorrebbe farsi alcune foto."

"Ai vostri comandi," rispose mettendo via pennello e colori.

"Dove ci accomodiamo?"

"Venite di qua," disse facendoci strada.

Nel piccolo retrobottega s'era costruito da solo uno studio molto artigianale, con un lenzuolo bianco per sfondo, uno sgabello al centro e due lampade fotografiche ai lati.

"Sedetevi pure," disse a Ofelia. "Un attimo che prendo la macchina. Mi aiutate?" chiese poi rivolto a me.

Quando fummo nella stanza principale, mi mise una mano sul braccio e mi sussurrò:

"Ma che sta succedendo? Quella è la donna senza nome!".

Gli feci segno di abbassare la voce:

"È la figlia, le somiglia come una goccia d'acqua".

Dal modo in cui mi guardò non fui certo che mi avesse creduto. Prese la borsa e tornammo nello studio.

Ofelia evitava di guardarci negli occhi e si toccava nervosamente un pendente con le dita, quasi fosse un amuleto.

Geremia avvitò la macchina al cavalletto:

"Guardate verso di me".

Vidi Ofelia assumere la stessa espressione e postura di Emma, e non doveva riuscirle difficile assumere la tristezza di chi ha mancato la vita.

Marfarò, che all'improvviso si sentiva un fotografo di moda, fece una decina di scatti.

Ritornammo nel negozio.

"Li sviluppo prima possibile."

Ofelia aveva fretta di uscire di lì, ma anche per strada i suoi passi mostravano un'urgenza che all'andata non aveva, e io faticavo a starle dietro. Solo allorché fummo sul viale solitario del cimitero, lontano dalle case e dagli sguardi, rallentò l'andatura.

Quando, sulla tomba di Emma, le vidi una di fronte all'altra, mi sembrarono la stessa persona di fronte allo specchio.

Si toccò i pendenti:

"Sono l'unica cosa che mi resta di lei. L'unica. Non c'era nulla di suo in quella casa, eccetto questi, e probabilmente non li portò via perché la zia li custodiva nel suo comodino".

Li tolse, cominciando dal destro.

"Me li regalò quando compii sei anni. Li usò per farmi i buchi alle orecchie. Mi addormentò i lobi col ghiaccio e poi me li infilò, perché erano appuntiti mi disse, ma secondo me li usò perché erano i suoi, di mia madre, perché fosse una cosa sua che mi bucasse la carne. Ogni volta che li indosso sento quel dolore antico. Era come un segno, che ogni cosa che aveva a che fare con lei fosse dolore."

Li nascose in una tasca.

"Quand'ero piccola mi mettevo davanti allo specchio e li facevo muovere come pendoli, sperando che mi suggerissero qualcosa, come se i segreti della vita di mia madre si fossero cristallizzati qui dentro al modo di insetti nell'ambra, che forse continuano a respirare, che forse ancora hanno qualcosa da dire."

Aveva un'espressione ambigua, mista di serenità e soffe-renza.

"Ti spiace, Astolfo, se resto da sola?"

"No, no," le dissi, contrariato per non averlo capito da me, "devo finire dei lavori."

Era forse la prima volta che mi allontanava in quel modo, e lì per lì ci restai male.

Non la vidi più.

Al suo posto, invece, giunse Margherita. La prima cosa che notai furono le scarpe nuove che indossava. Le ultime volte che l'avevo vista, l'entusiasmo del matrimonio si era spento e lei era ritornata a essere triste. Non avrebbe retto così per una vita intera.

Speravo per lei che un giorno si sarebbe svegliata e qualcosa sarebbe cambiato, così, spontaneamente, senza eventi eccezionali, senza epifanie esistenziali, così, per naturale e graduale accadimento. Avrebbe messo il piede a terra e si sarebbe sentita più leggera e il pavimento meno freddo, e quando si sarebbe guardata allo specchio avrebbe notato segni fino ad allora invisibili, avrebbe steso la pelle con la mano, poi sarebbe ritornata in camera e non avrebbe indossato più i vestiti del giorno prima abbandonati sulla sedia ma aperto l'armadio e inspirato l'odore dimenticato della lavanda. E adesso quelle scarpe nuove ai piedi. Le cose sarebbero cambiate, dovevano cambiare. Un giorno qualunque, all'improvviso. Forse proprio quel giorno.

Ero in ritardo di una decina di minuti sulla chiusura serale. Suonai la sirena, e dopo aver atteso il tempo necessario mi apprestavo a chiudere il cancello quando, con mio enorme stupore, dalla strada che portava al paese giunse Ofelia.

Mi sembrò subito diversa, come se si fosse spogliata della tristezza.

"Cosa è successo?" dissi mettendole la mano sul braccio.

"Ho fatto tardi e ho perso la corriera."

Rimasi in silenzio.

"Non so come tornare a casa."

"Era l'ultima?"

"Sì. Non so cosa fare, dove andare. Conosci un posto dove potrei fermarmi a dormire?"

Le accarezzai il braccio:

"Puoi venire a casa mia. Cioè, se vuoi, se per te non c'è niente di male".

"Non vorrei darti fastidio."

"Nessun fastidio, credimi."

Mi guardò negli occhi con riconoscenza.

"Allora va bene."

Chiusi il cancello sperando che non si accorgesse delle mani che tremavano.

"Andiamo."

Cercavo di mettere ordine nei miei pensieri, dove farla dormire, quali coperte usare, se avevo un cuscino in più, cosa avrei cucinato.

"Ti piacciono le uova?"

"Qualunque cosa va bene, mangio poco la sera."

Di fronte a casa c'erano Costanza Ceresia e Isotta Zagarise che parlottavano tra loro, e quando mi videro si zittirono. Mi salutarono con uno stupore che sembrava gli prendesse un colpo, soprattutto quando aprii la porta e feci entrare Ofelia.

"Hai visto come ci hanno guardati? Chissà cosa penseranno."

"Non è importante."

Era la prima volta che una donna entrava in casa mia e ogni cosa su cui cadeva il mio sguardo appariva trascurata e triste: il tappeto in vimini consumato, le pantofole scucite, la sedia con sopra un cuscino sfilacciato.

La feci accomodare in cucina.

"Siediti pure. Il bagno è lì, a destra, se hai bisogno di qualcosa basta chiederlo. Non c'è molto, lo so, è che io ho sempre abitato da solo..."

Scelse la sedia contro il muro. Mi sedetti di fronte a lei. Mi sentivo emozionato. Si guardava intorno, come per conoscermi meglio attraverso le tracce sparse per casa.

"Ero certa che fossi un uomo ordinato."

Non riuscivo a stare seduto.

"Vuoi bere un tè?"

"No, grazie. Posso andare in bagno?"

"Sì, aspetta..."

Controllai che tutto fosse in ordine, presi un asciugamano pulito, lo poggiai sul lavandino, nascosi il mio spazzolino troppo consumato e la feci entrare. Quando si chiuse a chiave, feci un giro per vedere che fosse tutto a posto. La foto di Emma era sul comodino e la nascosi nel cassetto. Tolsi le lenzuola usate e le buttai nell'armadio. Mi inumidii i capelli con l'acqua del rubinetto della cucina e me li lisciai.

Quando uscì dal bagno, Ofelia si era raccolta i capelli.

"Come le preferisci le uova?"

"Per me è lo stesso."

Mentre ero ai fornelli ogni tanto mi voltavo a guardarla e sentivo addosso una beatitudine nuova, perché non mi sembrava vero che fosse lì, seduta nella mia cucina, e che io stessi cucinando per lei. Neanche nei miei desideri più ambiziosi avrei immaginato un simile quadro familiare. Mi sarei abituato facilmente. Seguiva i miei gesti con una serenità che non le avevo mai visto, e questo rafforzava i miei pensieri che forse quella serata insieme non sarebbe stata l'unica, e anzi, osai ipotizzare, mentre spegnevo il fuoco, che forse la perdita della corriera era solo una messinscena orchestrata per stare con me, per vedere dove abitavo, chi ero, per capire se davvero potevo essere l'uomo della sua vita. Dovevo essere impeccabile in ogni gesto, soprattutto dovevo mimetizzare la mia zoppia, anche se ero certo che a lei non importasse. Mangiammo in silenzio, uno di fronte all'altra, scambiando pochissime parole.

"È stata una vera fortuna averti conosciuto," mi disse lei mentre le versavo la birra nel bicchiere.

Abbassai lo sguardo:

"Ofelia...".

"Siamo molto simili io e tu. Molto. Lo avevo capito dal primo momento. Non s'incontrano due anime gemelle e dopo scoprono di avere la stessa sensibilità. È quella stessa sensibilità che le porta a trovarsi."

Si alzò per sparecchiare ma insistetti per fare tutto più tardi. Lasciai le stoviglie nel lavandino e ritornai a sedermi.

"Vuoi un caffè?"

"No, sono stanca..."

Si alzò e andò a sedersi sul divano.

"Dormirò qui. Mi basta una coperta. Mi piace dormire sul divano."

"Ho già preparato il letto, sarai più comoda..."

"Sei gentile, ma preferisco stare qui, davvero."

Sulla mensola lì accanto c'erano colonne di libri. Lei prese quello che era in testa, le poesie di Pessoa. Era uno dei miei cinque libri preferiti: il portoghese era morto il giorno della mia nascita, e avevo interpretato quella coincidenza come una specie di testamento dell'anima, che se mai avessi avuto un figlio lo avrei chiamato Fernando. Guardavo Ofelia mentre lo sfogliava e mi piaceva l'idea che ci sarebbero state le sue impronte sulla carta amata.

"Me le leggeresti? Siediti qui, vicino a me."

Mi alzai.

Mi porse le poesie, quindi appoggiò la testa allo schienale e chiuse gli occhi.

"Prima di iniziare vado a prenderti la coperta e il cuscino."

Quando ritornai, era nella stessa posizione in cui l'avevo lasciata. Appoggiai l'ingombro sul bracciolo.

"Se ti dà fastidio la luce, posso cambiarla."

Ofelia annuì e io spensi la luce e accesi la lampada vicino ai libri, regolandola in modo che illuminasse soltanto la pagina. La guardai, col volto reclinato all'indietro, adombrata per metà, le labbra socchiuse, e per la prima volta sentii il desiderio di baciarla, di sapere che profumo avesse il respiro d'una donna, per un attimo fui perfino tentato dall'azione, ma bastò un breve movimento del suo braccio perché cedessi. Non riuscivo a non guardarla, a ripetermi che n'era valsa la pena, della mia vita accartocciata, se era lei il premio, la mano che appara le pieghe.

"Leggi, ti prego," disse con un filo di voce.

Aprii il libro e cominciai a leggere le poesie, iniziando dalla prima, *fuggiamo, mia creatura, fuggiamo verso l'Altrove, là dove il tempo è solo allegria, la vita una sete appagata e l'amore simile a un bacio quando quel bacio è stato il primo.* Le guardai ancora le labbra, tremanti: dormiva d'un respiro profondo, mi trattenni, ma poi pensai che ogni luogo è Altrove e con temeraria lentezza mi avvicinai, piano, fino a sentirne il respiro, e ancora più in là, fino a sfiorarle le labbra con le mie, inspirare il suo fiato e poi ritornare al mio posto, miracolato. Ofelia sembrò non accorgersi di niente. Io chiusi il libro e lei, continuando a dormire, si appoggiò alla mia spalla. Rimasi immobile a gustare fino in fondo quel contatto, e sentii in quegli attimi che nulla era l'amore cantato e raccontato e scritto rispetto a quello che si prova nella vita. Rimasi lì forse un'ora, poi lentamente mi alzai e la feci distendere sul divano, le misi un cuscino sotto la testa e la coprii fino al collo. Lei dormiva e sognava. Presi una sedia e mi sedetti di fronte, a guardarla ancora, fin quando mi alzai, chiusi la porta della cucina per non disturbarla e andai a letto.

Dormii poco. La prima luce del giorno mi trovò sveglio. Sarei voluto tornare da Ofelia ma era presto e preferivo che riposasse ancora.

Non avevo niente per la colazione, così aspettai che si facessero le sette e scesi dal fornaio a prendere dei biscotti caldi e del latte. Tornai e aprii la porta della cucina, lentamente. Ofelia non c'era più.

42

Appoggiai le cose sul tavolo e d'istinto mi affacciai a guardare dalla finestra. Forse era andata via per pudore, per non farsi cogliere dalla luce in quel luogo, forse doveva prendere la corriera e tornare a casa prima possibile, che la zia a quest'ora poteva aver chiamato i carabinieri.

Guardai le pieghe della coperta sul divano, mi avvicinai, c'era un suo capello sul cuscino, lo presi tra le dita e lo annusai. Poi, come quando avevo freddo, mi stesi io nella conca dei cuscini, mi coprii com'era coperta lei, e chiusi gli occhi ricordando gli attimi del bacio.

Quando quel ricordo divenne quasi doloroso, mi alzai, mangiai due biscotti con un bicchiere di latte freddo, quindi andai a prendere all'ingresso le chiavi del camposanto.

Non c'erano. Era impossibile. Le lasciavo sempre lì, sempre, ogni giorno appena entravo in casa le appoggiavo nel piattino di coccio. E se non erano lì, poteva significare solo che qualcuno le aveva prese. Ebbi in quell'attimo come una scossa. Senza perdere tempo mi affrettai verso il cimitero e mentre allungavo i passi dimezzati e stringevo la gamba con la mano per lenire il dolore, pensavo che Ofelia volesse solo salutare la madre prima di rientrare.

Il cancello era aperto, i battenti accostati. Era sicuramente da Emma. Feci tre passi ma mi fermai. La porta della camera mortuaria era aperta. Ricordavo benissimo di averla chiusa la sera prima.

Avanzai lentamente, allungai la mano per spingere l'anta delle porta. Guardai verso il lettino di metallo al centro della stanza.

Sopra, distesa, c'era Ofelia.

Sembrava dormisse come l'avevo lasciata la sera prima, se non fosse stato per il braccio destro che pendeva nel vuoto come un ramo spezzato. Corsi da lei, mossi il corpo, le sentii il polso, poi appoggiai l'orecchio sul cuore e chiusi gli occhi per sentire meglio, adesso ritorna a battere, adesso ritorna a battere...

Urlai il suo nome mentre la scuotevo con forza. Non poteva essere successo, non poteva... La fissai, impotente, così bella da sembrare viva, così bella da ingannarmi.

L'abbracciai e cominciai a piangere, stringendola sempre più forte a me, spremendola come a farle fuoriuscire l'ultima goccia di vita.

Non c'era più niente da fare. L'adagiai sul tavolo di ferro. Le accarezzai i capelli, le guance, e quando mi abbassai a baciarle la fronte e sentii sulle labbra la pelle fredda mi sembrò di mancare.

Avevo bisogno di sedermi, ma il piede buono incappò in qualcosa facendola rotolare sul pavimento, una boccetta scura, tipo quelle dei medicinali, ma senza etichetta. La raccolsi e l'annusai. Nessun odore particolare. La guardai in controluce, qualche goccia era rimasta dentro. Mi sedetti.

Avevo frainteso tutto, i gesti, le parole... e ora lei giaceva sul lettino e dovevo prendermene cura. Prendermene cura, ecco cosa voleva dire Ofelia, il giuramento che dovevo onorare: seppellirla. Dovevo mantenere la lucidità, azzerare il dolore, asciugare il pianto, divenire altro da me stesso: dovevo mettere le cose in ordine, come se le azioni fossero libri da allineare su una mensola. Non avrei certo potuto seppellire il corpo nudo e spoglio nel cemento o nella terra. Avevo bisogno di una bara. Il primo pensiero fu la faccia di Marfarò, ma non potevo chiedergli una cassa come fosse una fotografia. Mi guardai intorno alla ricerca d'aiuto, fin quando non vidi, appeso all'albo cimiteriale, il vecchio avviso del sindaco sulla scadenza delle sepolture. Tutti gli eventi e gli oggetti e i pensieri dell'umanità sono legati fra loro. Una bara messa appositamente per me, la spoglia legnosa d'un corpo rimosso per consunzione: il cataletto tirato fuori dalla riesumazione l'avevamo lasciato dietro il ripostiglio, riparato dalla grondaia e dai rami secolari d'un pioppo. Non era in ottime condizioni ma poteva andare bene.

Presi la carriola, quella speciale con le prolunghe di tubi.

La cassa, anche se era vuota, pesava molto. Misi da parte il coperchio e con fatica la poggiai sopra: per due volte la carriola si piegò facendola cadere, per fortuna senza romperla. Poi caricai il coperchio: era più leggero, ma mentre lo portavo al ripostiglio, con le braccia affaticate e la gamba dolorante, la gomma sgonfia che sobbalzava a ogni gradino, pietra, sconnessura, mi resi conto che da solo non sarei mai riuscito a onorare il giuramento. Anche se avessi messo il corpo dentro, non avrei mai potuto trasportarlo.

Portai la cassa dentro al magazzino e la lasciai lì.

Avevo bisogno che qualcuno mi aiutasse e non sapevo chi, e il tempo passava e l'ora di apertura del camposanto s'appressava. Per il momento dovevo nascondere il corpo, così presi una delle tante coperte conservate nel ripostiglio. Sapevo dai discorsi di Marfarò che i cadaveri hanno bisogno di un ambiente freddo per rallentare il processo di decomposizione, ma non avevo alternative, e poi si trattava solo di poco tempo. Iniziai a coprirla dai piedi, come qualche ora prima avevo fatto sul divano, lo stesso gesto per l'amore, lo stesso gesto per la morte. Salii poco per volta, come a tardare la cassatura della mia donna dal catalogo degli esseri viventi. E poi arrivai al seno, che per pudore evitai di sfiorare, e poi alla pelle del collo, bianca come foglio, e la guancia che aveva appoggiato sulla mia spalla prima di addormentarsi, e la bocca che solo una volta avevo sfiorato e che volli ancora sfiorare, e la baciai, con la consapevolezza dell'ultima volta, e infine la coprii. Il corpo era riconoscibile anche sotto il manto verde. E così stesi altre coperte e un cuscino, per camuffare le forme umane. Avrei chiuso a chiave la camera e nessuno sarebbe entrato. Per essere più sicuro, con altri scampoli di stoffa oscurai i vetri che davano sul viale principale. Aprii il cancello cinque minuti prima del solito. Mentre pensavo a chi poteva aiutarmi a seppellirla, sostai sulla tomba di Emma, schiacciato da umana disillusione. E qui ebbi come uno svelamento. Le conformazioni del mondo spesso suggeriscono le azioni da compiere, così anche l'intercapedine tra la sua tomba e quelle vicine. Ricordai il giorno in cui su quella lastra di cemento avevo visto i segni sul pulviscolo grigio che parevano quelli di un corpo disteso, come se qualcuno si fosse coricato lì, vi avesse dormito, Ofelia, certo, che forse aveva passato una notte accanto alla madre per saggiare le sconosciute abitudini filiali. Un suggerimento. Tutti gli indizi convergevano in quello spazio naturale che sembrava in attesa di un corpo, un quadratino bianco da riempire. Senza indugi ripresi a darmi da fare. Tornai al ripostiglio, caricai sulla carriola il materiale e mi diressi nuovamente alla tomba. Chiusi coi mattoni il fondo dell'intercapedine, sperando che la ritualità dei gesti favorisse i pensieri.

Ripensai a Marfarò. Alla luce della nostra consuetudine, e soprattutto della sua attività, forse mi avrebbe capito se gli avessi raccontato la storia, mi avrebbe fatto qualche domanda ma alla fine mi avrebbe aiutato. Il problema era se e quando sarebbe arrivato, perché non avevo a disposizione tutto il tempo, e qualunque cosa avessi fatto, avrei dovuto farla entro quella serata e quando il camposanto era chiuso.

Finii la calce e andai a impastarne altra, e per fare prima non seguii il sentiero ma tagliai attraverso le lapidi, trovandomi a costeggiare il fosso che celebrava la mancata eternità di Elea. Fu un'illuminazione. Andai verso la lapide della piccola Artemisia e lui era lì, il Cyrano mancato, a fare i conti con i propri sensi di colpa.

Mi avvicinai e gli posai una mano sulla spalla. Lui mi guardò incuriosito:

"Ho bisogno di te!".

Si voltò a guardarmi e vidi il riflesso del mio volto sulle sue lenti scure.

"Vieni, ti faccio vedere."

Notò le mie mani e i vestiti sporchi di cemento.

"Entra subito," gli dissi mentre aprivo e chiudevo la porta della camera mortuaria dietro di noi.

Ci avvicinammo al centro della stanza e ci fermammo accanto al lettino. Lo guardai negli occhi e poi cominciai a togliere le coperte una per una, fin quando arrivammo all'ultima. Infine sollevai un lembo e gli mostrai il volto.

Elea ebbe una reazione inattesa: si coprì la faccia con entrambe le mani e cominciò a singhiozzare, un gesto che sottintendeva un legame più forte di quanto pensassi.

"Si è avvelenata. L'ho trovata qui quando ho aperto."

Si avvicinò e l'accarezzò dolcemente.

"Eravate amici?"

Annuì.

"Un motivo in più per aiutarmi a seppellirla."

Mi guardò interrogativo, e chissà quali pensieri gli attraversarono la mente, e soprattutto perché io, proprio io, dovevo seppellirla? Non aveva famiglia? E poi perché fare tutto in fretta e di nascosto? Forse addirittura gli balenò in testa che c'entrassi io con quella morte, che l'avessi provocata, non proprio uccisa, e che dovevo sbarazzarmi del cadavere.

"Devo farlo io, Elea, me lo ha chiesto lei, ha preparato tutto," gli dissi, con voce tremante.

Si tolse gli occhiali e mi fissò di nuovo alla ricerca della verità. Era la prima volta che gli vedevo gli occhi e mi fecero impressione tanto erano neri e profondi.

Affermò di nuovo con la testa, si rimise gli occhiali e mi guardò in attesa che gli dicessi cosa fare.

"Ti ricordi la bara della riesumazione? Stasera, quando il cimitero sarà chiuso, la metteremo lì dentro e la seppelliremo."

Le ricoprii il volto, rimisi le altre coperte sopra e uscimmo. Presi dell'altro materiale per tornare verso la tomba di Emma. Elea mi venne dietro. A un certo punto fece segno di fermarmi e di seguirlo. Mi indicò il suo fosso, mi stava offrendo di seppellirla lì.

"No, Elea, lei non avrebbe voluto."

Quando fummo alla tomba di Emma, aggiunsi: "Qui, vicino a sua madre".

Il Resuscitato non mi sembrava sorpreso, e chissà Ofelia cos'altro gli aveva confessato che io non avrei mai saputo.

"Ti parlava di lei?"

Mi fece segno di sì con la testa.

Ci mettemmo al lavoro, quasi con foga. Mi porgeva i mattoni mentre io li muravo. Finimmo la chiusura posteriore, poi la copertura.

Era passato da poco mezzogiorno. Non era un lavoro perfetto, ma poteva bastare. Lasciai i mattoni e il cemento che sarebbero serviti per chiudere. Lo salutai senza il coraggio di guardarlo in volto:

"Ci vediamo stasera all'ora di chiusura".

Volevo andare a casa, ma quando entrai nella camera mortuaria decisi di rimanere lì fino all'apertura della biblioteca, vicino a Ofelia.

Mi sedetti, appoggiando la testa al muro e i piedi su un'altra sedia. Tutto era sistemato e potevo finalmente fermarmi, respirare, lasciarmi andare al dolore, piangere.

Aveva predisposto tutto nei minimi particolari. Ancora prima di conoscermi, quando mi osservava da lontano. Mi aveva studiato, scrutato, parlato perché fossimo lì, adesso, io e lei a quel modo. Le sue premure, le attenzioni, le richieste di tenerla per sempre, tutto portava a quella penombra di morte. *La sua vita non fu più che un groviglio di menzogne, nelle quali ella avvolgeva il suo amore come in veli, per nasconderlo.* Sentii una specie di rabbia, ma durò poco, pochissimo, venne subito spazzata via dal dolore. Un picchiettio di merlo sul vetro. Avevo frainteso amore con morte, che le parole vogliono dire sé stesse ma anche e spesso qualcos'altro. E lei aveva scelto di morire lì per facilitarmi il compito, per non farmi affaticare, per suggerirmi prossimità e vicinanze.

Mi sentivo disperato. Mi mancava il respiro. Cosa sarebbe stata adesso la mia vita, ogni giorno alzarsi e venire al cimitero senza più la speranza di vederla?

A me che durante il giorno non dormivo mai, cadde addosso un sonno così inesorabile da far pensare all'effetto di un sonnifero. Chiusi gli occhi e li riaprii dopo un'ora.

Non avevo nessuna voglia di andare in biblioteca, ma mi alzai lo stesso. Mi accertai che tutto fosse a posto e chiusi a chiave con tre giri la camera mortuaria.

Fu un pomeriggio d'inquietudine e dolore, di continue occhiate all'orologio della parete, di risposte brevi.

Chiusi mezz'ora prima e tornai al camposanto.

Elea era già lì. Aprii la camera mortuaria ed entrò con me.

A dieci minuti dalle sei, suonai il campanello per la chiusura. Aspettai che tutti uscissero ma volevo essere sicuro, così chiesi a Elea di fare un giro nel vecchio settore per vedere se ci fosse ancora qualche ritardatario.

Ci ritrovammo lì poco dopo, soli. Chiusi il cancello.

"Cominciamo dalla bara."

Andammo nel ripostiglio, e lui da una parte e io dall'altra la caricammo e la portammo nella camera, e poi fu la volta del coperchio. Tutte queste operazioni mi costavano sofferenze e dolori. Tolsi le coperte dal corpo di Ofelia. La guardai in viso, la sua bellezza era ancora intatta. Sentii come una mano che mi stringeva la gola. Anche Elea era commosso. Me ne accorsi quando gli feci segno di prenderla dalle gambe, che le mani non riusciva a fermarle. Io le afferrai le spalle e insieme la poggiammo dentro la bara nella quale avevo adagiato la coperta verde. Dovetti piegarle leggermente le gambe per farla entrare. Le incrociai le braccia sul petto. La fissammo così, per un po'.

"È arrivato il momento," dissi.

Sollevammo il coperchio e lo appoggiammo sopra.

"Sai usare la saldatrice?"

Elea confermò. Si mise con pazienza e saldò le parti di zinco. Con uno sforzo sovrumano posammo il catafalco sulla carriola, utilizzando delle tavole per leve. La gomma era quasi a terra. Elea si propose di spingerla lui, io al suo fianco reggevo il legno affinché non cadesse. Si fermava ogni pochi metri. Un paio di volte gli diedi il cambio, ma con la mia gamba dimidiata facevo troppa fatica. Ci volle quasi un quarto d'ora per arrivare davanti al sepolcro di Emma. Mentre Elea si riposava io portai il trabattello. Era rumoroso e sperai che in quel momento nessuno passasse per strada.

Il mio amico intanto aveva ripreso fiato.

"L'ultimo sforzo," gli dissi.

Appoggiammo la cassa sul trabattello che alzai all'altezza dell'intercapedine, quindi la spingemmo insieme fin quando non fu tutta dentro lo spazio chiuso.

"Ce l'abbiamo fatta," dissi senza forze, appoggiando la spalla su un Elea stremato più di me.

Aspettai di ritrovare la sensibilità alle braccia, quindi avvicinai i mattoni e impastai del cemento, cominciando poco per volta a murare la parte anteriore della cella funebre. Bastarono trentasette mattoni rossi per cancellare Ofelia dagli uomini, la metà di quelli usati per mia madre. Finii tutto intonacando. Fu a quel punto, quando lasciai cadere la manopola nel secchio del cemento, che scoppiai in un pianto incontrollabile. Elea nemmeno cercò di consolarmi, sapeva che quando esplodono, i dolori, bisogna farli uscire tutti.

Ci trovammo infine di fronte al cancello, e fu come se non potessimo più dividerci, che il segreto di quello che avevamo fatto insieme ci avrebbe uniti per sempre.

Quando andò via, mi mancò come un fratello.

43

Quando andò via, chiusi la catena del cancello ma rimasi dentro. Mi sedetti nella camera mortuaria, ma bastò poco per rendermi conto che non sarei riuscito a stare fermo. Avevo bisogno di muovermi, e così camminai per i viali del cimitero, a caso, senza alcuno scopo se non quello di esaurire il mio dolore. Procedevo con gli occhi lucidi soffermandomi su ogni tomba: mi trovai a incrociare gli occhi di Marcello e della sua sposa ignara, il mucchio di terra del cane di Parghelia, la gamba di Achab, il marmo senza foto di Corigliano, ed era come fossi uno di loro.

Ogni tanto mi fermavo, mi asciugavo gli occhi e poi riprendevo: avrei camminato fin quando non fossi crollato dalla stanchezza, perché era l'unico modo per trovare agio nel sonno e quietare ricordi e dolore, essere annientato nella carne e nelle ossa. Non mi fermò nemmeno il buio. Continuai a muovermi avanti e indietro fin quando il dolore alla gamba divenne lancinante e accompagnai ogni passo con un lamento, mordendomi le labbra fino a sentire il sapore ferroso del sangue, e mi ricordai che non era la prima volta, che era successo tanti anni prima, quando era morta mia madre Catena, quando era morto mio padre Vito, anche allora avevo camminato fin quando il dolore del corpo agguagliava quello del cuore, fin quando la gamba cedeva e io crollavo come un sacco vuoto, come un legno appoggiato in verticale, come una stampella che nessuno regge.

Entrai nella cappella di famiglia. Notturno no, lui s'era risparmiato il mio stancamento rituale perché non lo avevo conosciuto, lo avevo amato per assenza e non era la stessa cosa. Appoggiai l'orecchio sul marmo di mia madre, chiusi gli occhi e pensai adesso ritorna a battere, adesso ritorna a battere... Scappai fuori.

Nemmeno il male alla gamba bastava a distrarmi, e allora nelle mie soste golgotiane strofinavo la fronte sulla corteccia dei pini o davo pugni ai muri fino a far sanguinare le mani. L'ultimo briciolo di energia lo lasciai per tornare a casa, a notte cominciata, con le ferite nascoste dal buio, e fu un calcolo esatto perché quando mi buttai sul letto, vestito, sporco, sanguinante come un martire, dolorante in ogni fibra, in ogni appendice, in ogni battito di palpebra e di cuore, subito mi addormentai.

Mi svegliai così sofferente che non riuscii ad alzarmi. La luce entrava dalla finestra. Mi guardai le mani incrostate di sangue e terra e corteccia, mi toccai la gamba che sembrava bruciare, la schiena inchiodata sul materasso: provai a sollevarmi ma non ci riuscii e non sapevo se fosse il corpo o lo strazio.

Fu la prima mattina, da quando ero divenuto guardiano, che non aprii il cimitero. In quei casi toccava all'impiegato Cornelio Benestare fare le mie veci e sicuramente, dopo almeno un paio d'ore, vedendo che il cancello rimaneva chiuso, qualcuno sarebbe andato al Comune ad avvertirlo.

Chissà, pensai nelle mie fantasticazioni, forse avrebbero chiamato Melicuccà e gli avrebbero detto che poteva ritornare lui, anche a mezzo servizio, e lo immaginavo sul motocarro di Marfarò andare al cimitero dove l'assessore gli riconferiva tra l'applauso delle vedove in attesa il suo ruolo con tanto di rituale consegna della chiave. Ma a me non interessava più niente, magari fosse successo, magari, che ormai non volevo più tornare al camposanto se non per giocare a nascondino con Notturno o sedermi di fianco a Vito per vedere dal palco

Papà Goriot o coricarmi con Catena e chiudere gli occhi e sentire dalla sua voce tutte le storie del mondo.

A me non interessava più nulla perché Ofelia non c'era, Ofelia era morta. Mi sentivo come ubriaco, o almeno immaginavo che ci si sentisse in quel modo dopo aver bevuto molto. Suonarono alla porta. Trattenni perfino il respiro, non volevo vedere nessuno. Suonarono ancora. Rimasi fermo fin quando non sentii il rumore dei passi che si allontanavano. Mi feci forza, mi avvicinai alla finestra e vidi il messo comunale andare via. Non lo richiamai, anzi, aspettai che fosse sparito dietro l'angolo, quindi chiusi le imposte e ritornai a letto.

Non mi alzai tutto il giorno, e così feci anche l'indomani.

Il mio senso di responsabilità annichilì. Non m'importava nulla del cimitero e della biblioteca, che restassero pure chiusi, come il mio cuore, serrati. Alternavo pianti, pensieri, ricordi, sogni, e poi di nuovo pianti, rimorsi e pensieri e sogni. La mattina dopo il messo ritornò a suonare e andò avanti per un pezzo. Forse il sindaco lo aveva impaurito, se non mi trovi quel disgraziato di Malinverno ti mando al suo posto al cimitero, e così sarebbe andato avanti a suonare per tutta la mattinata, e io non potevo sopportarlo perché nel buio della camera lo squillo del campanello era intollerabile, e così mi alzai, aprii la finestra e dissi che non stavo bene, che avevo la febbre:

"Allora siete ancora vivo," rispose il messo, "almeno siete vivo. Sapete, il sindaco era convinto che vi fosse successo qualcosa. L'importante è che siete vivo, al resto ha detto che ci pensa lui".

Chiusi la finestra senza farlo finire di parlare e tornai a letto. Nel breve percorso la testa mi girava, le gambe tremavano, e dovetti appoggiarmi al muro per non cadere. Ero così debole che dopo qualche minuto chiusi gli occhi e mi riaddormentai. Dovetti sognare il messo perché sentii ancora suonare alla porta, e per un attimo pensai fosse il sogno, ma non era così. Il campanello suonava ancora. Forse era il sindaco, oppure il medico che aveva mandato a casa per controllare. La testa mi scoppiava, gli occhi mi pungevano, ma con un altro sforzo mi affacciai alla finestra. Elea mi guardava attraverso lo schermo scuro dei suoi occhiali. Non gli dissi niente, richiusi la finestra e tornai a coricarmi. Non avevo voglia di vedere nemmeno lui. Ma dopo una decina di minuti mi sentii sopraffatto dal senso di colpa per quell'uomo che avevo pensato fratello in virtù del nostro segreto, e allora mi alzai e, appoggiandomi al muro, andai ad aprire.

Elea era lì che mi aspettava, come se mi avesse letto nella mente e avesse considerato il tempo del dubbio. Lasciai la porta aperta e lui s'infilò come un invisibile pulviscolo.

"Non sto bene," mi limitai a dirgli mentre cercavo faticosamente di ritornare a letto. Lui mi sorresse e mi accompagnò. Lo vidi nella penombra prendere la sedia dalla scrivania e sedersi al mio fianco. Poi andò in cucina, sentii un rumore di padelle e piatti, e poco dopo arrivò con del riso in bianco. Non avevo fame, ma allo stesso tempo la nettezza dei suoi gesti silenziosi trasmetteva un'autorevolezza alla quale non potevo non cedere. Aprì un poco la persiana, mi aiutò ad appoggiarmi al cuscino e mi fece mangiare e bere. Non c'era bisogno di parole, tra noi. Mi lasciò riposare il pomeriggio, poi ritornò la sera, che io già mi sentivo più in forza.

"Domani ci vediamo al cimitero," gli dissi, mentre mi portava via il piatto, e quella frase lo fece andare via più tranquillo.

La mattina dopo, ogni mia azione fu fatta controvoglia: lavarmi, vestirmi, andare al cimitero. Il corpo dolente era l'ultima delle mie preoccupazioni: lo stupore fu per il mondo circostante, intatto, senza segni di lutto, incurante che Ofelia fosse morta, incurante che gli uomini morissero da millenni.

Persino il gesto di aprire il cancello mi parve strano, come se riprendendo le mie abitudini e rientrando nelle traiettorie quotidiane anche io partecipassi all'indifferenza dell'universo. E invece io non dovevo, io solo potevo testimoniare la morte di Ofelia.

Elea arrivò subito, a sincerarsi della mia venuta. Mi salutò con la mano e scomparve dietro le lapidi. Tutto era immutato: le genti che entravano coi fiori, le vedove lacrimanti, i pianti sommessi. C'era solo un luogo, in quel cimitero, nel mondo, in cui avrei trovato tracce della metamorfosi, ma non avevo nessuna intenzione di andarci. Fu uno scarto epocale nella rotazione della mia vita: per la prima volta non andai alla tomba di Emma, perché per nessun motivo volevo vedere quella di Ofelia.

Era successa una cosa strana, quella notte, che avvertii appena sveglio: il dolore dei giorni precedenti era rimasto ma si era rimodulato, placato e trasformato in una rabbia sottile. Per essere stato usato e raggirato, per non essere stato altro che il mezzo per raggiungere lo scopo, per aver contribuito anche io, inconsapevole, a quella morte.

Tutte le parole e tutti gli sguardi di Ofelia erano una recita per la riuscita dello spettacolo finale. Mi aveva illuso per avermi nelle sue mani, e non mi ero mai sentito così umiliato, nemmeno quando da bambino mi dileggiavano per la mia zoppia.

La mattinata passò così, tra pensieri di rabbia e cedimenti di dolore, tra risentimento e desiderio, al punto che non riuscivo a capire se la collera fosse un prodotto dei miei pensieri o una difesa naturale e immunitaria del corpo per mitigare il dolore, una cicatrizzazione dell'anima.

In biblioteca non cambiò nulla, anzi, il ripetersi di gesti sempre uguali mi parve artificioso, e fu per me ancora più doloroso avvertire che il mio mondo, quel regno della fantasia che mi aveva protetto per tutta la vita, che era stato balsamo e guarigione, nulla poteva contro quel dolore e quella rabbia. Guardai con indifferenza i volumi allineati sulle mensole, il registro dei prestiti, perfino i miei tre libri del cuore che avevo poggiato sulla scrivania in attesa di farli morire. Mi venne da sorridere, d'un sorriso amaro e sarcastico, a pensare alle mie ultime idee sulla giusta morte: mi parve un gioco da bambini, e mi fermai lì, perché scoprire le carte avrebbe esibito la finzione d'una vita inconcludente. Aprii il libro in cima alla pila, i *Pensieri* di Marco Aurelio, lessi a caso ma tutto fu inutile, nulla poteva la parola contro la ferita del corpo. Fu un sollievo chiudere la biblioteca e poi il cimitero.

Le giornate successive andarono alla stessa maniera.

Mi svegliavo senza aspettarmi niente. La rabbia permaneva, ma il pensiero che non avrei visto più Ofelia era un velo che oscurava il mondo.

A volte sarebbe meglio non conoscerla, la felicità. Ignorarla. Condurre una vita nella mediocrità dei giorni, senza urti né spinte, addomesticata dalle disillusioni. I miracoli farebbero bene a non accadere, perché poi come ci si comporta quando sono trascorsi?

Ogni angolo del cimitero, ogni suo profumo, luce, scorcio mi riportava il ricordo della mia donna, e ricordare fa male. Se non ci fosse la memoria non ci sarebbe dolore.

Era come aver perso altri centimetri di carne. Non avevo mai sentito come in quei giorni il peso dei gesti uguali, delle parole sempre le stesse, delle azioni che si ripetevano. E tuttavia continuavo a vivere.

Ci si abitua a tutto. Alla solitudine, al dolore, alle stagioni che cambiano, all'apparente lentezza del tempo, agli amici che partono, ai ricordi che svaniscono, alla memoria che si assottiglia, all'umidità sul muro, al silenzio delle strade, ai perfidi spiffi dalle finestre, alla pigrizia dei muscoli, alla luce accecante dell'estate, alla nostalgia, alla tristezza, a un amore che finisce, ai sapori indistinti su papille filiformi.

A tutto, finanche alla morte.

Ogni evento che al suo manifestarsi ci appare troppo grande per sopportarlo, e che nel momento in cui lo viviamo sembra schiacciarci definitivamente, gravare su ogni cellula del corpo, va prima o poi ad allinearsi tra i fatti consueti della quotidianità, l'abbandono al fianco della bottiglia d'olio, la disperazione tra le camicie nel cassetto, la tristezza tra i libri sulla mensola. E anche la morte della persona che amiamo, la morte che esaurisce le lacrime e i pensieri, l'evento che sembra interrompere il tempo, cancellare ogni domani, azzerare il futuro, quella morte che sembra la nostra morte, anche la morte s'esaurisce, s'impoverisce, anche quella diventa una maniglia cigolante, il pomo di un appendiabiti, un calzino spaiato, una stella cadente vista all'ultimo momento.

Ci si abitua a tutto, anche alla morte.

44.

Quale fu la mia sorpresa, due settimane dopo la morte di Ofelia, in una mattinata monotona come le altre, nel trovarmi di fronte Isaia Caramante.

"Astolfo," disse venendomi incontro e abbracciandomi. "Sono qui di passaggio. Siamo stati in Sicilia per altre riprese e tornando a Roma ho deciso di fare una piccola deviazione per venire a salutarla."

"Ha fatto benissimo, sono felice di rivederla."

Sembravamo vecchi amici, e forse lo eravamo davvero.

Caramante mi parlò del suo lavoro, mi chiese del mio, mi raccontò che la leggenda di Scilla e Cariddi era vera, che attraversando lo Stretto aveva lasciato acceso il registratore ed era stata una sinfonia di voci, tutte tristi, specificò, di naufraghi.

"Mi spiace non avere con me la registrazione, altrimenti gliel'avrei fatta ascoltare."

Lo ripeté più volte, come se non riuscisse a procedere nel discorso. Alla fine sembrò decidersi:

"Ma il vero motivo per cui sono tornato è un altro".

Lo guardai con curiosità.

"Si ricorda quando Ofelia mi chiese di registrare la voce della madre?"

"Ricordo."

"A proposito, come sta?"

Lo disse preoccupato, come se sapesse qualcosa. Abbassai lo sguardo tentando di nascondere il più possibile il mio impaccio:

"Sta bene, non viene più spesso come prima, ma sta bene".

"Questa è la cosa più importante! Quella volta non ebbi fortuna, tuttavia nei giorni successivi, mi sembra di avverglielo accennato, più d'una volta lasciai acceso il registratore, ovviamente come al solito mimetizzato più possibile. E fu una fortuna."

Dalla tasca della giacca tirò fuori un nastro.

"Questo è per lei. Diciamo che sono venuto qui apposta per darglielo. È un modo per ringraziarla di tutto. Sono certo che la interesserà."

Lo presi in mano. Sembrava una musicassetta normale.

"Non sono solo le voci dei morti a dire la verità."

Sorrise.

"Adesso la saluto davvero, e per sempre."

Mi strinse la mano e andò via.

Io rimasi lì, immobile, a guardarlo scomparire dalla mia vita, e questa volta con la consapevolezza dell'eternità.

Guardai la cassetta. A casa non avevo un apparecchio con cui ascoltarla, e nemmeno in biblioteca. Poi mi ricordai della mensola nella camera mortuaria, il vecchio mangianastri in una busta di plastica trasparente vicino alla clessidra con le ceneri di Pers. Il sacchetto era tutto impolverato. Mancava il cavo di alimentazione, e il vano delle batterie era vuoto.

Andai a casa, tolsi le batterie dalla radio in cucina, le misi nel mangiacassette e premetti la freccia. Le rotelline giravano. Tolsi il nastro dalla custodia e lo inserii per ascoltarlo. La musicassetta cominciò a girare. L'audio non era perfetto, ogni tanto c'erano dei disturbi, ma si sentiva. Dapprima rumori di natura, quello che già avevo ascoltato altre volte nelle registrazioni di Caramante, ma poi, all'improvviso, una voce umana, chiara, netta, inconfondibile.

La voce di Ofelia.

Ebbi un sussulto. La immaginai di fronte alla tomba di Emma pronunciare quelle parole come una preghiera, una confessione, un pensiero a voce alta. Con gli occhi chiusi, cercavo di recuperarne il volto, le espressioni, i gesti, e facevo fatica, e questo mi terrorizzava – questo evaporare delle fattezze umane.

Grazie a Caramante, almeno la voce non si sarebbe estinta e annacquata nel ricordo oblioso, grazie a lui avrei avuto per sempre con me la voce della mia amata. Ascoltai quel nastro tante di quelle volte che alla fine ne imparai a memoria ogni parola, pausa, silenzio, singhiozzo:

Adesso è tutto pronto. Io sono pronta. Ero stata sul punto di mancare alla promessa e cedere alla vita e a quell'uomo che tu conosci e io avrei voluto conoscere meglio, ad Astolfo guardiano dei morti, che però sa parlare ai cuori dei vivi.

Per un momento ho pensato di abbandonarti per lui, di provare a cancellare il mio dolore con le sue attenzioni, di pensare a un'esistenza diversa. Ma non posso.

Anche se ha rischiato di tenermi a sé, anche se ho provato cose che non posso dirti, spaventosa è la paura di quello che mi aspetta, perché il tuo sangue è nel mio sangue e il tuo folle male sta per scoppiare in me.

Sento che il peggio sta per arrivare: le mani mi tremano, i mal di testa mi costringono a letto, inizio a sentire strane voci e a perdere il controllo della mia volontà.

È il momento giusto. Mi sembra di aver vissuto l'unica e l'ultima stagione serena della mia vita.

La tentazione dell'esistenza nulla può contro la verità della morte. Come dice Astolfo, possiamo a volte scegliere il modo in cui le cose finiscono. E io voglio sceglierlo.

In troppa solitudine s'è annegata la mia vita. In troppa solitudine s'annegherebbe se non ti seguissi.

Chi resta spero capirà e saprà perdonarmi.

La rabbia scomparve immediatamente. Quelle parole furono consolazione e salvezza. Ofelia non mi aveva preso in giro, o meglio mi aveva avvicinato con uno scopo preciso ma strada facendo... le sue parole...

Mi assalì un forte senso di colpa per non averla pensata,

per averla abbandonata dopo aver infranto un giuramento che lei aveva preteso.

Caramante mi lasciò la cosa più importante che avrebbe potuto lasciarmi. Quella notte sognai Ofelia, e non era più accaduto dopo la sua morte.

Mi svegliai con il solo desiderio di correre da lei. Mi sembrò che fossero passati secoli da quando avevo attraversato quei viottoli. Tutto era come lo avevo lasciato, tutto eccetto un particolare.

Di fronte alle tombe di Emma e Ofelia era accucciato Kachanka, il cane nero.

Era la prima volta che non accompagnava un funerale. Lo vidi di profilo, atteggiato come una sfinge, con la lingua di fuori e lo sguardo alla lapide. Si voltò verso di me quando sentì i miei passi, mi guardò come un elemento trascurabile dell'universo, quindi ritornò a fissare la lapide. Sembrava un guardiano, un custode, un compagno.

Mi avvicinai pensando che si sarebbe allontanato, ma nemmeno quando per sbaglio lo sfiorai con un piede si mosse.

Furono tali l'emozione e la gratitudine e l'amore per Ofelia che non riuscii a non piangere. Volevo chiederle scusa per la mia assenza, per aver contravvenuto al mio giuramento di prendermi cura per sempre di lei, per non aver creduto alle sue parole. Non sarebbe più successo, mai più.

Presi dal sacchetto che avevo con me la cornice di metallo che inchiodai al cemento con un martello. Tirai fuori dalla tasca della giacca l'ultima fotografia del giorno prima che morisse, quando aveva deciso di essere immortalata come sua madre e la misi nella cornice. Era bellissima. La baciai, d'un bacio lungo.

Guardai le due lapidi, conformi in tutto: forse per questo Ofelia non aveva mai voluto addobbare la lapide della madre, mettere il marmo, aggiungere un nome, perché già prefigurava quell'affiancamento, la perfetta similarità, perché Natura prevede l'identico, due foglie sovrapponibili, due fiori equabili, i cristalli coincidenti di due fiocchi di neve.

Il cane rimase fermo per tutto il tempo e anche quando andai via. E allora mi venne in mente un pensiero strano, che era lì dal giorno in cui avevo deciso di non andare più da Ofelia, che avesse preso il mio posto e sopperito al mio mancato giuramento.

Quell'idea stramba ritornò la mattina dopo, quando lo trovai allo stesso posto, come se nella notte non si fosse mosso. La gratitudine per il cane gliela dimostrai portandogli dell'acqua. Quando gli misi una scodella di fortuna davanti al muso, la bevve assetato. Pensai avesse anche fame e così presi delle fette biscottate che tenevo in magazzino e gliele sbriciolai in un piattino: divorò tutto. Mi venne l'istinto di accarezzarlo. Aveva un pelo morbidissimo, che non si sarebbe detto di randagio. Quando sentì la mia mano si voltò verso di me, col muso sporco di briciole, mi guardò e poi ricominciò a mangiare. Continuai ad accarezzarlo. Così fu anche il giorno successivo: gli comprai del cibo per cani e lo misi in due ciotole di metallo che lasciai fisse lì, e ogni giorno gli davo da mangiare e da bere. Kachanka era sempre allo stesso posto, a vigilare su di lei, anche di notte, visto che quando chiudevo il cancello non lo vedevo uscire, e una prova ulteriore che non si muovesse mai da lì fu il fatto che cominciò a disertare i funerali, con grande stupore della gente ormai abituata alla sua presenza.

Solo io sapevo di lui, e forse i pochissimi che allungavano fino a quell'angolo nascosto del cimitero. Adesso non era più indifferente alla mia presenza, quando mi vedeva imboccare il viale cominciava a scodinzolare e piegava la testa come a cercare la mia carezza.

Fin quando, dopo un paio di settimane, dopo aver baciato la foto di Ofelia ed essermi avviato per il sentiero, ebbi l'impressione di essere seguito. Mi voltai e vidi Kachanka sulle quattro zampe. Non si era mai alzato in tutti quei giorni. Mi fissava. Forse aveva ancora fame, forse voleva essere salutato. Continuai. Dopo tre passi mi voltai. Mi stava seguendo, con la stessa andatura dondolante e rallentata che usava nei cortei funebri. Se mi fermavo lui si fermava, se avanzavo mi veniva dietro. S'arrestò davanti al ripostiglio quando entrai a sistemare dei vasi e poi a chiudere.

Gli andai vicino e mi piegai sulle ginocchia per accarezzarlo:

"Cosa c'è, Kachanka? Sei stanco di stare solo?".

Piegò il collo per sentire più forte la mia mano.

Andai verso l'uscita: mi seguì ma si fermò dietro il cancello. Mi fissava attraverso le sbarre, immobile e impaziente, come se mi chiedesse di uscire. Io aprii e lui venne fuori.

Mi seguì per tutta la strada come se fosse legato al mio corpo da una corda, come un'ombra anomala.

Passando davanti alla casa di Brancaleone e ricordando la visita che gli aveva fatto Kachanka prima che spirasse, pensai di stare per morire, che tra qualche ora il mio cuore si sarebbe arrestato, per un suo intrinseco difetto di fabbricazione o per una caduta accidentale, chissà. In fondo, dalla sua comparsa Kachanka accompagnava la morte, come un vero psicopompo, che sempre cani erano state le guide delle anime, Cerbero, Garm, Anubis il cinocefalo, Peek che guidava i morti maya attraverso le prove ultraterrene di Xibalba.

Forse Kachanka annunciava la mia morte, e così feci attenzione a dove mettevo i piedi, ad attraversare le strade, a non passare sotto balconi o finestre.

Quando infilai la chiave nella serratura di casa, lui si accucciò lì davanti al gradino, in una posizione d'attesa che era una domanda. Aprii la porta, e senza indugi, con uno scatto inatteso, s'infilò precedendomi. Ancora indeciso sul da fare, lo trovai in cucina, ai piedi del divano, nella stessa posizione del cimitero. Morirò, pensai, sentendomi un po' Fintore Bovalino quando s'era accorto d'aver perso il pelo. Morirò.

Come avrebbe potuto morire un uomo come me? Quale sarebbe stata la mia giusta morte? Pensai alla frase che Marfarò avrebbe inciso sulla mia lapide, *Qui giace Astolfo Malinverno, nato brutto e zoppo, che visse senza vivere*, alla mia foto ritoccata, ma poi mi dissi che io non avevo foto, che forse l'unica era stata scattata a mia insaputa ed era già al cimitero, sopra il nome e cognome del mio gemello, che Geremia si sarebbe sforzato e l'avrebbe disegnata per intero.

Da quel giorno io e il cane nero fummo inseparabili.

Ben presto i timpamarani seppero che Kachanka era divenuto mio: alcuni furono contenti che non fosse sparito, altri ricamarono malignità sulla strana coppia tra l'animale che porta la morte e l'uomo che la seppellisce.

45.

Dopo più d'un mese dalla morte di Ofelia, la fissità delle mie giornate fu stravolta da un'azione in due tempi.

Il primo si consumò subito, quando, dopo quasi un'ora dall'apertura, vidi il ramo di cipresso capovolto, come faceva Ofelia lasciando segno del proprio passaggio.

Per un attimo mi illusi, ma fu una di quelle illusioni volontarie e consapevoli a cui talvolta ci lasciamo andare solo per saggiare il gusto dell'impossibile.

Mi avvicinai e rimisi il ramo nel verso giusto.

Il secondo tempo avvenne poco dopo, a centosettanta metri in linea d'aria da quel muro, di fronte alla tomba di Ofelia, dove trovai un altro fiore di cardo.

Tutto era come la prima volta: stesso vaso, stessa inclinazione, medesima distanza.

Un fiore di cardo, per Emma, forse anche per Ofelia.

Ero smarrito, tremante. Non riuscivo a capire.

Avevo sbagliato qualcosa nelle mie congetture. Per un attimo pensai che Ofelia fosse ritornata, che avesse capovolto il ramo e portato un altro fiore.

Fermai i pensieri. L'avevo seppellita io stesso poche settimane prima.

Quel cardo non era stato messo da lei.

Quei cardi non erano mai stati messi da lei.

Lo avevo dato per certo, al punto che non glielo avevo mai chiesto.

Avevo interpretato così anche il fatto che, durante la sua frequentazione del cimitero, non avessi più trovato di quei lasciti floreali.

Ma adesso avevo la certezza che non era stata lei, e questo significava solo una cosa: c'era qualcun altro al mondo che conosceva la sua storia, e non poteva che essere la zia con cui abitava Ofelia, la sorella di Emma.

E subito un pensiero che mi fece rabbrividire: non sapeva che la nipote era morta. Non poteva saperlo. La immaginai dietro la finestra, dopo che ne aveva denunciato la scomparsa, guardare per strada e sperare di non dover rivivere lo stesso dramma, che questa volta non ce l'avrebbe fatta, perché Ofelia l'amava come una figlia. Non ci avevo pensato fino ad allora. Quella povera donna doveva saperlo, ma non avevo nemmeno un nome da dove cominciare. Però... se era stata lei a girare il ramo, se era venuta lì, allora lo aveva saputo, forse Ofelia quando tornava a casa dopo i nostri incontri le parlava di me, di noi, e le aveva raccontato quel particolare, e forse la zia quella mattina, non vedendola più, era venuta a cercarla lì, appena entrata aveva capovolto il ramo, come ad aprire una breccia d'intimità tra noi, quindi aveva cercato la tomba della sorella e lì... lì... aveva trovato Ofelia, ma non come aveva immaginato... Avevo le idee confuse, e l'unica maniera per chiarirle era aspettare che magari ritornasse e la incontrassi. Il cardo era una certezza, il ramo invece lo relegai agli eventi naturali provocati dal vento.

Fin quando l'incontro avvenne.

Ma non era lei. Era un uomo.

Lo vidi per caso, un pomeriggio di giovedì che la biblioteca era stata chiusa per dei lavori di scavo: probabilmente non lo sapeva, quindi pensava di non incontrarmi. Ero lì vicino, a fare controlli per le successive riesumazioni, quando lo vidi imboccare il vialetto con in mano qualcosa che nascondeva sul fianco, avvicinarsi alla tomba di Emma, fermarsi, abbassarsi a prendere qualcosa, e fu in quel momento che apparvi alla sua destra, proprio mentre metteva il cardo nel vaso di vetro. Fu sorpreso e si bloccò. Ci guardammo fisso negli occhi. Poi si alzò in piedi e e io feci un altro passo verso di lui.

Prospero Altomonte, il mugnaio, era più alto di quanto ricordassi.

"Allora siete voi."

"In che senso, scusate."

"A lasciare qui i cardi."

"Perché? Non si possono lasciare fiori al cimitero?"

"Potete, Altomonte, potete, ma di solito si fa con le persone che si sono conosciute."

Mi guardò interrogativo, perché ero io per lui la tessera mancante.

"Venite al dunque."

"Conoscete questa donna?"

Non mascherò lo stupore per la mia insistenza:

"Perché mi fate tutte queste domande? Non capisco".

"Non avete notato niente di nuovo?"

"Sì," disse guardando la foto di Ofelia. "Sembrano la stessa persona."

"È la figlia."

Non c'era più niente da nascondere ormai.

Il mugnaio si avvicinò alla foto più recente e socchiuse gli occhi:

"Si chiamava Ofelia, vero?" chiese sillabando quel nome, come se il recupero fosse possibile solo lettera per lettera.

Capì dal mio stupore che aveva colto nel segno.

"La conoscevate?"

"Quando è morta? Quando è stato il funerale?"

Gli riferii la risposta che mi ero preparato sin dalla notte del seppellimento:

"La famiglia ha scelto un rito riservato, niente manifesti né processioni".

Guardava le due foto, confrontandole.

"Conoscevate pure lei allora?"

"Sì, anche se non l'ho mai incontrata."

"Adesso sono io che non capisco voi."

"Non finirò mai di stupirmi dei giri che fanno le vite. Se fosse viva mia moglie... sembra quasi un miracolo..."

"Faccia capire anche me, per favore."

Si asciugò la fronte con la manica della tuta bianca, lasciando sulle ciglia impalpabili fiocchi di farina:

"Domani. Passate da casa mia".

La sera, chiuso il cimitero, mi fermai alla bottega di Buvar e Pecuché per comprare una bottiglia di amaro al caffè.

La mattina dopo, approfittando d'un momento in cui al camposanto regnava la tranquillità, passai dal mulino.

Il rumore delle moggia era assordante, e fu inutile chiamare a voce alta il mugnaio. Entrai lo stesso. Altomonte teneva un sacco sotto la macina. Indossava degli occhiali che con la tuta bianca lo facevano sembrare un aviatore. Mi vide e mi fece segno di aspettare. Quando spense la macchina se li tolse lanciandoli su un mucchio di stracci, e mi fece segno di seguirlo fuori. Camminando si spolverava dandosi manate sulla testa e lasciando sospese nell'aria nebulose densissime.

Quando fummo in giardino, ritornai a respirare a pieni polmoni.

"Sedetevi, che adesso vi raggiungo," disse indicandomi una sedia all'ombra.

Entrò in casa. Mi guardai intorno: gli oggetti recavano addosso la patina d'abbandono che copre le case degli uomini che invecchiano da soli, quando già occuparsi del proprio corpo malandato diventa faticoso. Ritornò subito dopo con una borsa e si sedette al mio fianco. Tirò fuori una busta gialla, una bottiglia d'acqua fresca e due bicchieri che mise sul tavolino di ferro di fronte a noi.

"Questa è per voi," gli dissi porgendogli la bottiglia incartata.

"Non dovevate."

Appoggiò a terra l'amaro, quindi versò l'acqua nei bicchieri. Afferrò il suo e se lo scolò in una volta.

Aprì la busta gialla. C'erano delle fotografie. S'infilò gli occhiali e cominciò a sfogliarle fin quando non trovò quello che stava cercando.

"Ecco Ofelia," disse mentre mi porgeva l'immagine.

Era una vecchia fotografia in bianco e nero, ritraeva una donna, vestita con un camice, che teneva stretta in braccio una bambola di pezza e guardava terrorizzata verso l'obiettivo.

Non capivo. Con qualche immaginazione poteva anche assomigliare a lei, ma la foto era troppo vecchia.

"Lei è Ofelia," mi disse Prospero puntando il dito sulla bambola.

Avrei pensato che mi stesse prendendo in giro se non fosse stato per la serietà che reggeva ogni sua parola.

"Ofelia..." ripeté con la stessa lentezza del giorno prima.

"Era la bambola che si chiamava così?" chiesi mentre osservavo, rapito, la donna che la stringeva a sé.

Emma era irriconoscibile. Sembrava un'altra da quella che avevo ammirato nella foto della lapide: i capelli rasati, smagrita, impaurita. Continuavo a guardarla e non mi capacitavo che fossero la stessa persona, eppure, quel nome, Ofelia...

In cerca di un aiuto guardai verso Prospero, che intanto si stava riempiendo un altro bicchiere d'acqua.

"Le racconterò la storia di una donna della quale non ho mai saputo il nome. Si ricorda la scritta col gesso? Quel nome... mi sembra fosse Emma... Lo aveva scritto lei?"

"No," mentii.

"In ogni caso, visto che è l'unico nome venuto fuori, se vuole possiamo chiamarla così."

Ebbi in quel momento un pensiero strano, improvviso. Non avevo mai saputo il vero nome di Emma. Ofelia non me lo aveva mai detto, io non gliel'avevo mai chiesto. Era così consolidata nei miei pensieri, quell'identità, che per me non poteva essere diversamente, e nessuno ormai avrebbe più potuto offrirmi quel nome.

"Mia moglie, pace all'anima sua, lavorava nel manicomio di Maravacata. Un giorno arrivò una donna. Si presentò da sola e fu lei ad accoglierla. Mi disse che era come sperduta, assente, ripeteva frasi senza senso, e stringeva forte la bambola della foto. La ricoverarono sebbene non sapessero niente di lei, nome, cognome, da dove arrivava. Era come apparsa dal nulla. Non si staccava mai dalla bambola: la curava come una bambina, la pettinava, la abbracciava, la cullava, e la chiamava Ofelia. A quei tempi mia moglie... cioè, non solo ai quei tempi... ma... ecco, non poteva avere figli, non ne abbiamo mai avuti infatti, e quelle scene la commuovevano. Si affezionò a Emma, cercava di parlarle, di farsi raccontare la sua storia, di curarla, ma quella donna non diceva niente al di là di quel nome. Ebbe poi delle crisi epilettiche e le diedero delle medicine. Un giorno i medici incaricarono mia moglie, l'unica che poteva avvicinarla, di farle un'iniezione. Emma ebbe una crisi gravissima, febbre alta, delirio, vomito: sopravvisse solo cinque giorni a quell'inferno e poi morì, stringendo la bambola, tra le braccia di mia moglie, che si sentì responsabile di quella morte. Nessuno seppe mai il perché di quella reazione al farmaco, restava il fatto che era stata lei a iniettarglielo. Non si dava pace, così, quando si trattò di seppellirla in una fossa anonima nel cimitero del manicomio, lei si offrì. Me ne parlò subito, mi disse che si sentiva in colpa, che voleva darle almeno una sepoltura degna, che poteva essere il suo modo di chiederle scusa. E così facemmo. Ci incaricammo di tutto noi e la portammo qui, assieme alla sua bambola, nel cimitero di Timpamara. Non avevamo nomi, non avevamo date se non quella della morte, ma che senso aveva su una lapide aggiungere solo quella? Tra i pochi oggetti che Emma teneva nella sua piccola borsa c'era una sua fotografia da giovane. Fu l'unica cosa che mettemmo sulla lapide. Mia moglie non vinse mai il senso di colpa, ma curare quella tomba fu un modo di renderlo meno doloroso."

"Quindi siete stati voi a seppellirla lì."

"Sì, ma... adesso posso dirlo, non si trattò d'un seppellimento ufficiale, ecco, io ero caro amico del guardiano di allora, Eraclito Ferruzzano, e mi fece un favore."

Quanto avrei voluto che ci fosse Ofelia a sentire quelle parole, avrebbe saputo che la madre la portava con sé in ogni attimo, che l'aveva amata. Glielo dissi:

"Ma lo ha fatto!"

"Quando?" Sobbalzai.

"Non ricordo di preciso, più di un mese forse..."

Feci i calcoli, pochi giorni prima che morisse.

"In verità l'avevo vista prima, ero andato a lasciare il solito fiore, quando la vidi ferma lì davanti e allora desistetti. Ritornai altri due pomeriggi e lei c'era sempre, fin quando, incuriosito, mi avvicinai. La somiglianza era tale che non riuscii a non chiederle. Parlammo, le dissi chi ero, cosa avevo fatto, perché sua madre si trovava in quel posto."

"Le raccontò tutto? Anche quello che ha detto a me?"

"Certo, non faceva altro che chiedere e chiedere, e quando le parlai della bambola chiamata Ofelia, che la madre non lasciava mai e che aveva seppellito con sé, scoppiò a piangere."

"Posso farle un'ultima domanda?"

"Quello che volete."

"Perché portavate proprio un fiore di cardo?"

"Perché mia moglie mi ha detto che le piacevano. Emma ne faceva sempre dei mazzi, al manicomio, e li appoggiava sul comodino o ai piedi del letto. Le piacevano, e allora pensò che erano i fiori più indicati per lei."

La semplicità di quella spiegazione mi spiazzò. Avevo passato mesi a fare congetture, a ipotizzare chissà quali simboli e significati reconditi, a fare ricerche su quel fiore, a scavare leggende, e invece ecco la risposta più semplice e disarmante che potevo avere. A Emma piacevano i cardi.

Punto.

La copia del *Chisciotte* regalatami dalla professoressa Gioconda era sulla scrivania della biblioteca. Non l'avevo messa ancora via, forse perché inconsapevolmente la vicenda di Altomonte, legata a quel libro, era ancora sospesa. Adesso sì, invece, adesso quel capitolo era definitivamente concluso.

Anche i libri perfetti, alcuni, lo erano con riserva.

Se c'è un punto in cui gli scrittori raramente falliscono è la scelta della morte dei personaggi. In molti altri luoghi può celarsi la menda: un aggettivo debole, una descrizione inefficace, una costruzione sintattica contorta, un dialogo inverosimile, ma quasi mai falliscono nell'immaginare la fine dei loro personaggi. Come poteva morire diversamente don Giovanni se non come lo aveva pensato Tirso de Molina? E non erano perfetti i suicidi di Treplev che si sparava dopo aver bruciato i manoscritti o quello di Romani che si buttava sotto un treno?

Ogni tanto però capitava d'imbattermi in qualche morte di carta che non rendeva giustizia alla vita del personaggio, come una di quelle morti sbagliate che accadono nella vita, e nelle quali si avverte come una distrazione superiore. Alcune morti di carta facevano pensare a una distrazione d'autore.

Le morti reali non potevo modificarle, ma quelle di carta sì, potevo riscriverle. E così feci con don Chisciotte.

A causa di una malinconia che s'ingenerava in lui per essere stato vinto, fu preso da febbre altissima.

Dopo un sonno di oltre sei ore, si destò, ma non era più lui: rinnegò le ombre caliginose dell'ignoranza in cui l'aveva avvolto la detestabile lettura dei libri di cavalleria, dichiarando la fine dell'ingegnoso don Chisciotte della Mancia e la resurrezione di Alonso Chisciano il buono, nemico giurato di Amadigi di Gaula. E così giunse l'ultima ora di don Chisciotte, e tra la compassione e il pianto dei circostanti, egli morì naturalmente.

Tutto stonava. Per centinaia e centinaia di pagine il Cavaliere dalla Trista Figura aveva vissuto una vita fantastica, avventure straordinarie, nella sua mente, certo, dov'altro se no, in quel piccolo spazio in cui ognuno di noi vive la sua vera vita, aveva combattuto contro giganti alti quanto mulini, sconfitto il Cavaliere degli Specchi, strappato con forza l'elmo di Mambrino e terrorizzato i leoni affamati, aveva cavalcato l'alato Clavilegno e conosciuto le meraviglie della grotta di Montesinos, e adesso invece eccolo morire come un uomo normale, che *non c'è peggiore bestialità in questa vita del lasciarsi morire così alla babbalà. Alzati da quel letto, mio caro Chisciotte, che anderemo in campagna vestiti da pastori come siamo rimasti d'accordo; e se per caso vossignoria muore del dolore di essere stato vinto, ne dia a me tutta la colpa; e già vos-*

signoria avrà letto molte volte nei suoi libri di cavalleria che i cavalieri erano soliti scavalcarsi l'un l'altro, e che quello che oggi è vinto, dimani è vincitore.

Era a questo punto che la vita di Chisciotte doveva cambiare, e fu qui che cominciai a scrivere la nuova e fiera morte dell'hidalgo della Mancia:

A sentir le parole del fido Sancho, don Chisciotte lo fece avvicinare che voleva abbracciarlo un'ultima volta. Ma quando gli fu accosto, il fido servitore gli sussurrò nell'orecchia:

"Faccia uscire tutti immantinente, tutti mio prode cavaliere".

Quando fur soli, Sancho tirò fuori dalla borsa il primo tomo dell'Amadigi di Gaula. A vederlo, Chisciotte si voltò come avesse visto il diavolo in persona.

"Mio padrone, ogni cosa nacque da qui, non facciamo che tutto sia stato inutile, alzatevi da questo letto, che il prode Sancho ha sellato e armato l'indomabile Ronzinante."

Chisciotte avea gli occhi serrati come a difendersi da una tentazione.

Lo stalliere gli approssimò il libro al volto, e quando l'infermo inspirò, fu come se in una boccata tutte quelle storie di cavalieri gli ritornassero dentro e gli occupassero la mente malata e d'improvviso la rinsavissero.

Quando aprì gli occhi, lo scudiero lo riconobbe.

"La mia armatura, Sancho!"

Uscirono dalla porta secondaria dopo aver chiuso a chiave quella principale, andarono nella stalla, e della loro fuga s'accorsero solo quando, ormai lontani, don Chisciotte lanciò in aria un urlo di resurrezione.

E partirono insieme i due folli, verso nuove avventure, perché nessuna sconfitta è peggiore della rinuncia.

"A Montesinos, amico mio."

E lì vissero per mesi finché soccombettero insieme, Sancho prima e Chisciotte dopo, a statuire con quella morte la veridicità della loro vita immaginata.

Ancora caldo di fantasie, andai al bar per dettare l'annuncio funebre al giornale. Ordinai un caffè.

"Pago io," disse qualcuno dalla sala da gioco.

Mi voltai e vidi Graziano Melicuccà, sedicesimo guardiano del cimitero, seduto sulla carrozzella che giocava a tressette.

Lo ringraziai con un cenno della testa e un sorriso.

Lui ricambiò e poi calò la sua napoletana a denari.

Bevvi il caffè e andai verso la cabina telefonica:

"Ieri, durante il loro ultimo e valoroso combattimento, caddero infine il fido Sancho re d'isole remote e lui, il nobile cavalier della Mancia Chisciotte Hidalgo: affrontò tutto il mondo e vi recò spavento, e fu sua ventura viver pazzo e morirne ancor di più.

Il funerale si svolgerà domani alle 15.00 presso la chiesa di Sant'Acario a Timpamara".

46.

C'erano morti inspiegabili. Così, all'improvviso, qualcuno moriva. Non aveva malattie né subìto incidenti, il cuore funzionava al pari di ogni altro organo, il numero dei linfociti perfetto, la pressione regolare, non fumava e non beveva, niente diabete né colesterolo, non conduceva una vita stressante, non c'erano precedenti nella sua parentela prossima e remota. Eppure, moriva prima dei moribondi, dei novantenni, dei fumatori, dei recidivi, dei figli d'infartuati.

Una morte di costituzione, per una debolezza intrinseca, connaturata, per una gracilità decisa. Come una foglia cadente. Come una cellula.

Pensai alle cellule per un libro di scienze che avevo letto in quei giorni, dopo averlo salvato dal macero. Alle cellule programmate per morire. Apoptosi.

Non sapevo che ci fosse un nome specifico per definire il distacco delle foglie dai rami o dei petali dalla corolla. E invece c'era una parola greca che voleva dire proprio quello, solo quello, una parola inventata per indicare il gesto morente di parte viva che si stacca; che non basterebbero mai, le parole, se dovessimo ogni volta coniarle per indicare i particolari del mondo, ogni distacco, ogni separazione, ogni scomparsa. Apoptosi.

Nel corpo ci sono alcune cellule che si suicidano, nascono già programmate per morire, e lì per lì mi parve straordinario, dolorosamente straordinario.

Accade per i nostri arti, ad esempio: l'embrione umano presenta gli abbozzi di mani e piedi palmati, come le strolaghe o gli albatri procellariformi: affinché le dita si differenzino, è necessario che le cellule che costituiscono le membrane interdigitali muoiano, di più, si suicidino. Sono i processi apoptotici: in un organismo umano adulto ogni giorno muoiono attorno ai settanta miliardi di cellule: in un anno la massa delle cellule ricambiate è pari alla massa del corpo stesso. I morti e i vivi, alla fine, si equivalgono sempre, che è la legge dell'equilibrio a regolare il mondo. Il suicidio cellulare era indispensabile per la vita dell'essere vivente perché permetteva una costruzione equilibrata. Funzionava così anche per gli uomini, che forse era questo la morte improvvisa di alcune genti, la morte ignota che non aveva spiegazioni: la programmazione alla sopravvivenza della specie.

Ch'era come dire un sorteggio, e mi parve triste che non fosse questione di merito, che delle novecentocinquantanove cellule del *Caernorhabditis elegans* tutte avessero già assegnata una posizione di vita e di morte, così, per una capricciosa casualità. Forse anche noi uomini.

Ma l'apoptosi sottintendeva che, per le cellule, vivere è essere riusciti a impedire il suicidio.

Ofelia no, non c'era riuscita. Guardavo la sua foto, pensavo alla perfezione del corpo, alla compiutezza dell'organismo, ai suoi occhi belli, e non potevo credere che dietro quell'incanto ci fossero centinaia e migliaia di cellule suicide, che quella bellezza si doveva al sacrificio silenzioso e programmato di porzioni di vita, che nell'attimo in cui l'avevo baciata, l'ultima sera, non vista all'occhio umano ma operante tra gli interstizi dell'esistenza, una cellula cominciava a morire: diventava sferica perdendo il contatto con le cellule adiacenti, la cromatina e le lamine si degradavano, il nucleo si rompeva, e ormai morente si avviava all'ultimo stadio, per essere ingoiata da fagociti necrofagi. In quell'attimo tutto questo accadeva anche nel mio corpo, nei corpi di ogni essere vivente.

Era quasi passato un mese dal giorno in cui avevo scoperto chi aveva lasciato il cardo, e mentre andavo al cimitero e tra le strade e le case silenziose echeggiava il mio zoppettio, mi chiesi se anche io fossi stato programmato per essere gramigna, pronta a essere divelta da un momento all'altro, se la legge dell'apoptosi valesse su ogni scala di grandezza, cellulare, umana, universale.

Il cielo era nuvoloso, e la gamba aveva ripreso a farmi male. Quando attraversai il cancello, sempre affiancato da Kachanka, cadde la prima pioggia, leggera e trascurabile. Dalla marina arrivavano rumori secchi di tuoni, e poi un forte vento freddo che soffiò in ogni direzione: in breve il cielo s'oscurò mentre stormi di carte si sollevavano e sparpagliavano dal macero.

Poi una pioggia fitta, così forte da far male alla pelle, mi costrinse a ripararmi nel magazzino. La poca gente corse a rifugiarsi dove poteva, sotto lo spiovente di qualche cappella o sotto i rami di un albero. Aspettai che cedesse, ma dopo un'ora già i viottoli sembravano letti di torrenti. A mezzogiorno decisi di avviarmi lo stesso verso casa. Aprii l'ombrello ma bastarono due metri perché acqua e vento lo rovesciassero e lasciassero solo lo scheletro ferroso. Ritornai al magazzino, indossai l'impermeabile e, bagnandomi completamente, riuscii ad arrivare a casa.

Quel giorno, a Timpamara, iniziò un diluvio biblico, cioè le acque sulla Terra. Piovve ininterrottamente per tre giorni e tre notti, ma fu l'acqua di quaranta, tanto che la terra sembrò sul punto di scomparire. Strade sommerse e allagate, cantine e case inondate, ogni sorta d'oggetto trasportato per le vie come rami sui fiumi, e soprattutto fogli, fogli ovunque, centinaia e migliaia di pagine che dal macero piovevano sul paese come neve. Furono chiusi negozi e scuole e uffici, la luce saltò in tutto il paese e il giorno fu notte. Il Grande Lettore sottolineò le cose del mondo, decidendo cosa era degno di essere conservato e ricordato, e cosa invece poteva scivolare in fondo al dimenticatoio dell'umanità.

Io non uscii più di casa e il camposanto restò aperto. Per tre lunghi e interminabili giorni.

Solo al quarto, con lo scoccare vespertino della campana, la pioggia terminò, improvvisa com'era arrivata, e un sole accecante illuminò la rovina lasciata nelle vie: Timpamara sembrava uno di quei paesi fantasma delle montagne interne, abbandonati da secoli. Il fango che l'acqua aveva trascinato dai campi e dalla montagna ricopriva ogni cosa. La gente si riversò per strada come ergastolani dopo l'amnistia, un vociare confusionario di maledizioni e responsabilità.

Anche io uscii di casa.

Lo spettacolo di devastazione era una piccola réclame della precarietà dell'esistenza umana; costruiamo case che sembrano eterne e poi basta qualche giorno di pioggia, nemmeno un terremoto, e tutto viene compromesso.

Andai subito al cimitero, seguito da Kachanka: in quei giorni ebbi come la certezza che non mi avrebbe mai abbandonato e che forse si sarebbe fatto seppellire con me, al modo degli antichi che tumulavano, assieme agli uomini, dei cani uccisi per l'occasione affinché li guidassero tra le strade sconosciute dell'Oltretomba.

Pensai che tra quelle mura consacrate avrei trovato tutto intatto, come se quell'angolo protetto dall'eternità non facesse parte del mondo e non ne subisse i cataclismi climatici, e invece: alberi caduti su lapidi e marmi frantumati, rami e foglie dappertutto, vasi rotti, fotografie danneggiate, e nei punti più bassi il terreno smosso aveva addirittura fatto riemergere alcuni resti. Camminavo facendo attenzione a dove mettevo i piedi.

Il mio cimitero dei libri non c'era più: la rete verde distrutta, i segnapianta scomparsi, i libri martoriati e frammischiati chissà dove tra i cumuli di terra, fors'anche assieme a tibie e mascelle risorte. Avevo cercato per loro una morte giusta, ma è sempre Natura a decidere la fine delle cose.

Gli operai del Comune avrebbero dovuto lavorare molti giorni per ristabilire anche solo una parvenza di normalità.

La gente girava tra le lapidi come dopo un bombardamento, saltando pozzanghere e schivando cumuli di detriti, e anch'io giunsi a fatica alle tombe di Emma e Ofelia, scoprendo con sollievo che almeno i loro volti erano stati risparmiati.

Marfarò arrivò col suo motocarro. Si guardò intorno con desolazione, e tuttavia trovò il coraggio di fare una battuta:

"Se si potessero fare i funerali alle cose, oggi sarei milionario," disse venendomi incontro. "Sembra una guerra in tutto il paese. Devi vedere cos'è successo al macero: c'è un fiume di carta che arriva fino a valle."

Poco dopo passò il sindaco scortato dagli assessori per accertarsi dei danni:

"Malinverno, arrangiatevi voi per i primi giorni, vedete cosa potete fare. Il paese ha più bisogno. A proposito, l'avete vista la biblioteca?".

Scossi la testa, non ero passato. Il sindaco rispose abbassando gli occhi, con un cenno che non compresi fino in fondo ma che non faceva presagire nulla di buono.

Per tutta la mattinata Elea mi aiutò a liberare i sentieri ostruiti dalla terra e dai detriti.

Non avevo fame e decisi di andare subito in biblioteca. Nei giorni del diluvio mi ero molto preoccupato e adesso il gesto del sindaco non mi lasciava tranquillo.

Già dall'inizio della discesa ebbi un terribile presentimento vedendo la terra e i detriti che si erano accumulati in fondo alla piazza, ricoprendo le balaustre del monumento. Non sapevo se continuare a sperare o rassegnarmi alla sventura.

La biblioteca di Timpamara non c'era più.

Collocata nel punto più basso del paese, dove confluivano le vie più importanti, era stata inondata da fiumi di acqua e fango. Le due porte erano state divelte e dentro un tappeto di melma ricopriva la maggior parte dei libri. Fu come vedere una scena immaginata, che io me lo sentivo che sarebbe accaduto. Mi accasciai a terra, nel fango, e piansi silenziosamente, senza farmi vedere. Non c'erano più i miei libri, i miei appunti, gli anni trascorsi tra quelle mura. Tutto seppellito, per sempre. I libri non erano la sedia o la scrivania o gli altri oggetti che portammo fuori e cominciammo a lavare e la terra andava via e le macchie sparivano e gli eventi si cancellavano come non fossero mai accaduti. Che i libri non sono oggetti, assomigliano più agli uomini che alle cose: la carta non è come la plastica o il metallo, perché le macchie restano per sempre come sulla pelle, s'insinuano tra le fibre e le sostituiscono, la carta si strappa e non ci sono punti per ricucirla, non ci sono antibiotici per sconfiggere l'infezione. Mi aiutarono cuori volenterosi e mani operose: Elea, naturalmente, che in quei giorni mi accompagnava anche in biblioteca, e poi Plutarco Sangineto, il mio vecchio compagno di scuola, Marcantonio Parghelia orfano di cane, il vecchio Brognaturo mancante di una gamba, perfino Mopassàn.

Il cimitero poco per volta si ricompose: gli alberi caduti vennero rimossi, le lapidi rotte sostituite, i viottoli ripuliti, ma non riuscii mai a togliermi dagli occhi lo spettacolo di rovina e distruzione di quei giorni. Anche adesso, che sono trascorsi quasi nove anni, mentre continuo ad aggiornare il registro dei morti e a portare cardi a Emma e a Ofelia, quando vedo nuvole in lontananza e sento tuoni giungere dal mare, non riesco a non pensare con timore che tutto possa ripetersi di nuovo.

Per la biblioteca, invece, non ci fu niente da fare: secondo il tecnico comunale, subì danni strutturali e dovette essere chiusa.

Tutti i libri, che fossero rovinati o ancora utilizzabili, me li feci portare al cimitero.

Quelli irrimediabilmente danneggiati li seppellii tutti assieme in una serie di fosse comuni che scavai dove c'era il cimitero dei libri, nuovamente recintato. Quelli rimasti illesi, ed erano quasi un centinaio, li misi in alcune scatole nel ripostiglio. Dapprima avevo pensato di portarli per qualche tempo a casa mia, ma mi sembrava una resa, come a cancellare l'idea stessa della biblioteca. E io invece volevo che almeno quella sopravvivesse malgrado le macerie terrestri, che ci fosse un luogo in cui i libri continuavano a vivere e offrirsi agli altri, e così pensai a un posto in cui potevo sistemarli.

Mi aiutò Marfarò, a cui avevo confidato la necessità di trovare un piccolo spazio. Falstaff, capostipite della famiglia Roccadineto, emigrato da un paio d'anni in Svizzera, s'era fatto costruire una cappella e aveva affidato le chiavi a lui per l'ordinaria manutenzione.

"Se vuoi puoi cominciare a metterli lì. Loro arriveranno per l'inverno, quindi hai un po' di mesi per cercare una sistemazione migliore."

La cappella era confortevole: di fronte all'entrata, un piccolo altare in marmo ocra con sopra una vetrata che rappresentava il miracolo della moltiplicazione dei pani e dei pesci. I sei loculi, tre a destra e tre a sinistra, mi parvero mensole perfette; sul cemento sistemai alcune vecchie tavole di castagno, quindi cominciai a portare i libri. Li allineai nelle nicchie, in ordine d'altezza, quasi a perpetuare l'idea di ordine universale che si respirava in quel luogo raccolto. Presi un vecchio brogliaccio del camposanto ancora intonso e ne feci il nuovo registro dei prestiti, e lo sistemai sull'altare, sotto l'affresco del crocifisso, alla maniera di un messale. Su un foglio scrissi in stampatello gli orari di apertura e chiusura, che coincidevano con quelli del cimitero.

Non mi rimase che un'ultima cosa. Presi dal ripostiglio il piano in legno di un tavolino, un pennello e della vernice nera.

Attaccai un chiodo sul pilastro del cancello d'entrata, sotto la lastra di marmo con la scritta CIMITERO e di fronte allo sguardo soddisfatto e invisibile di Elea il Risorto, scrissi in maiuscolo

BIBLIOTECA COMUNALE
"OFELIA MALINVERNO".

Perché se il destino dei libri è morire come esseri viventi, anche gli uomini, quando smettono di respirare, non diventano che storie.

Ringraziamenti

A Piero Ferrante, per l'articolo che mi ha fatto conoscere Timpamara.

A Marcello Sestito, per il suo viaggio in Giappone.

A Olimpio Talarico, per avermi presentato Marfarò.

A Valerio Millefoglie e a Nicola Feninno, *per il tempo strettamente necessario.*

Ad Andrea, Ada, Riccardo e alla famiglia di Nutrimenti, per la strada percorsa insieme.

A Chiara Gamberale e a Gioacchino Criaco, per le parole spese.

A Francesco, Cassandra e Penelope, per essermi accanto ogni giorno.

A mia moglie Rosy, per la quale la dedica di questo romanzo non è abbastanza: senza di lei, Malinverno non ci sarebbe stato. Astolfo deve la vita ai suoi consigli, alle sue letture, alle sue parole, alle sue immagini, ma soprattutto al suo esserci stata, sempre e comunque, anche quando l'oblio rischiava di inghiottire finanche gli spazi bianchi.